总将怀抱向蓝天

李一平 著

河南大学出版社
HENAN UNIVERSITY PRESS
·郑州·

图书在版编目（CIP）数据

总将怀抱向蓝天 / 李一平著 . -- 郑州 : 河南大学出版社，2024.5
ISBN 978-7-5649-5890-9

Ⅰ . ①总… Ⅱ . ①李… Ⅲ . ①中国文学 - 当代文学 - 作品综合集 Ⅳ . ① I217.2

中国国家版本馆 CIP 数据核字 (2024) 第 105856 号

总将怀抱向蓝天
ZONG JIANG HUAIBAO XIANG LANTIAN

责任编辑　陈　炜
责任校对　王丽芳
封面设计　翟淼淼

出版发行　河南大学出版社
地址：郑州市郑东新区商务外环中华大厦 2401 号　邮编：450046
电话：0371-86059752（大众文化出版中心）
0371-86059701（营销部）　网址：hupress.henu.edu.cn
印　　刷　广东虎彩云印刷有限公司
排　　版　河南大学出版社设计排版中心
版　　次　2024 年 5 月第 1 版　　印　　次　2024 年 5 月第 1 次印刷
开　　本　890 mm × 1240 mm　1/32　　印　　张　21
字　　数　492 千字　　定　　价　68.00 元

序　言

王立群

记不起来是什么人说的了："曾经想要的东西很多，后来却发现最好的礼物是平安和健康，其他一切都是锦上添花。"此话不能说没有一定道理，但我想"添花"还是要有的，否则人生就太平淡寂寞了。人活着总是要有所寄托，有所作为，有要实现要为之奋斗的人生价值。不然，只是活着，未免有点太单调乏味了。人活着，总要做点儿什么，除了柴米油盐，还要有点儿精神追求，不然，与草木何异？活着就要作为一个有精神追求的人活着。我的老友李一平教授，退休后一直笔耕不辍，几年的工夫写了近千首诗词，这些诗词从某些侧面记录了他退休生活的轨迹及所思所想，日子过得还是挺充实的。

老友的《总将怀抱向蓝天》终于要结集付梓了，几年的心血结晶有了一个宣示于世的机会，颇为他高兴。一平从河南大学文学院教学岗位上退下来以后，没有了教学科研的压力，可以自由地支配自己的时间了。他把时间用在了自己的兴趣爱好上。每天看看有兴味的闲书，练练自幼喜爱的书法，有机会还和开封高中的几位老同学相约，自驾游历祖国的大好河山，颇有点儿"我见青山多妩媚，料青山见我应如是"的逸致。听说去年夏季还和开封高中的两位老同学自驾走川藏318线和京藏109线，游历了四川、西藏、青海。高耸入云的雪山，奔腾不息的雅鲁藏布江，雄浑壮阔的可可西里大草原，可以舒心胸，散闷气，也因此一路写下了一二十篇抒怀遣情的诗词，记录了一时的所见所闻和所思所想。三个七十多岁的老头儿，真的是勇气可嘉。

一平是个内向好静的人，为人诚笃温良。与人交往，话语不多，总是安静地听别人说话的时候多些。然而从他的诗词看，他又是个敏而多感、内在丰富的人，颇具些诗人的气质。我和他是河南大学文学院（当时称开封师院中文系）1979 级的硕士研究生同学，他是汉语言文字学专业，我是古代文学专业。后来又留校同事几十年，却从不知他还能写诗。知道他雅好吟哦还是近几年的事，这应该感谢现代科技的网络通信便利，从微信朋友圈、河大文学院退休群等处看到了他的诗词。得知他这几年时间已经写了有七八百首诗词，于是就极力鼓动他结集出版。现在他的诗集终于要出版了，是件值得祝贺的事，在这里我不便详加评论，只想就他的作品简单谈几点看法。

大致翻阅了他的作品集，首先一个突出感觉是他的作品几乎囊括了传统的古典韵文体裁种类，诗、词、曲、赋和楹联等，都有所尝试。近体诗则五、七言绝句，五、七言律诗，还有排律；古风乐府则四、五、七言皆有所作，还有仿李太白《将进酒》和李易安《残花》的两首拟体诗等：可以说诸体赅备。

一是他的近体诗，格律严谨，对仗工稳，巧思奇构，时见匠心。比如：

大浪淘沙起昊苍，春江月夜诉衷肠。
蕉窗夜雨华胥引，双鹤听泉秋水长。
鸥鹭忘机翩白雪，渔歌欸乃泛沧浪。
空山鸟语无尘虑，细雨松涛西麓堂。

（《七律·奉和杨德来诗友《古琴遗韵》·试用古琴曲名作七律》）

全诗用“大浪淘沙、春江月夜、蕉窗夜雨、华胥引、双鹤听泉、秋水、鸥鹭忘机、白雪、欸乃、泛沧浪、空山鸟语、无尘、细雨松涛、西麓堂”等十四个古琴曲名写成了一首意境悠远、情趣盎然的七律。有景有情，有动有静，有画面有乐声，浑然天成。诗的第一句首先描绘出一个雄浑苍茫的画面，滚滚大河从天际奔涌而来，气势磅礴。第二句则写人物的活动，一对恋人在月夜江边倾诉着彼此的思念和情愫。淅淅沥沥的夜雨敲打着窗外的芭蕉，使人夜不能寐，连个好梦也做不成。何时才能像缱绻情深的双鹤一样在一起共度春秋呢？鸥鹭自由自在地在天空飞翔，坐在小船上听着渔歌随着欸乃的橹声驶向远方。在澄净的山间听着鸟语，在周围松涛阵阵的厅堂上奏响琴曲，那是一幅多么令人神往的画面啊！

记游写景诗，读来如身临其境，心旷神怡。比如：

坐落巉岩峡谷间，太行小镇美名传。
苍溪绿水潺湲淌，王相青山叆叇悬。
寻胜游人多指顾，采风画手久流连。
归来犹记风光好，他日复还听涧泉。

（《七律 · 石板岩镇》）

颔联上下联用两个叠韵连绵词对仗，十分工整，“悬”字则点出了王相山云遮雾绕，只露出山头的一抹葱翠。颈联用人的活动点睛风景之美，是对上两联的转接，尾联则宕开一笔，说归去还会再来，当然是受这里美景的吸引，这就是合了。起承转合，跌宕有致。

排律不易，形式上除首尾两联外，皆要求对仗，内容上还要气韵贯通，铺排有序。例如：

秋高气爽喜洋洋，云白天蓝现瑞祥。

靓女自矜桃李美，华颠也发少年狂。
欢颜岂止青春擅，笑口何妨耄耋张。
莫作悲秋愁苦客，应为对酒纵情郎。
须知万物皆身外，难得平生是健康。
鼎食钟鸣非足贵，茶粗饭粝自芬芳。
恩希损友三时短，意厚同窗一世长。
日落常寻机晤叙，风来亦问夜寒凉。

（《排律·开封高中683班聚会咏》）

整首诗自然流畅，娓娓道来，同学之情写得情深谊长。

词则小令、中调、长调，也都有作品。散曲作品虽只有几首，但也有小令和带过曲两种。

小令短小，字数一般在五十八字以下。最短的是《十六字令》，全篇只有十六个字。有人说，小令起于酒令，有一定道理。因此，小令要在有限的字数内表现情感，往往采用象征、比兴的手法，情景交融，以景蕴情，景语即情语，给人以想象空间，意味无穷。遣词造句要求精练，如明王伯良在《曲律》中所说，“下字为句中之眼”，“要极新，又要极熟；要极奇，又要极稳”。最佳境界是一字点活，而境界全出。一平深谙此理，即便“虽不能至”“而心向往之”，从他的小令可以看出，他在这方面是下了功夫的。例如：

池塘已是满荷香。花稀多子房。小船来往采莲忙。可知秋意凉？

人道是，胜春光。如何两鬓霜？无情西望复斜阳。酸甜品海棠。

（《阮郎归·秋意》）

头三句以池塘已是莲花稀落，而莲子成长，寓意夏去秋到。上阕以问句作结，问人们是否知道秋天已经到了。这句以季节变换隐喻岁月流逝，人们在忙碌中是否意识到“老之将至”呢？下阕起首一句隐括唐刘禹锡《秋词》诗句，“自古逢秋悲寂寥，我言秋日胜春朝”。第二句以反诘句出之，意思是说人无奈已经老去，老年还是不如年轻好啊。第三句“西望复斜阳”，以自然景观喻示人生总是有限，生老病死是自然规律。这句前冠以“无情”二字，是说岁月无情，自然规律是不可抗拒的。结句又是一转，既然如此，那还是好好享受此生吧。

中调词举一首《破阵子》为例，略加分析：

路口华灯初上，东门夜市愿喧。盘菜随心清淡味，啤酒持瓶豪饮欢。此情可对天。

尘世岂无坎坷，人生难得消闲。哪管生前身后事，且把壶觞趁管弦。可怜两鬓斑。

（《破阵子·忆老友》）

这首词是写与老友常到河大东门夜市上开怀畅饮，开头两句点明时间地点，接着两句是说并不在意菜肴的丰俭，关键是好友对饮要尽兴而欢。上阕末句字面是说朋友之间要真诚相待，为人处世又何尝不是如此呢？下阕转到对人生的思考。一辈子不可能一帆风顺，要学会享受生活，不要汲汲于功名利禄，活得自在快乐比什么都重要。最后一句是感叹，现在年纪大了，恐怕不能再那么豪饮了，一句叹惋，摇曳生姿，意味无穷。全词十句，其中八句是对偶，余下两句或缩结，或拓开一层，给人想象思考的空间。

字数最多的《莺啼序》词调也作了两首，一首是写八朝古都开封的，一首是写介休绵山的。前一首从开封的建城历史写起，到开封的名人逸事，到汴梁八景，到豫菜小吃，到现在的宜居环境，繁华秀丽，把作者自己的家乡夸了个够。让人读了不免逗起一游开封的渴望。慢词须长于铺叙，自柳永将六朝、隋唐小赋的技法引进宋词，到周邦彦的善于编制结构，铺采摛锦，擅长表达层次错落的风物、绵长曲折的人事、千肠百回的情感。鸿篇巨制，要想写好，是需要一番功力的。

元曲有杂剧、散曲之别，现代很少有人写整出的杂剧了，散曲还不断有人写，如赵朴初的《某公三哭》。散曲分小令和套数两种，散曲的最大特点是可以加衬字，从一字到十数字不等，因此句子更加长短不齐，灵活多样。语言则接近口语，清新明快，自然朴实。与诗词总体追求雅致不同，散曲则更加通俗。举一首带过曲为例：

欲停车，城三绕。为观好景，不怕多劳。垛口齐，斜阳照。满目琳琅皆商号。正饥肠辘辘难熬。风光在眼，人生称意，其乐陶陶。

（《喜春来带过普天乐·游忻州古城逛小吃街》）

“正饥肠辘辘难熬”，小吃街小吃众多，为什么不吃呢？原来是为了赶路去看前面的风景。全是大白话，读起来一溜儿顺畅。

几首赋也写得中规中矩，铺陈有序，词采繁丽。试引《晋祠赋》一段：

晋祠之美，山美水美建筑美；游园之乐，你乐我乐游人乐。巍巍青山，四季如画屏；潺潺晋水，一年俱清莹。春日杂花满山，径幽而香远；夏来树木蓊郁，天蓝而水绿。圣母殿侧，周柏两棵，一立一卧，如蛟龙出海；庭院之中，唐槐数株，三人三围，似苍翠华盖。干曲肖老妪负孙，枝挺如盘古擎天。

先总写晋祠之美，山美、水美、建筑美，接着写了晋祠周围的山四季色彩变幻如“画屏”之美；晋水潺潺，有清莹之美；春日是“径幽香远”，夏天则“天蓝水绿”，以春、夏之美作为四季之美的代表。以下两联则如电影的特写镜头，重点描写晋祠中的两种古树：周柏和唐槐，连用四个比喻形象地描摹出这两种古树的特点。

二是严格遵守格律。一平的专业是汉语言文字学，对平仄、韵部、对仗等自是了解透彻，驾轻就熟，加上写作态度认真，常常为一句甚至一字是否准确生动，是否合乎平仄韵律而反复斟酌，颇具“吟安一个字，捻断数茎须”的精益求精、推敲苦吟精神。比如词牌《沁园春》上下阕第四、五、六、七句，除领字外，须构成扇面对，《钦定词谱》对此并无特别说明，但依传统理应如此。《水调歌头》《钦谱·格三》上阕五六句，下阕六七句，须换仄韵，这些细节，都严守规则，一丝不苟。

三是内容丰赡，围绕一个主题的组诗，有写唐宋诗词大家的《蝶恋花》词五十首，要言不烦地点出每位大家的特色及其代表作品。试看一首：

造语清奇开意境。故国之思，此恨争平定？汉阙秦宫衰草冷。梧桐细雨催人醒。

断雁西风连峻岭。一片春愁，谁解心酸耿？词曲长城花竹影。樱桃进士称名盛。

（《蝶恋花·诗词群英谱·蒋捷》）

首句点出蒋捷词的特点，第二句指出蒋捷词多抒发故国之思，亡国之恸。后两句以景语隐喻其词风格以悲凉清隽、萧寥疏爽为主。“断雁西风”“一片春愁”都是其代表词作中的词语，这两句写出了蒋捷家国难复的满腔悲愤。最后两句以后人对他的评价作结。

也有写开封菊花名品的绝句四十八首，绘出每品菊花的清丽之姿。举一首为例：

玲珑洁白水晶球，玉女粉妆乜醉眸。
欲赏芳华好颜色，原来胜景在高秋。

（《七绝 · 菊花名品谱三十 · 水晶球》）

以人喻花，“玉女粉妆乜醉眸”，“醉”也不是“玉女”醉，而是花如美女引人沉醉。“乜”字绘出了玉女娇羞的动态，十分感人。

他的人安静沉稳，他的诗却是积极向上、热情洋溢的，少有暮气和颓唐。有每游历一地记胜的诗词，也有对生活琐事的描写议论；有一时的乘兴之作，也有对人生哲理的冷静深入思考。我读了他的诗，常常颇有感动，会随着他的诗，时而看到的是景色宜人，时而感到的是真情动人。又或是往事回首，情思绵远；又或是晚年心绪，人生寻味。总之读后会有所触动，有所思考，有所感悟，同时会有一种意境美、语言美的愉悦，不会觉得味同嚼蜡，难以卒读。相信读者诸君读后会有自己的评判。

四是文字有时代性，仿古而不泥古。今世写作格律诗词，要有时代特色，有生活气息，要有所创新，有所前进，不能食古不化，跟在古人后面亦步亦趋，那样旧的文学体裁就会僵化而失去生命力了。人们常说，“笔墨当随时代”，说的就是这个道理。“学我者生，似我者死”是齐白石对他的弟子许麟庐说的，他还说画画要在“似与不似之间”。不仅国画应如此，我想继承传统文学亦应如此。

笔墨当随时代，可以举一平的一首《满江红》词来说明：

虽万千人，吾往矣，临危不惧。挽狂澜，以身犯险，为纾民苦。敢与恶魔争命运，死生圣火从天取。竟渡河，医者尽仁心，难回顾。

披星月，迎日暮。康健复，人如故。万众齐努力，驱散云雾。天地从来非我主，人心最是危机处。须戒慎，一曲颂和谐，平安路。

（《满江红·为抗新冠疫情前线医务工作者赞》）

热情地讴歌了冲在抗疫一线的医务工作者，起首一句引用《孟子·公孙丑上》的话，充分表现了医务工作者勇往直前的大无畏精神。

我特别喜欢一平所拟的《开封历史风光联》，就是因为他拟的楹联不仅平仄和谐，对仗工稳，还有很强的时代与生活气息。试看几联：

看书画名城，家家喜写苏黄米蔡；

美宋词故国，个个能吟柳李辛张。

这一联写开封是中国书法名城，宋词的繁盛之地。

双龙巷卧双龙，二帝开基大宋；

水德祠崇水德，三贤配祀东邻。

这一联写开封的历史文化古街道和禹王台古建筑。

清明上河园，长虹卧波，舟楫往来翻白浪；
翰园碑碣府，惊蛇失道，笔锋开合卷青云。
这一联写开封两个著名景点：清明上河园和翰园碑林。

菊花花会，节候秋高气爽，游人往来如织；
赵宋宋词，风华李婉苏豪，骚客纵横似云。
这一联写开封闻名世界的菊花花会和宋词名家云集。

十湖连通，开渠引水，新老城区成一体；
四面环绕，植树栽花，古今楼堞耸千年。
这一联写开封北方威尼斯水城和绕城公园风光。

每联写一处当代开封的独特风物，一眼便知，大抵不会误为别时别处别人。

平心而论，一平的作品，体裁多样，视野广阔，内涵丰富，感情真挚。有对祖国壮丽山河的讴歌，有对多样生活的体味，有对诗词文化的涵泳，有对人生哲理的思索，读了颇有南朝宋刘义庆《世说新语·言语》所说“从山阴道上行，山川自相映发，使人应接不暇”之感，从而得到身心的放松和享受，也能引发读者心灵的共鸣和思考。“诗无达诂”，一千个读者就有一千个哈姆雷特，相信读者会有自己不一样的解读。

是为序。

2023 年 9 月 16 日

目　录

一／诗

答老乐

老乐赁居崇明岛，老左等前往探望，参商有日，相见甚欢。老友聚首，老乐亲自下厨，出自种菜自养鸡鸭招待。其夜逢雨，鹅儿脱笼而去，鸡羊宛在。老乐林清义有诗，老左孙征中亦有诗，奉和一首。其语粗俚，以博一乐耳。

悠哉老乐翁，俨然陶渊明。
不喜城喧嚣，避居小岛中。
赁居农家院，旧屋三五重。
养鹅几十只，可换黄庭经。
一夜逢暴雨，鹅儿思远行。
老乐欲薄惩，老左来求情。
又养鸡与羊，安然躲圈棚。
赏其恋主人，喂麦十几盅。
言道赏罚明，做事有遵从。
有此好心态，其寿彭祖并。

2016年10月22日

旅途记事·拟乐府体

驾车西南行，观山遵路出。
山色固然美，奈何肠辘辘。
忽见路边店，店前立美妇。
左君急停车，排众忙夺路。

未言展笑颜，觍脸问不住。
我等此就饭，还请勤照顾。
少妇好颜色，赛似秦罗敷。
饭罢向前路，依依意踟蹰。
觍颜急上前，宁可共载不？
美妇敛衣拜，使君意何图？
使君自有妇，罗敷自有夫！
言既露怨色，行去动莲步。
老左意惘然，一步一回顾。
两眼泪婆娑，湿透半截裤！

2019 年 3 月 21 日

注：

最后两句乃杜三所加，特此说明，不敢掠美。老左大名孙征中，乃我班群群主，性格洒脱不羁，放浪形骸。话痨，无论何时，总是拥有话语权；好酒，大有“古来圣贤皆寂寞，惟有饮者留其名”之慨。今游梵净山，屡次所见，略加渲染，以成其诗。

闲坐有思

心若年轻，岁月不老。
开阔胸怀，无视烦恼。
静和养心，远胜佛道。
吟诵诗词，书法玄妙。
三五好友，喝茶神聊。
红泥绿蚁，晚雪美醪。

对窗手谈，登山远眺。

椿寿鹤龄，根深叶茂。

排忧遣愁，开怀大笑。

养颐之福，清明可造。

2019 年 5 月 4 日

注：

红泥绿蚁，晚雪美醪：见白乐天《问刘十九》。醪，音“劳”，浊酒，醇酒。

椿寿：见庄子《逍遥游》：“上古有大椿者，以八千岁为春，以八千岁为秋。”比喻长寿。

清明：清楚明朗。

造：达到。

七律·读钢锋、可文、延缙诗有感

开高三届校朋群，届届辉煌有异人。

群主提琴真妙手，诗囚摘句尽奇文。

丹青不逊追仓石，黑白难酬觅右军。

歌舞原来遑未让，明皇宫里看公孙。

2019 年 6 月 12 日

注：

仓石：吴昌硕字。

公孙：公孙大娘。唐开元盛世时的唐宫第一舞人。

七绝二首·自悟

一

豪气年轻上斗牛，飘零一叶已知秋。

愿君惜取桑榆晚，诗酒闲居享自由。

二

人言惜取少年时，莫为桑榆怨鬓丝。

经历冰霜风雪后，依然松柏翠新枝。

2019年6月15日

注：

斗牛：斗宿和牛宿，指代天空。

七绝·与可文兄唱和甚欢，口占七绝一首记之

诗词唱和有苏君，为构嘉章细细吟。

却问何时共樽酒，推杯且与论深文。

2019年6月15日

注：

杜甫《春日忆李白》有云：“渭北春天树，江东日暮云。何时一樽酒，重与细论文。”吾辈虽不能至，心向往之。其事虽异，其情则一。

深文：含义深的文字。

七律·中元节

往事依稀咒逝川，音容笑貌漾心间。
哀哀父母承劳瘁，愍愍弟兄求好安。
翠柏森森行上祭，白衣皎皎拜中元。
秋枝果实酬仁善，满目青山枫叶丹。

2019 年 8 月 15 日

注：

哀哀父母：见《小雅·蓼莪》。

上祭：奠祭。见《史记·周本纪》。

实，入声。

七律·闻多地暴雨

浓云澒洞黯神州，大雨滂沱肆绿畴。
硕鼠仓皇梁上走，盆舟骀荡路中游。
多福本自勤劳获，好运难自惰怠求。
我劝天公重擘画，平沙沃野再分裒。

2019 年 8 月 19 日

注：

澒洞：弥漫无际。澒，音“讧”。

骀荡：放荡。骀，音“代”。

拟李易安《残花》体·秋思

秋风秋雨秋草黄，秋菊秋月秋夜长。
秋水淙秋矼，秋霜凝秋窗。
秋花为秋芳，秋实为秋忙。
秋云染秋光，秋叶满秋冈。
秋雁鸣秋吭，秋思萦秋肠。
秋意流秋江，秋忙收秋粮。
秋影过秋墙，秋衣有秋娘。
盈盈秋水旁，脉脉秋情臧。

2019 年 8 月 27 日

注:
矼:（石）桥。音“刚”。
吭:喉咙，嗓子。音“杭”。
臧:善，好。

七律·九通快语

不老顽童铁九通，对人戏说洗洁精。
轻揉慢捻拳拳事，竖抹横擦历历情。
敢负贤妻吩咐重，堪酬外子力勤迎。
齐眉举案绵绵意，妇唱夫随度鹤龄。

2019 年 9 月 1 日

注:
外子:旧时妻子对丈夫的称呼。

七律·我班群主赞

色舞眉飞侃侃谈，方遒挥斥气卓然。
驾车驰骋三千里，烹菜担当五六餐。
对影无朋邀明月，当歌唤友饮长川。
端凭群主殷勤意，大庇群伦俱笑颜。

2019 年 9 月 1 日

七律·老年自画

昏花对面看难清，老友街头忘姓名。
困眼惺忪常白日，忧心烦乱竟长庚。
流莺直视穿林舞，细雨闲听润物声。
不为头童遮鹤发，原因齿豁食粳羹。

2019 年 9 月 15 日

注:
直、豁、食，入声。
困眼：陆游诗“困睫日中常欲闭，夜阑枕上却惺惺”。
长庚：参《诗·小雅·大东》。
流莺：宋晏殊《酒泉子》：“春色初来……流莺粉蝶斗翻飞。”

七律·游荆州古城

兵家自古争雄地，西扼川黔控楚吴。
屈子行吟吞恨哭，关公大意失荆殂。

少禽勾践高功劝，叔大神宗新政敷。
谁会登高凭槛意，江滩送目摆风芦。

2019 年 10 月 16 日

注：

荆州：古称江陵。楚文王元年，楚国迁都于郢（今荆州市荆州区西北），都郢四百余年。

哭、失，入声。

文种：字少禽，春秋末郢人，勾践谋臣，为其出九术之策，用其三已破强吴，未听范蠡劝，被赐属镂剑自尽。

叔大：张居正字。明万历首辅，湖广江陵人。今荆州有其故居。

神宗：明神宗朱翊钧。曾在张居正等辅佐下，开创“万历中兴”。

七古·不老诗心我自吟

老来读书成慰藉，作诗填词吟入夜。
细论平仄恐未协，浅斟低唱为韵帖。
也学子善捻颌须，可惜颏下胡毛希。
不谙世事通人情，常被世人笑痴迂。
为遣块垒不平意，高唱太白进酒曲。
写成低吟常自醉，谁解其中何况味。
登高望远排忧怀，却见乌兔又西坠。
暗尘随马去如梦，把杯欲饮寻蚁瓮。
坐觉无何消永昼，欲听管弦无人弄。
踏雪迎风寻早梅，争耐黄昏冷雨催。
空倚庭树徒叹惋，望眼夜月玉人归。

漫随花下游人迹，老来光阴任虚掷。
检点人生珍稀事，原来珠玑如沙砾。
见说华灯闹九衢，人声鼎沸舞龙鱼。
寻幽唯求抒旷怀，不任喧嚣世俗拘。
双鬓飘雪愁几缕，他日镜花凭谁补。
月朗星稀清秋夜，银辉到晓穿朱户。
广寒宫杳路难通，寂寥无由诉寸衷。
姮娥何事珠泪垂，长夜无眠雨蒙蒙。
心事浩茫何所寄，来路勿须问泰否。
还待老友携酒至，谈宴举杯忧愁弭。
每对苍莽啸长林，不老诗心我自吟。

2019 年 10 月 23 日

注：

浅酙低唱：柳永词《鹤冲天·黄金榜上》：“忍把浮名，换了浅斟低唱。”

子善：晚唐诗人卢延让的字。其《苦吟》诗有句：“吟安一个字，捻断数茎须。”

进酒曲：李白《将进酒》：“人生得意须尽欢，莫使金樽空对月。”“自古圣贤多寂寞，惟有饮者留其名。”

何况味：曹雪芹《题石头记》：“满纸荒唐言，一把辛酸泪。都云作者痴，谁解其中味？”

乌兔：古神话传说言，日中有三足乌，故以“乌”指太阳，“兔”指月。“乌兔”联文指岁月，所谓“日居月诸”。

暗尘随马：苏味道《正月十五夜》：“暗尘随马去，明月逐人来。”

蚁瓮：白居易《问刘十九》：“绿蚁新醅酒，红泥小火炉。”蚁瓮，酒瓮。

坐觉无何，王静安词《浣溪沙》：“坐觉无何消白日，更缘随例弄丹铅。闲愁无分况清欢。”无何，没有什么。

欲听管弦，白乐天《琵琶行》：“主人下马客在船，举酒欲饮无管弦。”

玉人归，杜牧《寄扬州韩绰判官》：“青山隐隐水迢迢，秋尽江南草未凋。二十四桥明月夜，玉人何处教吹箫？”

舞龙鱼，辛弃疾《青玉案·元夕》：“凤箫声动，玉壶光转，一夜鱼龙舞。”

镜花，南朝吴均《镜花》：“镜中美女人如玉，子瑜笑咏随风去。弱冠同怀闻者怜，智者归福终不虚。”

谈宴，畅谈欢饮。曹操《短歌行》：“契阔谈宴，心念旧恩。”

咏妻三章

一

头顶天，脚踩地，顶天立地丈夫气。
不怕牛皮吹破天，老妻来了忙躲避。

二

妻管严，有饭吃，忙罢这时忙那时。
甘蔗没有两头甜，不知君子知不知。

三

世间事，有道理，相濡以沫两夫妻。
和和美美过日子，患难与共两相依。

2019 年 10 月 24 日

读苏可文《水调歌头》有感，五古以应：

庭中有老树，根深枝已枯。

曾遭苔菌埋，又遇鸟虫逐。

枝叶垂霜露，风烟何时住。

丛桂留人香，长松系马忙。

桃林修关塞，细柳设城防。

山河忽阻绝，飘零伤离别。

拔本直垂泪，伤根岂沥血。

庾信有歌赋，奇思与云翥。

依依汉南柳，摇落江潭树。

当年桓温叹，泫然涕下注。

往事长已矣，可喜有今祜。

虽已垂然老，尚能自眷顾。

悠然自得乐，时光莫辜负。

不时会老友，欢笑多庆祝。

小酌两三杯，引吭歌有数。

大好河山美，常行万里路。

含饴喜弄孙，子孙自有处。

悲喜莫妄嗔，万事开胸襟。

有花直须折，行乐须及春。

当惜兄弟情，当报父母恩。

天地好生德，做事须行仁。

所谓仁者寿，花簇千里芬。

2019 年 10 月 26 日

注：

关塞：有函谷关和桃林塞。

细柳：汉周亚夫有细柳营。

庾信有歌赋：指《枯树赋》。

桓温叹：《晋书·桓温传》载，桓温自江陵北伐，行经金城，见年轻时“所种柳皆已十围，慨然曰：‘木犹如此，人何以堪！’攀枝执条，泫然流涕。”

仿新乐府体·开封菊花颂

观董刚锋制作、李书武摄影、苏可文题诗的汴梁风光片，大为欣赏。着力为家乡鼓与呼，图文并茂地宣传开封，实为有识之举。感佩之余，亦作诗夸夸开封菊花。俚语鄙词，贻笑大方，唯一抒胸怀耳。

开封菊花天下奇，娇睡慵起眼迷离。
沉鱼落雁美姿容，闭月羞花自临风。
再顾倾人国，一顾倾人城。
锄者忘其锄，下车观罗敷。
珍珠费十斛，不惜换绿珠。
越国美西施，娇态自古无。
明妃若桃花，和亲赴北沙。
飞燕掌上舞，玉环君王夸。
貂蝉临风见，婕妤托团扇。
粉勾明紫秀花群，飘逸花瓣勾人魂。
二乔娉婷粉腮红，秋水并蒂开芙蓉。
古黄牡丹黄水晶，娇嫩明艳爱恋生。
琴韵书声粉荷花，三月桃树润雨情。

白雪绿梅颜色媚，下衬白玉上翡翠。
大红芍药娇欲滴，名花有主惹人惜。
一向不以浓妆矜，原来素面最可人。
白紫二色鸳鸯荷，交颈一曲情爱歌。
紫龙献爪颜色美，紫瓣团团围黄蕊。
大红如意棕红梅，引人爱恋去复回。
墨蟹标新姿态异，蟹壳紫红螯蜷曲。
国色天香绿牡丹，凌风傲霜不惧寒。
李逵醉酒憨态成，步履踉跄脸黑红。
国华皇冠色金黄，向日葵花别样香。
沽水紫霞伸花枝，纷披流苏娇媚姿。
鹅毛粉黛好颜色，秀丽可餐韵味特。
凤凰振羽翔蓝天，一片祥瑞现眼前。
红袖添香情意长，书香伴得花芬芳。
金红竞辉玉人来，楚楚红唇衔金钗。
兼六香菊别样娇，嫩蕊灼灼胜桃夭。
玉壶春花颜色媚，白里透红黄金蕊。
红中带黄红十八，水洗凝脂花底滑。
唐宇秋荷粉嫩团，恰似二八秋娘颜。
红装素裹颜色鲜，皑皑白雪映红莲。
金猴戏春丰秀姿，绿珠下垂黄金丝。
白金玉堂白玉球，晶莹剔透光华收。
白绒丝团蕊流光，睡眼蒙眬温柔乡。
金风万里迎秋霜，飒飒秋肃耀眼黄。
盘龙雀巢绣绒团，夭矫雄狮舞翩跹。

洹水紫桂美容颜，迎风弄姿引爱怜。
盘龙卓越秀色异，雨霁长虹清如洗。
花团锦簇眼迷离，淡施胭脂正相宜。
沽水彩莲花纷披，窈窕淑女寤寐思。
娇媚堪怜绿菊花，秋阳无力趁晚霞。
独立寒秋黄白紫，浥露花枝似垂泪。
堪称奇葩粉龙爪，赏余只夸天工巧。
更有秋菊七彩装，羞与春芳比霓裳。
莫负秋光胜春朝，赏菊开封乐逍遥。

2019年11月14日

注：

二乔、古黄牡丹、黄水晶、琴韵书声、粉荷花、白雪绿梅、大红芍药、鸳鸯荷、紫龙献爪、大红如意、棕红梅、墨蟹、李逵醉酒、国华皇冠、沽水紫霞、鹅毛粉黛、凤凰振羽、红袖添香、金红竞辉、兼六香菊、玉壶春、红十八、唐宇秋荷、红装素裹、金猴戏春、白金玉堂、蕊流光、金风万里、盘龙雀巢、洹水紫桂、盘龙卓越、花团、沽水彩莲、绿菊花、独立寒秋、粉龙爪，俱为菊花品名。

七绝·观苏可文所发视频有感

奇观海蟹吃蛤蚌，硬壳难当蟹螯强。
世事原来同一理，相生相克莫凭刚。

2019年11月17日

七绝二首·抒怀

一

不学庄子曳泥涂，敢效步兵穷路哭。
言语从来难尽意，一声长啸万山呼。

二

乘兴而来兴尽回，闲情踏雪夜寻梅。
吟诗格律烦求细，但写胸襟酒一杯。

2019年11月18日

注：

曳泥涂：见《庄子·钓于濮水》。

步兵：阮籍曾任步兵校尉，世称阮步兵。

乘兴而来：见《晋书·列传第五十》所记王徽之夜访戴安道之事。

七绝·题俊仁汉画像砖拓片

上林狩猎画砖传，马骏鹰扬勇竞先。
甲士神通擒猛兽，昂然豪气戾云天。

2019年11月18日

七绝·题画像砖朱拓

武士扬威气宇昂，骅骝神骏欲腾骧。

鸱鸮凌厉如鹰视，拱卫安宁日月长。

2019 年 11 月 21 日

五绝·题俊仁汉砖朱榻

武士扬威武，騊駼骤四蹄。

鸱鸮一声啸，硕鼠委涂泥。

2019 年 11 月 22 日

注:

騊駼: 古良马。《尔雅·释畜》: “騊駼，马。”騊，音“淘”。駼，音“徒”。

硕鼠: 见《诗·魏风·硕鼠》。

五律·小雪

良月迎飞雪，琼花次第来。

秋分玄鸟去，冬至伯劳催。

渐有梅枝秀，同观六出开。

怜香逢美景，月夜独徘徊。

2019 年 11 月 22 日

注:

玄鸟: 燕子，春分来，秋分走。

伯劳，夏至鸣，冬至止。见《左传·昭公十七年》“我高祖少昊挚之立也……”。

五绝五首·应命为美图配诗

一

霜风吹大地，满树染黄金。
堪作春花赏，秋林景醉人。

二

北雁南归去，游人看景忙。
远山烟雾绕，近树惹红黄。

三

枫林红胜火，远黛伴斜阳。
美景浓如酒，安心胜药汤。

四

红叶傍平湖，白云看有无。
游鱼嬉水乐，心静向浮屠。

五

暮霭浮天际，归巢大雁低。
金黄禾穗重，硕果遗民黎。

2019 年 11 月 23 日

注：

浮屠：佛陀。

五绝·题汉画像砖

武士气轩昂，华车骏马扬。
鸱鸮嗔锐目，静好万年长。

2019年11月23日

五绝六首·张掖航拍视频观后

一

大美金张掖，丹霞地貌奇。
凌空观景色，七彩眼迷离。

二

怪石峥嵘起，山高涧壑低。
空中敷五彩，大地染虹霓。

三

古刹依山建，重檐石壁间。
频登缘底事，礼佛种福田。

四

大漠荒凉地，王维叹直烟。
至今高速路，坦荡走其间。

五

昔日飞沙石，而今草木萋。
宏图勤治理，民众乐熙熙。

六

张掖城今在，人民处宴然。

水丰花木茂，塞上胜江南。

2019 年 11 月 26 日

注：

宴然：安定，平安。

七律·通韵和文智《嫁接》

能工巧手嫁接花，堪比红娘作斧伐。
绿叶葱葱滴玉露，红花楚楚满枝丫。
青莲一壶花间酒，元稹三杯月夜茶。
得此奇葩难自抑，邀人共赏过邻家。

2019 年 12 月 1 日

注：

青莲：李白号青莲居士。

月夜茶：元稹有词《一七令·茶》。

五绝·大雪节气

当时无大雪，却见雾霾生。
我辈应惊省，天人相与成。

2019 年 12 月 7 日

七律·次韵王文智《纪双龙巷开街》

东京风雨梦星河，古巷千年故事多。
大宋双龙留胜迹，今朝五凤唱清歌。
吹台翠柏迎春绿，铁塔风铃颂日和。
国泰民安逢节庆，熙熙攘攘尽颜酡。

2020年1月20日

注：

酡：喝了酒而脸色发红。

七律·依韵奉和王工

新冠肆虐又如何，众志成城奏凯歌。
纵有妖魔施暴戾，岂无利剑斩阎罗。
中央决策扬神力，上下齐心去病疴。
待到花开鲜艳日，万方乐舞动星河。

2020年1月26日

七绝（孤雁入群格）·和苏可文《我的蒜苗》

原来蒜瓣绕须根，此日苗生碧玉存。
不为主人勤洒水，却因春季已来临。

2020年2月5日

七绝·遥寄文智

辗转乡思未入眠，寒星闪烁照婵娟。
殷勤老友常期许，娇媚盆花自可怜。

2020年2月16日

七律（孤雁入群格）·二月二吟

万象更新大地春，元亨二月振龙鳞。
巡天夭矫隆阳气，拔地蹁跹慑鬼神。
南国英雄花似染，北方绿色草如茵。
一年最是春佳处，酒未入唇人已醺。

2020年2月24日

七绝·昨夜有雪

春雷阵阵起生机，白雪飘飘展素衣。
杨柳枝头萌绿色，李桃嫩蕊孕芳菲。

2020年2月28日

七绝（通韵）·喜闻开封战疫指标归零

憋闷宅家已月余，忽闻战疫好消息。

劝君莫起张狂意，放马还须待日期。

2020年3月3日

五绝·为何山建画木棉题

南国有奇花，当空灿似霞。

画师挥妙笔，春色到人家。

2020年3月8日

七绝·为群主夫妇题

妇唱夫随情意真，齐眉举案度艰辛。

同学群里人称羡，两手相牵敬似宾。

2020年3月8日

七绝·读苏可文词《赠病妻》

床前十六载嘘寒，日子艰辛不畏难。

谁道夫妻似劳燕，人间真爱比金坚。

2020年3月9日

七律·步韵王文智

困守家中未免愁，何时放远比飞鸥。
轻唇一吻黄鹂愧，美酒三杯太白忧。
永夜情真哼曲调，清晨兴到亮歌喉。
春回大地精神爽，秀色盈怀上画楼。

2020 年 3 月 11 日

作恶必受惩

网上消息，有奇葩郭某，值此抗疫决胜之关键当口，行程万里，意大利米兰观球，隐瞒病情，飞机高铁公交地铁，坐了个遍；商场单位逛街购物，疯了个遍，令人愤慨无语。本觉河南抗疫形势大好，解除封闭在即，心情轻松，乱诌几句，以抒久积郁闷之气。得此消息，顿时憋闷不已，故诗转调，以发不平之愤耳。

何时老友，欢乐聚首。
大杯喝酒，大块吃肉。
人生易老，岁月悠悠。
花起春愁，酒醉千忧。
河南抗疫，大局已就。
出一小子，不可原宥。
飞行万里，绕地半周。
巴黎逛景，米兰观球。
自顾逍遥，祸乱中州。

害人害己，实为恶酋。

遗祸甚烈，万民诅咒。

2020 年 3 月 12 日

七律·仲春

春风未解宅家忧，吹落梨花满地愁。

却恨瑶姬魂梦醒，应怜楚芈世缘羞。

芬芳落寞荒园土，素白飘摇浊水沟。

萦绕琼楼空自舞，漫将心事付歌喉。

2020 年 3 月 18 日

注：

宅，浊，入声。

楚芈：指楚怀王。用巫山神女典，传神女名瑶姬，未嫁而亡。楚怀王游高唐，梦中与瑶姬相遇，惊为天人，欲“娶回长乐侍君王”，却遭拒绝。宋玉登徒子，其《高唐赋》写楚襄王神女事，多唐突亵渎。此处巫山非三峡巫山，乃湖北云梦巫山。

七绝·步韵王工武大樱花

熏风二月赏花天，满地繁英已可怜。

疫病封城原愤懑，娇姿再见待来年。

2020 年 3 月 23 日

七绝·王工归来

王工夫妇把家还，姹紫嫣红现眼前。
不是今年春信早，原来为惹主人怜。

2020年3月27日

七律·和可文杏花

杏花三月耀晴空，引蝶招蜂蜜意中。
结果颗颗酬困苦，开花朵朵报春风。
核仁小苦为良药，瓤肉微酸喜幼童。
岭上地头红白处，农耕忙碌种田翁。

2020年3月28日

注：
蝶、结、核、白，入声。

七律·和可文梨花诗

一树妆成白雪肌，春朝懒起弄妍姿。
吴娃越女含羞退，楚客王孙抱梦思。
洁去洁来还自重，论秾论瘦总相宜。
争如国色滋清露，不及梨花带雨奇。

2020年3月29日

注：
白、雪、客、洁、国、及，入声。

七律·晚春

春风浩荡菜花黄，郊野生机气势昂。
蝶戏芬芳还梦暖，莺啼烂漫寄情长。
名园祓禊迎来福，隔院秋千送过墙。
一碗新茶清苦意，三盅老酒黑甜香。

2020 年 4 月 2 日

注：

蝶、祓、福、隔、一、黑，入声。

祓禊：古习俗在上巳于水边禳灾求福。

黑甜乡：指梦乡。苏轼《发广州》诗：“朝市日已远，此身良自如。三杯软饱后，一枕黑甜余。”东坡自注“俗谓睡为黑甜”。

五绝·寒食

节气逢寒食，时温乍暖寒。
寄言亲友慎，随候换衣冠。

2020 年 4 月 3 日

注：

食，入声。

七绝二首·庚子清明

一

柔枝细柳掠流莺，开罢桃花李杏萌。

却赞春天颜色好，儿童雀跃斗风筝。

二

清明时节不安宁，国外新冠正肆行。

借问何时烦扰去，荷风鼓荡夏莲荣。

2020 年 4 月 4 日

注:

节，入声。

七绝·庚子清明祭

一声汽笛裂长空，举国齐哀祭骏雄。

剩勇还须重抖擞，外防内控毕其功。

2020 年 4 月 4 日

注:

汽笛：清明节这天，全国鸣笛为疫情死难者祭。

七绝二首·谷雨

一

谷雨甘霖润似酥，青萍远看绿如无。

高枝布谷欢声唱，莫误农时醒丈夫。

二

落花谷雨送春归，泛绿池塘兆夏回。

且放闲心诗酒外，新芽为烫品茶杯。

2020 年 4 月 19 日

打油诗·题开高 683 班樱桃会照

别开生面迎五一，大陆盛邀同学会。
樱桃为媒东道殷，更有鸡肉盒饭备。
笑语欢歌诉衷肠，美好情意沁腑肺。
梦绕魂牵忘却难，三日犹品好滋味。

2020 年 4 月 29 日

七律·五月榴花

榴光溢彩火然红，笑靥胭脂碧玉丛。
秋后晶莹真琥珀，夏前璀璨小灯笼。
花娇争奈青梅雨，叶绿难辞菡萏风。
拜倒石榴裙下醉，长生殿上梦成空。

2020 年 5 月 3 日

七律·读稗史有感

世蕃父子恶名前，淫逸骄奢臭万年。
极欲奇杯名白玉，滥情丝帕记筹编。
夤缘走马三千客，慷慨求官数万钱。
殷鉴高悬应不远，常思头顶有青天。

2020 年 5 月 25 日

注:

稗史：民国许啸天《明代宫闱史》。

世蕃父子：明严嵩严世蕃父子。

奇杯：严世蕃穷奢极欲，诸多名目，如玉屏风、温柔椅、香唾壶、白玉杯等。白玉杯是酒宴时以美姬口含温酒倒入饮客口中。

筹编：严奸恶行，强掠良家，以白丝帕计数。

万钱：严奸卖官以万起价。

七律·芒种

赤日熏风送麦香，丰收果实早登场。
青葱映眼秧苗绿，白藕开怀梅杏黄。
雀跃伯劳鸣棘树，翻飞翠盖满池塘。
西瓜适口清烦虑，且就凉棚共品尝。

2020 年 6 月 5 日

七律·步韵王工思碾转

华颠夜梦思回旋，小麦青黄推碾转。
为慰髫龄辘辘肠，宁知老母凄凄饭。
儿童菜色正忧愁，口腹清香常惦眷。
过往依稀不可追，心中留待成怀恋。

2020 年 6 月 6 日

注：

思：此处为名词，应读去声。

髫龄：“髫”，音同“条”。幼年。

附王文智原玉：

七律·思碾转

光阴荏苒古稀旋，芒种之时思碾转。
麦穗随风半染黄，农家燎火成盛宴。
山珍海味已常尝，野菜粗粮多惦眷。
童趣奈何不复来，多情公子空悲恋。

五律（入群格）·听发曾歌《别君叹》

千年离别意，一曲送君情。
杨柳依依拂，鹧鸪戚戚鸣。
随心相与愿，挥手自兹行。
万里家乡远，三更看晓星。

2020年6月14日

七律·谒太史公祠

驱车千里到韩城，无韵离骚有大名。
滚滚黄河奔涌急，森森翠柏郁葱擎。
铮铮铁骨真良史，耿耿忠心耸峙京。
继起春秋麟现后，至今绝唱备哀荣。

2020年6月16日

注：

无韵离骚：鲁迅称《史记》为“史家之绝唱，无韵之离骚”。

黄河：司马迁祠和墓位于陕西韩城南10千米芝川镇旁的一座小山上，东距黄河干流4千米。

峙京：直立的山丘。司马迁墓坐落在一个小山丘上。

春秋：指孔子所删改的编年体史书《春秋》。

麟现后：公元前481年春，鲁国叔孙氏仆从鉏商打猎获麟，伤其足，众皆以为不祥。孔子见而大恸，书于简曰“十有四年，春，西狩获麟”，《春秋》自此终。史称“获麟绝笔”。

七绝·韩城城隍庙

城隍神庙建于明，百姓平安佑府城。

供奉脂膏烟火盛，当思殷切万民情。

2020年6月17日

注：

城隍神庙：韩城城隍庙位于陕西韩城市金城区东北隅，占地1.56万平方米，始建于明隆庆五年（公元1571年）。是陕西省最大的一座城隍庙，中轴四进院落，是一组具有明清建筑风格的古代建筑群。为全国重点文物保护单位。

七绝·韩城东营庙

戍守韩城有五营，兵强马壮敢争锋。

云长武圣雄威在，鬼魅烽烟莫觅踪。

2020年6月17日

注：

东营庙：原为守城驻兵之所，有东西南北中五营。现仅存东、北二营。以营为庙，供奉武圣关羽，作为守护神。庙坐东向西，东西长约60米，南北宽约50米，两进院落，主要由山门、过殿、享殿和寝殿组成。北侧保留有其他建筑，西面是三公祠。始建年代已无可考，据《碑记》康熙二十年（公元1681年）重修，道光十二年（公元1832年）再修。

七律·谒文庙

古城学巷列黉门，文庙巍然气势吞。

照壁五龙腾跃起，牌坊三座美轮尊。

千年翠柏虬蟠干，五子登科屈曲根。

泮水桥边游客织，人生最重是师恩。

2020年6月17日

注：

黉门：又称黉宫，古指学校。

文庙：韩城文庙位于陕西韩城市金城区东学巷东端北侧，是全国第三大孔庙，仅次于山东曲阜和北京国子监街的孔庙。占地8400平方米，始建于唐初，明洪武四年重修。集宋元明清建筑于一体，格局雄阔，气势恢宏。

照壁：南有五龙照壁，也叫“万仞宫墙”，壁上五龙飞腾，两旁配以鲤鱼戏浪浮雕，取飞黄腾达、人才辈出之意。

牌坊三座：棂星门为文庙正门，门为悬山式，由三座牌坊组成。

千年翠柏：院内有古柏33棵，枝繁叶茂，生机盎然。

五子登科：二进院中一株古柏树龄1500年，一树生五干，宛如五根巨大的手指，称“五指柏”，也叫“五子登科柏”。据说以手抚摸，可如愿以偿，科场高中。树冠造型奇特，不同角度视之，可见孔雀、梅花鹿、羚羊、仙鹤等祥瑞之形。

泮水：古学宫前之半月形水池，乃官学标志。古礼，周天子太学中央有一座学宫，称“辟雍”，四周环水，诸侯之学只能南面“泮水”，故称“泮宫”。《诗经·泮水》有“思乐泮水，薄采其芹”句，言古时士子在太学采泮池中水芹，以备入学大典之用。“芹”谐音“勤”，寓意勤奋为学。泮池上有石桥，称为“泮桥”，凡新入学员，都须换上学服，过泮桥，进大成殿，拜孔子，行入学礼，称“入泮”。

五古·靖边丹霞地貌

碛口奔靖边，循路黄河滩。
修路路况差，上下又拐弯。
一路尘土扬，半空飞黄烟。
时遇小坑洼，人晃汽车颠。
也有好风景，不时入眼帘。
澄碧黄河水，奔流峡谷间。
前方路不通，途遇司机言。
屋漏偏逢雨，汽油将要干。
无奈把路换，直奔柳林县。
喜逢加油站，汽油须加满。
到达靖边城，时已六点半。

夜宿凯立蓉，路边小酒店。
早起洗漱毕，路摊忙就饭。
餐罢急上路，目标波浪谷。
途经龙州堡，明代北疆戍。
下车忙拍照，解手两不误。
千辛又万苦，终到目标处。
值守横栏杆，警察把守严。
忽来一村民，开口细商谈。
言说可领入，每人五十元。
此路是我开，留下买路钱。
下车伊始处，唐代龙城关。
大将郭子仪，屯兵防贼番。
诗人王昌龄，《出塞》好诗传。
再行无平路，陡坡现眼前。
路边无一树，骄阳挥汗苦。
幸而是下坡，重力与人助。
欲看好风光，奋力向前路。
眼眸猛一亮，谷底蒙绿雾。
两湾清莹水，四周生苇蒲。
丹霞映碧水，晴空掠白鹭。
天蓝水也蓝，好美波浪谷。
栈道芦苇间，通往一线天。
石罅难容身，红壁夹两边。
缝中黑漆漆，曲折行走难。
渐行渐攀登，身肥通过艰。

实在挤不进，反身转回还。
山道随溪转，清浅水潺潺。
水底铺细沙，黄红相与搀。
小鸟不知名，啁啾叫声欢。
磴道忽陡起，绕山十八盘。
半坡波浪起，丹霞蔚满天。
拍照有乐趣，欣贵躺红岩。
奋力登极顶，岔路在眼前。
问路席地人，挥指峡谷间。
奈何走不通，回头又上山。
恰似人生路，曲折又回旋。
摇摇空水瓶，携水全喝完。
浑身汗淋漓，嗓子冒青烟。
小村寻水饮，九通冲在先。
村民真厚道，舍水不收钱。
空调汽车里，轻快喜心田。
老左哼小调，杜吉开笑颜。
喜真不吭声，老铁忙调侃。
马达轰隆转，直奔下一站。
九通猛惊叫，手机找不见。
回程遍寻无，归来空嗟叹。
老妻柔语慰，齐眉举酒案。
人生苦短暂，何必找忧烦。
一笑解千愁，幸福乐万年。

2020年6月20日

注：

波浪谷丹霞地貌位于陕西榆林市靖边县龙洲镇，东南距县城21千米。

龙州堡，龙州堡位于陕西榆林市靖边县龙州镇大涧村，是明长城延绥镇三十六营堡之一。修筑于明成化五年（公元1469年），隆庆六年（公元1572年）加高，万历六年（公元1578年）用砖包砌。城垣周长约1.30千米。

龙城关，旧址建于汉武帝中叶（公元前135年—前100年），汉武帝北狩朔方，统兵十万，驻龙州。飞将军李广、大将军卫青、骠骑将军霍去病北征匈奴，屡屡在此屯军。唐时，这里已成边关重镇，时称龙城关。朔方节度使郭子仪驻军于此，开元进士王昌龄随军，夜巡城头赏月，咏出绝唱《出塞》二首。

齐眉，汉梁鸿、孟光相敬相爱故事。我班同学铁九通、张喜真夫妇不是梁鸿、孟光胜似梁鸿、孟光，令人艳羡。九通好酒，每一两天，则小酌二三两。饮至酒酣时，则袒胸露乳，怡然自得，上网打游戏，听歌梁父吟。

七律·应县木塔

庄严七宝释迦身，木塔巍然耸入云。
峻极神工纯木构，经久战乱烛香焚。
飞檐八角攒尖顶，舍利两颗参拜殷。
天下奇观依旧在，至今敢不念梁君。

2020年6月22日

注：

应县木塔：此为俗称，全称为佛宫寺释迦塔，位于山西省朔州市应县城西北佛宫寺院内。建于辽清宁二年（宋至和三年，公元1056年），金明昌六年（南宋庆元元年，公元1195年）增修，是中国现存最高最古的唯一一座木塔，与意大利比萨斜塔、巴黎埃菲尔铁塔并称“世界三大奇塔”。塔高67.31米，底层直径30.27米，呈平面八角形，纯木结构，不用一钉。

峻极神工：明成祖朱棣题，悬于顶层。

经久战乱：木塔久经战火，宋、辽、明、清以至民国内战、解放战争，曾中弹逢火，安然无恙。

攒尖顶：建筑物的屋面在顶部交会为一点，形成尖顶。宋时称“撮尖”“斗尖”，清时称“攒尖”。是中国传统建筑的一种屋顶样式。其特点是屋顶为锥形，没有正脊，顶部集中于一点，常用于亭、榭、阁和塔等建筑。

舍利两颗：塔内供奉两颗佛牙舍利，盛装在七宝饰的银廓里。

天下奇观：明武宗朱厚照题，悬于第四层。

梁君：指建筑学家梁思成，当时战火纷飞，交通不便，1933年，梁思成一行四人到达应县，对木塔进行了详细的测绘，为后世研究修缮留下宝贵资料。

七律（通韵）·北岳恒山

北岳巍巍耸北边，雄关赫赫障中原。
氤氲雾霭光流转，迤逦龙蛇势郁盘。
仰望高标凌斗极，俯观秀色落桑干。
彤云出岫千岩绿，白雪行空万壑寒。

2020年6月23日

注：

恒山：亦称太恒山，古名玄岳、玄武山、崞山、高是山。横跨晋冀两省，自古祭山在河北曲阳北岳庙，清顺治“移祀北岳于浑源”。恒山主峰天峰岭（海拔2016.1米）在浑源县城南。现在游恒山，多以位于山西大同市浑源县城南10千米处的恒山风景名胜区为主。恒山号称有十八大景观，有张果老神话、舍身崖传说，还是道教全真派圣地。

障：屏障，屏蔽。

斗极：星座，指北斗七星。极言恒山之高峻。

桑干：指桑干河。恒山是海河支流桑干河和滹沱河的分水岭。据传桑干河于桑椹成熟时干涸，故名。

七律·黛螺顶

滴翠参天磴道旋，披云揽雾梵音传。

朝台礼佛虔诚意，发愿随心悯恤缘。

深涧雨来成绝唱，长松雪落挂冰毡。

清凉拜罢归程后，不到黛螺空看山。

2020年6月24日

注：

黛螺顶：五台山名刹之一，位于台怀镇东边。初名佛顶庵，明代称大螺顶，清乾隆十五年改为今名。始建于唐。上山，左有古道，右有新路。更有索道直达寺门不远处平台。新路全部用五台山青石铺成，共有1080级台阶，起名“大智路”。文殊菩萨专司智慧，据说登此路，可以烦恼顿消。1080级台阶，寓“六凡四圣”十界之意。佛教天台宗合称六凡四圣为十界，十界是佛经里所讲修行高低不同的十种境界，由低到高依次为：地狱界、畜生界、饿鬼界、修罗界、人界、天界、声闻界、缘觉界、菩萨界、佛界。十界里各有“百八”，合起来就是1080。据僧人讲，攀1080级台阶，给人增添智慧，消疫除障，逢凶化吉，一生平顺。黛螺顶坐东朝西，占地近2700平方米，有殿堂房屋50余间，中轴线上依次为牌楼、天王殿、旃檀殿、五方文殊殿、大雄宝殿。天王殿兼做山门，供奉弥陀菩萨，后为韦驮菩萨，左右为四大天王。旃檀殿供奉一尊站立的释迦牟尼像，用旃檀木雕成，后凡站立释迦牟尼佛像，不管何种材料所制，统称旃檀佛。五方文殊殿是黛螺顶主殿，供奉着五台山五座台顶所祀文殊五种法像，像为铜铸，高约2米，从右至左依次为：东台聪明文殊、北台无垢文殊、中台孺童文殊、南台智慧文殊、西台狮子吼文殊。大雄宝殿，是释迦牟尼说法的殿堂。内有铜铸释迦牟尼、阿弥陀、药师、帝释天、大梵天、迦叶、阿难佛像。

朝台，朝拜五方文殊。亲登五座台顶，礼拜五方文殊，叫大朝台；仅登黛螺顶，进五方文殊殿朝拜，称小朝台。小朝台可代大朝台，因此，俗有“不登黛螺顶，不算朝山客”之说。

清凉，五台山夏无暑热，七月、八月最热季节，仍清凉如秋，故又叫清凉山。

七律·菩萨顶

庙宇皇家气势雄，五台朝拜作行宫。
石阶百八神山至，贝叶三千佛界通。
翠柏纷披明晦际，白云缭绕卷舒中。
花间自在寻春韵，树下悠然品土风。

2020年6月24日

注:

菩萨顶，位于五台山台怀镇的灵鹫峰上，是历代皇帝朝拜五台山时的行宫，也是五台山最大的喇嘛寺院。传为文殊菩萨道场，即文殊居住处，故又名真容院、大文殊寺。创建于北魏孝文帝年间（公元471—499年），历代多有重修。明永乐之后，蒙藏藏传佛教徒进驻寺内，遂成五台山黄庙之首。占地9160平方米，殿堂僧舍100余间。中轴线上主要建筑有山门、天王殿、大雄宝殿、文殊殿等，两边排列钟鼓楼、禅院等，红柱红墙，黄绿蓝三彩琉璃瓦，金碧辉煌，一派皇家气象。菩萨顶大殿布置颇具藏传佛教色彩，大雄宝殿正前方供着黄教创始人宗喀巴像，后面则供毗卢佛、阿弥陀佛、药师佛。文殊殿内文殊像与一般青庙内不同，头取旁观势，发做散披状，身挂瓔珞，显得生动活泼。大雄宝殿，是寺里举行大型佛事活动的场所，四周石雕回廊环护，重檐歇山式顶，前献殿内供奉释迦、弥陀、弥勒三世佛。文殊殿重建于清代，单檐庑殿顶，大殿正脊中央置镏金铜法轮，殿内佛坛供文殊骑狻猊彩色泥塑像，两侧则供十八罗汉塑像。菩萨顶后院放有几口大铜锅，大的直径2.04米，深1.15米，供大型佛事活动做斋饭时用。寺内立有明清时期石碑八通，其中二通乾隆御碑最为突出，汉白玉制成，方座螭首，高4米，四面俱宽1米。从菩萨顶“佛”字大照壁仰望，108级台阶直上高处，可见红柱黄瓦牌楼，上有康熙题额“灵峰胜境”，蓝底金字，熠熠生辉。

菩萨顶大喇嘛的崇高地位，传说与康熙的一段风流韵事有关。康熙有一次游五台山，路过营坊街，见一民女，名叫梅枝，正在碾米，面容娇俏。夜宿行宫，情动于中，吟诗一首：“骑骏马，过皇庄，遇一女子碾黄粱。玉指杆头托，金莲裙底忙。轻起笤，慢簸扬，回道辄步整容妆。汗流粉面花含露，尘锁蛾眉柳带霜。可惜这般风流女，嫁与谁家田舍郎？”内侍猜知帝意，召宿行宫，后怀孕生子，康熙接养他处，长大后送菩萨顶出家，敕封大喇嘛，赐提督印，荣居一品。

行宫：皇帝巡游五台山，如康熙五次，乾隆六次，均宿于菩萨顶。

佛界：是佛教修行十种境界中的最高境界。

七律·赵州桥（孤雁格）

赵县石桥横两边，至今车马渡安然。
洪流泻地行洨水，巨震摇天动冀川。
一道大弓悬万载，二重小券列双肩。
能工巧构虹霓现，岁月悠悠历暑寒。

2020年6月24日

注：

赵州桥：又称安济桥，坐落在河北省石家庄市赵县的洨河上，横跨在37米多宽的河面上，因桥体全以石料建成，故当地称作“大石桥”。赵州桥建于隋文帝开皇年间（公元581—600年），由著名匠师李春设计建造，是当今世界上现存第二早、保存最完整的单孔敞肩石拱桥。桥长50.82米，跨径37.02米，桥高7.23米，桥宽9.6米。赵州桥结构巧妙，造型优美，得到赞赏，唐张鷟曾在《朝野佥载》中赞美赵州桥，“望之如初月出云，长虹饮涧”。赵州桥联语：“水从碧玉环中去，人在苍龙背上行。”

洪流：洨河汛期排水不畅，历史上曾多次暴发洪水。

洨水：洨河，海河支流滏阳河上游的一条分支，赵州桥即横跨其上。

巨震：赵州桥周围地区，曾发生多次地震。

大弓：指赵州桥大拱像弓，而非一般的半圆形，所以桥面平缓，便于车马通行。

小券：券，音“炫”，拱券、门窗、桥梁等上边呈弧形的部分。

双肩：指大拱两端上方。

七律·正定隆兴寺（孤雁格）

隆兴之地有龙兴，彩绘楼阁耀眼明。
菩萨庄严千手眼，观音绚丽百莲璎。
隋碑阅世风霜老，槐树参天枝叶荣。
正趁晴空澄似碧，古城笑语七人行。

2020 年 6 月 25 日

注：

隆兴寺：俗称大佛寺，位于石家庄市正定县城东门里街。原为东晋十六国时期后燕慕容熙的龙腾苑，隋文帝开皇六年（公元 586 年）改建为寺院，名龙藏寺，唐改为龙兴寺，清改为隆兴寺，沿用至今。寺院占地 82500 平方米，大小殿宇十余座，沿南北中轴线及两侧排列，寺前迎门有一座高大琉璃照壁，经三路单孔石桥向北，依次为：天王殿、天觉六师殿（遗址）、摩尼殿、戒坛、慈氏阁、转轮藏阁、康熙御碑亭、乾隆御碑亭、御书楼（遗址）、大悲阁、集庆阁（遗址）和弥陀殿等。

菩萨：大悲阁内矗立一尊铜铸菩萨像，高 19.2 米，立于 2.2 米高的须弥石座上，奉宋太祖赵匡胤敕令建造。有 42 臂，称“千手千眼观音”。

观音：摩尼殿内槽北壁为一座宋代泥塑五彩悬山，悬山上塑有佛像 30 余尊，最引人注目的是端坐于中间的观音像，俗称“倒坐观音”，像高 3.4 米，左足踏莲，右腿踞起，两手抱膝，身体前倾，面容恬静端庄。鲁迅先生称之为“东方美神”。

隋碑：指隋龙藏寺碑，全称“恒州刺史鄂国公为国劝造龙藏寺碑”。为汉隶向唐楷过渡时期的代表作。

槐树：摩尼殿北门出来，甬道两侧各有一株树龄1600余年的槐树，一称龙槐，一称凤槐。树根在地下缠绕，树枝在空中交叉，象征着坚贞不渝的爱情。

七人行：本一行六人，683班同学宋战军特意从市区赶到古城南门会合，陪同游览。

七绝·端午感怀

又是一年青粽香，离骚暗咏结衷肠。
纵情山水歌诗外，老友安康共举觞。

2020年6月25日

七绝·昔阳大寨

穷山恶水换新颜，公路盘旋碧玉间。
且看村头杨柳下，至今老媪话悠闲。

2020年6月25日

五律·大寨虎头山

虎头山上坡，树少石头多。
水欠草虽长，土贫林不柯。

困穷存志气，苦干改山河。
前辈艰难路，今人幸福歌。

2020 年 6 月 26 日

注：

柯：树枝。这里用如动词，是说树木繁茂。

我班曹松龄说，写大寨七绝无特点，放何处均可，建议再写，今遵命作五律。

七律·赠 683 班同学

世事艰难多坎坷，心胸开阔称高歌。
三餐养分须搭配，四季衣裳莫犯和。
小院繁华当节令，西塘绿叶赏新荷。
前生若不修高德，今世享兹安乐窝？

2020 年 8 月 20 日

注：

称：读 chèn，适合。

七绝·步韵苏可文

京风曲韵志坚贞，菊部亦知家国情。
愿为轩辕酬热血，凭谁与我诉心声？

2020 年 8 月 29 日

注：

菊部：泛称梨园行。

轩辕：黄帝，中华“人文初祖”。代指中华民族，鲁迅《自题小像》诗云：“寄意寒星荃不察，我以我血荐轩辕。”

附苏可文原玉：

七绝·观电视剧《鬓边不是海棠红》

一部悲欢豪士梦，三生肝胆少年情。
中华自古多磨难，倍有英雄振聩声。

五绝·次韵可文

心胸常放远，万里不悲秋。
莫自寻烦恼，何来若许愁。

2020年9月1日

附苏可文原玉：

五绝·天籁清心曲

天籁清心曲，狂翻鬓里秋。
如能常绕耳，从此不言愁。

五律·观春芳小院有感

楼前方寸地，收拾两停当。
四角花枝密，中间菜叶昂。
霜寒连曙色，冬去接春芳。
世事皆情趣，心平日月长。

2020 年 9 月 3 日

注:

拾、接，入声。

诗中特意藏芳名，愿同学们的心情和生活，都如春芳一样灿烂。

七古（通韵）·拉卜楞寺游

六大男侠一女侠，秋高气爽游中华。
此行川甘畅胸怀，驾车自在走天涯。
涵泳秦岭千秋雪，激赏青藏格桑花。
寄语怜取眼前人，爱情坚贞意愿佳。
高原骄阳雪域风，美丽娇艳茎挺拔。
风霜雨打叶愈翠，格桑梅朵灿如霞。
春夏之交好季节，风姿绰约美娇娃。
道路蜿蜒车行急，惊恐莫名失手刹。
为防万一寻修理，路寻不见徒嗟呀。
无奈直奔宝鸡城，专修店内师傅夸。
华灯初上陈仓地，心旷神怡品酒家。

北岭早于韶文化，亶父率族岐山下。
周秦王朝发祥地，自古王侯传佳话。
转眼来到夏河境，路边胜景接无暇。
寺院金顶耀秋阳，高入云端耸佛塔。
拉卜楞寺扬大名，格鲁黄教第一厦。
殿宇连绵百千亩，金碧辉煌蓝天下。
转经长廊数十里，信众攘攘诵不罢。
僧舍纵横如栉比，门楣雕刻叹惊诧。
白墙红衣垂首过，经堂虔诚唱喇嘛。
也效千里朝圣客，五体投地拜菩萨。
空虚守静自康健，天人合一乐无价。

2020 年 9 月 7 日

注：

涵泳：陶冶，品味，沉潜其中。

怜取眼前人：格桑花语。

格桑梅朵：藏语“格桑”是“幸福”之意，“梅朵”是“花”的意思。

陈仓：宝鸡古称，“明修栈道，暗度陈仓”发源地，所谓“炎帝故里，青铜器之乡”，公元 757 年因有“石鸡啼鸣”祥瑞，改名宝鸡。

韶文化：7150 多年前的北首岭遗址是早于仰韶文化的文化遗存。

亶父：公元前 11 世纪，周先祖古公亶父率族人迁徙到岐山下的周原（今宝鸡市岐山县）繁衍生息。

七古（新韵）·甘加草原、八角古城、郎木寺游

天空水洗碧如蓝，白云悠悠绕山巅。
半坡牛羊闲摆尾，牧人仰卧野花边。
忽见黑白旁逸出，顿闻山间响牧鞭。
藏歌悠扬遏行云，霞蔚云蒸声回旋。
纵无陶令折腰烦，也起思算归田园。
美景娱心兴豪放，载歌载舞众腾欢。
翩翩飞舞花蝴蝶，疑似仙娥下九天。
爱美之心人皆有，一旁群羊眼瞪圆。
老藏得意哼小曲，将军横戈挡雄关。
牛群过罢是羊群，一拨一拨接绵延。
传慧下车摆 pose，要与骄骏拍照片。
天晚心急似油煎，老左浩叹天可怜！
山路不平车颠簸，上下荡漾如乘船。
历经险阻到古城，体衰力弱难登攀。
余勇可贾援栏杆，古城全貌现眼前。
孔明布下八阵图，阴阳奇正围护坚。
古人妙思动兴叹，固若金汤巍山川。
殿宇嵯峨郎木寺，铜皮包裹作屋檐。
雕梁画栋讲经堂，金碧辉煌气端严。
中央肃穆三怙主，长明灯亮缭香烟。
相对两个郎木寺，一座江北一江南。
甘肃赛赤依山建，四川格尔傍溪涧。
蹦跳嬉戏小喇嘛，松下红袍佛号练。

溯流而上寻美景，石激浪花四飞溅。

独木桥上立娇娃，衣袂飘飘色斑斓。

松柏苍翠画图中，人与秀色相辉灿。

2020 年 9 月 8 日

注：

黑白：指代黑色牦牛白色羊。

思算：盘算思虑。

花蝴蝶：双关实物美女。

将军：借喻威风彪悍的牦牛。

pose：英语，意为姿势，用来形容模特 T 台上曼妙的姿态。

骄骏：原指高大雄壮的骏马，这里指彪悍的牦牛和肥硕的藏羊。

郎木寺：实为地名，藏语叫“达仓郎木”，含有“虎穴仙女”的美好寓意。其地四面环山，一条峡谷纵贯南北，郎木寺有一个形象概括——“金盆养鱼”。自古为交通要冲、兵家必争之地。

三怙主：藏传佛教尊奉的三位重要菩萨，即四臂观音（居中）、文殊菩萨（居右）和金刚手菩萨（居左），他们分别是密教莲花部、如来部和金刚部的部主。

江北江南：郎木寺镇一条小河穿镇而过，却有一个响亮气派的名字——白龙江，按藏文意译作“白水河”。一条小溪划分又联结了川甘青三个省份，融合了藏、回、东乡、撒拉等多个民族，两座佛教格鲁派寺院和两座分属伊斯兰教“格的木”派、“泥和瓦泥”派的清真寺分布其间。

赛赤、格尔，江北赛赤寺属于甘肃碌曲县；“赛赤”是藏语音译，意为“金色的宝座”，全称“安多达仓郎木赛赤寺”。“格尔”，指“格尔底寺”，属于四川若尔盖县，“格尔底”，第一世格尔底活佛降生地，在嘉绒地区一个叫格尔底玛的地方，故人们将第五世格尔底活佛创建在达仓郎木的寺院，称为格尔底寺，全称“安多达仓郎木格尔底寺”。

拟太白《将进酒》歌行·花湖游

君不见，太白尽欢须放酒，椽笔终有经纶手。
君不见，纵情山河竟自由，粪土名利贱王侯！
人生得意莫轻狂，笃仁守虚上善修。
朝登青山抚白云，暮看夕照大河流。
饿来粗饭当美餐，渴饮溪水相与酬。
若尔盖，大草原。
凫雁游，鸢戾天。
云映湖水碧，鱼游晴空蓝。
朵朵白云衬金黄，团团黑牦踏芬芳。
美女张臂蓝天下，巾带飞舞神采扬。
空气如醴人欲寐，酒不醉人人自醉。
两车相随绝尘去，直奔黄河第一曲。
草如茵，道似漆。
美好常在险远处，万里驰驱不足虑。

2020年9月9日

注：

笃仁：笃实而仁厚。

上善：至善，极致的完美。《老子·第八章》曰：“上善若水，水善利万物而不争，处众人之所恶，故几于道。居善地，心善渊，与善仁，言善信，正善治，事善能，动善时。夫唯不争，故无尤。”

做人应该像水一样，至柔之中寓至刚，居下不卑，居上不骄，有容能谅，有仁爱人。古人云，“水唯能下方成海，山不矜高自及天”，“海纳百川，有容乃大；壁立千仞，无欲则刚”。南朝齐谢朓《奉和随王殿下》诗十一：“上善叶渊心，止川测动性。”宋范仲淹《淡交若水赋》：“考同人于易象，见贤必亲；法上善于礼文，书绅无妄。”在道家学说里，水至善至柔，与物融绵密无间，微则无声，巨则汹涌，与人无争，海量能容。人生之道，莫过于此。

相与酬：饮酒相互劝酒敬酒。比喻渴了饮水如饮美酒。

凫：音“服”，野鸭。

鸢戾天：鸢，小型的鹰，善于在天上优美地飞旋翱翔。戾，至，到。

漆：形容黑色柏油路，漆指生漆，漆黑耐磨耐酸碱。

七绝·登高望黄河九曲第一湾夕照

寒风砭骨凛金秋，夕照黄河云气收。

为送远观千里目，体衰也上一重楼。

2020 年 9 月 9 日

排律（通韵）·陶醉扎尕那

峭壁石林围四边，洮叠古道绕其间。

人寰父母诞生地，世外桃源散澹仙。

翠柏苍松扎尕那，清溪碧涧绿潭渊。

澄空水洗蓝如染，霞蔚云兴彩似娟。

都冶仙女惊落雁，太真丽质恨平凡。
羽翮振翅青冥上，异卉扬芬绿草前。
痴汉开心歌激越，嫦娥奋臂舞翩跹。
醉人美酒寻常有，留客娇颜万一难。

2020 年 9 月 9 日

注：

诞生地：扎尕那被约瑟夫・洛克誉为亚当和夏娃的诞生地。这位发现并向世界传扬丽江和香格里拉美的美籍奥地利裔植物学家、人类学家，高度赞美扎尕那，他 1925 年来到扎尕那，把这里看成“此景只应天上有”的人间天堂，他说，“如果历史是一个迷宫，如果尘世是一团混沌，如果思想是一担负累。那就有了扎尕那显迹于地表的启示意义：扎尕那，和一切经验性、世俗性的时空轮廓都没有关系；扎尕那，隔着整整一个世界，也恰恰留在了这个世界。”

都冶：美艳，漂亮。

太真：杨玉环号太真。

羽翮：“翮”音同“河”，鸟翎的茎，翎管。这里代指鸟类。

娇颜：美女。把扎尕那喻为美女，很难遇见，让人不忍离去。

七绝・扎尕那仙女滩

天生一座石头城，地造千峰靖节情。
茅舍仙女滩上建，朝披清露晚餐英。

2020 年 9 月 9 日

注：

靖节：陶渊明谥号。

七古·欣游若尔盖、黄河九曲第一湾

川西瑰丽绿宝石，白云悠悠秋空碧。
远山如黛雾霭霭，草原平阔情奕奕。
杂花红白草黄绿，溪流潺潺池沼积。
三大湿地若尔盖，雄浑壮阔兼绮丽。
青藏东部巍然立，高耸云端千万米。
河流蜿蜒十八湾，群山环抱大盆地。
绵羊墨洼河曲马，天然牧场望无际。
麝香鹿茸贝母草，熊猫天鹅黑颈异。
小麦青稞油菜黄，藏医藏药称珍秘。
去甘抵青冲要道，史前古羌发祥地。
当年红军跋涉难，北上巴西有会议。
如今悠悠白云下，风吹草低牧歌起。
牦牛草间踱方步，羊群云下频四顾。
安闲自在卧反刍，时见羔羊跪母乳。
野兔蹿跳草丛里，天蓝云白游野鹜。
长空展翅鹰盘旋，枝头干上鸦噪暮。
七子下车喜欲狂，混入羊群翩跹舞。
水边拍照云水间，恰似天宫神仙路。
更有传慧美娇妃，也效嫦娥舞羽衣。
可笑旁边六痴汉，亦如耕者忘其犁。
大道坦荡平似砥，直奔黄河九曲急。
忽遇牧民转场忙，羊群漫漫如云积。
藏女骑马挥羊鞭，藏男摩托驱牛避。

牦牛下道啃嫩草，绵羊饮水解渴意。
忽有一牛立中道，金刚怒目发脾气。
何方来此丑怪物，惹我发飙用角抵。
一群牦牛一群羊，绵绵不绝相接续。
传慧兴奋手足舞，老左气急出粗语。
谁再赞叹此情景，赶你下车不迟虑！
众人闻言哈哈笑，烦恼疲劳如尘扫。
起伏不断相谈欢，老藏归乡哼小调。
一路欢歌又笑语，不觉唐克镇来到。
九曲一湾在此地，驾车直奔莫迟疑。
赶到登高望远处，天晚已然停电梯。
体衰势难步磴道，遥望山顶徒叹息。
无奈返回寻住处，再找饭店慰肠饥。
为赏长河落日圆，何妨行程延日期。
不登绝顶观景台，岂是壮士之所为？
两股战战轻叩齿，金风猎猎透寒意。
索克藏寺金顶耀，丘陵坡上牛马憩。
黄河九曲十八弯，中华母亲勤哺育。
白河湾顶汇巨流，仙袂飘飘来天地。
远山一抹眉黛色，夕阳西下晚霞飞。
水鸟翔集舟横渡，红柳林中唱锦鸡。
神州儿女多奇志，华夏大地增壮丽。

2020年9月10日

注：

奕奕：美好，精神焕发貌。

墨洼：指若尔盖草原所产良种牦牛。

河曲马：指若尔盖草原所产良种马。杜甫《房兵曹胡马》诗赞曰：“竹披双耳峻，风如四蹄轻。”按：杜甫诗所赞，应为产自古大宛国（今乌兹别克斯坦费尔干纳盆地一带）的“汗血宝马”，非产自若尔盖县唐克镇的河曲马也。360百科误植。

贝母草：“草”特指“虫草”。

黑颈：指黑颈鹤。

古羌：“羌”，《说文·羊部》：“西戎牧羊人也，从人从羊，羊亦声。”古羌人是中华民族的重要族源，而若尔盖地区是古羌人繁衍生息的发源地之一。

五绝·寄思

面对美酒佳肴、轻歌曼舞，徒叹人生无常，永夜漫漫，幽思难忘，情何以堪！

何时慰渴念，思绪夜连绵。
须折花开际，当歌对酒欢。

2020年9月20日凌晨

注：

当歌：有曹孟德“对酒当歌，人生几何？譬如朝露，去日苦多”意，劝人及时行乐，欢娱当前；也有五柳先生“盛年不重来，一日难再晨。及时当勉励，岁月不待人”意，鼓励珍惜光阴，加倍努力。

七古·官鹅沟

媲美九寨官鹅沟，金屋藏娇玉人羞。

官珠鹅嫚木隆庙，峡谷纵横景色幽。
山黛松青镶翡翠，坡陡石激溅飞流。
丹枫如火经霜后，千年冰雪罩白头。
高原杜鹃别样美，春夏临风颤悠悠。
森林茂密鸟欢唱，牧鞭响处见马牛。
藏羌村寨傍水建，当道守护有碉楼。
弹起口弦跳起舞，笛弄山风伴清讴。

2020 年 9 月 23 日

注：

官珠鹅嫚木隆庙：指官鹅沟森林公园，由官珠沟、鹅嫚沟、木隆沟、庙沟等景区组成。

七绝·为九通夜饮题照

河边潇洒白头翁，喝四吆三脸醉红。
酒友猜枚齐踊跃，老妻哂笑似秋风。

2020 年 9 月 23 日

七绝·为某君题照

群中幸有教师爷，温暖如春似我家。
一众呆听难插话，滔滔不绝日西斜。

2020 年 9 月 23 日

七言排律·开高 683 班聚会咏

秋高气爽喜洋洋，云白天蓝现瑞祥。
靓女自矜桃李美，华颠也发少年狂。
欢颜岂止青春擅，笑口何妨耄耋张。
莫作悲秋愁苦客，应为对酒纵情郎。
须知万物皆身外，难得平生是健康。
鼎食钟鸣非足贵，茶粗饭粝自芬芳。
恩希损友三时短，意厚同窗一世长。
日落常寻机晤叙，风来亦问夜寒凉。

2020 年 9 月 26 日

注：

桃李：年龄别称。古时女子二十岁称桃李年华。

鼎食钟鸣：鼎，古代炊器；钟，古代乐器。击钟列鼎而食，形容王侯之家的豪华排场。

恩希：希，稀少。恩希，薄情寡义，用世俗朋友的以利为基反衬同学情谊的朴实纯真。

三时：这里指早、午、晚，言时间不长。

七绝（孤雁出群格）·老竹歌舞

老竹放歌情意深，身姿夭矫伴佳人。
三更唱出嫦娥舞，夜半绕梁动四邻。

2020 年 9 月 26 日

七绝（出群格）·莺歌好音

燕舞莺歌报好音，荣芬一曲遏行云。
柔情似水拳拳意，清丽如花郁郁芬。

2020 年 9 月 26 日

七绝·赞大陆

不避辛劳有爱心，赤诚一片为班群。
同学但使高游兴，上下何妨跑腿勤。

2020 年 9 月 26 日

七绝·赞马头

全镇齐夸品望高，为人正直性情豪。
班群端赖勤经理，浊酒三杯且自陶。

2020 年 9 月 26 日

注：

陶：快乐。陶渊明《己酉岁九月九日》：“何以称我情？浊酒且自陶。”

七绝·老竹题照

老竹破岩坚挺姿，依然青翠雪盈枝。

桃红柳绿春风暖，正是笋香飘散时。

2020 年 9 月 27 日

七绝·传慧写游记

慧心秀口写华章，一吐珠玑半盛唐。

纵使班昭依旧在，亦应捧读手留香。

2020 年 9 月 27 日

七绝·春芳醉人

秋阳送暖赏西姜，六八三班聚一堂。

喜笑颜开游兴畅，精心策划醉春芳。

2020 年 9 月 27 日

注：

西姜：指西姜寨。当时有现代农业园展。

五律·庚子寒露

草木收葱茏，秋虫早噤声。

黄花苞半蕾，丹桂醉晴空。

色染山岚艳，风流霜叶红。

平畴耕耙细，时雨兆年丰。

2020 年 10 月 8 日

注：

耕耙细：昨日到豫西山区，见一块块田地已耕耙平整，准备适时种麦。

七律·读新三观论

人生最乐是清欢，心态平和得泰然。
不慕云轻宵醉舞，但求体健夜安眠。
三餐至简家常饭，四壁皆空自在仙。
岁月原来如水淡，悠闲静意享天年。

2020 年 10 月 11 日

五绝二首·霜降

一

百草苦霜华，枯枝噪暮鸦。
沉吟缘底事，衣帽可添加？

二

寻常百姓家，最重是桑麻。
雨顺风调日，还来就菊花。

2020 年 10 月 23 日

七律·庚子重阳

九九重阳菊正黄，凋零百卉独芬芳。
登高望远山川丽，祝寿行觞日月长。
随分终能成自在，放怀即可得安康。
曾经沧海无留处，最美原来是我乡。

2020 年 10 月 25 日

五绝·自嘲·题欣贵 P 八仙桩上照

可笑铁拐李，效颦全力行。
惜乎弥勒肚，桩上战惊惊。

2020 年 10 月 25 日

七律·咏秋

人人都说春光好，我道秋凉胜众芳。
阵阵金风飞五彩，重重晓露润红黄。
艳阳纵有千花秀，爽节须知百果香。
酒罢情思何处寄，碧霄雁点几诗行。

2020 年 10 月 28 日

注：

金风：秋风。秋五行属金。

艳阳：指春天。柳永《长寿乐》：“繁红嫩翠，艳阳景，妆点神州明媚。”

爽节：指秋天。南朝谢朓诗云，“渊情协爽节,咏言兴德音。”

诗行：刘禹锡《秋词二首》有句日，“晴空一鹤排云上，便引诗情到碧霄”；白居易《江楼晚眺景物鲜奇吟玩成篇寄水部张员外》有句云，“风翻白浪花千片，雁点青天字一行”。古有鸿雁传书的传说，刘、白诗一出，便又和诗情联系在一起。

七律·同学情

10月31日晚9时余，远在呼和浩特市的刘瑞宝同学发来当地当时的满月照，是日农历九月十五，瑞宝顿起故乡之思，说想看看开封的圆月。何山建时在海南，即时拍海上生明月照发班群；王培芝身在汴梁，呼应南北，步行包公湖一带边拍边发，以慰老同学渴念。奈何其时月没云中，674班范增见之，遂发龙亭湖畔圆月照两张。此情此景，感动之余，诗以记之。

瑞宝思乡意绪长，荧屏万里表衷肠。
情浓最是圆圆月，客久偏伤恋恋郎。
范叟龙亭湖畔照，培芝包府道前忙。
同学圆梦当欣慰，举酒欢歌颂健康。

2020年11月1日

五古·为683班九月十五一段佳话赞

游子思乡意，银辉盈万里。
倦鸟恋旧巢，胡马依生地。
十五圆月夜，寻常归家计。

身远不得归，徒望雁南去。
落叶尚归根，大雁有朋侣。
西风拂细柳，何处安愁绪。
月是故乡明，对月诉心语。
心事谁理解，同学情难已。
拍取家乡月，厚谊荧屏寄。

2020年11月2日

七绝二首·立冬

一

立冬已报春消息，万物生机蓄精力。
待到来年雪化时，花红草绿葳蕤极。

二

何来蝴蝶舒双翼，晓梦庄生迷畛域。
鹏运逍遥南海游，九天俯仰青云翊。

2020年11月7日

注：

晓梦庄生：见《庄子内篇·齐物论》："昔者庄周梦为胡蝶……"

畛域：疆域，范围。

鹏运：见《庄子内篇·逍遥游》："北冥有鱼……"

翊：音"意"，辅佐，护佑。

七绝（通韵）·黄河

巴颜雪化第一曲，万阻千山何惧纡。

汹涌波涛东注去，天魔纵有亦难拘！

2020年11月10日

七绝（通韵）·嵌字鹤顶格

六用缩藏渐老亏，八音悦耳起歌吹。

三生有幸逢知己，好养天年福运追。

2020年11月10日

注：

六用：佛教用语。指六根（眼、耳、鼻、舌、身、意）之功能，即佛语六尘：色、声、香、味、触、法。宋范成大《习闲》：“习闲成懒懒成痴，六用都藏缩似龟。”

七绝·寒衣节

人言祭日送寒衣，我道生时可问饥。

两隔阴阳音讯绝，空余孝子枉嘘唏。

2020年11月15日

七律（通韵）·听王发曾唱《别君叹》

浑穆苍凉唱别君，流离今古泪纷纷。
庾郎愁绪江南赋，壮士悲歌易水魂。
泽畔行吟伤故国，宫中出塞怨红裙。
欣逢盛世安居日，乐享逍遥且自珍。

2020 年 11 月 30 日

注:

庾郎:庾信,《周书》卷四十一《庾信列传》:“信虽位望通显，常有乡关之思。乃作《哀江南赋》，以致其意云。”

壮士:《史记》卷八十六《刺客列传·荆轲》,“又前而为歌曰: ‘风萧萧兮易水寒，壮士一去兮不复还！’”

泽畔:《史记》卷八十四《屈原贾生列传》，“屈原至于江滨，被发行吟泽畔。”

出塞:《汉书》卷九十四下《匈奴列传下》，“单于自言愿婿汉氏以自亲。元帝以后宫良家子王嫱字昭君赐单于。”

附苏可文和韵:

瑞鹧鸪·听《别君叹》有感·和一平兄

朝雨阳关倍感伤。灞桥柳色起苍茫。莫观莫问多惆怅，花落花开终断香。

抱恨悲歌《将进酒》，离思同赋《燕归梁》。你来我往皆含泪，哪月何年归故乡？

2020 年 11 月 30 日

七绝·真韵和王文智《陋室冬花》

王工巧手请花神，良月芬芳动四邻。
好客迎宾观秀色，归家且送一枝春。

2020 年 12 月 4 日

注：

良月：农历十月。

且送一枝春：南朝北魏陆凯《赠范晔》诗：“折花逢驿使，寄与陇头人。江南无所有，聊赠一枝春。”

附王文智原玉：

七绝·陋室冬花

独运痴心巧手栽，寒冬依旧百花开。
任凭窗外风霜雪，陋室春香慰老怀。

庚子良月

附苏可文和韵：

七绝·习和王工、一平兄《陋室冬花》

奇花异草疑天降，姹紫嫣红送暗香。
冬月为何春色顾，皆因家有探花郎。

2020 年 12 月 4 日

七绝·依韵和王工《感怀》

入泥一片瓦盆栽，转眼红花已见开。

欲把芬芳留世界，幽香缕缕鼻边来。

2020年12月5日

附王文智原玉：

七绝·感怀

见嫁接蟹爪兰大盆中，随手所插一小片儿蟹爪兰也应时含苞待放有感。

莫以卑微独自哀，莫惭花小愧羞开。

初心坚守终无改，守得云开见月来。

庚子良月末

七绝二首·大雪节气感怀

一

纷纷大雪舞飞花，玉洁冰清罩白纱。

待到明年收获日，粮仓满满喜无加。

二

道韫人夸咏絮才，温良恭俭正颜开。

将门虎女真英勇，落寞余生究可哀。

2020年12月7日

注：

道韫：谢道韫，字令姜，陈郡阳夏（今河南太康）人，东晋女诗人。是宰相谢安侄女，安西将军谢奕女儿，王羲之次子王凝之妻。

咏絮才：据南朝宋刘义庆《世说新语》记载，谢安在一个雪天和子侄们讨论可用何物比喻飞雪，谢安侄子谢朗说："撒盐空中差可拟。"谢道韫则接道："未若柳絮因风起。"高下立判。她与汉代班昭、蔡琰等成为古代才女的代表。时同郡女张彤云，为张玄（晋司空顾和外孙，一作张玄之，历任吏部尚书、冠军将军等职）的妹妹，才情差堪比拟，后嫁江南世家顾家。当时有个叫济尼的人，常出入王、顾两家。人问二人谁更优秀，济尼则说："王夫人神情散朗，故有林下风气；顾家妇清心玉映，自有闺房之秀。"这是说谢道韫风度娴雅，有竹林名士风采，而张彤云无非妇女中优秀者而已。

正颜：端正容颜，表情严肃。

将门虎女：丈夫王凝之任会稽内史时逢孙恩作乱，《晋书·列女传》载，"（道韫）及遭孙恩之难，举措自若，既闻夫及诸子已为贼所害，方命婢肩舆（箱形轿子，此处动词，即抬轿），抽刃出门，乱兵稍至，手杀数人，乃被虏。"后孙恩为谢风骨所感，送归故里。谢在会稽寡居至终。

五古·为董钢锋所拍开封西北湖湿地照题

水气藏空阔，冬云压洲渚。
蒲芦迷远目，残荷沐霜露。
野鹜自在游，小花芬芳吐。
白发老翁媪，翩翩广场舞。

演武众学子，乘兴游健步。
天是鹤家乡，雀鸟鸣在树。
大鹏逍遥游，斥鴳蓬蒿处。
消闲最自由，何必求当路。

2020 年 12 月 8 日

注:

斥鴳:见《庄子·逍遥游》。这里把鹤跟雀鸟，大鹏跟斥鴳并列，是说各有各的活法，不必攀比，也无高下，不过随分而已。

当路：掌权，富贵。《孟子·公孙丑上》:“公孙丑问曰:‘夫子当路于齐，管子、晏子之功，可复许乎?’”东汉赵岐注:“如使夫子得当仕于齐，而可以行道。”这里是说，适合自己的，就是最好的，自己现在所有的，就是最好的，安心过好现在的日子就是最好的。

附王文智和韵:

五古·赏嫁接蟹爪兰花·步韵一平学兄

时逢大雪飞，彤云黯江渚。
阳台仍含春，翠叶凝晶露。
春嫁接数盆，冬月芬芳吐。
妖娆迎人笑，娇媚枝头舞。
老来无所事，聊学邯郸步。
楚楚蟹爪兰，盈盈开满树。
欢乐浥心怀，班群共赏处。
与君同携手，愉悦桑榆路。

庚子大雪

附苏可文和韵：

题照·步一平、文智兄韵习和

长空征雁飞，平湖寒芦渚。
素姿带夜霜，爽气浮朝露。
林深翠鸟喧，风吹暗香吐。
顾影听远歌，沐辉看近舞。
稚童欢欢跳，媪翁徐徐步。
喜有梁苑松，不见灞桥树。
憧憬花开时，消魂斜阳处。
何必问平生，且惜当前路。

2020 年 12 月 8 日

五古·昨日不可留

昨日不可留，散发弄扁舟。
牢骚防肠断，虚静少烦忧。
闲对花开落，静观云卷舒。
做好今日事，何必憾居诸。

2020 年 12 月 28 日

注：

扁舟，李白《宣州谢朓楼饯别校书叔云》：“弃我去者，昨日之日不可留……抽刀断水水更流，举杯消愁愁更愁。人生在世不称意，明朝散发弄扁舟。”

肠断：毛泽东《七律·和柳亚子先生》：“牢骚太盛防肠断，风物长宜放眼量。”

卷舒：陈继儒《小窗幽记》：“宠辱不惊，闲看庭前花开花落；去留无意，漫随天外云卷云舒。”

居诸：这里指光阴流逝。《诗经·邶风》：“日居月诸，胡迭而微。”先秦佚名《日月》：“日居月诸，照临下土。”

七绝·庚子小寒

万物凋零候酷寒，时传肆虐咒新冠。

居家小屋藜光照，陋院权为七里滩。

2021 年 1 月 5 日

注：

藜光，《三辅黄图·阁》：“刘向于成帝之末，校书天禄阁，专精覃思。夜有老人，著黄衣，叩阁而进。见向独坐诵书，老丈乃吹杖端，烟然，因以见向，授《五行洪范》之文。恐词说繁广忘之，乃裂裳及绅，以记其言。至曙而去，请问姓名，云：‘我是太乙之精，天帝闻卯金之子有博学者，下而观焉。’”后因以“青藜、藜光”指夜读照明的灯烛。按：覃思，深思。卯金之子，即刘姓之子，繁体“劉”，可拆为“卯、金、刀”。

七里滩：富春江的一段，北岸富春山相传为东汉严光隐居垂钓处。此后也称子陵滩。

七绝·王工诗二句，续二句成篇

小寒节候满冰霜，却有阳台绽群芳。
妙笔生花花更艳，同窗点赞赞留香。

2021 年 1 月 5 日

七绝·答苏可文《满庭芳·赏〈庚子吟草〉有感》

可文妙手著华章，情意拳拳须记当。
李杜苏辛光万丈，区区小子敢张扬？

2021 年 1 月 5 日

注:
记当：记住。

附苏可文原玉:

满庭芳·赏《庚子吟草》有感

庚子挥毫，锦笺吟草，得闲妙手文章。朝花夕露，再撷一庭芳。笔底江湖淘尽，尽付与、一纸风霜。苏辛韵，风骚李杜，无处不蟾光。

莫言珠玉涌，菊城沉浸，安不留香？漫掩卷，余音绕彻雕梁。今愿蹉跎寿补，闻令动、笑洒疏狂。同君约，盛筵不散，不忘唱宫商。

2021 年 1 月 5 日

注:
蟾光:月色，月光。

七绝·为王培芝所拍龙亭湖冰封照咏

凛冽寒风冻几重，观冰岂顾老龙钟。
游人熙攘今何在，却嗅蜡梅香气浓。

2020 年 1 月 12 日

五绝·枸杞·依韵奉和王工

点点红唇艳，团团耀弱枝。
愿君多保养，此物最相宜。

2021 年 1 月 26 日

附王文智原玉:

五绝·枸杞·庚子腊月阳台吟唱十首之二

室暖花萌早，心勤叶落迟。
粒粒琼玉果，斜挂傲霜枝。

2021 年 1 月 26 日

五绝·香雪兰·依韵奉和王工

高洁自幽香，芳卿妩媚妆。
可怜真秀色，过目费思量。

2021 年 1 月 27 日

附王文智原玉：

五绝·香雪兰·庚子腊月阳台吟唱十首之三

素手弄芬芳，当窗理粉妆。
谢君常惠护，风雪送清香。

2021 年 1 月 27 日

五绝·冬菊·依韵奉和王工

众卉早沉沦，凌寒万朵春。
枝头灿然笑，为我壮精神。

2021 年 1 月 28 日

附王文智原玉：

五绝冬菊·庚子腊月阳台吟唱十首之四

伴我东篱下，经霜未没沦。

枝头抱香死，不使堕凡尘。

2021 年 1 月 28 日

注：

没：音同“末”。去声。下去，漫过，高过，隐藏；把财物充公；同“殁”。

枝头抱香死：菊花花枯不落，古人多有赞颂。郑思肖《画菊》：“花开不并百花丛，独立疏篱趣未穷。宁可枝头抱香死，何曾吹落北风中。”陆游《枯菊》：“翠羽金钱梦已阑，空余残蕊抱枝乾。纷纷轻薄随流水，黄与姚花一样看。”朱淑真《黄花》：“土花能白又能红，晚节犹能爱此工。宁可抱香枝上老，不随黄叶舞秋风。”

五言排律·幸福树·依韵奉和王工阳台吟唱之五

幸福名为树，方来幸福多。
虬根蟠错落，翠叶绿婆娑。
案上成清供，窗前映薜萝。
品茶诗兴发，饮酒醉颜酡。
紫翰摹奇字，黄庭换白鹅。
但图闲在乐，莫作叩牛歌。

2021 年 1 月 30 日

注：

清供：室内案头摆设。

薜萝：薜荔和女萝，借指高士或隐者的住所。

酡：饮酒后脸色变红。

紫翰：兔毫笔。

换白鹅：《晋书·王羲之传》：“又山阴有一道士，养好鹅，羲之往观焉，意甚悦，固求市之。道士云：‘为写《黄庭经》，当举群相赠耳。’羲之欣然写毕，笼鹅而归。”

叩牛歌：据《吕氏春秋》记载，典出宁戚干禄齐桓公故事。此处是说不慕功名利禄。

附王文智原玉：

五言排律·幸福树·庚子腊月阳台吟唱十首之五

幸福盆中树，盈盈幸福多。
夏吹空调爽，冬懒热被窝。
春赏百花艳，秋喜柿子酡。
心宽无所事，阆苑唱群歌。
期米追荼寿，寻欢莫蹉跎。

2021年1月30日

注：

酡：音同“驼”。喝了酒脸色发红。此处是说，老同学几十年后相聚，姚振启家的柿子也激动得如酒醉般脸色通红。

五绝·碰碰香·奉和王工阳台吟唱之六

奇花碰碰香，一触放芬芳。
张口深深嗅，气清神采扬。

2021年1月30日

附王文智原玉：

五绝·一抹香·庚子腊月阳台吟唱十首之六

玲珑惹心动，一抹味香浓。

嗅此氤氲气，犹居缥缈峰。

2021年1月30日

注：

一抹香：碰碰香，触留香（楚留香），茸毛香茶菜。是一种会散发淡淡清香的盆栽植物，一般用在家居室内书桌、几案等做点缀品。因触碰后可散发出令人舒适的香气而享有“碰碰香”的美称。一抹香的原理和含羞草相似，碰触后叶片毛孔张开发出浓郁香味儿。又因其香味浓甜，颇似苹果香味，故又享有“苹果香”美誉，闻之令人神清气爽。宜盆栽观赏，或悬吊在室内，叶片泡茶、酒，奇香诱人；亦可烹饪，煲汤炒菜，凉拌皆可；可清热解暑，驱避蚊虫。

七绝·痛悼李保国

忍泪同悲失挚朋，涅槃彼岸济心灯。

六根清净无烦恼，极乐莲花步步升。

2021年1月31日

注：

莲花：喻佛门妙法。

五律·红罗宾·奉和王工阳台吟唱之七

红叶灿如霞，娇姿惹我夸。
冬寒无嫩蕊，春暖有枝丫。
三五痴心客，寻常百姓家。
佳期欢会日，共品雨前茶。

2021 年 2 月 1 日

附王文智原玉：

五律·红宾罗·庚子腊月阳台吟唱十首之七

红叶惹相思，春情唯自知。
翻移心惴惴，侍弄意迟迟。
丽影频频顾，霞妆怯怯蕤。
老来贪少趣，莫笑做花痴。

2021 年 2 月 1 日

注：

红宾罗：红叶石楠。原产地法国。新叶娇艳似火，老叶靓翠欲滴。开封公园和路边多有栽培。

蕤：音 ruí。衣服帐幔或其他物体上的悬垂饰物。《玉台新咏·古诗为焦仲卿妻作》中曰：“妾有绣腰襦，葳蕤自生光。”苏轼《南乡子》中曰：“争抱寒柯看玉蕤。”

五绝·嫁接·依韵奉和王工阳台吟唱之八

阳台百卉妍，绿叶衬花鲜。

若问谁裁得，怡心种福田。

2021 年 2 月 3 日

附王文智原玉：

五绝·嫁接·庚子腊月阳台吟唱十首之八

巧手牵红线，兰妃嫁叶仙。

寒冬霜雪重，我有百花绚。

辛丑立春

注：

叶仙：别名虎刺、虎刺藤、麒麟掌、仙木藤、仙人藤、叶麒麟、叶仙人掌，是仙人掌科叶仙人掌属植物，又称木麒麟、虎刺。为多年生多浆草本植物。适宜嫁接蟹爪兰、仙人指、令箭荷花、昙花、白檀、仙人类彩球。开花时，一树缤纷，别有韵趣。

七绝·立春

大地春回转暖时，春到人间草木知。

何处寻踪春讯息，枝头已见绿参差。

2021 年 2 月 3 日

附王文智和韵：

七绝·立春·依韵奉和李义平学兄

牛角挑来春讯息，古城坡暖草先知。
湖冰渐浅风渐软，戴胜黄莺竞唱诗。

2021 年 2 月 3 日

注:

风渐软：风不再凛冽刺骨。南宋王镃有诗:“泥牛鞭散六街尘，生菜挑来叶叶春。从此雪消风自软，梅花合让柳条新。”

戴胜：美丽的小鸟，在楼后树下和地上觅食。

七绝·为福宜玉兰花题照

一片蓝天花欲放，玉兰腊月送馨香。
福宜美照传情意，聊赠春寒一树芳。

2021 年 2 月 4 日

七绝·庚子小年

年味已浓祭灶王，精神焕发志昂扬。
牛年牛气冲牛斗，魑魅妖魔一扫光。

2021 年 2 月 4 日

七绝·金雀花·依韵奉和王工庚子腊月阳台吟唱之十一

嫩蕊金黄绿叶稠，何来蛱蝶舞枝头。
本应入夏芳姿展，却为迎春秀色柔。

2021年2月9日

注:

蛱蝶：蝴蝶。二字入声。

附王文智原玉:

七绝·金雀花·庚子腊月阳台吟唱之十一

一群金雀上枝头，鸣绿黄淮十九州。
芽绽寒柯报春讯，扬鞭奋起驾金牛。

2021年2月9日

注:

金雀儿：豆科金雀儿属。落叶灌木，因花多为黄色或金黄色，形状酷似雀儿，故名金雀儿。花期5—7月。阳台温暖，腊月反季逆袭开花，金雀儿啁啾枝头，金翅儿舒展欲飞。赞之!

五律·老桩·依韵奉和王工庚子腊月阳台吟唱之十二

双桥买老桩，蜡树与黄杨。
青翠凌冬雪，葱茏忍酷霜。
岁寒成慰藉，春暖送祺祥。

自在林泉下，安闲日月长。

2021 年 2 月 9 日

附王文智原玉：

五律·老桩·庚子腊月阳台吟唱之十二

春意绽花香，沧桑皱干藏。

风云等闲看，甘苦惘然尝。

眠去人情冷，醒来世态凉。

且将韶少梦，入酒醉洪荒。

2021 年 2 月 9 日

注：

春节将至，奢侈一把自己！闻郑州双桥花市规模宏大，和花友驱车往之。万紫千红，目不暇接。购得老桩二，一曰金叶女贞，新叶金黄，春意盎然；老干佝偻，伤痕累累。一曰皱皮雀舌黄杨，叶细如雀舌，郁郁葱葱；皮皱若茅茨，古朴沧桑。

洪荒：指混沌蒙昧的状态，特指远古时代，洪荒世界。

七律·牛年

辛丑元春，适逢牛年本命元辰，1968 届学弟学妹多属牛，赋诗以祝之。

甲子时逢又一轮，五行本命值元辰。

耕田负重勤劳苦，垂首无言喘息频。

为使稻香飘四野，不辞力竭报三春。

老牛须歇扬鞭奋，颐养天年且自珍。

2021 年 2 月 10 日

注:

元辰：本命年，本命神。

七律·迎春花·次韵奉和王工庚子阳台吟唱之十三

春风春雨化春枝，嫩蕊金黄汝早知。
不为争春先百卉，哪能带雪后千丝。
虽无莺燕喁喁语，却有霜风飒飒诗。
巷陌寻常偏僻处，花开寂寂未称奇。

2021 年 2 月 10 日

注:

千丝：指抽芽的万千柳丝。

附王文智原玉:

七律·迎春花·庚子腊月阳台吟唱之十三

几朵金花挂细枝，殷勤逐早报春知。
春风有意催桃李，春雨无声润柳丝。
翠萼只为君解语，芳魂偏向月吟诗。
雪中四友名花谱，冲破寒冬品亦奇。

庚子腊月二十九

注:

迎春花：别名迎春、黄素馨、金腰带，落叶灌木丛生。小枝细长直立或拱形下垂，呈纷披状。先花后叶，花瓣金黄，花萼翠绿清香宜人。因其在百花之中开花最早，花后即迎来百花齐放的春天而得名。因其冲破冰雪最早迎春，迎春花与梅花、水仙和山茶花统称为“雪中四友”，古人多有赞颂。

五言排律·盆景榕赞·奉和王工庚子腊月阳台吟唱之十四

虬根擎绿盖，四季郁葱茏。
独木成林下，白云浮半空。
冬寒观秀色，暑热有清风。
巧手栽盆景，匠心剪翠丛。
晓听高鸟唱，暮看夕阳红。
对月吟新句，闲云野鹤翁。

2021年2月11日

附王文智原玉:

五言排律（通韵）·盆景榕赞·庚子腊月阳台吟唱之十四

独木可成林，古来多赞誉。
盆珍缩涧泉，方寸纳山域。

捏干几踌躇，提根费思虑。
十年树木工，芳蕙满蜗宇。
大叶如提琴，小叶似碎玉。
新叶凝翠微，花叶斑驳聚。
百态生千姿，盘根错落踞。
葱葱衔远山，郁郁含溪趣。
四季葆青春，晨昏敲妙句。
置身水榭间，物我皆化去。

2021 年 2 月 5 日

五绝・辛丑正月初三

一

春情无限意，杨柳发新枝。
更有迎春早，明黄灼灼时。

二

何处寻春意，西湖凫鸭知。
岸边杨柳色，袅袅拂金丝。

2021 年 2 月 14 日

注:

灼、鸭、拂，入声。

凫鸭：野鸭。

五律·雨水

东风轻拂面，雨水正逢时。
绿柳抽新叶，红梅灼老枝。
迎春花发早，社燕北归迟。
好雨遂人愿，当春莫误期。

2021 年 2 月 18 日

七绝·咏 683 班逢十歌会

六八三班逢十歌，寂寥岁月慰蹉跎。
你方唱罢余登场，宠辱皆抛喜乐多。

2021 年 2 月 20 日

七绝（通韵）·二月二

二月龙吟春正好，游天献瑞降吉祥。
中华崛起高昂首，圆梦还须发愤强。

2021 年 3 月 14 日

七绝·赏谢景忠农家小院照

农家小院起春风，白壁朱墙掩映中。
一树梨花香雪海，菜畦碧绿趁桃红。

2021 年 3 月 26 日

附苏可文和韵：

七绝·和一平兄

一

春到门前喜气丰，桃红梨白舞东风。
乐观陌上葳蕤色，醉听莺啼窈窕中。

二

东君唤醒田园梦，一簇葱茏一簇红。
次第芳菲随燕到，柴门无处不春风。

2021 年 3 月 27 日

七绝·为广杰所转新品牡丹花照题

牡丹新品色黑蓝，红绿丛中展笑颜。
此种只应天上有，何人盗取落凡间。

2021 年 4 月 4 日

七绝·风筝·依韵奉和苏可文

好风凭借上云天，敢效雄鹰笑雀鸢。
纵使高飞千百尺，难逃腹下一绳牵。

2021 年 4 月 5 日

附苏可文原玉：

七绝·风筝

今春借得东风胆，敢揽妖娆万里天。
任尔几多忧虑事，扶摇散于碧云巅。

2021 年 4 月 5 日

五绝二首·谷雨

一

鸠声谷雨时，春雨送春迟。
小院桐花晚，笋青风味滋。

二

谷雨品茶香，踏春乘早凉。
椿芽鲜口腹，就酒饮三觞。

2021 年 4 月 19 日

七律·荫城古镇

战国称雄夺要冲，灭韩先取野王城。
太行华夏居高点，上党河汾控帝京。
铁府千年今尚在，新楼万户古难争。

登高远目凭栏处，唯见黄莺翠树鸣。

2021 年 4 月 20 日游　4 月 27 日记

注：

荫城古镇：位于山西长治市上党区，北距长治市主城区 30 千米。

野王：地名，战国时为韩国中部重要城池。攻韩之战时被秦军夺取。

太行：太行山号称“天下之脊”，为当时华夏文明圈的制高点。

河汾：指黄河和汾河。秦国占领了上党郡这个战略要地，就掌握了东出灭六国的主动权。

铁府：指荫城镇。早在春秋时期，荫城已有制铁业，据《左传》所记，秦赵“长平之战”时，双方所用铁剑即为当地所制。至汉朝，荫城已成为冶铁中心，到明代洪武年间，官府在荫城设立了铁业所，为当时全国 13 家铁业所之一。所以荫城素有“万里荫城”“千年铁府”之称。今日的荫城古镇已听不到“叮叮当当”的打铁声了，“日夜铃铛响，骆驼排成行”，已是昨日旧影，但荫城黑铁却依旧与荫城人民的生活息息相关。

如今，对人们影响最深的就是因荫城铁器而流传下来的荫城铁货会了，每年农历五月十三开始，历时半个月。关于铁货会，还流传着一段传说，相传三国时期，关羽过五关来到荫城，由于连斩数将，青龙偃月刀刃已卷，欲磨刀，却苦于久旱无雨找不到水，眼看曹将蔡阳即将追来，不禁仰天长叹，“皇天不佑我，吾命休矣！”话音刚落，顷刻乌云密布，天降大雨。关羽大喜，就雨磨刀。不一会儿，蔡阳赶来，交锋数合，被斩于马下。后来，人们把忠义千秋的关羽奉为财神，商贾们为求生意兴隆，主动捐资，在关羽磨刀处建庙，五月十三这天设会，拜神唱戏。自此，庙会便和铁货贸易融为一体，不断发展传承至今。这也为当地人民带来了商机，这也许就是古镇制铁业在今天续写的新篇章吧。

新乐府·平顺通天峡行

老来无事心悠闲，四叟自驾游山川。
驱车千里到上党，为览奇峡曰通天。
自古兵家必争地，得上党者得中原。
名称自来数更变，先名上党后潞安。
长治本为府治县，嘉靖改名在八年。
现存最大城隍庙，殿宇鳞次比连绵。
中轴四百零八米，古柏森森绿盎然。

山西平顺虹梯关，五十公里城东南。
路经虹梯大隧道，全长一万零三千。
景区面积五十六，横跨晋豫两省间。
曾作铭文记胜景，明朝首辅称夏言。
千峰壁立通峭峡，亘如长虹横绝天。
嘉靖陈卿揭竿起，三省会剿起战端。
善后兵科给事中，太行行赏论军功。
千沟万壑壮丽色，暗流涌动民意凶。
挥毫写下雄关铭，心忧政事家国情。
峡名通天此文出，门前巨石字勒成。

峡谷平湖落翡翠，人重气质山韵水。
水光潋滟晴方好，山色空蒙雨更媚。
壁立千仞石屏山，天坠赖以柱其间。
侧观分明一神指，如戟直插破云天。
一帘幽梦水帘洞，大珠小珠落玉盘。

一波三折三叠瀑，飞流直下浪花湍。

戏水广场小九寨，水草摇曳鱼游玩。
悬崖峭壁生树木，深根虬曲扎破岩。
坚韧顽强挺立直，恰似老西守家园。
神龟湖里一巨石，形肖大龟卧水边。
页岩层叠千万册，天帝书房是琅嬛。
水清濯缨浊濯足，冰泉寒彻嬉水潭。

羊回峡里十八拐，月亮谷映一线天。
两岸青山相对出，千尺涧里泛游船。
霓虹七彩闪烁处，穿越即是逍遥谷。
天界索道称第一，欲破极限五九度。
凌空凭虚天露台，一览众山开胸怀。
路旁高耸问天石，屈原天问谁答之？
天道人道俱问遍，独立夕阳西下时。

2021 年 4 月 21 日游　4 月 28 日记

注：

通天峡：位于山西长治市平顺县东 30 千米虹梯关乡，横跨山西、河南两省交界处，西距长治市区 50 千米，南距林州市 35 千米。总面积 56 平方千米，主峡谷长 26 千米。

夏言：字公谨，江西贵溪人，明代政治家、文学家。正德进士，初授行人，后任兵科给事中，嘉靖中年以后曾为首辅。有《桂洲集》18 卷及《南宫奏稿》传世。

陈卿：明正德年间，官府腐败，民不聊生。嘉靖元年（公元 1522 年），曾任潞城县粮草小吏的石埠头村人陈卿率众起义，聚众两万余，连克州县，嘉靖七年，明世宗派晋鲁豫三省五万官兵会剿，义军因寡不敌众而失败。

雄关铭：指夏言所写《虹梯关铭》，该铭后刻碑传世，碑现存于碑滩村。铭文中有“千峰壁立，中通峭峡”“亘如长虹，横绝天阶”之句，通天峡据此命名。

水清濯缨：见《孟子·离娄上》，“有孺子歌曰：‘沧浪之水清兮，可以濯吾缨；沧浪之水浊兮，可以濯我足。’”

七彩闪烁：通天洞里有彩色灯光不断变换，如同魔幻世界。

五九度：即45度，索道斜度不能超过45度，此处索道43.5度，已近极限，是目前世界斜度最大的索道。

天问：屈原有《天问》诗，是屈原仅次于《离骚》的长诗，全诗372句1553字，对天文、地理、历史、哲学等方面提出了一百七十多个问题，构思奇巧，想象丰富。

七绝·观九通夫妇街头漫步照有感

两人漫步大街行，搭背勾肩细语情。

谁说老来如水淡，且观今日晚霞明。

2021年5月3日

注：

晚霞明：为铁九通网名。

七绝·芒种

北地薰风麦穗垂，南方细雨熟黄梅。

辛劳却喜粮盈囤，笑对妻儿饮几杯。

2021 年 5 月 5 日

打油诗一首·读一林文有感

开高大名有三猴，年级依次孙杨刘。
最奇一林小学弟，不甘平庸争上游。
河大史学七七级，高考作文拔头筹。
毕业执教五年余，教学科研双丰收。
出国留学求深造，不达目的不罢休。
壮年正抒凌云志，天妒英才罹患忧。
莫道平阳能囚虎，仍有豪气冲斗牛。
终有重啸山林日，再跨骏骑驰九州。

2021 年 5 月 8 日

七律·荷·依韵奉和苏可文

炎炎夏日送清凉，片片新荷满碧塘。
濯以清涟无俗媚，出于泥垢有寒香。
不矜世上容颜美，唯奉人间雪藕尝。
采得一枝头顶举，亭亭如盖可遮阳。

2021 年 6 月 15 日

附苏可文原玉：

七律·荷

烟笼翡翠濯池塘，雪瘦胭脂别有芳。
逸态灵姿犹自韵，碧罗粉黛为谁妆？
难忘风雨千枝乱，独守繁华一水香。
无怪莲台多佛座，禅心换得满湖凉。

2021 年 6 月 15 日

注：

雪瘦胭脂：见宋蔡松年《鹧鸪天·赏荷》：“胭脂雪瘦熏沉水。”

五律·河南抗洪礼赞

天地本无情，世间灾异生。
齐心相守望，众志可成城。
暴雨倾盆急，长空泼墨盈。
英雄豪气壮，当使鬼神惊。

2021 年 7 月 24 日

注：

天地本无情：老子《道德经》云：“天地不仁，以万物为刍狗。”

七绝·悼王文娟

活灵活现林妹妹，情真意切赏追鱼。
从兹不复闻言笑，当为梨园痛叹吁。

2021 年 8 月 6 日

七律·忆老友

微信群里见老友王珏生前赠同窗诸友诗，时已过十八载矣。忆及当年，不禁慨然。依韵作此以寄哀思。

斯人已逝隔凡尘，忆及当年论道真。
不恨光阴催老去，唯伤造化弄沉沦。
别来阆苑应无恙，梦破桃源又日新。
切莫轻言人胜物，世间至理是因循。

2021 年 8 月 28 日

注：

道真：谓道德、学问的真谛。

因循：道家谓顺应自然。

附王珏原玉：

七律·赠同窗诸友

一从别后断音尘，花落花开四十春。
往事如烟长入梦，流年似水苦催人。
沧桑几度红颜老，风雨更番白发新。
难得今朝重聚首，金尊须尽酒千巡。

2003 年 4 月

七律·观王文智所摄昙花开放视频

高中学弟王文智，矫健身姿快似风。
远道骑车三百里，羽球挥拍二千通。
培花种草神仙手，摘句寻章太白翁。
半夜昙花终独放，冰清玉洁胜嫣红。

2021 年 9 月 14 日

七绝·秋风·依苏可文原韵奉和

秋风九月送新凉，脱去薄衣换厚裳。
堪赞天然神画笔，山头五彩绿红黄。

2021 年 10 月 5 日

附苏可文原玉:

七绝·蛩

淡月疏惆草染霜，寒蛩何处唱歌忙。
昨宵几首沧桑曲，添得金秋一味凉。

2021 年 10 月 5 日

七绝·为传慧所拍视频题

屋前柿树挂灯笼，啄食为雌守是雄。

讵料隔窗窥探者，原来人鸟意相通。

2021 年 10 月 11 日

注：

“柿树”原稿为“柿子”，应孙征中同学建议改。

附苏可文和韵：

七绝·为传慧所拍视频题·习和一平兄

枝头雀鸟忙偷吃，怎料屏传万户知。
若得羞看今日相，嘴馋须待柿红时。

2021 年 10 月 11 日

七绝·依韵奉和苏可文《题图》

萧瑟秋风落叶频，枝头小鸟聚成群。
山村昨日缘何事，众口纷纭说与闻。

2021 年 10 月 12 日

附苏可文原玉：

七绝·题图

雨后烟村秋意紧，飞花落叶入寒尘。
鸟儿不识愁滋味，嬉戏枝头顾自贫。

注:

贫：絮叨。

五律·辛丑重阳

把酒又重阳，菊花庭院香。
悠闲赏山水，淡静度时光。
虚竹为良友，苍松耐雪霜。
诗词吟晓月，翰墨弄文章。

2021 年 10 月 14 日

七律·十一月一日演武书画群笔会咏

菊月秋华满汴京，楼台街巷发芳荣。
恰逢赏会当时节，应是闲来体物情。
群主殷勤传号令，培芝雷厉急风行。
守平雅室茶香溢，谈笑挥毫喜气盈。

2021 年 11 月 2 日

注:

菊月：农历九月。

秋华：菊花别称。

物情：物理人情。

七绝·辛丑寒衣节

一

缭绕烟尘十月朝，纸钱明烛照天烧。
何如孝敬生时奉，此去应知路径遥。

二

睽隔阴阳两背违，未知何处送寒衣。
春花欲报三春暖，遍向人间送艳菲。

2021 年 11 月 5 日

注:

十月朝：农历十月一日。

艳：美丽。

菲：芳菲。

七绝·辛丑立冬即景

立冬柳絮起因风，飘逸飞扬舞半空。
琼玉丛中黄菊艳，牡丹来岁万枝红。

2021 年 11 月 7 日

注:

柳絮起因风：《晋书》卷九十六：“王凝之妻谢氏，字道蕴，安西将军奕之女也……又尝内集，俄尔雪骤下，安曰：‘何所似也？’安兄子朗曰：‘撒盐空中差可拟。’道蕴曰：‘未若柳絮因风起。’安大悦。”

七绝·观荣芬红叶照有感

十月丹枫灿若霞，亭亭玉立美如花。
曾经雨雪风霜染，物化无涯生有涯。

2021 年 11 月 17 日

注：

物化：天地变化，物我生发。

七古·为王培芝画鼠百幅长卷题

史载道昇擅竹兰，须眉笔翰逊婵娟。
今有培芝善画鼠，形神毕肖复可怜。
十二生肖君为首，啮破混沌自开天。
牙齿锋利难比并，何惧人间铁石坚。
生性活泼身如燕，屋梁绳索能攀缘。
儿童喜看米老鼠，古怪精灵笑开颜。
千姿百态图画卷，栩栩如生跃如然。
静似金鸡稳独立，动如脱兔舞胡旋。
丹青不知老将至，富贵于我如云烟。
寻常原是大自在，诗酒书画享天年。

2021 年 11 月 20 日

注：

道昇：管道昇，元赵孟頫妻，善书画，据说常为赵代笔，人莫辨。

可怜：可爱。如明张仲立《浣溪沙·题情》："浅束深妆最可怜，明眸玉立更娟娟。"

啮破混沌：据传，远古天地混沌，老鼠咬开混沌，因是开天，故子鼠为首，子时也是第一时辰。

跃如，形容充分显露。

胡旋，古代西北民族的舞蹈，唐时传入，多旋转动作。

七绝·辛丑小雪

时逢小雪却无雪，原是寒潮去未还。

待到纷扬琼玉降，清幽赏会白头山。

2021 年 11 月 22 日

七绝·听开高戏友京剧联唱·依苏可文原韵

四男四女唱皮黄，响遏行云韵味长。

谁道年轻才快乐，清心白发驻春光。

2021 年 11 月 29 日

附苏可文原玉：

七绝·赞京剧联唱《行云流水》

一曲黄皮绕画梁，行云流水雅音扬。

莫非暗蕴勾魂酒，沉醉三年仍溢香。

2021 年 11 月 27 日

七绝·观上官云珠和她的女儿视频有感

一代女星凄惨亡，炎凉世事叹无常。

后人泪洒衣冠冢，衰草寒鸦向夕阳。

2021 年 12 月 2 日

注：

衣冠冢：上官云珠只有衣冠冢。

七绝·观王文智培育玲珑花

玲珑娇艳翠枝丫，雪月春温有小花。

巧手栽培新意匠，韶光破闷到吾家。

2021 年 12 月 2 日

七绝·辛丑大雪

菊花冬月抱枝香，大雪增寒地蕴藏。

待到明年阳气发，莺啼柳绿好风光。

2021 年 12 月 7 日

注：

冬月：农历十一月。

五绝·辛丑冬至

冬至冬之至，终年夜最长。
阴阳相倚变，不日复春光。

2021 年 12 月 21 日

七绝·平安夜

平安夜里祝平安，一瓣心香抵苦寒。
但愿世间多美好，和谐发展少争端。

2021 年 12 月 24 日

七绝·听席琳·迪翁唱平安夜

席琳一曲平安夜，澄净空明结善心。
受难耶稣甘受难，世间拯救万千人。

2021 年 12 月 24 日

七绝·依韵奉和苏可文《雪梅》

红梅冰雪傲枝头，不惧严寒耀眼眸。
虽是穷阴封大地，即将春讯报神州。

2022 年 1 月 6 日

注:
穷阴：指冬天。

附苏可文原玉:

七绝·雪梅

满天苍白锁寒畴，谁抱孤香笑五候。
纵使六花埋半躯，犹存血性在枝头。

2022 年 1 月 5 日

注:
六花：雪。

七绝·辛丑腊八

时逢腊八营饘粥，菽粟残粮能果腹。
多寿安康最庆祥，缘何苟苟干名禄。

2022 年 1 月 10 日

注:
饘粥：饘音“瞻”，稠粥。
菽：豆类总称。
粟：谷子，泛指谷类。

七绝·读祁惠民迎春花图

还是旧年逢季冬，喜迎春信绽花丛。
画家已得春消息，早绘春朝画卷中。

2022 年 1 月 12 日

注:
春朝：春天的早晨，也泛指春天。

附苏可文和韵:

七绝·习和义平兄

不见南来款款风，冬枝怎有嫩花倾?
莫非画者愁春晚，才把心思付笔锋。

2022 年 1 月 12 日

附王文智和韵:

七绝·依韵奉和李义平兄

纵是疫年逢疫冬，欣然春卷绽春红。
匠心蕴就春如意，一缕春风画卷中。

2022 年 1 月 13 日

注:
疫年疫冬：指世界疫情肆虐的今年今冬。

五绝·奉和王文智

花开春未立，名副曰迎春。
肠热春来早，花开颜色新。

2022 年 1 月 18 日

附王文智原玉:

五绝·迎春花

人勤花讯早，心暖叶葳蕤。
一点金镶月，斜钩翠玉枝。

辛丑腊月

七绝·辛丑祭灶

廿三祭灶年来到，封嘴糖瓜闲话少。
万里晴空喜气盈，新春快乐心情好。

2022 年 1 月 25 日

七绝·悼华锋兄

大雪纷飞漫自伤，山河一片裹银装。
天公何故长悲涕，送我仁兄到旧乡。

2022 年 1 月 25 日

注：

大雪：华锋兄仙逝前后，连日降雪。

旧乡：指仙乡。《楚辞·远游》：“仍羽人于丹丘兮，留不死之旧乡。”姜亮夫校注：“指仙圣所宅之地言。”

七绝（通韵）·看福宜做馍美篇

福宜巧手做花馍，营养丰饶品种多。
色味香形皆上等，应呼老友且清酌。

2022 年 1 月 27 日

七律·临近壬寅春节有感

疫毒如魑肆故园，离乡游子返家难。
交通出入查双码，来去拖延检核酸。
幸有群中常问候，嗟无醉里共言欢。
但求华扁回生术，更盼岐黄天下安。

2022 年 1 月 30 日

注：

华扁：古名医华佗、扁鹊。

岐黄：岐伯和黄帝，传为医家之祖，后以其为中医医术的代称。

七律·壬寅春节

牛牛负重满粮仓，虎虎生威退祸殃。

辛丑曾经多勉励，壬寅自是少彷徨。
新春此际迎冬奥，旧岁于时战疫忙。
众志成城中国梦，一年更比一年强。

2022 年 1 月 31 日

七律（入群格）·依韵奉和苏可文《虎》

龙骧虎步抖精神，虎虎生威百兽臣。
自古中流唯砥柱，从来正气不沉沦。
风云际会千年少，日月推移万物新。
喜见红梅花竞放，迎来春意满乾坤。

2022 年 2 月 1 日

附苏可文原玉：

七律·虎（通韵）

云雨盈神日月魂，翻成额上楷王痕。
冲天长啸三山动，委地潜行百兽奔。
有胆几番欺大圣，无求累世护天门。
今朝临莅因何事，再抖雄风为报春。

2022 年 2 月 1 日

注：

楷王：楷书“王”字。

大圣：孙悟空。

护天门：虎是掌管天宫西方之神。

七绝·三弟虎跃题照

心中聊发少年狂，虎跃鹰扬展翅翔。
惊诧谁家乖巧女，何来潇洒好儿郎。

2022 年 2 月 3 日

七绝·杜吉常青指路照

两个老头豪兴生，常青指路向光明。
奈何体胖平衡差，颤颤摇摇几欲倾。

2022 年 2 月 3 日

注:
常青，芭蕾舞《红色娘子军》中党代表洪常青。

七绝·题欣贵照

大鹏展翅欲高飞，疑是抓鸡下翠微。
正值秋天山雉壮，捉来一只可充饥。

2022 年 2 月 3 日

七绝二首·夏新中夫妇游雁鸣湖题照

一

新中传慧好夫妻，妇唱夫随互挈提。

命驾随心游自在，巴山共剪烛窗西。

二

春光已见发红梅，遣闷还须游兴催。
伉俪雁鸣湖畔影，碧波雁鹭作诗媒。

2022 年 2 月 6 日

七律（出群格）·赞谷爱凌

少女天才谷爱凌，神奇疑降九霄重。
曾言玉雪关情愫，首获金牌立大功。
静似青松栖宿鸟，动如脱兔掠飞鸿。
谁家有此精乖女，父母须当享显荣。

2022 年 2 月 10 日

七绝·情人节有感

能圆鸳梦瓦伦丁，抗命皇尊神以名。
为使有情成眷属，甘将热血荐苍生。

2022 年 2 月 14 日

注:

瓦伦丁：基督教殉道者。其死难日被后人定为“情人节”，也称“瓦伦丁节”。

五律·赠崇正兄

5月20日晚，和清源兄应程崇正兄邀，与田宏杰兄四人在大好河山饭店小聚。

古泒程崇正，书兼篆隶行。
殷商留甲骨，东汉佐分名。
翰苑当行手，桃园好弟兄。
神交相慕久，把酒叙衷情。

2022年5月21日

注:
佐分：隶书又称佐书、分书。

七绝·与书画群同道论书

老来养体重颐心，书画最堪为秘珍。
小豁胸中烦闷气，随心最是长精神。

2022年6月29日

七绝·读王工《羽球铭》有感赋诗赠之

七十谁言尽老翁，羽毛球场矫如龙。
身轻燕子凌空跃，不减当年意气雄。

2022年7月11日

五律·开封高中母校一百二十周年庆

壬寅双甲子，雨露润桃红。
树木成梁柱，育人为俊雄。
千淘辛苦意，百炼指柔工。
学子殷勤念，师恩教化隆。

2022 年 7 月 12 日

注：

壬寅双甲子：开封高中前身河南省大学堂成立于 1902 年，农历壬寅年，到 2022 年又逢壬寅年，历时两个甲子。

五绝·叹养花

呵护侍娇娃，爱花难养花。
买时多艳丽，赏日几枝丫？

2022 年 9 月 14 日

附王雅琴和韵：

五绝·和李义平学兄《叹养花》

粉嫩比娇娃，清香冠满花。
碎银购爱趣，岂料变枯丫。

2022 年 9 月 14 日

七律·步韵和王文智

养花却道寻常事，曼唱细吟如作诗。
为教梅花香入纸，原来莲藕涨秋池。
难酬老友耽佳句，苦觅同窗有好词。
畅饮开怀杯必满，三卮饮罢复三卮。

2022 年 9 月 14 日

附王文智原玉：

七律·答诸友

养花生死平常事，为唱红花绿叶诗。
点点鹅黄香墨纸，涓涓郁翠润端池。
南榕沐雨吟佳句，北柳临风赋好词。
春色满园关不住，诚邀诸友酒三卮。

壬寅中秋

附苏可文和韵：

七律·和王文智

谁言园艺闲中事？种草栽花也是诗。
撷取梅兰香画纸，分将竹菊荐灵池。
千红酿就玲珑句，万绿调成锦绣词。
更喜杏坛人唱和，仰天大笑举瑶卮。

2022 年 9 月 14 日

注:
灵池，此处谓道家语，指心灵。

附王雅琴和韵:

七律·和诸学兄

弄花如似寻常事，却是奇崛日日诗。
蕉绿樱红拂画纸，萍青莲静睡澄池。
花开无语含佳句，叶茂有情抒美词。
来日汴菊街巷满，登高舒啸酒盈卮。

2022 年 9 月 14 日

七绝·纪念九一八（出群格）

莫忘当年倭寇凶，长鸣示警响钟声。
万千烈士铮铮骨，方有余年享太平。

2022 年 9 月 18 日

七律·步韵苏可文《钱塘江大潮》

浊浪排空势动天，訇然拍岸碎如烟。
观潮每与月逢半，筑堰应知年复年。
地利山川千里汇，天时地月一条旋。

花开花落常随意，体自健康心自闲。

2022 年 9 月 18 日

注：

地月一条：农历八月十五前后，太阳跟地球和月球在一条线上，此时钱塘江大潮最为壮观。

附苏可文原玉：

七律·钱塘江大潮

浩浩钱塘动地天，金戈铁马卷狼烟。
鱼龙击水三千里，虎豹驱滔十万年。
日月盈亏雷鼓撼，海江吐纳雪云旋。
银河堤坝谁凿破？惹煞人间不得闲。

2022 年 9 月 13 日

附王文智和韵：

七律·步韵苏可文观潮

钱塘潮水来九天，势若奔雷起白烟。
怒卷雪花祭秋月，漫腾银甲庆丰年。
年年岁岁潮相似，岁岁年年景已迁。
谁是潮头弄潮者，激流信步若悠闲。

壬寅中秋

附王雅琴和韵：

七律·步韵三位学兄《钱塘江大潮》

浩渺钱塘搅水天，排山倒海涌潮烟。
欲达东海越千里，回望黄山源哪年？
骇浪奔腾威震撼，惊涛裹雪任回旋。
千军万马磅礴曲，古往今来唱不闲。

2022 年 9 月 18 日

七绝·次韵和王文智《黑松》

做事从来不认输，好花栽下百千株。
隔篱呼取心通者，对酒当歌饮一瓯。

2022 年 9 月 19 日

附王文智原玉：

七绝·再植黑松

屡战屡薨不服输，黑松再入一新株。
千金难买赏心目，对此可浮酒一瓯。

壬寅中秋

附苏可文和韵：

七绝·习和王工

平生不爱斗赢输，因有心中柳五株。
难得金秋明月夜，菊前何不对壶瓿？

2022 年 9 月 19 日

注：

陶渊明又称五柳先生。

七律·步韵苏可文

老来何似少年狂，早待朝暾晚夕阳。
静气平心耽两汉，闲情悦性品三唐。
赏花春夏循山径，弄翰秋冬傍竹房。
濯我缨兮泠我足，悠然自得渡沧浪。

2022 年 9 月 21 日

注：

朝暾：“暾”音“吞”。刚升起的太阳。

三唐：唐文学分期：初、中、晚唐。

濯我缨：《孟子·离娄上》：“有孺子歌曰：‘沧浪之水清兮，可以濯吾缨。沧浪之水浊兮，可以濯吾足。’”

泠：音“玲”。清凉，清澈。

沧浪：古水名，借指青苍色的水。也用来形容头发斑白，借代老年。这里“沧浪”的“浪”，读阳平。

附苏可文原玉：

七律·也发少年狂

老夫也发少年狂，欲挽朝霞醉夕阳。
对酒东坡齐品宋，泛舟太白共游唐。
挑灯看剑稼轩幄，展墨行书介甫房。
安得龙城吹画角，冰河铁马笑沧浪。

2022 年 9 月 21 日

注:
东坡：苏轼。
太白：李白。
稼轩：辛弃疾。
介甫：王安石。

五律·秋分怀老友

大雁南飞去，春芳复转还。
月明怀旧友，秋老忆华年。
霜重加衣食，夜深安枕眠。
何时重晤对，把酒畅谈欢。

2022 年 9 月 23 日

附苏可文和韵:

五律·忆同窗·习和义平兄

社燕知何处，云鸿断往还。

鬓霜惊岁岁，尺素报年年。
忆汝秋多梦，愁余夜少眠。
如能逢一醉，不负此生缘。

2022 年 9 月 23 日

五律·壬寅秋分

暑将今日去，秋自此时分。
似水月光静，醉人丹桂薰。
霜枫红胜火，露叶翠如筠。
好梦非能久，流年又苦闻。

2022 年 9 月 23 日

注:
薰:一种香草。香气，香味。
筠:竹子的青皮。
流年:流逝的岁月。

附苏可文和韵:

五律·秋分·习和义平兄

雁归程过半，秋色两平分。
玉露兰香染，金风桂气薰。
红枫妍白草，黄菊媚青筠。
最是楼头月，盈盈醉可闻。

2022 年 9 月 23 日

七绝·为小儿观察螳螂照题

小儿初见绿螳螂，四目相逢细审详。
笑问生灵来底处，可曾饱食可安康？

2022 年 9 月 30 日

注:

底处：何处。

食，入声。

七绝·为福宜题照

红绿酒标贴满墙，隔空已嗅旧醅香。
对瓶仰首鲸吞海，豪气无亏有女郎。

2022 年 9 月 30 日

注:

福宜为开封高中 1968 届同学来传慧网名。她有一张在河南省老干部活动中心贴满酒标墙前拍的做豪饮状照片。

附苏可文和韵：（一）

七绝（通韵）·为福宜题照

冉冉年华怎尽欢？壶觞胜却九霞丹。
今观瓶底倾天饮，方信人间有酒仙。

2022 年 9 月 30 日

注:

九霞丹：仙丹名。张孝祥《浣溪沙》：“黄石公、传三百字，西王母、授九霞丹。”

附苏可文和韵（二）：

七绝（通韵）

谁道巾帼怯玉壶，只因未遇绿屠苏。
会须一饮穷湖海，敢笑刘伶不丈夫。

2022 年 9 月 30 日

注:

玉壶：酒壶的美称。唐李白诗：“玉壶系青丝，沽酒来何迟。”

屠苏：屠苏酒。古时汉族风俗于农历正月初一饮屠苏酒以避瘟疫，故又名岁酒。

七绝·重九贺王工顺利出舱

已封七日出方舱，当举酒杯酬一觞。
兄弟登高凝眼望，古城秋韵菊花黄。

2022 年 10 月 4 日

五绝·老年防跌倒

闻同学“自在仙”卢国强夫妇不幸跌倒，作此以为我辈老龄者戒。

老来防跌倒，最重是康宁。
不求松鹤寿，平安度幸龄。

2022 年 10 月 6 日

注：

跌，入声。

幸龄：新词，指 80 岁以上老人。

七绝·依韵和苏可文《题图·鹰》

雄鹰展翅欲高翔，万里云霄是故乡。
不惧暴风雷电猛，朝霞一片出东方。

2022 年 10 月 15 日

附苏可文原玉：

七绝·题图·鹰

生来本就气轩昂，敛羽依然眺四方。
今欲腾飞巡万里，只缘狐鼠又嚣张。

2022 年 10 月 15 日

注：

狐鼠：称狐社鼠，比喻小人，坏人。

七绝·动态清零

不怕新冠肆虐狂，精心应对重提防。
纵然病毒身多变，动态清零日月长。

2022 年 10 月 15 日

五绝·为邓石如对联续句

海为龙世界，云是鹤家乡。
猛志应常在，宏图自远方。

2022 年 10 月 15 日

七绝·菊花名品谱一·粉勾

粉嫩团团俏色妆，何来阆苑玉娇娘？
花容半晕桃红脸，万紫丛中斗艳芳。

2022 年 10 月 23 日

附苏可文和韵：

七绝（通韵）·粉勾·习和义平兄

淡粉浓勾百媚妆，亦嗔亦怨二八娘。
谁家窈窕教人醉，一朵奇葩冠众芳。

2022 年 10 月 23 日

七绝·菊花名品谱二·金枪托桂

金枪托桂寄遥深，衬底朱红月桂金。
恐负仙葩颜色好，搜肠觅句却沉吟。

2022 年 10 月 24 日

附苏可文和韵:

七绝·金枪托桂

香腮粉脸意深深，日耀红霞点点金。
我欲褒扬无好句，装腔作势觅搜吟。

2022 年 10 月 24 日

注:

搜吟:此处指诗句。宋林逋《淮甸南游》诗:“幽胜程程拟遍寻，不妨淮楚入搜吟。”

七绝·菊花名品谱三·古黄牡丹

仪态雍容色古黄，牡丹敢与比芬芳。
观花似饮三杯酒，便引游人到醉乡。

2022 年 10 月 24 日

附苏可文和韵:

七绝·古黄牡丹

河洛牡丹来汴梁，嫁与金菊欲垂芳。
未曾倾饮三杯酒，早已情思到梦乡。

2022年10月24日

注：

垂芳：留下芳香。比喻流传美名。

七绝·菊花名品谱四·红装素裹

红装素裹竞妖娆，要与玫瑰比媚娇。
且慢矜夸春色好，经霜凌雪却无凋。

2022年10月24日

附苏可文和韵：

七绝·红装素裹

临风斜倚一枝娇，红白相依两妖娆。
不要人夸姿色好，只留香气满秋霄。

2022年10月24日

注：

秋霄：唐元稹《和乐天感鹤》："秋霄一滴露，声闻林外天。"

七绝·菊花名品谱五·粉荷花

吹弹可破粉荷花，更有娇柔胜馆娃。
丽质天生真国色，秋风袅袅摆枝丫。

2022 年 10 月 25 日

注：

馆娃，古代吴宫名，春秋时吴王夫差为西施所造。吴人呼美女为娃，后借以指西施。

附苏可文和韵：

七绝·粉荷花

荷花欠她三分粉，她胜荷花一片霞。
若把荷花比西子，此花便是月娇娃。

2022 年 10 月 25 日

七绝·菊花名品谱六·半江红树

半江红树似团金，越女吴娃抱素琴。
说尽心中多少事，高山流水觅知音。

2022 年 10 月 25 日

附苏可文和韵：

七绝·半江红树

一朵黄英斜插鬓，半呈红色半呈金。
西江今见相思树，试问东篱可有心？

2022 年 10 月 25 日

七绝·菊花名品谱七·白雪绿梅

白雪绿梅如酒醇，一身清气绝风尘。
生机盎盎凌霜雪，疏影横斜报早春。

2022 年 10 月 26 日

附苏可文和韵:

七绝·白雪绿梅

绿梅懒卧六花中，富贵雍容绝化工。
本是高清冬季客，却来潇洒赏秋风。

2022 年 10 月 26 日

注:
六花：雪。
化工：指自然的造化。

七绝·菊花名品谱八·大红芍药

大红芍药趁时新，绰约风姿动洛神。

引得陈王回驷马，凌波微步顾频频。

2022 年 10 月 26 日

注:

芍、药、绰、约、得，入声。

陈王：指曹植。魏太和六年（公元 232 年）曹植改封陈王。

驷马：显贵所乘四匹马拉的车。

附苏可文和韵:

七绝·大红芍药

黄蕊红英别样新，佳人争妒往来频。

若如不做篱边秀，当是心中梦里人。

2022 年 10 月 26 日

七绝·菊花名品谱九·白毛刺

性清品逸降仙姝，片片冰心在玉壶。

何怪当年延寿笔，由来意态画难图。

2022 年 10 月 27 日

注:

冰心：见王昌龄《芙蓉楼送辛渐》。

延寿：毛延寿。据东晋葛洪《西京杂记》记载，毛延寿是汉元帝时宫廷画师。由于王昭君无钱贿赂画师，画师故意把她画丑，于是昭君被远嫁匈奴。画师也被后来知道真相的汉元帝杀掉。

附苏可文和韵：

七绝·白毛刺

缕缕白云萦玉姝，银装素裹立蓬壶。
忽惊天地无颜色，恰似冰蟾出画图。

2022年10月27日

注：

玉姝：美女。

蓬壶：蓬莱。古代传说中的海中仙山。晋王嘉《拾遗记·高辛》："三壶，则海中三山也。一曰方壶，则方丈也；二曰蓬壶，则蓬莱也；三曰瀛壶，则瀛洲也。形如壶器。"

冰蟾：月亮。

七绝·菊花名品谱十·红莲

微波碧水漾红莲，憨态玉环金帐眠。
丽影何须菩萨座，原来最美在人间。

2022年10月27日

附苏可文和韵：

七绝·红莲

谁家篱畔植红莲，惹得仙姑夜不眠。

如若凡间藏此卉，何人蓬岛去参禅？

2022 年 10 月 27 日

注：

仙姑：何仙姑，传说中的莲花仙子。

七绝·菊花名品谱十一·大红如意

大红如意俏娇娃，脂白肤腴解语花。

不欲人夸佳丽色，愿留祥瑞到民家。

2022 年 10 月 28 日

附苏可文和韵：

七绝·大红如意

天外飞来一片霞，娉娉袅袅落陶家。

虽需篱畔红嫣绕，更愿祥云遍海涯。

2022 年 10 月 28 日

七绝·菊花名品谱十二·二乔

一朵红黄美二乔，朱颜引得客魂消。

春深铜雀前朝事，笑舞秋风奏九韶。

2022 年 10 月 28 日

注：

九韶：《史记·五帝本纪·帝舜》："四海之内咸戴帝舜之功。于是禹乃兴九招之乐，致异物，凤皇来翔。"唐司马贞《史记索引》："招音韶，即舜乐（箫韶）。"比喻盛世。

附苏可文和韵：

七绝·二乔

漫道江南锁二乔，可知汴菊拥双娇？

寻常一睹勾魂面，不信春心不荡摇。

2022 年 10 月 28 日

七绝·菊花名品谱十三·红楼佳人

红楼秋韵见佳人，俏色绒团不染尘。

粉面何如花窈窕，低眉半吐出樱唇。

2022 年 10 月 29 日

附苏可文和韵：

七绝·红粉佳人

红楼处处是佳人，粉靥香魂俱绝尘。

照眼常教君入梦，醉人仿佛酒沾唇。

2022 年 10 月 29 日

七绝·菊花名品谱十四·华峰烟雨

华峰烟雨色光鲜，通体流黄骨朵圆。
朝露霜风勤沐洗，千娇百媚惹人怜。

2022 年 10 月 29 日

注:
流黄：褐黄色。
附苏可文和韵:

七绝（通韵）·华峰烟雨

烟雨华峰别样鲜，融融冶冶秀团圆。
羞煞天上黄昏月，忍看黄河顾自怜。

2022 年 10 月 29 日

七绝·为何山建题画

金风飒飒已秋凉，落叶飘飘菊正黄。
肥蟹葱姜调大蒜，且招老友引壶觞。

2022 年 10 月 30 日

七绝·菊花名品谱十五·黄越山

明艳嫩黄入画图，金风玉露润如酥。

居家为伴清秋韵，摆上南窗一两株。

2022 年 10 月 30 日

附苏可文和韵:

七绝·黄越山

谁把黄花画作图，轻匀带露似凝酥。

奇葩只应天官见，哪得人间有此株?

2022 年 10 月 30 日

七绝·菊花名品谱十六·金猴戏春

剔透花苞绿翡生，丝绦蕊瓣下垂轻。

能工育得珍稀品，一朵奇葩动菊城。

2022 年 10 月 30 日

附苏可文和韵:

渔歌子·金猴戏春

丝瓣珠蕊暗香生，冰骨霜肌一身轻。

黄丝带，绿头缨。金猴戏春闹京城。

2022 年 10 月 30 日

七绝·菊花名品谱十七·鹅毛粉黛

鹅毛洁白换黄庭，粉黛娇姝对镜屏。
越女浣纱溪水影，风流一段画难成。

2022 年 10 月 31 日

注：

换黄庭：《晋中兴书·琅琊王录》：“山阴有道士养群鹅。羲之意甚悦。道士云，为写《黄庭经》，当举群相赠。乃为写讫，笼鹅而去。”

附苏可文和韵：

渔歌子·鹅毛粉黛

鹅毛粉黛艳满庭，浣纱西子照画屏。
沉鱼色，貌惊莺。东施焉得效颦成？

2022 年 10 月 31 日

七绝·菊花名品谱十八·凤凰振羽

凤凰振羽下云天，姿态轻盈舞步翩。
花瓣朱黄鲜嫩色，满城菊韵各嫣然。

2022 年 10 月 31 日

附苏可文和韵：

渔歌子·凤凰振羽

南山凤凰不上天，东篱振羽自翩翩。

只爱俗，不求仙，清风明月亦悠然。

2022 年 10 月 31 日

七绝·菊花名品谱十九·清江碧波

菊花珍品绿丝绒，明艳碧波扬半空。

绿色原为生命色，经霜沐雨傲西风。

2022 年 11 月 1 日

附苏可文和韵：

渔歌子·清江碧波

绿萼绿蕊绿条绒，碧波清江湛若空。

是春意，是秋浓？香醉人间十里风。

2022 年 11 月 1 日

七绝·菊花名品谱二十·唐宇秋荷

荷俏色沐霜风，十月秋花别样夏红。

却有渊明偏爱菊，冲寒怒放叶葱茏。

2022 年 11 月 1 日

附苏可文和韵：

渔歌子·唐宇秋荷

可是陶公笑秋风？还是西子靥腮红？
怀荡荡，意融融，唐宇荷花倚纱笼。

2022 年 11 月 1 日

注：

陶公：陶渊明，相传为菊神。

西子：西施，相传为荷花仙子。

七绝·菊花名品谱二十一·金鸡红翎

熊熊烈焰正燃烧，畸瓣翎毛似火苗。
夺目榴红追亮色，众芳国里特矜骄。

2022 年 11 月 2 日

附苏可文和韵：

渔歌子·金鸡红翎

谁家妒意怒中烧，掀起酸火十万苗。
是鸡媚，是翎娆？敢与朝霞试比娇？

2022 年 11 月 2 日

七绝·菊花名品谱二十二·盘龙景色

花枝夭矫似盘龙，绰约风姿意态浓。
不是寻常花品种，应登阆苑觅芳踪。

2022年11月2日

附苏可文和韵：

渔歌子·盘龙景色

经秋处处卧盘龙。金甲橙须角顶红。
喜兰竹，伴梅松，风流何必在长空。

2022年11月2日

七绝·菊花名品谱二十三·白金玉堂

冰清玉洁见风姿，搜腹难寻赞美词。
对此贞纯高尚品，秋风缕缕惹情丝。

2022年11月3日

附苏可文和韵：

渔歌子·白玉金堂

傅粉何晏妒芳姿。花县潘安醉不辞。
千载梦，半生痴，一寸相思一寸丝。

2022年11月3日

注:

傅粉何晏：指何晏脸色白净，如同擦了粉一般。

花县潘安：潘安曾在河阳县做县令，他结合当地的地理环境种植桃树，当地百姓爱戴他也就跟随他，最终满县都开满桃花，所以后来就用“花县”来代指潘安。

七绝·菊花名品谱二十四·红飞翠舞

秋风阵阵散芳菲，疑是娇娥罢宴归。

衣袂飘飘登玉辇，珠光宝气出彤闱。

2022 年 11 月 3 日

附苏可文和韵:

渔歌子·红飞翠舞

红飞翠舞斗芳菲。惹得游人夜不归。

疏影拂，暗香偎。千娇百媚亮闺闱。

2022 年 11 月 3 日

七绝·菊花名品谱二十五·金风万里

金风万里菊花黄，放眼古城添绣裳。

街巷铺排多绚丽，家家擒锦满庭廊。

2022 年 11 月 4 日

附苏可文和韵：

渔歌子·金风万里

十月花开朵朵黄。阵阵金风万里香。
陶令喜，易安伤，簪花满头过重阳。

2022 年 11 月 4 日

注：
陶令：陶渊明。
易安：李清照。

七绝·菊花名品谱二十六·盘龙雀巢

姹紫嫣红实可怜，吴娃越女舞翩跹。
绕飞蛱蝶难离去，秋色撩人扑眼前。

2022 年 11 月 4 日

附苏可文和韵：

渔歌子·盘龙雀巢

都道天宫少悲残。岂知凡间也安闲。
君不见，看篱前，紫龙红雀正联欢。

2022 年 11 月 4 日

七绝·菊花名品谱二十七·盘龙瀑布

盘龙瀑布挂前川，又见地平喷涌泉。

谁说秋高多肃杀，邀君来看美婵娟。

2022 年 11 月 5 日

附苏可文和韵：

渔歌子·盘龙瀑布

疑似龙王喷清泉，恰如嫦娥理素绵。

三千丈，落人间。今看瀑布挂九天。

2022 年 11 月 5 日

七绝·菊花名品谱二十八·盘龙卓越

盘龙卓越柳丝黄，袅袅联娟微上扬。

过目犹怜难忘记，婀娜淡雅女儿妆。

2022 年 11 月 5 日

注：

联娟：微曲貌。

附苏可文和韵：

渔歌子·盘龙卓越

盘龙卓越起苍黄。怒来风卷浊浪扬。
偶尔静，也柔肠，便学淑女理新妆。

2022 年 11 月 5 日

七绝·菊花名品谱二十九·紫凤牡丹

紫凤牡丹足解颜，情深来自两眉间。
难通一语陈王恨，璀璨罗衣耸髻鬟。

2022 年 11 月 6 日

注：
陈王：指三国魏曹植。

附苏可文和韵：

渔歌子·紫凤牡丹

形若牡丹笑开颜。色比紫凤舞云间。
姿袅袅，影娟娟，香风吹动翀云鬟。

2022 年 11 月 6 日

七绝·菊花名品谱三十·水晶球

玲珑洁白水晶球，玉女粉妆乜醉眸。

欲赏芳华好颜色，原来胜景在高秋。

2022年11月6日

附苏可文和韵：

渔歌子·水晶球

颜似水晶貌似球。如诗如画醉人眸。

一半俏，几分羞，占断梁园万里秋。

2022年11月6日

七绝（通韵）·为何山建爷孙画菊题

七彩菊花物态奇，枝头深浅秀纷披。

小儿四岁学图画，也效爷爷伏案几。

2022年11月7日

七绝·菊花名品谱三十一·独立寒秋

独立寒秋意绪深，却听楼上奏瑶琴。

心中诉尽无穷事，说与伊人仔细闻。

2022年11月7日

附苏可文和韵：

渔歌子（通韵）·独立寒秋

一团紫云带露深，隔帘遥听女奏琴。
低声唱，浅声吟：独立寒秋世人闻。

2022 年 11 月 7 日

七绝·菊花名品谱三十二·粉龙爪

粉红色俏惹人怜，敢与牡丹斗态妍。
搜索枯肠穷语句，难描素韵入诗笺。

2022 年 11 月 7 日

注：
素韵：高雅的气韵。

附苏可文和韵：

渔歌子（通韵）·粉龙爪

粉脸已是教人怜，更有芳姿夭且妍。
连日看，秉灯观，此时方懂薛涛笺。

2022 年 11 月 7 日

七绝·花名品谱三十三·墨蟹

黑紫花房灿若霞，秋肥墨蟹过平沙。
能工巧手栽名品，菊艳汴京人竞夸。

2022 年 11 月 8 日

附苏可文和韵:

渔歌子·墨蟹

不喜月色不喜霞，洗砚池中过家家。
形如蟹，墨如鸦，当是菊中第一花。

2022 年 11 月 8 日

七绝·菊花名品谱三十四·牡丹红

艳丽鲜红耀眼明，花冠硕大露峥嵘。
此花谁道非凡品，遍地奇葩看汴京。

2022 年 11 月 8 日

附苏可文和韵:

渔歌子·牡丹红

梁园也有牡丹红，不爱春光爱秋风。

何时看，韵无穷？只在龙亭月色中。

2022 年 11 月 8 日

七绝·菊花名品谱三十五·国华之光

菊韵悠悠遍地黄，花香四溢饱经霜。

他山纵是风光好，莫把家乡作异乡。

2022 年 11 月 9 日

附苏可文和韵：

渔歌子·国华之光

堪比黄金色更黄，黄金唯缺这般香。

华之魄，国之光，高怀清节绽芬芳。

2022 年 11 月 9 日

七绝·菊花名品谱三十六·虎啸山峦

虎啸一声山谷喧，东篱采菊见南山。

陶翁最美桃花坞，至味人生在故园。

2022 年 11 月 9 日

附苏可文和韵：

渔歌子·虎啸山峦

铜骨丹心气昂轩，酷雪严霜若等闲。
傍秋水，伴寒烟，今看猛虎啸南山。

2022 年 11 月 9 日

七绝·菊花名品谱三十七·大红托桂

大红托桂动心魂，育此奇葩赖厚坤。
碧水芙蓉娟秀态，丝毫不肯染纤尘。

2022 年 11 月 10 日

附苏可文和韵:

渔歌子·大红托桂

渺渺桂香摄人魂，艳艳朝阳照乾坤。
着黄袂，系红裙，楚楚仙女落凡尘。

2022 年 11 月 10 日

七绝·菊花名品谱三十八·红衣锦绣

红衣锦绣貌瑰奇，意蕴悠长比好诗。
不惧霜风萧飒至，初冬季节竞繁枝。

2022 年 11 月 10 日

附苏可文和韵:

渔歌子·红衣锦绣

称叹称赞又称奇，如歌如画更如诗。
霜露润，水云滋，红衣锦绣立香枝。

2022 年 11 月 10 日

七绝·菊花名品谱三十九·文笔夕照

夕照流光万道辉，牧歌相伴彩霞飞。
流连美景寻芳步，游子知还倦鸟归。

2022 年 11 月 11 日

附苏可文和韵:

渔歌子·文笔夕照

文笔夕照澹清辉，金秋云霞暗香飞。
怜旖旎，久徘徊，陶令沉醉不知归。

2022 年 11 月 11 日

七绝·菊花名品谱四十·灯下武娘

灯下武娘夭冶姿，高宗初始拜昭仪。

未知窈窕何如女，引得君王寤寐思。

2022 年 11 月 11 日

注:

昭仪：永徽三年（公元 652 年），武则天被封为二品昭仪。

附苏可文和韵:

渔歌子·灯下武娘

粉妆玉琢国色姿，绝世而立凤来仪。

清秋意，几人知，灯下武娘向谁思?

七绝·花名品谱四十一·盘龙聚爪

白里透红妍晚秋，仙宫玉女下层楼。

笙歌一曲开筵席，来往如梭泛彩舟。

2022 年 11 月 12 日

附苏可文和韵:

渔歌子·盘龙聚爪

盘龙聚爪炫金秋，清香飞上十二楼。

惊此景，久勾留，明朝带来李郭舟。

2022 年 11 月 12 日

注：

十二楼：神话传说中的仙人居处。

李郭舟：高朋雅会所乘之舟。喻知己相处，亲密无间。

七绝·菊花名品谱四十二·花芳菊

菊瓣花芳秀色奇，紫红黄白与参差。

天庭赖得神仙种，才见人间绮丽姿。

2022 年 11 月 12 日

附苏可文和韵：

渔歌子·花芳菊

花芳名菊可为奇，一朵多色斗参差。

如雉羽，似虹霓，高洁独抱美人姿。

2022 年 11 月 12 日

七绝·菊花名品谱四十三·盘龙碧景

盘龙碧景绿中黄，不惧寒风发暗香。

叶落归根终老季，凌霜却看抱枝芳。

2022 年 11 月 13 日

附苏可文和韵：

渔歌子·盘龙碧景

盘龙奕奕展轻黄，碧景幽幽暗发香。
三径露，九秋霜，犹有傲枝吐芬芳。

2022 年 11 月 13 日

七绝·菊花名品谱四十四·晓妆方罢

晓妆方罢出闺闱，俏丽通身比曙晖。
有此因缘应庆幸，寻常见得此芳菲？

2022 年 11 月 13 日

附苏可文和韵：

渔歌子·晓妆方罢

谁家妆罢出宫闱，顾盼流转晓生辉。
是越女，是杨妃？天下竟有此芳菲？

2022 年 11 月 13 日

七绝·菊花名品谱四十五·风飘绿绮

风飘绿绮展柔枝，一首秋风帘卷诗。

可奈情怀来入梦，不知心绪遣何词。

2022 年 11 月 14 日

附苏可文和韵：

渔歌子·风飘绿绮

簪花何妨取一枝，绿绮风飘韵如诗。

添逸兴，寄遐思，迩来多少郢中词。

2022 年 11 月 14 日

注：

郢中词：赞颂他人的词章。

七绝·菊花名品谱四十六·仙灵芝

四野羞随草木衰，田园故犯早霜开。

初冬为教多生意，庭院空疏把菊栽。

2022 年 11 月 14 日

附苏可文和韵：

渔歌子（通韵）·仙灵芝

秋来草木应时衰，唯有仙葩兀自开。
何用问，不须猜，定是嫦娥月中栽。

2022 年 11 月 14 日

七绝·菊花名品谱四十七·红衣绿裳

身穿锦绣紫红衣，缓步凌波看洛妃。
翩若惊鸿飘举下，仙姝绮丽出宫闱。

附苏可文和韵:

渔歌子·红衣绿裳

身披绿裳着红衣，香绡帷里出真妃。
入春梦，散秋晖，千娇百媚耀紫闱。

七绝·菊花名品谱四十八·七彩菊

开封七色菊花奇，雨后缤纷见彩霓。
众口一词齐赞赏，精心养护是根基。

2022 年 11 月 15 日

附苏可文和韵:

渔歌子·七彩菊

一株七彩世间奇，开封名菊胜虹霓。
欲独步，创新基，新人建功正当时。

2022 年 11 月 15 日

七绝·冬日感怀

人间好物易消磨，阅世原来坎坷多。
日子平常殊可贵，何须岁月叹蹉跎。

2022 年 11 月 29 日

七律（通韵）·冬菊

冬阳无力罩尘霾，寂寞庭除独自开。
竹翠迎门呈劲节，幽兰空谷慰孤怀。
芳华宁肯枝头老，野草何妨就地衰。
自是花中君子谓，争能案供作凡胎。

2022 年 11 月 30 日

七律·依韵奉和苏可文《落叶》

西风肃杀一张张，落叶归根亦感伤。

绿意葳蕤遮烈日，红黄绚烂赖经霜。
如能花木添生意，愿化春泥作乐乡。
待到明年阳气动，莺飞草长好春光。

2022 年 12 月 2 日

附苏可文原玉：

七律·落叶

风吹落叶不思量，洒洒洋洋满地黄。
曾向秋风凋夕月，每从春雨润晨阳。
亦看果子惊清影，犹抱花枝嗅暗香。
只道招摇常惹妒，谁知憔悴也匆忙。

2022 年 12 月 1 日

五律·柠檬花·依韵奉和王文智

洁白花开早，金黄蕊露迟。
摇曳扶疏影，烂漫纵横枝。
李白花间酒，王工月下诗。
殷勤青鸟使，次第报春回。

2023 年 2 月 15 日

附王文智原玉：

五律·柠檬开花

心静花开早，神安叶落迟。
清香谙陋室，琼玉挂新枝。
邀月三杯酒，凌云一首诗。
醉中何所忆，唯有远山眉。

癸卯孟春

附苏可文和韵：

五律·奉和王工、义平兄

紫燕来何早，寒梅去每迟。
天香浮北阁，春色上南枝。
弟乞长生酒，兄传锦字诗。
不愁潘岳鬓，只喜马良眉。

2023 年 2 月 15 日

注：

潘岳鬓：谓中年头发初白。

马良眉：“良”，眉中有白毛，故以称之。后因以“马良眉”喻白色。

七绝·景阳冈

武松打虎景阳冈，神勇武威名远扬。

阳谷今来寻故地，英雄不见在何方。

2023 年 3 月 9 日

注：

景阳冈旅游景区位于山东省聊城市阳谷县城东张秋镇境内。于3月7日上午游览，游客不多，景区有些冷落。

七绝·郓城

千年古镇实符名，水浒英豪半在城。

入得迎薰门内去，似闻演武鼓鼙声。

2023 年 3 月 10 日

注：

水浒英豪半在城：素有“梁山一百单八将，七十二名在郓城”之说。

迎薰门：即南门。薰风（即熏风），夏季南风。传虞舜《南风》歌曰：“南风之薰兮，可以解吾民之愠兮。”

七律·聊城水上古城

齐鲁水城风景明，黄河交汇运河行。

东昌旧府湖心绕，北岸新城绿水萦。

街市商家鳞次比，层楼院落木敷荣。

园林物色何相似，欲把聊城作汴京。

2023 年 3 月 11 日

注：

黄河交汇运河行，黄河与京杭大运河在这里交汇。

东昌旧府，明代聊城为东昌府治。

敷荣，开花。

七绝·狮子楼

景祐三年狮子楼，西门斗杀为兄仇。
金莲本是蒙辜者，枉死施威自愧羞。

2023年3月11日

注：

景祐三年：公元1036年，狮子楼初建于是年。

狮子楼：今阳谷县城复建有狮子楼。

蒙辜：蒙冤，受罪。

附王发曾和韵：

奉和一平兄狮子楼

二虎何来生死斗，真真假假狮子楼。
金莲疑案话千古，水浒瓶梅说不休。

2023年3月11日

七绝·腊山

素号兹山小岱宗，东平大地跃葱茏。
虽高只有亏三百，搬到开封亦自雄。

2023 年 3 月 11 日

注：

腊山：位于山东省泰安市东平县境内。

岱宗：泰山。

亏：欠缺，不足。

七绝（通韵）·东平湖

水泊梁山八百里，波光潋滟耀清晖。
渔船荡漾云天际，鸥鹭寻鱼上下飞。

2023 年 3 月 11 日

注：

东平湖：位于山东省泰安市东平县老鸭镇，水面 200 余平方千米。古称蓼儿洼、大野泽、巨野泽、梁山泊、安山湖。说是《水浒传》中八百里水泊遗存水域。

潋滟，水波荡漾貌。

五律·次韵奉和王文智《山巅红芽》

绿华山石巅，绮丽白云边。
菊品渊明味，梦回周昉笺。

竹间居处士，松下赏流泉。

无韵离骚笔，至今思史迁。

2023 年 3 月 22 日

注：

绿华：绿色花草，双关传说中的仙女萼绿华。

周昉：唐代著名仕女画家。

史迁：司马迁的别称。司马迁为太史令，掌修史，故称。

附王文智原玉：

五律·山巅红芽

红芽绽绝巅，缥缈白云边。

坐品东坡趣，闲填西岭笺。

迎风歌古韵，击缶舞龙泉。

岁岁花如故，奈何时已迁。

癸卯春分

附苏可文和韵：

五律·次韵奉和文智、义平兄

花芽赤翠巅，春满碧云边。

醉眼瑶台景，吟怀雪浪笺。

未曾斟绿酒，已觉饮丹泉。

自有东篱乐，何愁岁月迁。

2023 年 3 月 23 日

注：

雪浪笺：有隐形波纹的白色宣纸。

丹泉：传说中的仙泉，饮之可以长生不老。

五绝・皖南游

久闷家中坐，皖南春色游。

山光怡鸟性，水色解人愁。

2023 年 3 月 27 日

七绝・泾县

千年寿纸纸中王，洁白柔绵耐久藏。

墨韵清新成五彩，丹青翰札散余香。

2023 年 3 月 27 日游记

七绝・桐君山

桐君山耸大江边，药祖茅庐为炼丹。

识得君臣佐使术，缘由百姓保平安。

2023 年 3 月 29 日游记

注：

桐君山位于桐庐县城附近。

药祖：相传，黄帝时有老者结庐修道炼丹于桐君山，悬壶济世，分文不取。乡人感念，问其姓名，老人不答，指桐为名，乡人遂称之为“桐君老人”。后世尊为“中药鼻祖”，此处成为药祖圣地，山也因此命名为“桐君山”。《隋书》《旧唐书》《本草纲目》《中国人名大辞典》等书对桐君都有记载。

第三句“佐”为仄声，此处按律应为平声，因其为中医药术语，不可改，仍之。

七绝·淳安县

驱车千里到淳安，小岛龙山拜古贤。

刚正清廉勤政务，至今人颂海青天。

2023 年 3 月 29 日游记

注：

淳安：杭州市淳安县，国家 5A 级景区千岛湖所在地。明代著名清官海瑞于嘉靖三十七年（公元 1558 年）任淳安知县。海瑞两次会试未中，嘉靖三十三年（公元 1554 年）四十岁，才以举人身份受广东布政使司派遣任福建延平府南平县县学教谕，所以也可以说这是海瑞第一次担任官职。

小岛龙山：1986 年，新安江水库大坝建成，原海瑞祠淹没千岛湖底，于是在湖中龙山岛重建了海公祠。

七律·棠樾牌坊群

棠樾村东有石坊，绵延七座矗斜阳。
紫藤粉壁撩人醉，油菜平畴夺目黄。
鲍氏宗祠雍穆立，徽商节义信然长。
路旁石凳优游坐，闲看出游留影忙。

2023 年 3 月 31 日

注：

棠樾牌坊群：位于安徽省歙县郑村镇棠樾村东大道上。

七座：牌坊群有七座牌坊。明代三座，分别是：明永乐十八年（公元 1420 年）御制的慈孝里坊，明嘉靖（公元 1552—1566 年）初年的鲍灿孝行坊，明天启二年（公元 1622 年）的鲍象贤尚书坊。清代四座，分别是：清乾隆三十二年（公元 1767 年）的鲍文渊继妻吴氏节孝坊，清乾隆四十九年（公元 1784）的鲍文龄妻江氏节孝坊，清嘉庆二年（公元 1797 年）的鲍逢昌孝子坊，嘉庆二十五年（公元 1820 年）的乐善好施坊，为旌表鲍淑芳、鲍均父子捐输义举而建。

鲍氏宗祠：石坊旁有鲍氏敦本堂（男祠）和清懿堂（女祠）。

五绝·奉和苏可文《雨》

暮春春雨润，初夏夏收丰。
点滴滋心肺，葳蕤草木隆。

2023 年 4 月 3 日

附苏可文原玉：

五绝·雨

风吹花影动，云暗鸟魂惊。
独坐幽斋里，细听檐雨声。

2023年4月3日

七绝·原韵答苏可文

静心何必诵心经，诸事烦忧神未宁。
管他风云多变幻，悠然我自步闲庭。

2023年4月9日

附苏可文原玉:

七绝·散郁

城中久住似幽囹，散郁乡间步野町。
此去不寻桃杏李，只因最爱麦青青。

2023年4月9日

七律·翁媪童心

4月9日，天朗气清，东风和畅。开封一高老三届群主组织老同学们到华北体育场空地放风筝，一时之盛，诗以记之。

草长莺飞四月天，老翁也发少狂癫。

久羁暮景消烦闷，忙趁晴空放纸鸢。

身健还需多运动，老来最重是心宽。

寻常日子寻常过，幸福安详度晚年。

2023 年 4 月 10 日

注：

羁：拘束，束缚。

暮景：比喻晚年。

附苏可文和韵：

七律（通韵）·风筝

借得东君一缕魂，扶摇直上九霄云。

追风举显癫狂意，向日宣昭澹荡身。

瘦骨常含青汉色，锦衣尽带彩霞痕。

逍遥虽是欢如许，莫忘今年牵手人。

2023 年 4 月 10 日

注：

东君：春神。

青汉：天汉，高空。

五绝·春归

春随风雨去，涨绿半池莲。

花有重开日，人无再少年。

2023 年 4 月 23 日

五绝·邻韵奉和苏可文

红花终谢去，已见海棠垂。

花好才堪赏，不如疗渴饥。

2023 年 4 月 25 日

附苏可文原玉：

五绝·题图

连宵风雨会，黯惨众芳菲。

虽叹红花瘦，更怜绿叶肥。

2023 年 4 月 25 日

七绝·步韵奉和苏可文《暮春》

已是莺歌燕舞时，海棠青涩报君知。

熏风早送夏消息，菡萏青青铺半池。

2023 年 4 月 28 日

附苏可文原玉：

七绝·暮春

细雨斜风三月时，流光唯有落花知。
鹂莺不识春将尽，依旧痴啼绕绿池。

2023 年 4 月 28 日

七绝·黄栌

烟花乳白醉朦胧，雾中情人立碧丛。
待到秋高风露重，丹心一片染霜红。

2023 年 5 月 5 日

注:

雾中情人: 黄栌花开远观,似有烟雾缭绕,故别名“雾中情人”。

附苏可文和韵:

七绝·黄栌·习和义平兄

落落黄栌立翠丛，花开雾里意朦胧。
有心欲把相思寄，还待秋来叶染红。

2023 年 5 月 6 日

注:

黄栌树花被称为“雾中情人”。黄栌又称烟树、红叶黄栌等，双子叶植物,无患子目、漆树科、黄栌属,落叶小乔木或灌木。花小,乳酪色，浓密簇生，每簇花的花枝众多，不结果，最后长出毛状物，紫色，较长。远观时，由于枝叶搭配得巧合，似有烟雾缭绕，所以人称“雾中情人”。黄栌树叶到秋天变为红色，我们熟知的北京香山红叶不是红枫叶，主要是黄栌树叶。

黄栌的花语是：经历风霜真情不变，它的寓意也是特别美好的表示，能够共同经历风雨，初心不改，代表着坚定美好的信念。

七绝·依韵苏可文《一朵娇》

一朵红花别样娇，微风寂寞嫩枝摇。
幽香袅袅如丝缕，已寄情思到谢桥。

2023 年 5 月 10 日

附苏可文原玉：

七绝·题图·一朵娇

荒野惊逢一朵娇，摇头晃脑正招摇。
只为凭借东风力，已送清香到碧霄。

2023 年 5 月 10 日

七绝·三色三角梅

明黄粉白醉颜红，三角梅花艳暖风。
欲问辛勤培育者，谁家巧手夺天工。

2023 年 5 月 17 日

附王文智和韵：

七绝·三色三角梅·步韵答谢义平兄

三角梅花别样红，金鬟粉黛曳清风。
乱人魂魄何须酒，不悔辛勤造化工。

2023年5月17日

附苏可文和韵：

七绝·三色三角梅·步韵奉和义平、王文智二兄

粉白黄橙绿映红，笑携明月伴清风。
妖娆何用天公护，自有人工胜化工。

2023年5月17日

七绝·步韵奉和可文《酌茗》

明前雨后品佳茗，独坐晴窗看柳莺。
苦涩回甘滋味永，闲愁抛却乐长生。

2023年5月17日

附苏可文原玉：

七绝·酌茗

老来最爱烹新茗，共月和云傍柳莺。
慢酌轻斟三盏后，疑如仙气骤然生。

2023 年 5 月 17 日

附王文智和韵:

七绝·步韵奉和苏可文兄

汲来细雨烹清茗，傍水依山啼柳莺。
抛却生前身后事，逍遥潇洒度余生。

2023 年 5 月 17 日

七绝·奉和苏可文《蜜蜂》

花信凭传未自休，辛勤酿蜜不寻酬。
人间乐享香甜日，长记芳丛久滞留。

2023 年 5 月 19 日

附苏可文原玉:

七绝·蜜蜂

占断春光仍未休，一疏一动也风流。

叹它几番辛勤后，只送香甜不送愁。

2023 年 5 月 19 日

附王文智和韵：

七绝·奉和苏可文《蜜蜂》

飞花穿柳吻群芳，归去金鬟亦染香。
酿就琼浆难自飨，为谁辛苦为谁忙。

2023 年 5 月 19 日

七律·依韵奉和苏可文《残红》

娇红不忍别芳枝，大地熏风送饯时。
灿若云霞留倩影，翩如彩凤舞生姿。
人间早已酬春色，身后应须报藕丝。
我惜落花终逝水，明年再唱咏花词。

2023 年 5 月 20 日

附苏可文原玉：

七律·残红

残红几片抱空枝，寂寞苍凉动客思。
寒夜曾经嗔细雨，暖春犹记笑清池。

云霞难掩千般色，日月应惊别样姿。
离恨亦怀凄婉美，遗香孤影也成诗。

2023 年 5 月 20 日

附王文智和韵：

七律·依韵奉和苏可文《残红》

一抹残红别离时，杜鹃啼血柳依依。
和风有意留芳影，细雨无心落碧池。
难忘红花繁若火，犹期素手捻成诗。
空留几处伤心碧，意欲葬花人已痴。

2023 年 5 月 20 日

七律·文韵奉和苏可文《绿叶樱花》

天降仙葩五彩云，内生黄绿外缤纷。
巴西引进名花种，阆苑移来艳卉君。
颜色门庭长烂漫，馨香廊庑久氤氲。
堂前好鸟啁啾乐，屋里主人迎客勤。

2023 年 5 月 23 日

附苏可文原玉：

七律·绿叶樱花（三角梅）

谁家旖旎千秋画，何处妖娆三色云。
西子凝脂方照眼，貂蝉娇靥已销魂。
羞花绽放黄金蕊，落雁衔来碧玉裙。
只道人间无再少，此梅怎有四时春？

2023 年 5 月 23 日

附王文智和韵：

七律·三角梅芙蓉面依韵奉和苏可文、李义平二学兄

千娇百媚芙蓉面，袅袅婷婷翠玉裙。
敛袖盈盈枝上舞，馨香郁郁鬓鬟熏。
凡间那得寻常见，仙苑犹稀几许闻。
且对美人斟美酒，微醺可以踏梯云。

2023 年 5 月 23 日

七绝·加油高考

十载寒窗勤苦读，蟾宫折桂一时鸣。
艰难困苦凌云路，功不唐捐玉汝成。

2023 年 6 月 5 日

注：

功不唐捐：唐，徒然。付出的努力不会白费。

玉汝成：玉，像玉一样爱护你，帮助你成功。

附王文智和韵：

七绝·癸卯高考·和李义平学兄

面壁寒窗十二年，题名当向金榜悬。
龙门一跃风云动，别样乾坤别样天。

2023 年 6 月 5 日

附苏可文和韵：

七绝·高考·习和义平、文智二兄

寒窗十载励风霜，只为扶摇上昊苍。
今日蟾宫争折桂，明年笑看众生忙。

2023 年 6 月 5 日

七律·石板岩镇

坐落巉岩峡谷间，太行小镇美名传。
苍溪绿水潺湲淌，王相青山叆叇悬。
寻胜游人多指顾，采风画手久流连。
归来犹记风光好，他日复还听涧泉。

2023 年 5 月 31 日游　2023 年 6 月 6 日记

注：

苍溪：石板岩镇中流过的小河。

王相：王相岩，石板岩镇旁边的山。相传商王武丁和奴隶出身的宰相傅说，都曾在这里居住过。

七绝（出群格）·林州山村高家台

林虑山中一小村，迎来四面八方人。
画家游客蜂争至，世外桃源不染尘。

2023 年 6 月 2 日游　2023 年 6 月 9 日记

七绝·太行平湖

波光潋滟出平湖，佳丽何须到越吴。
大坝横空拦碧水，青山峡谷缀明珠。

2023 年 6 月 3 日游　2023 年 6 月 9 日记

七律（通韵）·连云港

十里长堤碧水间，青州胜境欲登仙。
亚欧大陆桥头堡，苏北平原阔港湾。
连岛雾腾波浪上，云台翠拢海天边。
且听林鸟枝梢唱，只为浮生一日宽。

2023 年 6 月 13 日游　2023 年 6 月 20 日记

注：

青州：连云港古属青州。

连岛：与连云港隔海相望，通过6.7千米拦海大堤与连云港市东部城区相连。

云台：云台山，位于连云港市东北，唐宋时称苍梧山，其主峰是江苏省内最高峰。

七绝（通韵）·连云港云台山

从翠飞临大海边，往来游艇素波翻。

群鸥上下追逐去，碧水连云一线天。

2023 年 6 月 14 日游　2023 年 6 月 21 日记

七绝（通韵）·胶州湾大桥

兴叹汪洋跨海难，东西两岸一桥连。

如今险阻通驰道，便利舟车驶往还。

2023 年 6 月 14 日游　2023 年 6 月 21 日记

七绝·青岛八大关

满目琳琅八大关，红砖掩隐绿荫间。

梧桐一片伤心色，何忍昔时话故山。

2023 年 6 月 15 日游　2023 年 6 月 21 日记

七绝·为孙学士西北湖荷花图题

细雨蒙蒙西北湖，荷花清丽画难图。
红颜映日千般媚，碧叶摇风跳玉珠。

2023 年 7 月 3 日

七绝·为郁金香水仙诗题

凌波仙子玉冰清，不与繁花竞绛英。
留得人间高韵在，一瓢渌水石间生。

2023 年 7 月 12 日

注：
凌波仙子：水仙别名。

七绝（平水韵出群格）·题孙学士所摄莲花美图

一枝摇曳碧波间，南海观音趺坐前。
童子缘何纳头拜，虔诚向佛问参禅。

2023 年 7 月 13 日

注：
趺坐：双足交叠而坐。

附苏可文和韵：

七绝·题图

清新美照出谁家？嫩碧轻红仪可嘉。
那得观音携玉女，原来莲子拜荷花。

2023 年 7 月 13 日

七绝·答王庆福兄《学诗自嘲》

学诗当有泪流功，韵律苦吟师杜翁。
一片丹心天不负，迎来万紫舞东风。

2023 年 7 月 13 日

注:
泪流功：见贾岛《题诗后》：“两句三年得，一吟双泪流。”
杜翁：指杜甫。

附王庆福原玉:

绝句·学诗自嘲

欲循韵律附风雅，踉跄邯郸亦感伤。
自信恒持终不悔，舞得镣铐化霓裳。

2023 年 7 月 12 日

七绝（通韵）·孙学士题赞

多艺多才学士身，长箫婉转动人心。

胸中块垒歌吟美，掌上相机留影真。

2023 年 7 月 14 日

五律·咏莲

出泥而不染，素洁濯清涟。

茎挺中通直，叶擎华盖圆。

花开佛心见，花死藕根鲜。

往复循环续，今年接去年。

2023 年 7 月 15 日

注：

花开佛心见：佛教有“花开见佛性”之说，这里的花即莲花。

花死藕根鲜：莲是百花中唯一的能花，其花、果（藕）、种子（莲子）并存，花死根不死，来年又发生。

五律·感时

花有重开日，人无可再晨。

虚名蜗角利，浮世健康珍。

知足常为乐，解颐唯养神。

诗书逢旧友，松竹比居邻。

2023 年 7 月 19 日

附苏可文原玉：

七绝·感悟

茫茫尘世乱纷纷，何处能寻四季春。

唯有春江花月夜，古人照罢照今人。

2023年7月14日

七律·奉和杨德来《咏君义操琴》

铁板铜琶唱大江，自来词韵和宫商。

高山流水琴中趣，翠柏苍松叶上霜。

赛马奔腾惊电闪，二泉映月诉悲凉。

百年风雨余闲处，一世歌诗在远方。

2023年7月21日

附杨德来原玉：

七律·咏君义操琴

诗协采风，每见诗友君义负琴而来。徽州、苏州的住宿地，乃至泰山之巅，均听过他的琴声。《江河水》《赛马》《二泉映月》等是他常奏乐曲。今值笔会命题《古琴流韵》，感忆而赋之。

引弓转轴试宫商，曲启弦鸣啭凤凰。

缕缕春风温六腑，声声天籁荡回肠。

江河遇阻浪湍急，赛马旷原蹄疾狂。
流水高山君义乐，和吟琴瑟润诗章。

2023年7月20日

七绝（通韵）·心闲

心闲何必在林泉，三尺草庐天地宽。
一旦胸中无挂碍，悠然闹市见南山。

2023年7月28日

七绝·听刀郎新歌《罗刹海市》

纷纭众说话刀郎，搅得歌坛风雨狂。
百姓无关柴米事，管他夏暑与秋凉。

2023年7月29日

七绝·为《程门立雪》邮票发行作

一

理学程朱一脉传，儒家道统二英贤。
穷经致用身心理，学海无涯有渡船。

二

游杨二子见伊川，重教尊师代代传。

弟子程门承遗烈，朱王理学谱新篇。

2023 年 8 月 6 日

注：

游杨二子：指宋游酢和杨时。

七律·奉和杨德来诗友《古琴遗韵》·试用古琴曲名作七律

大浪淘沙起昊苍，春江月夜诉衷肠。
蕉窗夜雨华胥引，双鹤听泉秋水长。
鸥鹭忘机翩白雪，渔歌欸乃泛沧浪。
空山鸟语无尘虑，细雨松涛西麓堂。

2023 年 8 月 8 日

注：

大浪淘沙、春江月夜、蕉窗夜雨、华胥引、双鹤听泉、秋水、鸥鹭忘机、白雪、欸乃、泛沧浪、空山鸟语、无尘、细雨松涛、西麓堂，俱古琴曲名。

昊苍：苍天。

华胥：典见《列子·黄帝》，后用以指理想的和平安乐之境，或作梦境代称。

鸥鹭忘机：典见《列子·黄帝》，后以之比喻淡泊隐居，不以世事为怀。

欸乃：象声词，此处形容歌声。

沧浪："浪"此处读阳平。见《楚辞补注》卷七。喻自由自在地生活。

西麓堂：明汪芝作《西麓堂琴统》，收录古琴谱一百七十首琴曲和十五首琴歌。

附杨德来原玉：

七律·古琴遗韵

中华文化仰羲皇，绿野仙踪古乐香。
碧涧流泉风击鼓，平沙落雁凤求凰。
阳关三叠潇湘岸，沧海龙吟云水乡。
自绝嵇康广陵散，瑶琴哀韵透宫商。

注：

颔联、颈联，系引瑶琴古曲名。

短歌行·李白短歌行续貂

白日叹应短，百年何必长。
青丝垂双鬓，倏忽半成霜。
吾欲挽羲和，回车挂扶桑。
北斗挹美酒，鲸吞十数觞。
富贵非所愿，为我驻流光。
无病无灾好，最重是健康。
仰天常大笑，适时赏春芳。
处世多善意，与人热衷肠。
无忧又无虑，万事不思量。
平安即是福，长寿乐无疆。

2023年8月9日

注：

羲和：指太阳。神话传说日神乘车，驾以六龙，羲和为御者。

扶桑：传说日出于扶桑之下，拂其树杪而升，因谓为日出处。

七律·纪念二程邮票发行

伊川书院纪千年，理学亢宗二圣贤。
化雨春风滋万物，黉宫晓露润心田。
程门立雪崇师道，洛下传经了夙缘。
邮票发行堪纪念，至今伊阙拜林泉。

2023 年 8 月 12 日

七律·原韵奉和杨德来《铁骨素兰吐蕾感咏》

五载悠悠日月长，幽兰袅袅又重芳。
翠条抽出仙姿秀，素蕾引来蜂蝶忙。
花好还须催雨露，志坚尚赖被风霜。
人情物理终相似，莫负平生走一场。

2023 年 8 月 14 日

附杨德来原玉：

七律·铁骨素兰吐蕾感咏

疫情家国历沧桑，守望仙兰五载长。

流火暑天忧日炙，狂飙暴雨怕风伤。
灵芽初发茎尤弱，未展花容蕾即香。
铁骨素颜今再放，精心呵护不寻常。

2023年8月14日

注：

铁骨素系此兰花名，2018年开放一次至今。

悼张淑良老师

音容犹在眼，和蔼沐春风。
驾鹤从兹去，悲声悼昊穹。

2023年8月17日

七律·郑州大学政史系七三级入校五十周年同学聚会

闻返校同学聚会将于2023年9月16—17日举行，喜极，赋诗以祝。

往事如烟五十春，难能微信问音尘。
当年着眼青衿健，今日搔头白发新。
斗室高谈论风物，江山指点说乾坤。
成欢未必凭贤圣，遣兴还须进一尊。

2023年9月7日

注：

青衿：代指青少年学子。

贤圣：指酒。《魏略》曰："太祖时禁酒，而人窃饮之，故难言酒，以白酒为贤者，清酒为圣人。"

七律（通韵）·咏乾陵

乾县梁山耸北峰，高宗武曌二皇陵。
阙前神道千年穆，云外露华一世情。
狐媚当时能惑主，司晨亘古落污名。
议论纷纭说不尽，罪功终叫后人评。

2023年10月21日

附苏可文和韵：

七律·武则天·兼和李义平《咏乾陵》

三朝孤凤舞乾坤，一代女皇千古闻。
妖媚从来能惑主，蛾眉未必不为君。
重权善术官闱怯，武略文韬物象欣。
欲问空碑垂世意，开棺验取石榴裙。

2023年10月21日

七绝·唐家大院

唐家大院肃端庄，经历百年风雨霜。
但看如今三进宅，便知昔日气堂皇。

2023 年 10 月 21 日

七绝·赵家洞崖居

崖壁巍然立半空，三层梯磴互连通。
当年避乱曾居处，西下斜阳烟树中。

2023 年 10 月 21 日

七绝·郑国渠

疲秦奇计浚河渠，富积强兵竟有余。
一统中华思郑国，丰功万世岂谈虚。

2023 年 10 月 21 日

七绝·咸阳

山南河北曰咸阳，虎踞龙盘古帝乡。
朝雨渭城尘土去，至今一统道秦皇。

2023 年 10 月 21 日

注:

山南河北，咸阳位于九嵕山之南，渭河之北。

渭城: 汉武帝年间，因咸阳临近渭水更名渭城。参见王维《送元二使安西》。

七绝・陕州地坑院

地坑方院筑高堂，暖似春温夏自凉。
高下攀爬多不便，另开新地建楼房。

2023 年 10 月 21 日

附王文智和韵:

依韵杜甫《壮游》赞李义平学兄壮游

癸卯秋风朗，出游古战场。
陕甘多故事，穿越心飞扬。
陕州地坑院，咸阳古帝乡。
郑渠泽万亩，岩居笼斜阳。
乾陵评功过，唐家历雪霜。
聊发少年狂，浑顾两鬓苍。
登高视八极，俗物都茫茫。
健步凌绝顶，身在白云航。
今生无遗恨，耄耋舒心肠。
且将今古意，挥墨洒八荒。

癸卯重阳

七律·秦赵会盟台

秦赵会盟于渑池，高台封土惹幽思。
秦王缶击全君面，蔺相璧完归赵时。
肉袒负荆称罪过，周旋抱屈肯虚辞？
胜游的是开心果，史鉴原为济世资。

2023年10月22日

注：
的是：“的”，音同“笛”。确实，的确。

沉痛悼念李克强总理

山河大地同悲声，早逝英年举世惊。
同悼人民好公仆，事功自有后人评。

2023年10月27日

七律·缅怀陈玉璋先师

汴梁谁不识恬安，八法精通接古贤。
书版蝇头称独步，擘窠大字久高悬。
仙风道骨尘嚣外，细雨春晖桃李前。
翰墨传承原有自，瑶台闻信亦欣然。

2023年12月17日

注：
恬安：先生晚号恬安老人。

擘窠大字：指牌匾榜书。

桃李：代指弟子，学生。

瑶台：传说中的神仙居处，指代先生。

附王文智和韵：

七绝（孤雁格）·奉和李义平学兄缅怀陈玉璋先生

当年题字在门楹，今日追思望碧空。

尽管擘窠成往事，还留翰墨傲寒风。

2023 年 12 月 20 日

注：

我们公司当年大门口镌刻的公司铭牌是陈玉璋先生题的字。

七律·读《平和之境》——陈国桢书画作品集有感

父子相承翰墨珍，后薪勤恪继前薪。

韦编三绝甘孤冷，书画两成多苦辛。

飞鸟出林高气韵，惊蛇入草爽风神。

人逢七十鸿鹄志，务使篇章逐雅淳。

2023 年 12 月 20 日

七绝·迎新年

岁月如梭叹逝川，两天过后是新年。

抛开烦恼身心健，自在逍遥作谪仙。

2023 年 12 月 29 日

续网上火爆诗句以成篇（入声职韵）

且借人间二两墨，牡丹绘就夸颜色。

厅堂挂起壁生辉，换米百斤鸣自得。

2023 年 12 月 29 日

五绝·奉和苏可文《四君子之梅》

白雪几树春，爽爽振精神。

铁干虬龙立，丝毫不染尘。

2023 年 12 月 29 日

附苏可文原玉:

五绝（通韵）·四君子之梅

生来为报春，与雪最相亲。

说起寒中俏，谁人不识君？

2023 年 12 月 28 日

五绝·奉和苏可文《四君子之兰》

幽兰独自开，也见供亭台。

蜂蝶翩跹舞，馨香所引来。

2023 年 12 月 29 日

附苏可文原玉：

五绝·四君子之兰

无处寻风雅，愁纡次第加。

如今何以悦，只为遇兰花。

2023 年 12 月 29 日

五绝·奉和苏可文《四君子之竹》

素有虚心竹，却无仰面梅。

人夸坚挺节，宁耐雪霜摧。

2023 年 12 月 30 日

附苏可文原玉：

五绝·四君子之竹

空心谁悟懂？持节几人同？

多少功名客，却无君子风。

2023 年 12 月 30 日

七律·辞旧迎新

辞旧迎新又一年，文章接续重开篇。
生生守拙知天道，岁岁伤时咒逝川。
少小曾经思力学，老来最好是安眠。
难留昨日千林翠，喜看明春百卉妍。

2023 年 12 月 30 日

五绝·奉和苏可文《四君子之菊》

黄花耐雪霜，冱冻送幽香。
欲把深秋意，来迎竞艳芳。

2023 年 12 月 31 日

注：
冱冻：天寒地冻。

附苏可文原玉：

五绝·四君子之菊

昨采东篱畔，今开汴水边。
欲寻清绝影，最好雪霜天。

2023 年 12 月 31 日

二／词

卜算子·无题

尚记当年思，终见米萝馆。岁月如梭五十年，相对春风面。

梦醒却回头，已是清宵半。辗转无眠漏夜声，寂寞南归雁。

2019年1月8日

注：

凡词牌后未标格式者，即为《钦定词谱》所列正体。下同。

米萝馆：开封金明池附近咖啡馆。

水调歌头（钦谱格三）·岁末有思

戊戌岁末，冬阳无力，万物肃杀，而思绪遄飞，以花为喻况物怀人。

花事荼蘼了，独对黯伤神。不知天上青帝，底事恨娇芬？更恼风吹雨助，扫落残红无数，何处觅香魂。绿叶犹沾露，兀自叹孤身。

清宵起，追绮梦，骨髓沦。不应有怨，何必总把美娇嗔？花落花开时主，人聚人离缘度，万事罕从心。但愿人康健，念念寄星辰。

2019年1月12日

如梦令·步可文兄韵·母亲节咏母

常记村头日暮，望尽天涯归路。残月正当空，万里孤蓬何处？垂祜，垂祜，永佑人间慈母。

2019 年 5 月 22 日

青玉案·观老同学广场舞照·步可文兄韵奉和

金明夏日风光好。看红杏、枝头闹。锦瑟华年何处找？舞低杨柳，歌蕃曲调，自有芳春佼。

蛾儿雪柳称年少。白发红颜不服老。若问豪情都几懋？满山松柏，一川烟草，竹翠骄阳照。

2019 年 6 月 8 日

注：

蛾儿：雪柳，都是古代妇女头上戴的饰物。见辛弃疾《青玉案·元夕》。这里形容青少年打扮得漂亮。

行香子·读《淮海居士长短句》有感

淮海诗余，渠帅堪称。倚斜阳、思绪遄兴。慢词高古，小令争雄。正感情浓，词儿巧，句儿工。

月迷津渡，桃源望断，杜鹃啼、流水难空。滕州一笑，胡马凭风。叹斯人去，梅花落，众山青。

2019 年 6 月 14 日

注：

宋词吾最爱少游，摹景状情，工巧纤丽；寄兴托志，浏漓俊逸。“自在飞花轻似梦，无边丝雨细如愁”“柔情似水，佳期如梦，忍顾鹊桥归路。两情若是久长时，又岂在朝朝暮暮”“黛蛾长敛，任是春风吹不展”“郴江幸自绕郴山，为谁流下潇湘去”。是何等手笔！一生坎坷，贬谪流离，雷州放还，未及到任，即辞世滕州。年仅逾艾（五十岁），天妒英才，奈何奈何！

诗余：指词。

渠帅：泛指魁首。

破阵子·咏同学

百载回眸前世，擦肩一次今生。且问同窗三五载，又抵人间多少情？高山日月明。

晚雪寻梅小径，微风摆柳春行。绿袖黄裳旋广场，白发红颜歌大风。引吭金石声。

2019 年 6 月 16 日

忆秦娥·步可文兄韵奉和

可文兄应时序作《忆秦娥·仲夏到》，俚语以应，未及细审，续貂耳。

仲夏到，翠荷风举蜻蜓绕。蜻蜓绕，年年湖畔，人比花俏。

莺歌燕舞柳丝袅，华灯初上金明道。金明道，老翁散步，小儿欢笑。

2019 年 6 月 17 日

一剪梅·七夕

曲苑风荷绿映红。蹀躞蜻蜓，摇曳莲蓬。陂塘侧畔白头翁，鹊噪枝头，月上帘栊。

白日欢酺话旧容。一晌娱情，几度萍踪。鹊桥路上喜相逢，玉露金风，大雪青松。

2019 年 8 月 7 日

哨遍·酒

如火性格，形似水柔，地动天旋转。梦醒时，缥缈欲登仙。自杜康不分早晚，语声软。抒胸臆浇心块，琴棋书画凭装点。挥洒百千篇。刘伶醉了，悔鸿门霸王宴。愁清明雨湿杏花斓。看苏子月半祝婵娟。浓睡风狂，绿肥红瘦，却询帘卷。

看，历史千年。风云变幻狂澜挽。自有枭雄在，登高呼率民反。战阵饮壮行，山崩海啸，铁流滚滚红旗烜。与歌舞相俦，豪情万丈，文人村夫熊胆。算计觥筹上下交翻。帐中举杯安释兵权。问何物、有此机楗。凭他豪宅朱门，茅舍农家院。生死成败悲欢散聚，俱引壶觞仪典。此生天命且欢颜。对朝阳、歌喉还展。

2019 年 8 月 22 日

注：

湿、宅，入声。

南乡一剪梅·无题二首

一

长夜一灯孤。冷雨敲窗断续无。梦里家山依旧好，新也思服，旧也思服。

吟罢却难书。最是乡愁不可徂。愿把衷情分两地，人亦如初，心亦如初。

二

风袅柳丝低。翠盖摇摇暮色弥。并蒂莲花开寂寞，风也纷披，雨也纷披。

偏有彩蝶嬉。寤寐求之杜宇啼。醉倒巫山寻旧梦，人误佳期，天误佳期。

2019 年 8 月 23 日

木兰花慢（钦谱格五）·观舞照有感

看朝阳一缕，乐声起、趁星光。正风卷残荷，蝶飞蜂舞，高树鸣螿。胡旋殿前摆柳，奈翻飞衣袂奏霓裳。谁遣姮娥仙子，人间阅此堂皇。

须知花好总难芳。烦心寄苍茫。纵月缺月圆，鹤龄夭寿，又有何妨？平生百年回眸，但长风浩浩臆开张。漫说云腾雨骤，东林啸傲疏狂。

2019 年 8 月 25 日

注:

螿，音“江”。蝉的一种，黑色。

说，入声。

东林啸傲：见陶渊明《饮酒》，苏东坡《定风波》。

踏莎行·秋思

衰草含烟，残荷凝露。风雨总是伤情处。夕阳西下立高台，碧空雁字飞愁目。

渐缓衣带，难消情愫。回眸过往迢迢路。垂杨尽日惹流莺，何曾留得时光住。

2019 年 8 月 31 日

卜算子·中秋奉和苏可文、张克林

明月何处寻，明月悬天际。明月相隔迢迢路，思念充胸臆。

所思在远方，念念伊人去。但愿人圆月亦圆，喜乐重相聚。

2019 年 9 月 13 日

鹊桥仙·中秋后二日逢雨作

霏霏细雨，凉凉秋意，弱柳迎风举袂。丝丝缕缕浸窗台，却又起、人间百味。

天高难问，人情易老，白发红颜感喟。低眉把酒对空蒙，点滴里、幽思谁会？

2019 年 9 月 15 日

蝶恋花·看家园中秋专刊

花好月圆情满满。又到中秋，三届同学愿。唱和诗词歌舞烜。山河带砺丹心见。

强国富民非梦幻。矢志英明，不惧风云变。纵使妖魔来捣乱。难当亿万同心干。

2019 年 9 月 17 日

浪淘沙·秋分

雁阵去难留，千里清秋。平分昼夜月如钩。独立凭栏声俱寂，无语凝眸。

溪水自东流，思绪悠悠。平林漠漠锁清愁。水面芙蓉秋已老，莲藕堪收。

2019 年 9 月 22 日

西江月·重阳

世事原难称意，人生岂总风光？秋风秋雨透衣裳。惦念常留心上。

把酒回廊趣少，赏花庭院情伤。长空雁阵一行行。无语凝神北望。

2019 年 10 月 6 日

南乡一剪梅·秋雨

秋雨小亭台，却有黄花取次开。寄语殷勤培育者，晴也花开，雨也花开。

微冷且衔杯。好趁闲情放旧怀。饮罢低眉无著处，风在徘徊，人在徘徊。

2019 年 10 月 9 日

望海潮·游凤凰古城

湘西形胜，钟灵毓秀，沱江两岸繁华。风雨画桥，烟波古塔，楼台黛瓦人家。绿树笼轻纱，石道人如织，欢笑无涯。初放华灯，相机闪烁景光嘉。

湖山人物奇葩，有相真治所，妙笔生花。图画弄能，神童治国，由来世事堪嗟。风摆酒旗斜，乘醉听箫笛，且乐闲暇。更赏江山好景，钓叟水边夸。

2019 年 10 月 19 日

注：

石、织、国、笛，入声。

相真：陈宝箴字。曾署理分巡湖南辰永沅靖兵备道，治凤凰厅。教当地山民植茶、栽竹、种薯，以养民困。又率百姓浚沱江，凤凰始通舟楫。长子陈三立，民国维新四公子之一，三立三子陈寅恪，著名学者。

妙笔生花：指现代著名作家沈从文，凤凰古城有其故居。

图画弄能：指黄永玉，当代著名画家，凤凰人。

神童治国：指熊希龄，人称“湖南神童”，十五中秀才，二十二中举人，二十五中进士。民国著名教育家、社会活动家，北洋政府第四任内阁总理。凤凰有其故居。

贺新郎·游张家界

万柱擎天地。鬼神惊、猿猴愁上，白云中继。观尽江山凭谁问，唯有此山俏丽。看山顶、苍松滴翠。又见鸢飞翱健翮，沐猴嬉、抢物游人悸。山道险，须时惕。

山间磴道凌云起。喘吁吁、小雨淅沥，透寒衣里。无限豪情登临意，总盼风光旖旎。恨云雾、倩谁消敉。美景眼前观不得，看世间、好事谁能比？三有一，亦足矣。

2019年10月21日

注：

翮、得、一，入声。

比：并列，连续。

声声慢·菊月咏菊

雁字早逝，秋意正浓，江声几叶归舟。肃杀西风偏紧，雀鸟啁啾。朝来蒙蒙细雨，看黄花、无语凝愁。总未肯、似春花红蕊，恁地娇羞。

漫说霜寒露重，殷勤意、芳馨堪把人酬。哪管楼台街巷，韵味悠悠。于今满城秀色，算陶翁、亦只勾留。古城里、探家家庭院，嫩蕊方遒。

2019 年 10 月 22 日

行香子·今日霜降

霜降来临，遍地禽华，正古城菊节清嘉。一街两巷，苑囿人家。看泥金香，玉翎管，粉荷花。

何须伤老，悠悠岁月，任放怀闲话诗茶。勇攀山险，漫步平沙。但品人物，论平仄，逛天涯。

2019 年 10 月 24 日

注：

禽华：菊别名。

菊、节，入声。

泥金香、玉翎管、粉荷花：菊花品名。

多丽·秋思

晚秋深，碧天一片澄莹。喜黄花、满城灿烂，缤纷七色纷呈。扮无华、素娥淡淡，立有态、处子亭亭。万树红黄，晴空雁阵，一年无似此佳清。有闲暇、胜山嘉水，游绪正遄兴。江山美，楼台画阁，乘兴频登。

算世间、良辰美景，几时能最关情。总难逢、赏心乐事，应顾怜、婵娟婷娉。怎逆来年，清光不减，遐龄鹤寿与天争。共老友、须时欢饮，把酒似仙升。人常健，心广体胖，细语叮咛。

2019 年 10 月 25 日

注：

阁、逆，入声。

八声甘州·寒衣节

问亲人天国可平安，一番对天酬。渐西风凄紧，霜华浓重，寒衣当谋。堪记衷心何处，脉脉情难休。唯一轮明月，正照当楼。

不忍登高凭槛，望家山依旧，故地重游。叹头童齿豁，幽思苦难收。想当年、殷殷话语，又几回、月夜涌心头。空怀感，倚栏杆处，思绪悠悠。

2019 年 10 月 28 日

注：

豁，入声。

西江月·看京戏

且看星眸睇眄，又听莺燕呢喃。珠玑字字吐如兰，妙谛梵音天半。

好梦随声婉转，闲愁逐夜阑干。不经冷雨五更寒，岂有山花烂漫。

2019 年 10 月 30 日

西江月·抒怀

竹影横窗月上，花香入户春来。一杯浊酒放幽怀，也拟桃源世外。

秋菊凌霜不败，红梅傲雪新开。读书倦惰见青苔，自有老年丰采。

2019年11月1日

注：

青苔：清袁枚《苔》："白日不到处，青春恰自来。苔花如米小，也学牡丹开。"

清平乐·弄孙

孙子少小，清脆爷爷叫。跳跃欢欣如雀鸟，无赖迎前求抱。

小脸粉嫩都娇，调皮百样难描。纵有千般劳苦，一声喜在眉梢。

2019年11月2日

鹧鸪天·开封菊花节

乍起秋风落叶黄，一年又到换新凉。残荷水上亭亭立，嫩蕊街边阵阵香。

看游客，斗新装，人花相映胜春光。家家院落黄花艳，最美秋光数故乡。

2019年11月3日

破阵子·今日立冬

一世繁华落尽，四时变换生寒。世态炎凉无少趣，坎坷人生如意难，叹息敢问天。

暮看长河落日，朝观墟里生烟。秋去冬来风瑟瑟，却道红梅春信传。未颦露笑颜。

2019 年 11 月 8 日

一剪梅·冬日赏菊

霜剑风刀万物凋。铁干铜枝，逐趁娇娆。春风耻与众芳争，叠翠黄花，冷雨飘摇。

也效结庐人境陶。采菊东篱，携酒相招。为吟窈窕美风姿，饮酒何如，赏菊朝朝。

2019 年 11 月 9 日

注:

菊，入声。

满庭芳·步韵和苏可文《残荷》

冷雨肥衣，霜风瘦树，残荷败叶枯条。水波荡漾，群鹜水中漂。无奈繁华消尽，寒霜降、冰雪如刀。却回首，相随对语，枝上立鸕鹩。

花残生嫩藕，佳肴适口，诗酒风骚。待来年，花红叶翠争娇。

舟荡藕花深处，有游女、与竞妖娆。人间理，阴阳生死，交替路迢迢。

2019年11月25日

西江月·大雪

又到深冬大雪，正应玉树琼花。红梅早绽嫩苞芽，雪盖三层庄稼。

人说春朝可赏，我言六出堪夸。红装素裹灿云霞，更待夕阳西下。

2019年12月7日

江城子·冬至

贺冬昼短黑甜乡。少思量，自安康。温酒三杯，胸臆正开张。说地谈天欢笑语，遮不住，气轩昂。

致虚守静莫张皇。小台窗，莳花忙。且趁闲身、山水赏芬芳。漫步清晨寻僻野，观鸟雀，乐无疆。

2019年12月22日

六幺令·新年感怀

百年一遇，叠偶二〇数。今冬少雨无雪，早与蜡梅晤。

兀自花开点点，耀眼黄金处。引兹心驻，春光隐在，冰冻霜风扫寒树。

守得心斋明理，何有悲情诉。莫道恨远伤高，与就中皆付。说甚离情别绪，不过经朝暮。止平常路，澄心如此，天上神仙亦应妒。

2020年1月1日

贺新郎·迎新春有感

起看飞花舞。雪纷纷、彤云密布，白头庭树。天意从来高难问，冷暖唯能自顾。曾经历、严寒酷暑。年少忍饥肠辘辘，暗尘生、村野茫茫路。空怅惘，凭谁诉？

江东梦断蘅皋渚。又几回、半空烟雨，绿畴送暮。欣喜中年逢机遇，改革国强民富。但努力、繁华可取。万里云帆风正劲，奔小康、哪怕关山阻。今日事，我为主。

2020年1月7日

金缕曲·新春咏怀二首

一

岁月悠悠去。又新春、枝头芽嫩，暗萌生意。庭院红梅芳华绽，阵阵幽香迢递。看喜鹊、柔条嬉戏。路上匆匆皆过客，备佳肴、情为儿孙系。行万里，常相记。

人间最是亲情靡。纵由他、千山万水，思从心起。无限楼前登临意，默祝平安遥寄。但忘却、垂垂老矣。天下有情终欢会，颂明朝、静好冥冥庇。春雨润，百花丽。

注：

迢递：连绵不断。

靡：美好。

二

老友安闲否？燕归来、春回大地，红梅昂首。收拾精神平畴走，心静自然多寿。须自在、悠然把酒。万事老来当放下，卧西窗、酣梦黄昏后。无甚事，难消受。

东风但看吹杨柳。转眼间、樱桃红绿，又尝春韭。寰宇风光凭谁赏，矍铄烟波钓叟。不时聚、同学朋友。万里云帆何时到，相见欢、耿耿情如旧。心绪好，无僝僽。

2022 年 1 月 12 日

注：

僝僽：音同“蝉咒”。烦恼，忧愁。

喝火令·昙花

看这期《家园》，有传慧学妹远自悉尼传来的昙花美文美图，料峭冬寒，却有来自南半球的暖流潜入心间。文后附有《喝火令》词一首，一时情愫难已，附庸成篇，以寄学妹。

月下冰清骨，花前玉洁魂，白裾飘舞送芳芬。千载苦思缘梦，何处可追寻？

昨夜开无主，今时赏有人，瞬间柔媚傲群伦。寂也星稀，寂也月西沉。寂也款曲难诉，越海送佳音。

2020 年 1 月 14 日

青杏儿·迎庚子年二首

一

冉冉岁终时。迎春到、雨捋寒枝。一年花信东风孕，樱红柳绿，山青草碧，燕子归期。

喜雨涨春池。野鸭戏、绕树莺啼。好花且趁开时看，寻春道上，喁喁细语，鸳鸟双飞。

二

庚子二春期。须珍惜、说与君知。已逝韶华悲何益，离愁别恨，少时困顿，徒惹神疲。

应惜晚霞时。趁闲身、啸傲云泥。从来自信无天命，品茶颂酒，吟风弄月，寿与椿齐。

2020 年 1 月 15 日

注：

二春期：庚子年有两个立春。

颂酒：晋刘伶好酒，有《酒德颂》。

燕春台·小年

辞旧迎新，接祥纳福，蜡梅又报春回。绮丽窗花，盈盈喜气还催。小儿笑靥芳菲。试新装、压岁相随。熙熙人语，备齐年货，尔赶余追。

花期已近，柳絮飘飞。残冰翠柏，大雪红梅。花香鸟语，一年又是春归。抖擞精神，踏春光、草木葳蕤。莫相违。呼取花上月，对饮三杯。

2020 年 1 月 17 日

满庭芳·雨水

日月经天，江河泻地，横流方显英雄。疫情正紧，医护战酣中。前路明知凶险，吾往矣，豪气苍穹。别来久，情思未忘，却怯是相逢。

看春光不远，红梅怒放，柳绿方浓。百花前，举杯淡月清风。雨水报春消息，且忍耐，雪化冰融。凭栏望，春装已就，迎万紫千红。

2020 年 2 月 19 日

生查子·大寒

去年大寒时，早备寒衣就。银河耿耿星，父母拳拳宥。

长夜对孤灯，待明听更漏。今年大寒时，不见慈亲候。

2020 年 1 月 20 日

注：

宥：宽仁。

满江红·为抗新冠疫情前线医务工作者赞

虽万千人，吾往矣、临危不惧。挽狂澜、以身犯险，为纾民苦。敢与恶魔争命运，死生圣火从天取。竟渡河、医者尽仁心，难回顾。

披星月，迎日暮。康健复，人如故。万众齐努力，驱散云雾。天地从来非我主，人心最是危机处。须戒慎、一曲颂和谐，平安路。

2020年1月23日

注：

虽万千人，吾往矣：见《孟子·公孙丑上》，代表一种勇往直前的精神。

竟渡河：见《相和歌词·箜篌引》，颂扬一种为达目标不避生死的伟大人格。

满江红·683班赞

冠状病毒肆虐，在家自我隔离，颇觉闷气。忽见683班在网上举行联谊活动，精神一振。真是团结的一个班，热心的一群人。为他们点赞。

万里河山，沉霭起、鼠年春节。难消解、腑心闷气，愁肠中结。网上忽闻传好讯，歌吹乐舞皆欢悦。送瘟神、明烛纸船烧，当空烈。

医仁者，临险绝。民有主，心如铁。看众志成城，疫病终灭。七色彩虹风雨后，花前病树迎蜂蝶。不须问、酒醉卧花丛，酡颜惬。

2020年2月1日

踏莎行（钦谱格三）·迎春

弱柳愁烟，梅花无主。春生草色里，东风舞。寒霜已尽，花苞又吐。时节正是，培花栽树。

且整春装，客厅漫步。待花开艳丽，向前去。流觞曲水，欢声笑语。燕归旧屋，愿留春住。

2020年2月2日

踏莎行（钦谱正体）·立春

大地春回，春光明媚。春风春雨春芳醉。日高庭院燕呢喃，碧波荡漾鸭戏水。

吾与曾皙，春装已备。樱桃红了芭蕉翠。由来天道自轮回，地球主宰非人类。

2020年2月7日

注：

曾皙：见《论语·先进》："暮春者，春服既成……"

水调歌头·上元节

疫病何时去，酹酒问天官。天灾人祸，莫怨神不佑人间。

饕餮贪婪傲慢，肆意不知敬畏，狂悖毁家园。人世千般好，康健守平安。

应警醒，须忏悔，度艰难。居家不出，微信网上且联欢。一曲高歌嘹亮，几首诗词祝福，乐奏舞翩跹。盼艳阳高照，抗疫凯歌传。

2020 年 2 月 8 日

注：

天官：传正月十五为天官大帝诞辰。

满庭芳·雨水

日月经天，江河泻地，横流方显英雄。疫情正紧，医护战酣中。前路明知凶险，吾往矣，豪气苍穹。别来久，情思未忘，却怯是相逢。

看春光不远，红梅怒放，柳绿方浓。百花前，举杯淡月清风。雨水报春消息且忍耐，雪化冰融。凭栏望，春装已就，迎万紫千红。

2020 年 2 月 19 日

水调歌头·依韵酬可文惠赠

高山流水意，冰雪玉壶情。正心诚意，锦绣文采众人称。义胆侠肝肠热，玉韵金声诗好，妙笔绘丹青。烈士虽年暮，霞蔚又云蒸。

且居家，不外出，待疫平。花红柳翠，杨絮飞舞看流莺。野旷天高云白，水绿山青人悦，吟啸任平生。祝福君康健，不老享安宁。

2020 年 2 月 23 日

注:

高山流水意：见《列子·汤问》：“伯牙善鼓琴，钟子期善听……”

冰雪玉壶情：见王昌龄《芙蓉楼送辛渐》：“洛阳亲友如相问，一片冰心在玉壶。”

鹧鸪天·步韵王工

烟波浩渺白沙洲，海鸥高下动乡愁。木棉花落送归雁，亲友何时迎远舟。

星耿耿，思悠悠，终能魂梦破笼囚。桃花笑慰归来客，枝舞春风花点头。

2020 年 2 月 27 日

定风波慢·依韵奉和苏可文

想垂髫、日子虽穷，可知童趣多少？沐浴清溪，池塘捕鳝，树上粘知了。滚圆环，摔四角。弹蛋琉璃斗昏晓。山鸟。伴我放羊去，清音缭绕。

晚间下学早。躲猫咪、隐密旮旯好。小同伴，笑语欢声雀跃，难得无烦恼。镇相随，无猜小。最是时光少年俏。缥缈。往事如烟，凭栏吟啸。

2020 年 3 月 2 日

卜算子·读苗兄节令诗

夷门一老翁，酒醉吟诗细。自在逍遥两三盅，岁月凭迢递。

不厌牡丹娇，偏爱黄花丽。万事随心顺天道，觉悟天人际。

2020 年 3 月 4 日

菩萨蛮·步韵王工《春》

春风似剪裁新柳，梅香清冽醺人酒。翠色漫群山，白云飘碧天。

野鸭江上戏，春早知寒意。何处觅东风，百花绿草丛。

2020 年 3 月 6 日

卜算子（通韵）·惊蛰

声声惊蛰雷，阵阵催花雨。万物春风化生机，莺燕呢喃语。

迎春花嫩黄，杨柳萌新绿。且对闲庭数丛梅，口占吟花句。

2020 年 3 月 6 日

柳梢青·咏惊蛰

启蛰阳升，花开春暖，雨后春耕。一候桃华，继而青杏，鹰逝鸠鸣。

田畴小麦青青。沟畔处、明黄纵横。门外秋千，盈盈笑语，牧笛飞声。

2020 年 3 月 7 日

注：

蛰，笛，入声。

一候桃华：古人把惊蛰分为三候，一桃始华，二仓庚鸣，三鸠代鹰。鸠代鹰，是说此时空中已看不到鹰，斑鸠开始鸣叫。从花信说，桃花开完就是杏花了，花至荼蘼花事了，蔷薇花开就预示春天的花开完了。

明黄，指迎春花。

柳梢青·三八节来临，此作为女同学贺

自古须眉，难辞巾帼，英雄施。替父从军，阵前效力，跃马扬威。

今时更有名医。逆行处、征袍再披。战疫新冠，江城决胜，用我无疑。

2020 年 3 月 7 日

声声慢·步韵苏可文

开封一高同学苏可文妻子因病卧床十六年，他一直侍候照料，十数年如一日，不厌其烦。其事可感，其情可佩。读其《赠病妻》词，潸然命笔。

躬身床前，嘘寒问暖，眉黛昨画南轩。两情相欢长久，誓对云天。忙里偷闲苦乐，携手间、蜜意无前。十六载、看征鸿来去，难记弦翻。

曾记当年琴瑟，同游历、山色烟雨楼船。绿叶田田湖岸，共折荷莲。常怀感恩福报，有真心、岂畏艰难？愿花好、有情人长伴，月亮长圆。

2020 年 3 月 9 日

注：

弦翻：弦，琴弦，代音乐。翻，演唱，演奏。见辛稼轩《破阵子》：“八百里分麾下炙，五十弦翻塞外声。”

福，入声。

仿宋词体·《在水一方》音乐赏

我之所思，在水一方。脉脉情意，山高水长。偏听点滴梧桐雨，辗转待天光。

念念所思，一瓣心香。花开花谢，露结为霜。琴笛幽咽来何处，物换又秋凉。

2020 年 3 月 13 日

卜算子·春分

昼夜两停分，数日梨花白。已是春浓正好时，堪把春芳摘。

春燕衔泥忙，布谷鸣阡陌。且趁平畴杨柳风，啸赏烟霞客。

2020 年 3 月 20 日

注：

杨柳风：见宋（释）志南《绝句·古木荫中系短篷》：“古木阴中系短篷，杖藜扶我过桥东。沾衣欲湿杏花雨，吹面不寒杨柳风。”

啸赏烟霞：见柳永《望海潮·东南形胜》：“乘醉听箫鼓，吟赏烟霞。”

系裙腰·上巳节

春花烂漫赏心天。彤云布，倒春寒。人间总盼春光好，但愿年年。又怎得，月长圆？

疫情正肆虐寰宇，兹前路，尚艰难。求人莫若先求己，勿论神仙。亦不须问，几时欢。

2020 年 3 月 26 日

莺啼序·开封咏

中原古城自夏，数千年冷暖。大名立、原起春秋，启封名字源远。经五代、梁周至宋，烽烟过后繁华见。及今楼台下，犹闻弦急歌缓。

买壁千金，宗氏情系，太白吟梁园。江淹赋、子建诗成，看苏黄展书翰。大词家、风骚辈出，分秋色、勿评长短。岳阳楼，万世名篇，襟怀方展。

汴梁八景，新旧皆佳，绮丽来入眼。登铁塔、繁台春色，相国霜钟，悦目娱心，最美消遣。清园宋韵，州桥夜月，奇观城摞城遗址，记当年、浊浪奔腾卷。黄花烂漫，岂独道侧公园，更有寻常庭院。

垂涎美食，豫菜为宗，小吃人夸赞。甚味美、无须点拣。朴实勤劳，英勇顽强，改开求变。渠河治理，花园围绕，宜居环境加油干。看家乡、美好堪惊羡。北方也有江南，如画风光，汴西湖岸。

2020 年 3 月 27 日

注：

中原古城自夏：最早夏朝曾在开封一带建都，称大丘。

大名立：原起春秋，春秋时期，郑庄公修仓城，取名启封，后避汉景帝刘启名讳，更名开封。

买壁千金：指唐时开封宗氏女子千金买下李白题有《梁园吟》诗的墙壁一事。相传李白、杜甫、高适三人在禹王台饮酒赋诗，李白将诗书于壁，和尚见，欲涂去，宗氏爱李白文采风流，千金买壁。后宗氏成为李白第四任妻子。

岳阳楼：指范仲淹《岳阳楼记》。

国、食、吃，入声。

念奴娇·步韵苏可文春暮

春归有迹，看落红无数，黯然无语。明媚鲜妍能几日，黛玉葬花诗句。嫩蕊娇姿，可怜难耐，更暮春时序。来年春至，有知音再相聚。

世事岂总随心，两三好友，酬唱杯频举。且趁夕阳风景异，凭恁一蓑烟雨。大道天然，浮生若梦，日子求和煦。一无烦恼，何须乘鹤衣羽。

2020 年 4 月 20 日

念奴娇·五一抒怀

叹春归去，看落红片片，去留无迹。枝叶扶疏交结处，早有杏桃青碧。勃勃生机，绿畴千里，收获勤劳积。应知餐饭，内含民力堪惜。

欲趁些许春光，赏山玩水，恨疫情难息。夜起徘徊初月下，星汉不知何夕。跳跃鹡鸰，翩然掠过，轻展双飞翼。苍茫空际，数声歌伴横笛。

2020 年 4 月 29 日

一剪梅·记大陆摘樱桃

春夏之交，阳光明媚，柳风和煦，学友盛情，相邀于所开厂区欢聚。杨柳轻拂，“红了樱桃”，同学于花木扶疏之中，畅叙欢笑，快何如之！因事未能躬逢其盛，甚憾。填词一首以寄。

一树红唇千样娇。弱柳轻扬，学友相招。面盈微笑摘樱桃，欢叙衷情，愁闷皆消。

却忆当年风景韶。挥洒青春，指点英豪。莫嗟春暮叹虚寥，年老何如，还自逍遥。

2020 年 4 月 29 日

蝶恋花 · 立夏

笋白樱红春已去，绿树浓荫，尽日沾飞絮。鸡蛋溜圆安躁虑，香瓜甜蜜尝生趣。

心若垂杨千万缕，布谷啼时，一阵青梅雨。远望晴空翔健羽，九天也拟鲲鹏举。

2020 年 5 月 5 日

注：

鸡蛋溜圆：有“立夏吃蛋”的习俗。俗云，“夏天吃了蛋，热天不疰夏”。

洞仙歌 · 小满

时逢小满，庭院浓荫展。已谢榴花果深浅。望平畴、麦穗摇摆随风。人未歇，杜宇声声相伴。

算四时皆好。闷酒闲茶，夜看疏星渡河汉。老来当如何，万事随心。世情淡、桑榆未晚。且抖擞、歌舞度升平。不须管、时光暗中流转。

2020年5月20日

鹤冲天·依耆卿原调，钦谱列第三格

词坛圣手，竟被官家垢。骄子落平阳，如何受？纵是加青眼，争抵恁偎红袖。新词须把酒。天地才华，敢问世谁堪偶？

精心慢调，彪炳辞章悠久。幸有柳耆卿，腾人口。桂子飘香十里，霖铃雨、称魁首。深情都似旧。忍把浮云，换了盛名身后。

2020年6月5日

摸鱼儿·路边菜摊感怀（通韵）

备艰辛、平明即起。路边摊位席地。菜蔬几样新鲜味，黄叶去除清洗，昨夜里。心念念、家中数口维生计。赢值有几？任地冻天寒，当头烈日，风雨未能弃。

长街望，城管时时警惕。活着拼尽全力。馒头一个聊充腹，哪敢妄加攀比？君切记。君不见、寻常百姓皆非易。何分我你？得志莫猖狂，世间万事，最重是粮米。

2020年6月8日

满庭芳·读竹山词有感

胜欲先生，樱桃进士，一生意气难平。偏逢乱世，称曲子长城。几处漂流烟雨，松竹节、霜雪常青。思家国，卧听风雨，点滴到天明。

年光寻寄托，陶潜菊盛，杜甫蔬成。且吟弄，花前月朗风清。此恨绵绵谁共，都付与、秋肃春荣。寒冬尽，回眸已见，绿意野萦萌。

2020 年 6 月 12 日

注：

竹山：蒋捷，字胜欲，号竹山。

樱桃进士：蒋捷《一剪梅·舟过吴江》："流光容易把人抛，红了樱桃，绿了芭蕉。"人称"樱桃进士"。

曲子长城：曲子词，词的别称。长城，见清刘熙载《艺概·词曲概》云："蒋竹山词未极流动自然，然洗练缜密，语多创获，其志视梅溪较贞，其思视梦窗较清。刘文房（刘长卿）为五言长城，竹山其亦长短句之长城欤。"

思家国：竹山词虽未正面反映时代巨变，然常含山河易色之悲。如他的《虞美人·听雨》"壮年听雨客舟中，江阔云低断雁叫西风"，何其悲壮苍凉。然又不过分低沉压抑，时而振起一笔，所以周济称其"思力沉透处，可以起懦"（《宋四家词选》）。

沁园春·陕西韩城

北国金城，襟带黄河，环绕群峦。有隋文开建，子安游记，隋炀版筑，家相墙砖。西濒梁山，南临澽水，形胜关中赏古垣。

登高处，看云波浩渺，万里风烟。

江山自古多艰。三秦地、英豪驰骋欢。赖子长椽笔，天人之际，闯王悍将，汉满其间。用舍由时，否臧在史，万事何妨闲处看。身须健，把少年壮志，换得心宽。

2020年6月17日

注：

韩：西周分封的诸侯国，后为晋所灭。在今韩城市境。周武王的小儿子，周成王的弟弟，被封韩（侯），为防晋从东北侵扰，周成王派辅臣召公率师来到韩国，帮助修建了城墙，这便是“燕师所完”。《竹书纪年·卷七》记载：“成王十二年，王师、燕师城韩，王锡韩侯命。”可为史证。韩国故城，在今市南十八里龙亭、芝阳一带，尚残存城墙高0.5至2.5米，底宽5米，全长约15千米。韩城的山属黄龙山余脉，其中的梁山主峰磨镰峰在合阳县境，另一主峰大岭与黄龙县共有。另外还有西池山、香山、龙门山等。其中龙门山知名度最高，香山最美，大岭山最高。龙门山位于韩城市龙门镇北，龙门山其实是丘陵，海拔只有892米。奔腾咆哮的黄河被龙门山紧束其间。龙门山是大禹凿龙门和鲤鱼跳龙门故事的发源地，山势巍峨，闻名遐迩，正是它成就了黄河禹门口的神奇。也是韩城北门题额“龙门胜地”的缘由。另外，苏山上因有苏武墓而久负盛名。

金城：韩城。金大定三年（公元1163年）建六级八角宝塔，现为古城标志，故又将韩城称作金城。

襟带黄河：韩城市位于陕西省东部黄河西岸，关中盆地东北隅。

群峦：韩城远处南有秦岭，北有吕梁等山。近有梁山、香山、龙门山等。

隋文：隋文帝开皇十八年（公元598年）改夏阳为韩城，

韩城名称自此始。

子安：王勃的字。他就出生在与韩城一河之隔的河津（古绛州龙门）。据《韩城县志》记载，王勃父王通隋朝末年曾弃官不做，在韩城王带村设帐授业，求学者千余，包括房玄龄、魏征、李靖、程元、窦威等唐初功臣，时人称之“河汾门下”。初唐四杰之首王勃曾游韩城，作《夏日登韩城门楼序》。其中有句云：“韩原奥壤，昔时开战斗之场；秦塞雄都，今日列山河之郡。”

隋炀：隋炀帝大业十一年（公元 615 年）开始筑土城墙。

版筑：也作板筑。版，打土墙用的夹板；筑，捣土用的杵。这里用作动词，即用版筑打土墙。

家相：薛国观字。陕西西安府韩城县人，万历四十七年（公元 1619）进士，崇祯年间曾任首辅。崇祯十三年奏请朝廷批准，倡议地方官绅捐资改土城墙为砖城墙。城四门门楼题额，东曰“东带黄河”，西曰“梁奕西襟”，南曰“溥彼韩城”，北曰“龙门胜地”。《诗·大雅·韩奕》曰：“奕奕梁山，维禹甸之。……溥彼韩城，燕师所完。”头两句意为，巍巍梁山多高峻，大禹曾经治理它。为第六章中两句。溥，广大；彼，那；全句意为“使韩城更加高大坚固”。

澽水：原名“澽谷水”，也作“涺水河”，黄河在晋陕下游的支流。发源于陕西省黄龙县大岭南麓高头川的北九沟，流经黄龙县、韩城市，在韩城市司马迁祠东南汇入黄河，全长 86 千米。

子长：司马迁字。

汉满其间：汉指明，满指清。李自成建立的大顺政权存在时间很短，从 1644 年 3 月进入北京，到 1645 年 5 月李自成被杀，不到一年时间。李自成率军到过韩城，公元 1643 年进入韩城县城，落脚西街口南边“九间厅”，现已辟为“闯王行宫”。

满庭芳·韩城党家村

东据黄河，西临国道，党家村落塬间。丘陵远树，袅袅起炊烟。人静鸟啼自乐，雨飘处、新绿溅溅。看川底，粉墙黛瓦，疑似住神仙。

看家楼矗立，文星高耸，节孝旌传。泌阳堡，雄居村寨屏藩。南北伽蓝二院，当浩叹、销毁无端。抛烦恼，晚霞灿烂，趁早乐天年。

2020 年 6 月 17 日

注：

党家村：在陕西韩城市东北 9 千米处。坐落在东西走向的泌水河谷北侧，所处地段呈葫芦形状，俗称“党圪塄”。现为国家重点文物保护单位，入选世界遗产预备名单。现属韩城市西庄镇，主要有党、贾两族，320 户，1400 余人，始建于元至顺二年（公元 1331 年），690 多年历史。现已另建新村，辟为古村落旅游胜地。其民居四合院是韩城民居的典型代表，2003 年入选中国历史文化名村名单。古老的石砌巷道，千姿百态的门楼，门前考究的上马石，高大挺拔的文星阁，装饰华美的节孝碑。还有精美奇巧的门楣、石雕、木雕、砖雕与影壁彩绘雕刻，令人目不暇接，无不诉说着当日的兴盛与辉煌。党家村是设计布局完美，功能完善，保存完整的典型明清北方古民居村落。

东据黄河：党家村东距黄河 3.5 千米。

西临国道：党家村西距 108 国道 1.5 千米。

塬间：梁，此处指黄土高原特有的雨水冲刷出的条状台地。党家村位于条状台地围成的葫芦状沟底。

溅溅：本指流水声，或水流急速的样子。此处指草木经雨洗刷，绿意抢眼，触目皆是，仿佛也流动起来。

川：此处指黄土高原特有的两塬之间的谷地。

看家楼：位于全村中央，高四层，14.5米，战乱年代，可瞭望敌情，提前发出预警。

文星：指文星阁，位于村落西南角，是党家村最高建筑。建于清雍正三年（公元1725年），共六层，呈六角形，高37.5米。塔内各层供奉牌位及塔门上端均有砖雕牌匾。一层门额题“文星阁”三字，门外悬挂木制对联，文曰：“配地配天洋洋圣道超千古，在左在右耀耀神灵保万民。”二、三、四层供奉着颜渊、曾参、子思和孟子的牌位。五层供奉文昌帝君牌位。

文昌：原为天上六星总称，即文昌宫，一说在北斗魁前，一说在北斗之左，六星各有其名，曰上将、次将、贵相、司命、司中、司禄。古时认为是主持文运功名的星宿，后成为中国民间和道教所信奉的掌管文士功名禄位之神。顶层供奉的是一手拿笔，一手执卷的文魁星塑像。

节孝旌传：节孝，指节孝碑；旌，表彰；传，传扬。节孝碑立于村中主干道中央，青石基座，两丈多高。楼顶为悬山两面坡式，檐上筒瓦包沟，五脊六兽。檐下结构为仿木砖雕，层层叠起的斗拱撑着檩条，檩上架着方椽，楼顶下面是题额“巾帼芳型”，额框由游龙、麒麟、香炉等图案的透雕组成。框下雕刻尤为精美，呈栏杆样，每两个栏杆立柱间为一浮雕画面，共四幅。从东至西依次为：“喜鹊梅花”，取“喜上眉梢”之意；“鹤立溪水”，取“鹤寿千年”之意；“奔鹿”，即“求取禄位”；“鸭戏莲蓬”，莲蓬里有许多莲子，谐音“连子”，取出后有许多孔洞，寓意“路路通”，即连连生子而贵。碑两边有对联，对联及题额均为阳文砖雕。碑高丈余，碑文为“旌表敕赠征仕郎党伟烈之妻牛儒人节孝碑”。联文为“矢志靡他，克谐以孝；纶音伊迩，载锡其光”。“纶音”指皇帝诏书，“伊迩”是“那么近”之意，“载锡”为“则赐”之假借字。

泌阳堡：清咸丰元年（公元1851年）村民集银1.8万两，筑土寨，寨门位于数十米高的土坡上，易守难攻。因在泌水河北边，故名泌阳堡。

伽蓝二院：党家村有两座寺庙。一座为菩萨寺院，俗称上庙，在村东北角高台上。一座为关帝庙，俗称下庙，在村东南角。关帝庙享殿神龛中供奉戎装美髯的关公坐像，神龛旁边楹柱上悬挂一副木制对联，文曰，“秉烛非避嫌，此夜心中唯有汉；华容岂报德，当年眼底总无曹”。出于清代村人拔贡党之学手笔。“伽蓝”是梵语音译，是寺院之意。之所以将关帝庙也称伽蓝，是因为关羽后来被看作像韦驮一样的护法天神。佛教传说他曾显圣玉泉山，皈依佛门，被封为护法伽蓝神。现二寺庙已荡然无存。

摸鱼儿·洪洞大槐树

去寻根、临汾洪洞，大槐树下来处。宋元明际频仍患，千里荒芜焦土。迁万户。五十载、携儿牵女明洪武。爷娘无助。纵天地能容，抛家别舍，去路千般苦。

思乡鸟，时届清明集树。山河万里回顾。当年连手经行路，绿意盎然园圃。安乐府。验小趾、原来重瓣亲情诉。同根莫误。任海角天涯，穷通贫富，归计恐迟暮。

2020年6月18日

注：

大槐树：位于山西省洪洞县城北2千米贾村西侧大槐树寻根祭祖园内。大槐树是移民史实的见证者，也是移民心目中的老家。每年有20余万人前往寻根祭祖。正如余亚飞诗云：“拔地巨槐冲霄汉，相逢一脉密分枝。树身即使高千丈，落叶归根也有期。”

宋元明际：从宋代起，宋先是和辽，后和金，再和蒙古，连年战争，广大北方地区水旱蝗灾，疫病流行，人口锐减。后来战事更是扩大到了中原江淮，战乱频仍，民生凋敝，人口死伤无算。公元1279年元灭宋。元朝统治仅98年，元朝末年，更是有元军、农民军、地主武装三方混战。元军为了平定乱局，往往“拔其地，屠其城”。再加上水、旱、蝗、疫接连不断，黄、淮又多次决口，造成中原地区赤地千里，人烟稀少。

迁万户：朱元璋采纳苏琦、刘九皋等奏议，从洪武六年（公元1373年）开始移民，先将山西境内民众集中于此，再分批迁往其他省份。惠帝建文元年（公元1399年）又发生了“靖难之变”，战乱四年，故移民工作一直持续到永乐十五年（公元1417年），在40余年时间内，共计从山西移民18次，迁往北京、河北、河南、山东、安徽、江苏、湖北、陕西、甘肃等十余省市。

明洪武：是说移民从洪武年间开始。

思乡鸟：每年清明前后，特别是清明主祭日当天，形如麻雀的鸟儿成群飞来，落于园内树上。人们寄愿，这是移民先祖的英灵化为鸟儿来享受祭拜了。于是把鸟称为“神鸟”，又名“思乡鸟”。

连手：当年移民故土难离，是强迫进行的，押解士兵少，于是把移民串绑在一根绳子上，手连手，称为“连手”。移民要大小便，须解开捆绑的手。大便时间长，叫“解大手”，小便时间短，叫“解小手”。现在把大小便叫“解手”，大概来源于此。

重瓣：“谁是古槐底下人，脱履小趾验甲形。”这句民谣不仅流传很广，而且被人们作为辨认乡亲、识别古槐移民的证据。如果谁的小趾甲好像两片，那谁就是从洪洞大槐树下移民的后裔了。据民间传说当年官兵为防移民逃跑，就在每人小脚指甲切上一刀，所以至今大槐树移民后裔的小脚指甲都是重瓣。

念奴娇·洪洞明代监狱

犴庭肃穆，矗县衙西隅，狱室环列。曾是苏三囚禁处，想见娇娃笑靥。怙恃双亡，青楼流落，幸与王郎悦。至今犹唱，卸枷公道起解。

自古福报由人，深仁向善，如玉无亏节。戒惧在心常惕过，灾祸自然消绝。便欲逍遥，自由何在，德寿原相接。夕阳红里，一声长啸方歇。

2020 年 6 月 18 日

注：

本词押《词林正韵》十八部入声韵。上阕末句“解”为去声。此上去两声和入声通押，已见于《敦煌曲子词》和宋词，如辛弃疾《贺新郎·柳暗凌波路》以“路”（去声暮韵）与“绿”（入声烛韵）相押。这种情况只发生在阴声韵（无鼻音、塞音韵尾的韵母）与入声韵部之间，因为主要元音相同或相近的阴声韵与入声韵听起来除了一舒一促之外，差别不是很大，因此不妨通押。不过并不多见。

洪洞明代监狱，在洪洞县衙（今县政府）西南隅，始建于洪武二年（公元 1369 年），总面积 610 平方米。大门面西，题匾“明代监狱”。进门便是苏三塑像，通身白色，象征受冤屈受损害却坚贞不屈、坚韧不拔的妇女形象。一座长约 30 米、深 20 米的厅堂，即为当年县衙，始建于元代中期，清乾隆时重修。1972 年与苏三监狱一同被拆毁，1984 年县政府依原样重建。当年苏三就是在这里三次受审，屈打成招，故此也叫“苏三供堂”。大堂口右角处有道拱形门，就是监狱大门。监门与大堂口相连，便于提审犯人。监狱大门入口处有照壁，由右侧进入，沿狭窄通道转过四个直角弯，穿过一道道窄门，才来到一条狭长通道，两边对称排列12个小室，这就是监禁普通犯人的牢房。两边牢房外房檐之间，通道之上，密布铁丝编织的大网，网上挂着铜铃，布置严密，天罗地网。

通道南端有禁房两间，为禁卒值守处。西侧有狱神庙、死囚洞。死囚洞通向监外，洞口很小，活人很难钻进去，平时以砖石堵死。狱中犯人死了，不得从狱门运出，要从此洞拖出。东侧便是死囚牢，俗称虎头牢。牢门上方有形似虎头的图案，怒目圆睁，青面獠牙。此物称“狴犴”，传说龙生九子不成龙，狴犴是四子，“形似虎，有威力，平生好讼”，头像常画于监狱门上，因此作为监狱代称。由于像虎，以讹传讹，便成了“虎头牢”。死囚活着从虎口（虎头牢门）进去，死了从死囚洞拖出，故死囚洞俗称“老虎屁股”。苏三当年就关在死囚牢中，“苏三监狱”指的正是这里。

死囚牢大门是双门双墙，形成高1米、宽1米、长3米的通道，两端各设一门，一道向左开，一道向右开，是明代标准的死囚牢门。死囚牢形似封闭的小四合院，北面砖砌窑洞称“枕头窑”，西边一间关押过苏三，叫“苏三牢房”。院中间有眼小井，井口以30多厘米厚的大青石中央凿一直径23厘米孔为之。旁边有一黄沙石凿成的石槽，作洗衣之用。井口周围留下了一道道井绳磨出的深槽，见证着死囚牢悠远的历史。围墙厚达1.1米，南围墙更厚至1.7米，墙高6米，青砖所砌，中灌黄沙，想凿墙越狱，势比登天还难。

犴庭：监狱别称。“犴”音同“岸”。

苏三：因文学与戏剧家喻户晓，冯梦龙《警世通言》第二十四卷“玉堂春落难逢夫”，说的正是苏三与书生王景隆的一段情事。京剧《女起解》和传统剧目《玉堂春》也都是这段苏三遇难，逢夫遇救的故事。苏三，原名周玉洁，明代山西大同府周庄人。五岁时父母双亡，后被拐卖到南京苏淮妓院，遂改姓为苏，其时妓院已有二妓，她排行第三，因此名苏三，“玉堂春”是她的花名。她天生丽质，聪慧好学，琴棋书画，样样精通。王景隆乃礼部尚书王琼三子，父罢官发回原籍，留小儿在京读书。王景隆与苏三一见钟情，山盟海誓。不到一年，王金尽被老鸨赶出了门。王在苏三督促下，发奋读书，考中进士。后老鸨以千两银子把苏三卖给马贩子沈洪为妾，苏三被沈洪带回洪洞故里。沈洪长年经商在外，其妻皮氏与邻里赵昂私通，与赵合谋毒死沈洪，诬陷苏三，并以千两银子行贿。知县贪赃枉法，严刑逼供，苏三受刑不过，只得招供画押。被判死刑，囚于死牢。适值王景隆出任山西巡按，得知此事，密访洪洞，探知冤情，即令火速押解一干人犯到太原。王景隆回避，托刘推官审理。刘氏公正判决，沉冤得雪。真凶伏法，知县被撤职查办。苏三和王景隆终成眷属。还有两处和苏三故事有关遗迹值得一看，一个就是解差崇公道押解苏三出城，为苏三卸枷处，这个在洪洞大槐树寻根祖园内。另一个就是苏三还愿处，即洪洞关帝庙。

怙恃：父母代称。《诗·小雅·蓼莪》：“无父何怙，无母何恃。”

公道：指解差崇公道。

莺啼序·晋中介休绵山

巍巍介山耸峙，晋中形胜地。龙摆尾、太岳支脉，鸟语苍翠空际。画舫渡、汾河泽惠，南流滚滚经千里。念古贤忠孝，豪情激荡难已。

百里绵山，西贯灵石，有风光绮丽。龙头寺、谢雨朝山，双龙飞舞云气。大罗宫、雕梁画栋，堆叠处、雄依崖壁。兀半空，栈道凌云，登临心惕。

春秋五霸，介子追随，割股充君米。十九载、鞍前马后，矢左枪右，露宿风餐，胆战肝悸。烽烟散去，文公临政，赏功未及绵山隐。记当时、不怨君恩替。焚山烈火，腾空阵阵浓烟，节操至今谁比？

夕阳西下，残月东升，看惯生死累。数几夜、安然酣睡。苦辣酸甜，别绪离愁，谁人能会？争名夺利，谋权攀位，云烟过眼何足贵？又何如、浊酒三杯醉。千般打起精神，笑语欢歌，自娱自慰。

2020 年 6 月 19 日

注:

介山：即绵山。后因春秋晋国介子推携母隐居于此，被晋文公焚山死于此，又称介山。位于山西介休市，属太岳山脉，绵亘百里，西横灵石县，南纵沁源县。

太岳：指太岳山。又称霍山。

汾河：古称“汾”，黄河第二大支流。源头现代勘查认为在山西神池县太平庄乡西岭村。流经忻州、太原等六市的 29 个县（区），全长 713 千米，在运城市万荣县荣河镇庙前村汇入黄河。

龙头寺：又名塔岩头，因岩下黄土坡原有空王塔院而得名。后因唐太宗来绵山朝山谢雨，见双龙显灵，而改为此名。

大罗宫：因战乱几毁几建，现在的大罗宫为当地阎吉英居士花四亿巨资所建。大罗宫高耸于狮子山崖壁之上，共 13 层，高 110 米，层楼叠阁，青砖金瓦，画栋雕梁。有雄狮一尊，驮起整座楼宇，形象逼真，雄壮威武。被誉为“天下第一道观”。

兀：突出，高高突起。

栈道凌云：绵山天桥是一处长 300 米、宽不足 1 米的空中栈道。上离山顶 200 余米，高出云表；下距沟底 300 余米，悬临半空。云雾天气，漫步桥头，人从桥上过，云在脚下飞，真是平步青云，飘飘欲仙。崖壁上柏树数十棵，形如绿龙，腾空欲飞。

栈道下一座道观依山而起，乃唐太宗为太上老君所修洞神之宫，飞檐重阁，金碧辉煌。

春秋五霸：是指春秋时期五个诸侯之长。不同史籍有不同说法，但都有晋文公。

文公：即晋文公。姬姓晋氏，名重耳，春秋晋国第22任君主，公元前636年至前628年在位，是春秋五霸第二位霸主，与齐桓公并称“齐桓晋文”。

绵山隐：介子推不屑居功讨封，携母隐居绵山。

君恩瞀：介子对君恩不施己身毫无怨言。

沁园春·吕梁临县碛口

临县西南，襟黄河水，依吕梁山。处陕甘宁蒙，并京沽上，黄河虎啸，湫水涛喧。商旅辐臻，帆樯林立，水陆冲津车马繁。路居地，跨征鞍挥斥，平弭硝烟。

自兹国泰民安。至今记、码头寻渡船。有雄文四卷，图描锦绣，诗词百首，兴逸翩跹。功罪千秋，江山万世，青史人民记正篇。新时代，绘复兴远景，快马加鞭。

2020年6月20日

注：

首三句，写碛口古镇，在临县县城西南48千米处。位于黄河晋陕峡谷中部，黄河由北而来，湫水从东而至，于此交汇。碛口得名与临县西南寨则山的古大同镇有关，再则黄河从上游挟带大量沙石，于此沉积，至今可见河东侧有大片沙石滩，以至黄河至此变浅变窄，舟楫难以通过。“碛”即浅水中砂石，碛口由此得名。

并：音“兵”，古九州之一，其地约当今河北保定和山西太原、大同一带。太原，古称晋阳，也称龙城，简称并。

沽上：天津别称。

冲：陆路交通要道。

津：渡口。

路居地：抗日战争、解放战争时期，碛口是延安连通外界、物资运输的重要口岸。1948 年 3 月 23 日，毛泽东等中央领导东渡黄河夜宿于此，后转至西柏坡指挥全国革命。现该地保存有毛泽东东渡黄河纪念碑。

挥斥：意气奔放。

沁园春·宁武万年冰洞

四纪冰川，宁武冰洞，九州奇观。看苍山耸翠，鸟啼猿啸，碧水湍石，浪涌波喧。胜景无穷，劳生有限，须趁当时把酒欢。贾余勇，纵吁吁气喘，奋力登攀。

兀然洞口崖间。循栈道、瞬间换暑寒。似琼华世界，冰帘冰柱，蜃楼海市，灯绚灯斓。鬼斧神工，天行地造，一见仙姬魂梦牵。身长健，待优游他日，再访君颜。

2020 年 6 月 21 日

注：

冰洞：位于山西宁武县城西 50 千米处的春景洼乡麻地沟村，海拔 2300 米。

四纪冰川：经中国科学院地质研究所专家现场考察认定，此洞形成于新生代第四纪冰川期，距今约 300 万年，故名万年冰洞。

沁园春·代县雁门关

巍峙雄关，南控中原，北扼朔方。望代山高峻，雁归愁度，滹沱奔涌，鱼戏欢翔。汉武修城，昭君出塞，岁月悠悠情暗伤。微吟罢，登危楼送目，细雨斜阳。

幽思秦汉隋唐。有无数、英雄志戍疆。赞蒙恬扫贼，悉收河套，卫青破虏，安定秦荒。一世英名，千秋功业，多少尸身卧乱冈。放眼处，但群峰摘翠，云海茫茫。

2020 年 6 月 22 日

注：

雁门关：位于山西代县城北约 20 千米的雁门山，是长城上重要关隘，以险著称，被誉为“中华第一关”。有“天下九塞，雁门为首”之说，与宁武关、偏头关合称为“外三关”。汉武帝初年置关，北魏都平城（大同），重新建关，称雁门关，隋唐称西陉关，后复名雁门关。明洪武七年（公元 1374）重建，嘉靖年间增修，万历年间复筑门楼。关城周长约千米，墙高约 5 米，有关门三座，即东门、西门和西门外小北门。门额青石刻“雁门关”三个大字，两侧镶嵌砖雕联语，“三关冲要无双地，九塞尊崇第一关”。传为傅山所书。战国赵将李牧，汉将卫青、霍去病、李广，宋将杨业，都曾在这里驰骋疆场，屡建奇功。

朔方：泛指北方。

代山：即雁门山。明《永乐大典·太原志》称，“代山高峻，鸟飞不越，中有一缺，其形如门，鸿雁往来……因以名焉。”

滹沱：滹沱河，发源繁峙县泰戏山，流经代县全境。

昭君出塞：据称，汉元帝时，王昭君就是从雁门关出塞和亲的。此后出现所谓“遥城晏闭，牛马布野，三世无犬吠之警，黎庶无干戈之役”的安定局面。

秦荒：汉武帝元朔二年（公元前127年），卫青、李息率军出击匈奴，收复了河套以南原秦朝辖地（通称“新秦中”），并在阴山以南的河套地带设置朔方郡和五原郡。

摛：音同“吃”。舒展，铺陈。

沁园春·浑源悬空寺

三晋奇峰，上悬危厂，下俯深渊。叹巉岩石壁，凌空跃起，暮云朝雾，绕寺盘桓。叠嶂苍山，湍流碧水，似此登临赏大观。凭栏处，看汽车如蚁，道路蜿蜒。

风光悦目心欢。三教一、参通儒道禅。有琼楼玉宇，雁行龙卧，朱楹黄瓦，栉比鳞连。飞瀑流泉，层峦翠霭，游乐随时便入仙。身康健，恨浮名误我，颐养天年。

2020年6月23日

注：

悬空寺：位于北岳恒山脚下的金龙峡，距大同市约80千米，号称恒山第一胜景。始建于北魏太和十五年（公元491年），共有殿阁四十间，最高的三教殿悬于约60米高处。“蜃楼疑海上，鸟道没云中”，正为写照。寺下石壁有“壮观”二字，传为李白墨宝。

厂：音“汉”。山边岩石突出覆盖处。

叹：赞叹，惊叹。

三教一：悬空寺是国内现存唯一的儒、道、佛三教合一的寺庙。

龙卧：如长龙卧波，喻高士隐居。

多丽·五台山

五台山，太行北脉雄奇。顶平盈、群峰环抱，朱墙金瓦琉璃。四大空、青灯黄卷，三界苦、佛语经梯。细雨霏霏，凉风阵阵，登临无似此嘉期。极目望、松青岚黛，云雾绕高低。花深处，田田叶上，莺舞蜂嬉。

透梵音、庄严白塔，佛尊应解存疑。最关情、风华岁月，暗断肠、名利云泥。世事多艰，咎休未料，人生难耐是痴迷。空算计、争来争去，徒自惹神疲。姑闲看，余霞散绮，醉月歌姬。

2020年6月24日

注：

五台山：位于山西省五台县东北隅，位居中国四大佛教名山之首，为文殊菩萨道场。五座山峰（东台望海峰、南台锦绣峰、中台翠岩峰、西台挂月峰、北台叶斗峰）环抱，台怀镇位于其中，山顶平坦，如垒土之台，故名。五台之中，北台最高，台顶海拔3061.1米。

据传五台山有寺院128座，著名的有显通寺、塔院寺、菩萨顶、南山寺、黛螺顶、广济寺、万佛阁等。五台山为中国寺庙建筑最早的地方之一，自东汉永平年（公元58—75年）起，历代续有修建。也是当今中国唯一兼有汉传和藏传佛教道场之地。

五台山由东西南北中五大山峰组成，据说代表文殊菩萨五种智慧：大圆镜智、妙观察智、平等性智、成所作智、法界体性智；也代表五方佛：东方阿閦（音“处”）佛、西方阿弥陀佛、南方宝生佛、北方不空成就佛、中央毗卢遮那佛。

五台山奇峰灵崖很多，仅著名者就有50余处，其中“写字崖”尤为神奇，用水洒湿，拿帕布擦拭，崖面会显示如古篆隶字体，水干字隐。

平盈：平坦。

四空：佛教用语，以地、水、火、风为构成物质四大元素，皆非实有。

三界：佛教指众生轮回的欲界、色界和无色界。

风华：风流才华。

云泥：云在天，泥在地，比喻高下悬殊。

咎休：咎，过失，灾祸；休，美好，吉庆。

念奴娇·正定古城

登临眺望，见须弥古塔，轻云留迹。八寺九楼光射处，辉映一天空碧。庙宇隆兴，龙藏石刻，当数隋碑一。人间如画，玉宫仙苑难匹。

威武雄镇三关，南方锁钥，拱卫京畿密。名将赵云经百战，入死出生君恤。千古风流，何人评说，端赖如椽笔。立斜阳里，低头吟诵诗律。

2020 年 6 月 25 日

注：

正定古城坐落于石家庄市北15千米处，已有1600多年历史。城墙东晋为土筑，北周改为石砌，唐代扩建，仍为土城，明代扩建后改为周长24华里的砖砌城墙，现存正定城墙是明代遗存，城垣尚余8106米。现只有南门城楼、瓮城及附近城墙经整修，恢复旧观。

须弥塔：位于开元寺内。始建于东魏兴和二年（公元540年），名净观寺，唐开元年间经重修，改名开元寺。须弥塔始建于唐，为砖砌方形，九层，高约53米。

八寺九楼：正定古城以“三山不见，九桥不流，九楼四塔八大寺，二十四座金牌坊”著称。“三山不见”是指历史上正定曾为中山国、恒山郡、常山郡治所，但境内无山。“九桥不流”是说隆兴寺前一座单孔三路石桥，府、县文庙大殿前泮桥（古代泮桥形制均有三条通道），桥下都无活水流过。

“九楼四塔八大寺”是指四个城门楼、四个角楼外加阳和楼，凌霄塔、华塔、须弥塔、澄灵塔四塔。“二十四座金牌坊”是指正定有大小 24 座牌坊。

龙藏石刻：指著名的龙藏寺碑，立于隋开皇六年（公元 586 年），书法上承六朝余风，下开欧虞唐楷之绪，康南海赞为“隋碑第一”。

雄镇三关：历史上正定与保定、北京同为北方重镇，至今南城门还有题额“三关雄镇”。

赵云：三国名将赵云是常山真定（今河北正定西南）人。

一丛花·韶光易逝

韶光易逝忆华年。杯酒解忧烦。渠边柳月朦胧见，折柔条、数度盘桓。昼长夜短，百无聊赖，繁叶觅鸣蝉。

人生自古少清欢。细雨正绵绵。烂柯无计留春住，转眼是、荷盖圆圆。潘江陆海，庙堂阔论，怎抵夜安眠。

2020 年 8 月 5 日

注：

烂柯：南朝梁任昉《述异记》卷上：“信安郡石室山，晋时王质伐木至，见童子数人，棋而歌。质因听之。童子以一物与质，如枣核，质含之，不觉饥。俄顷，童子谓曰：‘何不去？’质起，视斧柯烂尽。既归，无复时人。”后以“烂柯”谓岁月流逝，人事变迁。

潘江陆海：南朝梁钟嵘《诗品》卷上：“陆（陆机）才如海，潘（潘岳）才如江。”后遂以“潘江陆海”形容人才华横溢。

一丛花·立秋

一年八月又迎秋。秋雨细如愁。秋风落叶传秋意，却凝眸、蒲苇汀洲。秋水流蓝，秋山染翠，秋鸟自啁啾。

未知秋日为何忧。几度密云收。秋空本愿澄如碧，也拟作、郊外秋游。秋桃正肥，秋稻垂穗，昂首展歌喉。

2020 年 8 月 7 日

长相思·依王工韵奉和

汴水长，友情长。长到青丝两鬓霜，秋风正送凉。

上班忙，下班忙。不到成灰犹放光，月明初照窗。

2020 年 8 月 20 日

念奴娇·依韵奉和可文《雨后》

难消暑热，已是丹桂候，胸怀当惬。天遂人心秋爽至，好雨送来安帖。荷盖田田，菱丝缕缕，花衬凌霄叶。平湖风静，画船溶入水月。

榴果半露红颜，稻穗金黄，何叹群芳歇。饭菜家常方适口，不羡神仙宫阙。淡酒闲茶，布衣竹杖，疏影梅香雪。悠哉茅舍，一声应嚁豪杰。

2020 年 8 月 21 日

附苏可文原玉：

念奴娇·雨后

潇潇雨夜，静听檐风曲，暑热初歇。借得晨曦烟一缕，映绕盈盈枝叶。亭榭澄尘，山川浸润，荷浦翻蝴蝶。绿肥红瘦，彩图高挂天阙。

云汉一派和谐，童欢叟喜，花洁香尤烈。更有丽人临碧水，宛若惊鸿窥月。琴韵霞光，蝉嘶蛙鼓，都作倾心悦。徜徉清景，人间何赋愁彻？

2020 年 8 月 21 日

附王文智和韵：

念奴娇·秋雨后·步韵苏可文

秋风秋雨，送爽珠罗帐，夏蛩声歇。润艳阆苑花万朵，又染千山红叶。云淡风轻，陂塘澄碧，看小童嬉蝶。焉情焉景，醉弹筝曲一阕。

物我两忘登临，举杯邀约，唯有西风烈。征雁一行排碧落，恍若九天抔月。丹桂飘香，嫦娥弄影，两地同心悦。一声横笛，玉盘吹得圆彻。

2020年8月21日

如梦令·依韵奉和可文兄

长夏难熬热苦，听取塘边蛙鼓。尚记幼年时，树下瓜棚歇午。水浦，水浦，飞起一群鹜鹭。

2020年8月22日

附苏可文原玉：

如梦令·处暑

熬过伏天热苦，又遇初秋老虎。何处觅清凉？且待落红无数。记住，记住，今日方才出暑。

2020年8月22日

附王文智和韵：

如梦令·赞683班逢十歌会·依韵苏可文

酷暑高温如煮，逢十高歌如故。白发浑苍苍，心似春花春圃。春圃，春圃，留得青春永驻。

2020年8月22日

促拍满路花（钦谱格一）·处暑

处暑凉风至，度雁白云悠。夭桃红润亸枝头。葡萄透紫，稻熟待人收。荷花多成子，莲藕肥嫩可口，水漾菱舟。

莫言春色难匹，我道赏金秋。柳风吹面泛中流。画堂闲酒，一曲燕安讴。纵使拌沉醉，对影姮娥，也须著意交酬。

2020 年 8 月 22 日

注：

夭：娇嫩。

亸：音“躲”，下垂。

燕安：安适满足。

拌：音“攀”，舍弃，豁出去。

对影姮娥：姮娥，嫦娥，代指月亮。李白《月下独酌》诗云：“花间一壶酒，独酌无相亲。举杯邀明月，对影成三人。”

交酬：互相酬答劝酒。

洞仙歌·大河夕照

长河落日，人字南征雁。浊浪回旋去天半。鶒双飞、紫羽逐水巢归，人独立，白首迎风鬓乱。

英雄悲迟暮，天地无声，但见星空耀河汉。敢问又如何、秋往冬来，月盈缺、夜长昼短。不须算、春花几时明，奈何计、名虚利微缘浅。

注：

鶒：音“翅”。鸂（音“西”）鶒，水鸟名。形大于鸳鸯，多紫色，好并游。俗称紫鸳鸯。

2020 年 8 月 23 日

附王文智和韵：

洞仙歌·少年忆·依韵李一平学兄

少年心事，壮志冲霄汉。豪气犹如穿云箭。御长风、踏海浊浪张帆，萧萧处，弹指日斜月冕。

霜鬓回首看，无悔平生，放手缰锁梓榆晚。惬然洞中仙、雪月风花，冷眼看、惊涛拍岸。又何妨、弄棹泛江湖，歌一曲、声传白云之远。

2020 年 8 月 23 日

附苏可文和韵：

洞仙歌·长河夕照

长河夕照，万里红霞绚。秋雁排空向霄汉。与渔翁、把酒闲话流年，问诗佛，大漠孤烟何见？

人生凭勾勒，吾自悠然，一任风云舞凌乱。愿效逍遥仙、寻遍清欢，趁明月、扬帆彼岸。只翘盼、明岁胜今年，且莫负、朝朝盛歌天半。

2020 年 8 月 23 日

注：

诗佛：王维见《使至塞上》：“大漠孤烟直，长河落日圆。”

天半：半空中。

鹊桥仙·七夕·奉和刘嘉龙

一年一度，星云渺渺，幸赖鹊桥相见。经年离别只兹宵，怨玉帝、奈何太短。

欢娱苦难，人间仙界，到底不如心愿。胸怀旷达总安闲，放眼望、天高地远。

2020 年 8 月 25 日

附刘嘉龙原玉:

鹊桥仙（通韵）·庚子七夕

望穿秋水，迢迢河汉，又是一年牵挂。何时朝暮不分离，更胜这、良宵无价。

年来多事，人间困厄，切盼深情细话。相托鹊友频叮嘱，戴口罩、刷存绿码！

2020 年 8 月 24 日

注:

良宵：情侣相逢、相守的美好夜晚。

绿码：为防疫情健康码中可通行的二维码为绿色。

附苏可文和韵:

鹊桥仙·七夕·受刘嘉龙词感染和之

秋声真个，取将花落，换得年年七巧。焉何地震又台风，不须问、地球病了。

天河水泛，人间病乱，难禁情深缘绕。争将轻语手相携，暗庆幸、疫苗初好。

2020 年 8 月 25 日

注：

秋声真个：套用宋刘一止句“春风真个，取将花去”。

附王文智和韵：

鹊桥仙·七夕·依韵李义平学兄

烟波浩渺，星光暗淡，翘首云河期盼。天涯咫尺泪阑珊。儿女唤、潸然肠断。

庚子多舛，人间多难，历尽劫波无限。阴晴圆缺自随缘，歌一曲、云舒云卷。

庚子七夕

附苏可文再和：

鹊桥仙·七夕·依义平兄韵，学王工，习和之

风烟缱绻，星云疏澹，望断鹊桥路现。银河何日水流干，再无有、人仙哭唤！

花开花落，雨来雨散，天命难遂人愿。当初若是未相识，怎惹得、恨愁无限！

2020 年 8 月 25 日

高阳台·七夕依可文韵奉和

正散鹊桥，方隆盛宴，斑衣称寿琼楼。织女天孙，银河两岸凝眸。金风一度相逢意，胜人间、无数温柔。又谁知，厮守终生，难抵离愁？

油盐柴米随心愿，苦涩都尝遍，自在优游。忙里偷闲，齐眉同展歌喉。桃花依旧刘郎老，把情思、吟入清讴。且凭栏，鸽哨声声，云鹤悠悠。

2020 年 8 月 26 日

注：

斑衣：彩衣，指瑶池王母宴笙歌鼎沸，彩袖翻舞。

称寿：进酒祝人长寿。

天孙：或称织女为天帝孙女，后民间传说改为王母之女。

齐眉：取汉孟光夫妇故事，代指恩爱夫妻。

刘郎：指刘禹锡。其诗云："玄都观里桃千树，尽是刘郎去后栽。"亦隐东汉刘晨、阮肇故事。

附苏可文原玉：

高阳台·七夕

玉露盈盈，金风飒飒，澄空弯月如钩。乌鹊何寻，银河依旧悠悠。寂寞织女云霄冷，念牛郎、骨肉堪忧。叹人仙，一样牵肠，一样伤愁。

金簪划断红尘路，铸乾坤苦恨，天地风流。七巧年年，执手泪眼千秋。祈愿鸾侣长朝暮，步廊桥、共泛兰舟。自今无，两地销魂，两地凝眸。

2020年8月25日

鹧鸪天·中元节怀亲

中元正是祭亲时，青烟一缕旧家非。饭成日晚呼儿急，夜半冬寒覆被迟。

风未住，雨初晞，坟边翠柏两依依。鸡鸣村舍沉吟久，雀立枝头暮霭低。

2020年9月2日

注：

亲：此处指父母，《孔子家语》云："树欲静而风不止，子欲养而亲不待。"

鹊桥仙·依可文韵奉和

金风送爽，黄花斗艳，又到秋分暑易。红榴黄橘尝新鲜，算凉热、晴空澄碧。

泼茶祝酒，吟诗作画，闲品流年行迹。老来情绪守平和，且莫问、今时何夕。

2020年9月22日

注：

泼茶：李清照与赵明诚闺房趣事。易安《金石录》写道："余性偶强记，每饭罢，坐归来堂烹茶，指堆积书史，言某事在某书、某卷、第几页、第几行，以中者否，角胜负，为饮茶先后。中，即举杯大笑，至茶倾覆怀中，反不得饮而起。甘心老是乡矣！故虽处忧患困穷，而志不屈。”纳兰容若《浣溪沙》有云：“赌书消得泼茶香，当时只道是寻常。”

附苏可文原玉：

鹊桥仙·秋分

天清如水，月清似玉，信步闲情郊陌。篱边忽见一枝芳，欲与我、平分秋色。

风摇白草，霜雕红叶，菊灿桂香蟹硕。银棉金稻果儿鲜，恰此季、丰收时节。

2020 年 9 月 22 日

蝶恋花·依韵和王工

绿润朱光衣袂举，窈窕风流，烧眼烧心妩。春睡美人娇带雨，绛唇翠袖翩翩舞。

小院新栽三两处，解语羞花，把酒无愁虑。唯恐花残随梦去，明灯火烛频频顾。

2020 年 9 月 23 日

注：

烧眼烧心：唐李绅《红蕉》诗曰：“叶满丛深殷似火，不唯烧眼更烧心。”

娇带雨：白乐天《长恨歌》“梨花一枝春带雨”，形容女子梨花带雨般柔媚可人。

绛唇翠袖：唐罗隐诗云：“芭蕉叶叶扬遥空，丹萼高攀映日红。一似美人春睡起，绛唇翠袖舞东风。”自此，花名美人蕉。

解语花：《开元天宝遗事》记载：“帝（唐明皇）与妃子（杨贵妃）共赏太液池千叶莲，指妃子与左右曰：‘何如此解语花也？’”王实甫《西厢记》有句，“娇羞花解语，温柔玉生香”；《金瓶梅》句云，“美貌妖娆花解语，芳容窈窕玉生香”。比喻美女如花善解人意。

明灯火烛：古人惜春伤时，感怀年华易逝，常秉烛赏花。李商隐《花下醉》：“寻芳不觉醉流霞，倚树沉眠日已斜。客散酒醒深夜后，更持红烛赏残花。”苏轼《海棠》诗：“东风袅袅泛崇光。香雾空蒙月转廊。只恐夜深花睡去，故烧高烛照红妆。”易安更有《残花》词缠绵悱恻。

附王文智原玉：

蝶恋花·题山建画美人蕉

翠衣红颜凝玉露，巧笑芬芳，一任东风妒。空惹蜻蜓花解语，缤纷飘落相思缕。

长夜漫漫难自处，辗转吟哦，拟美人蕉赋。聊寄秋情成画簿，为酬知己翩翩舞。

庚子秋分

江城梅花引·听《情怨》

有情人道总成欢。月儿圆，梦儿圆。手拈花枝，兀立对婵娟。天若有情天亦老，鸿字远，邈云烟、孤影单。

影单，影单。忆当年，夜无眠，衣带宽。半晌借酒，睡梦里、拥你怀间。雨打梧桐，呜咽笛声残。物理本来多聚散，频祝愿，乐无边、福寿全。

2020 年 9 月 29 日

注：

兀立：独自站立。

天若有情天亦老：李贺《金铜仙人辞汉歌》诗句。《温公续诗话》云："李长吉歌'天若有情天亦老'，人以为奇绝无对。曼卿（北宋石延年）对'月如无恨月常圆'，人以为勍敌。"按：温公，指司马光。卒赠温国公，世称司马温公。

鸿字：指大雁南飞所排雁阵。

衣带宽：宋柳永《蝶恋花》："衣带渐宽终不悔，为伊消得人憔悴。"

少年游·庚子中秋

中秋又到月圆时，香满桂花枝。家国双庆，亲朋欢聚，神爽尽余杯。

儿孙并上千春寿，辛苦亦如饴。天地推移，自然之理，心静老当迟。

2020 年 10 月 1 日

拂霓裳·乐天年

乐天年。淡茶诗酒是清欢。云舒卷，一行归雁暮江寒。夕霭调弦管，曙色聚公园，舞翩跹。一声声，酣畅兴无前。

人生苦短，失意易、称心难。今日里，及时行乐莫迁延。秋风催叶落，夜雨损花残。惜朱颜。又何妨，沉醉酒家眠。

2020年10月6日

行香子·依韵奉和可文《当我老了》

夕照黄昏，霞蔚轻云，奈何秋雨亦销魂。青山不老，岁月无痕。赏雪中梅，风中菊，雨中芬。

廉颇老矣，英雄迟暮，四季轮回盼长春。人心难足，天道梭巡。与潜同行，白同坐，轼同伦。

2020年10月11日

注:

梭巡：像织梭一样循环往复。

潜、白、轼：即陶潜、李白、苏轼，羡其悠然南山、诗酒百篇、烟雨平生的豪气与旷达。

附苏可文原玉:

行香子·当我老了

眼角鱼纹，镜里霜痕，一生倥偬倦红尘。旧烟已逝，新雪将巡。留七分善，五分美，十分真。

晨曦听鸟，黄昏观月，一曲高歌长精神。杯中星斗，笔下乾坤。愿不言愁，少言怨，只言春。

2020 年 10 月 11 日

行香子·步韵奉和可文《为胖妞题照》

不畏风凉，慧眼寻芳，无名花草耀秋阳。盈盈星露，阵阵清香。看女儿唇，柔荑白，钏钗黄。

锦心绣口，闲来弄笔，一舒襟怀即文章。玄同守静，日月和光。自机缘盛，人缘好，福缘长。

2020 年 10 月 12 日

注：

盈盈：水清澈。

女儿唇：及以下三句均以美女喻花。

柔荑：《风俗通》曰：“荑者，茅始熟中穰也，既白且滑。”比喻女子柔嫩洁白的手。《诗·卫风·硕人》：“手如柔荑，肤如凝脂。”

玄同：与大道同步合一，即合乎自然之道见《道德经》。

附苏可文原玉：

行香子·为胖妞照题

秋暮风凉，曲径寻芳，檐前欢雀闹朝阳。满园俏丽，一路馨香。有喇叭红，霜月白，蝶衣黄。

倚扉拍照，临窗索句，且将清景换文章。闲云逸兴，梦里流光。愿弦丝扬，雨丝软，柳丝长。

2020 年 10 月 12 日

声声慢·秋雨

丝丝缕缕，点点滴滴，天公何事悲凄？萧瑟西风寒透，浸湿人衣。更有残荷细雨，问征鸿、几日归期？待梦里、又桃含红蕊，燕啄春泥。

人生总难称意，莫错过、冥冥把握时机。在世从非轻易，哪觅天梯？老来推杯换盏，论情长、不必高低。体康健、赏高山流水，气定神怡。

2020 年 10 月 15 日

思远人（通韵）·秋雨梧桐

秋雨梧桐淅沥沥，黄叶惹愁绪。有绵绵思念，如丝如缕，无奈雁归去。

几番辗转听风语。寄意不成句。正恁地倚栏，此情浓处，翻然废清趣。

2020 年 10 月 16 日

蝶恋花·重阳

古汴重阳秋色暖，霜染红枫，嫩蕊娇姿伴。斗彩争奇花烂漫，临风香溢谁家院。

试看龙亭湖两畔，衣袂飘飘，渐欲迷人眼。赏过菊城丰韵见，秋光更比春光灿。

2020年10月25日

唐多令·和韵苏可文《桂花》

清气蕴花魂，幽香引远人。适姮娥、播撒芳芬。原为凡间多乐趣，早不耐、独伤神。

梅妒菊难伦，破霜万点金。碧玉丛、情愫殷殷。新酿桂花酬老友，话年少、意微醺。

2020年10月30日

注：

伦：辈，类。此用为动词，比并。

附苏可文原玉：

唐多令·桂花（通韵）

本与月娥亲，还从梅韵魂。翡翠丛、万点销金。占尽秋光香满院，送淡雅、布清纯。

自有傲霜身，常怀融雪根。趁余温、莫论经纶。载酒泼茶花影下，似又返，少年心。

2020 年 10 月 27 日

注：

本与月娥亲，相传月中有桂树。

经纶：抱负和才能。

忆江南·汴梁菊花

开封菊，争艳傲秋霜。仙国引来奇异种，波斯淘换郁金香。蝴蝶绕飞忙。

风景美，阆苑伴湖光。游艇相随穿碧水，相机频举照红妆。能不忆家乡？

2020 年 11 月 5 日

蓦山溪·解嘲

赊风借月，且当春芳艳。纵暮色苍茫，看山头、晚霞尚灿。两三老友，随分享悠闲。不羡富，不患贫，不作悲欢叹。

老妻在侧，孙辈围身转。有酒待知音，趁梅菊、诗吟弦管。世间万事，变幻本无端。杞国子，莫忧天，今夜连明旦。

2020 年 11 月 12 日

水龙吟·芦花

阅王培芝发来的芦花帖，画美文美。听她发来的芦花歌，曲调亦美。芦花低调朴实，徒有花的名称，没有花的灿烂，没有花的芬芳。生命力极强，水边山坳，江上沙洲，不择肥瘠，随处生长，茎根到处，便是一丛，一片，漫天遍野。它洒脱随意，与世无争，荒郊野外，默默生长，朴实无华。穗可入药，嫩根短芽可餍口福，茎叶可苫房织席。全身无一物不可用。感动之余，发而为辞。

霜风拂过轻摇荡，野旷天低旋舞。春萌秋实，寒冬萧索，蓬花如故。细弱身姿，迎风傲雪，白头向暮。也无芬芳诱，沙洲水畔，斜阳里、谁看顾？

须耐千般清苦。把茎根、穷深瘠土。舒枝生绿，吐花飞絮，飘零是处。芦苇有思，哲人新语，历经寒暑。纵天涯未远，随风万里，魂归烟浦。

2020年11月14日

注：

是处：到处，处处。柳永《八声甘州》：“是处红衰翠减，冉冉物华休。”

哲人：法国哲学家帕斯卡尔代表作《思想录》中，最有名的篇章《人是会思想的芦苇》，道出了人之所以伟大的根本。

新语：新颖的话语。

西江月·初冬喜雨·和苏可文《念奴娇·雨后》

缕缕甘霖滋润，青青小麦精神。农民不负细耕耘。可待来年满囤。

更有清风拂鬓，却无马路扬尘。山光水色共氤氲，妩媚黄花娇嫩。

2020 年 11 月 18 日

附苏可文原玉：

念奴娇·雨后

潇潇雨夜，静听檐风曲，暑热初歇。借得晨曦烟一缕，映绕盈盈枝叶。亭榭澄尘，山川浸润，荷浦翻蝴蝶。绿肥红瘦，彩图高挂天阙。

云汉一派和谐，童欢叟喜，花洁香尤烈。更有丽人临碧水，宛若惊鸿窥月。琴韵霞光，蝉嘶蛙鼓，都作倾心悦。徜徉清景，人间何赋愁彻？

2020 年 8 月 21 日

酷相思·夜梦·次韵苏可文

日子平平朝复暮。叹流水、何时住。昨宵梦、清芬归去处。梦草也、情何诉。梦鹿也、情何诉。

俗事茫茫奔世路。老眼看、花如雾。曲虽误、周郎须自顾。

今日也、时光度。明日也、时光度。

2020年11月20日

注：

清芬：道韫清芬。《晋书·王凝之妻谢氏》："王凝之妻谢氏，字道韫，安西将军奕之女也。聪识有才辩。叔父安尝问：'毛诗何句最佳？'道韫称：'吉甫作颂，穆如清风。仲山甫咏怀，以慰其心。'安谓有雅人深致。又尝内集，俄而雪骤下，安曰：'何所似也？'安兄子朗曰：'撒盐空中差可拟。'道韫曰：'未若柳絮因风起。'安大悦。"

梦草：神话中的草名，据说怀之可以梦见所思，故也称怀梦草。

梦鹿：《列子·周穆王》载郑人获鹿，遗其所藏之处，遂以为梦焉。后为他人所得，讼之士师（古代执掌禁令刑狱的官）。士师曰："若初真得鹿，妄谓之梦；真梦得鹿，妄谓之实。"后以梦鹿喻人生为变幻莫测的梦境。

花如雾：《全唐诗》卷二百三十三《小寒食舟中坐》有句云："春水船如天上坐，老年花似雾中看。"

曲虽误：《三国志》卷十四《吴书·周瑜传》："瑜少精意于音乐，虽三爵之后，其有阙误，瑜必知之，知之必顾，故时人谣曰：'曲有误，周郎顾。'"唐李端《听筝》："欲得周郎顾，时时误拂弦。"

自顾：自视，自念。这里是说周郎已老，纵有美人眷顾，也得顾及年龄。

附苏可文原玉：

酷相思·夜来雨

小院深深朝复暮。叹晴丽、难留住。夜来雨、愁丝抛处处。秋尽也、情何诉。情尽也、心何诉。

岁月犹如迢渺路。举目望，云和雾。涉山水，艰辛哪得顾。人在也，桃花渡。花在也，无人渡。

2020 年 11 月 18 日

长生乐·小雪

小雪凌霜菊未残，萧瑟傲孤寒。适时嘉会，向晚正开筵。把酒言欢良夜，且惜余年。诸多恨事，直入金炉化青烟。

人生苦短，世路艰难。应知最重平安。须满足、静处解心烦。莫忧红日西坠，快活似神仙。

2020 年 11 月 22 日

临江仙（钦谱格八）·为王培芝拍照题·依韵苏可文奉和

已是朔风吹遍地，枝头春意凝香。娇姿颤颤对斜阳。不知好颜色，底事发芬芳？

愿为人间添绮丽，幽怀堪慰凄凉。欢歌笑语度流光。安闲自在过，何必费思量？

2020 年 11 月 29 日

附苏可文原玉:

临江仙（钦谱格八）·为王培芝拍照题

风朔云厚寒初降，空庭幽梦盈窗。一枝红艳正含香。寸心忆往事，痴影望朝阳。

何曾多思人间苦，且欢当下时光。但求自在展孤芳。寂寥添一色，不道断人肠。

2020 年 11 月 29 日

附王文智和韵:

临江仙（钦谱格八）·依韵苏可文、李义平奉和

霜雪胁寒枯叶落，翩翩淑影南窗。芳香暗蕴送斜阳。色倾谁绝恋，无语顾洪荒。

引我诗情盈玉碗，举杯邀月轻狂。高歌一曲舞红装。且珍相恋意，聊赋予词章。

庚子露月十五

注:

露月：农历十月，秋去冬来，露水多生，故称露月。

临江仙（钦谱格八）·观王培芝发迎宾桥情人桥良月十五夜景照有感

又到三五圆月夜，迎宾桥上灯繁。湖中光影起波澜。所思人不在，无语对婵娟。

孤寂老来常作伴，体衰慵意阑珊。旧游梦断忆华年。酒余人散后，醉卧晓窗前。

2020 年 11 月 29 日

附王文智和韵：

临江仙（钦谱格八）

桥下粼粼东逝水，无言拍遍阑干。依稀球场笑声喧。叹兮人已渺，寂寞月光寒。

年逾古稀诸事淡，何妨潇洒神仙。唱歌作画乐余年。任凭风浪起，稳坐钓鱼船。

庚子阳月十五

附苏可文和韵：

临江仙（钦谱格八）·依韵李义平、王文智奉和

秀影丽妆包湖岸，流光溢彩斑斓。情人桥上月儿圆。霓灯耀暮色，笑语缀华年。

金风玉露清秋夜，几多红豆抛牵。良辰美景破天寒。一

声云外笛，荡起水漪涟。

2020 年 11 月 29 日

醉翁操·读东坡《醉翁操》，依韵和之

醺然，登仙，高眠。打雷鼾，心宽。人生最是知安闲。月明星汉窗前。濠上观，鱼乐戏潺湲。浅唱低吟松竹轩。

鸟鸣翠树，音和流泉。忘情志在，笑傲烟霞世间。云自行而枫丹，谷自深而流湍。莫悲双鬓斑。多愁无韶颜。极目望江天。万千思绪凭管弦。

2020 年 12 月 5 日

注：

醺然：酒醉的样子。

濠上观：《庄子外篇·秋水》：“庄子与惠子游于濠梁之上。庄子曰：‘儵（音“条”，淡水鱼中的小白鱼，俗名白鲦）鱼出游从容，是鱼之乐也。’惠子曰：‘子非鱼，安知鱼之乐？’庄子曰：‘子非我，安知我之不知鱼之乐？’惠子曰：‘我非子，固不知子矣；子固非鱼也，子之不知鱼之乐，全矣。’庄子曰：‘请循其本。子曰“汝安知鱼乐”云者，既已知吾知之而问我，我知之濠上也。’”用此典多咏山水之乐。唐孟浩然《寻梅道士》：“重以观鱼乐，因之鼓枻歌。”按：鼓枻（音“意”，桨），划动船桨。典出《楚辞·渔父》：“渔父莞尔而笑，鼓枻而去。”

鱼游春水·为山建、瑞宝、为民伉俪欢聚海南作

冬寒冰雪漫，九万里霜风撒遍。玉龙飞舞，素裹银装四畔。北边花事早阑珊，南国春光方灿烂。时候转移，也随鸿雁。

三对夫妻作伴，正趁海南香色艳。同窗相聚成欢，歌吹乐管。思寄云山数千重，待遂优游百般愿。溪鸟友侣，忘情留恋。

2020 年 12 月 13 日

河传·无题

云想。惆怅。忆当年。回首往事如烟。思绪纷纭盼晓天。夜寒。已然双鬓斑。

音问谁寄望飞雁。人字远。何处起弦管。看庭前，梅又妍。魂牵。不闻灯语传。

2020 年 12 月 17 日

注：

云想：李白《清平调三首》其一："云想衣裳花想容，春风拂槛露华浓。若非群玉山头见，会向瑶台月下逢。"

灯语：李商隐《夜雨寄北》："君问归期未有期，巴山夜雨涨秋池。何当共剪西窗烛，却话巴山夜雨时。"

苏幕遮·冬至

冻云天，霜雪地。玉树琼枝，枝上斜阳璀。冬至寒梅抽蓓蕾。湖柳萌芽，春动芳香蕊。

雨前风，凋后卉。休咎相依，宝剑须磨淬。三顿家餐中晚睡。莫管经年，且过逍遥岁。

2020 年 12 月 21 日

附苏可文和韵：

苏遮幕·金明池畔·习和义平兄

碧天云，形胜地。晴丽金池，华露琼珠璀。哪处岸栏寻玉蕾？湖水殷勤，作镜开妆蕊。

喜柔风，惊隐卉。感叹苍生，几度经陶淬。朗日韶光休问睡。何不放歌，一笑迎新岁。

2020 年 12 月 21 日

注：

湖水殷勤：取自“殷勤无波绿池水，为君作镜开妆蕊”。

如梦令·依韵奉和王文智

庚子冬至，同学数人聚饮。适读王文智如梦令词，不及回应，酒后和之。

白发陶然七叟。兴起呼朋饮酒。不管此何时，莫负同学意厚。知否，知否，佳酿最能僝僽。

2020 年 12 月 21 日

注：

僝僽：音“蝉咒”，排遣，消闲。

附王文智原玉：

如梦令·冬至阳台

窗外雪狂风骤。窗内绿肥红瘦。烹茗对群芳，心揽云天星宿。知否，知否，酲醉何须醇酒。

庚子冬至

附苏可文和韵：

如梦令·习和文智兄

身绕绿肥红瘦。性似闲云出岫。翁老少年心，怎不延年益寿！知否，知否，皆为采薇无憋。

2020 年 12 月 21 日

五福降中天·2021 年元旦

庆新年元旦，意气抖擞当风。前日魅魑狂，鬼蜮穷凶。千百医工用命，亿万群黎志同。战罢归来，不居济世忘初衷。

清平世界，却也有、荆榛棘丛。莫望自兹车去，路路皆通。还须鼓勇，胜利在于宣力中。赏咏烟霞，碧云夭矫九州龙。

2020 年 12 月 30 日

注：

宣力：着力，尽力。

赏咏：赞赏咏叹。

烟霞：山水胜景。在此喻民族复兴的中国梦。

生查子·观培芝花照有感

徐行御河边，春意初萌动。蜡梅秀金黄，月季芳姿弄。

碧水泛清波，野鹜轻云共。何处起歌讴，岂是桃源梦。

2020 年 12 月 30 日

虞美人·读慧郁爱贤诗画有感

青春少女常怀梦。梦断锥心痛。新年孤独对谁言。常记同窗岁月、忆当年。

闺中自有深情语。何处抛愁绪。路遥兴寄一枝梅。冬去春来有日、与君归。

2021 年 1 月 1 日

注：

兴寄：寄托在作品中的思想感情。

一枝梅：南朝宋盛弘之《荆州记》："陆凯与范晔交善，自江南寄梅花一枝，诣长安与晔，并赠诗。"诗曰："折花逢驿使，寄与陇头人。江南无所有，聊赠一枝春。"

鹧鸪天·拟朱敦儒《西都作》以自况

一个闲散不羁郎。平生意气几疏狂。常怀浑沌忘机趣，屡发荒唐走板腔。

诗作伴，字成行。严冬过去是春芳。邀来三五知心友，且赏梅花醉汴梁。

2021 年 1 月 16 日

注：

拟：仿照。

浑沌：庄子寓言中的中央之帝，生而无耳目鼻口。见《庄子·应帝王》。后用以比喻自然淳朴。

忘机：不存心机，淡泊无争。

趣：意向，志向。

附朱敦儒·鹧鸪天·西都作

我是清都山水郎。天教分付与疏狂。曾批给露支风券，累奏留云借月章。

诗万首，酒千觞。几曾着眼看侯王？玉楼金阙慵归去，且插梅花醉洛阳。

附苏可文和韵：

鹧鸪天·习和义平兄

常记纶巾为底忙。几曾羽扇学清狂。一蓑烟雨任孤冷，晓角昏钟作嫁妆。

诗闲咏，曲轻扬。老来剑马寄瑶觞。谢他窗外梅花影，伴我闻香绮梦长。

2021 年 1 月 16 日

遍地锦·大寒时逢腊八

腊八来临大寒到。正家家、粥香缭绕。暖融融、宴坐厅堂，喜跳跃、枝间雀鸟。

看庭园、几树梅腮，吐芳芬、早萌春兆。莫等闲、辜负韶光，亦不必、无名懊恼。

2021 年 1 月 20 日

注：

宴坐：闲坐，安坐。

鹧鸪天·依韵奉和王工庚子腊月阳台吟唱

滴水成冰腊月期。百花肃杀待春时。偏能巧手裁新绿，不必天工剪嫩枝。

情依旧，鬓如丝。东风未到怨君迟。人间为教芬芳满，纵使辛劳哪敢辞。

2021 年 1 月 25 日

附王文智原玉：

鹧鸪天·冬月阳台·庚子腊月阳台吟唱十首其一

又到寒冬数九时。阳台依旧绿为诗。花盈蟹爪芬芳早，叶缀芝兰玉露迟。

香馥馥，草萋萋。霓裳羽袂舞轻姿。任凭窗外飞霜雪，我自唱吟粉蕊词。

2021 年 1 月 25 日

寻梅·辛丑元日咏

元春不觉花信早。踏小径、啼枝雀鸟。为报春讯梅腮好。盼东风吹破，树头欢笑。

多情总被无情恼。恨新冠、又来骚扰。乡关怅望思难了。待挥千钧棒，妖祲一扫。

2021 年 2 月 3 日

注：

梅腮：指梅花待放之苞，美如少女之颊。

妖祲："祲"音"近"。妖氛，祸乱。

朝中措·次韵奉和苏可文为福宜玉兰蓓蕾照题

轻舒碧落玉兰香。不惧乍寒凉。蓓蕾含苞欲放，娇羞静待春芳。

还须梅雪，桃红柳绿，来伴清妆。撷取芬菲一朵，昂扬春意胸旁。

2021 年 2 月 3 日

附苏可文原玉：

朝中措·为福宜玉兰蓓蕾照题

枕霞望月抱幽香。洁雅守苍凉。若得蓦然一笑，煞羞放浪群芳。

无须梅袂，不劳桃粉，自有清妆。一色玲珑簪玉，已敧春女鬟旁。

2021 年 2 月 3 日

朝中措·依韵奉和苏可文为福宜玉兰黑白照题

摇摇玉蕾舞东风。暗淡露峥嵘。美目盼兮倩笑，迎来几度新晴。

殷勤青帝，姗姗春意，遣汝先行。却待来年日暖，繁华深处欢迎。

2021 年 2 月 4 日

注:

峥嵘：卓异，不平凡。

倩笑："倩"音"欠"，姿容美好，含笑的样子。见《诗经·卫风·硕人》："巧笑倩兮，美目盼兮。"

青帝：居东方，摄青龙，为春之神及百花之神。

附苏可文原玉：

朝中措·为福宜玉兰黑白照题

一枝蓓蕾倚东风。图像驻春容。明卉线条细腻，暗枝神秘蒙忪。

疑如剪纸，莫非木刻，别样天功。当谢观音圣手，点开妙境无穷。

2021 年 2 月 4 日

注：

蒙忪：似醒非醒，眼睛模糊。

朝中措·奉和苏可文为王文智蟠龙榕照题

葳蕤枝叶卧龙根。虎虎聚精神。巧手盆栽收拾，盎然一室开春。

嘉平岁尽，一元复始，万象更新。重整行装待发，山河再赏烟云。

2021 年 2 月 6 日

注：

卧龙：北周庾信《同会河阳公新造山池聊得寓目》诗：“暗石疑藏虎，盘根似卧龙。”

附苏可文原玉：

朝中措·为王文智《蟠龙榕》照题

谁家雕玉画中嵌？四季绿如蓝。舒展龙飞凤舞，静沉虎卧熊酣。

迷香不染，娇红不屑，一任清恬。直引苍颜诗醉，逸情飏挂云帆 。

2021 年 2 月 4 日

附王文智原玉：

五古·蟠龙榕·庚子腊月阳台吟唱之九

虬干似龙盘，曝根若虎踞。
腾飞九重天，长啸谁能御。

2021 年 2 月 4 日

注：

我盆植榕有九个品种：台湾虎皮蟠龙榕、中华榕、人参榕、琴叶榕、花叶榕、印度火山榕、高山榕、大叶榕、橡皮榕。或土培或水培，或提根或扭干，大叶如提琴，小叶似碎玉，绿叶凝翠，花叶斑驳，千姿百态，盘根错节，郁郁葱葱，四季常青，置身树丛，物我两忘。

阮郎归·九里香·奉和王文智阳台吟唱之十

细花点点郁芬芳。袅娜九里香。相逢梦里是王郎。岁寒待晓窗。

月初上，柳丝长。梨花泪两行。留恋过往惜时光，莫教空断肠。

2021年2月7日

注:

相逢梦里：宋晏幾道《鹧鸪天》词：“从别后，忆相逢，几回魂梦与君同。今宵剩把银釭照，犹恐相逢是梦中。”

王郎：《新唐书·文艺列传上·王勃》：“初，道出钟陵，九月九日都督大宴滕王阁，宿命其婿以夸客，因出纸笔遍请客，莫敢当，至勃，泛然不辞……援笔成篇，不易一字。”吾友亦姓王，其抑王郎再世耶?

月初上：宋欧阳修《生查子·元夕》：“月上柳梢头，人约黄昏后。”

柳丝长：折柳送别，见柳思人。鲍照《三日诗》：“气暄动思心，柳青起春怀。”隋杂曲歌辞：“柳条折尽花飞尽，借问行人归不归。”李白《劳劳亭歌》：“春风知别苦，不遣柳条青。”《宣城送刘副使入秦》：“无令长相思，折断杨柳枝。”唐白居易《杨柳枝词八首》：“人言柳叶似愁眉，更有愁肠似柳丝。柳丝挽断肠牵断，彼此应无续得期。”

梨花泪两行，唐白居易《长恨歌》：“玉容寂寞泪阑干，梨花一枝春带雨。”

附王文智原玉:

七绝·九里香·庚子腊月阳台吟唱之十

玉净瓶中九里香，凌霜傲雪竞芬芳。

窗前疏影溶溶月，错把情诗洒满床。

2021年2月7日

注:

阳台温暖: 九里香经冬不凋, 白花如雪, 香味浓郁。红果如豆, 晶莹剔透。

新荷叶·辛丑元日

辛丑元春,一声爆竹更新。又见红梅,枝间蓓蕾清芬。御河两岸,杨柳风、吻面如唇。快哉湖上,往来画舫游人。

冬去春归,夜央总是侵晨。且看东方,初升冉冉朝暾。生机勃勃,齐心力、扭转乾坤。梦圆还待,中华民族精神。

2021 年 2 月 11 日

注:

竹、勃、族,入声。

侵晨: 黎明,天色渐亮时。

朝暾: 暾,音"吞"。初升的太阳,早晨的阳光。

小重山·辛丑春节有感

久历霜寒梦不成。窗前听万籁、却无声。银辉泻地月华明。长夜里,耿耿意难平。

应笑我多情。童童先谢顶、暗愁生。当知冬去是春英。西向望、日落耀金星。

2021 年 2 月 11 日

注:

金星: 天空中除日月外最亮的星,又名太白金星、太白、明星。日落时现于西方,曰长庚;日出前现于东方,曰启明。《全唐文》卷四百三十七《李阳冰·唐李翰林草堂集序》载："李白字太白，陇西成纪人，凉武昭王暠（音'搞'，李暠，李广十六世孙，曾建西凉国）九世孙。蝉联圭组（印绶，官爵），世为显著。中叶非罪，谪居条支，易姓与名。然自穷蝉至舜（指舜以前五代祖辈，均未做官），五世为庶，屡世不大曜，亦可叹焉。神龙（唐中宗李显年号）年间（公元 705—707 年）之始，逃归于蜀。复指李树而生伯阳（老子李耳的字，此处是说生了李白，并恢复李姓），惊姜（典出《左传·郑庄公》，此指妇女临盆）之夕，长庚入梦，故生而名白，以太白字之，世称太白之精（《唐摭言》载，贺知章一见李白，谓之曰：'公非人世之人，可不是太白星精耶！'得之矣。"

古希腊人称金星为阿佛洛狄忒，为爱与美的女神，而罗马人则称之为维纳斯。

如梦令·春节·奉和苏可文

饱食肥甘欢宴。酣睡难消春倦。口腹快哉时，大肚须知不便。不便，不便，徒羡身轻如燕。

2021 年 2 月 19 日

附苏可文原玉：

如梦令·春节

肴酒何妨殆尽。懒睡不消解困。每秀帅翁装，衣带为何渐紧？莫问，莫问，玉肚又肥三寸。

2021 年 2 月 19 日

踏莎行·上元节

柳眼笼金，梅腮绽蕊。平湖潋滟鸭戏水。尚无草色入帘青，桃梨已吐新珠蕾。

夜露还寒，春装早备。去年燕子今归未？垂杨堤岸惹熏风，花香引得游人醉。

2021 年 2 月 25 日

踏莎行·柳絮因风

辛丑年正月十三晚，忽降瑞雪，且伴阵阵春雷。庚子一冬，天藏白玉于此时飘洒，心喜，万物得滋润矣。次日填词以记。

柳絮因风，漫天飞舞。霎时见白头平楚。一冬藏玉蕴生机，蓄滋万物肥田土。

带雨梨花，蒸霞桃树。春浓回暖芬芳路。瓶中撷取两三枝，人家留得春来住。

2021 年 2 月 25 日

注：

柳絮因风：见谢道韫柳絮联章故事。

平楚：丛树，引申指平野，平林。清曹贞吉《扫花游·元宵过也》："元宵过也，看春色靡芜，澹烟平楚。"

蒸霞：宋王十朋《还舍复用前韵以寄》："檐外梨枝春带雨，城头桃树晚蒸霞。"

踏莎行·依韵苏可文奉和

西子湖边，许仙借伞。清明急雨牵红线。却成一段好姻缘，断桥至此鸳情暖。

荷盖高擎，春花送款。意浓眉黛秋山远。人间最美是真情，于今犹自歌弦管。

2021 年 3 月 1 日

注：

送款：传送情意。唐骆宾王《代女道士王灵妃赠道士李荣》：“许辈多情偏送款，为问春花几时满。”

附苏可文原玉：

踏莎行·伞

愁影孤单，笑枝展艳。亭亭玉立谁无念？相思独居瘦如柴，纵情泪似泉流滥。

行处张扬，闲来束敛。放收只待阴阳瞰。乐随游客论春秋，敢同天日争明暗。

2021 年 2 月 28 日

注：

流滥：泉水流涌。

瞰：视，看。

朝中措·奉和苏可文

多情人愿运桃花，寻梦到天涯。崔护玄都抱憾，诗豪观里嗟呀。

迎风燕笑，一枝带雨，灿若朝霞。待到春华结实，何须交口来夸。

2021 年 3 月 4 日

注：

诗豪：刘禹锡，人称诗豪。

燕笑：欢笑。

一枝带雨：形容女子娇艳，白居易《长恨歌》：“玉容寂寞泪阑干，梨花一枝春带雨。”

附苏可文原玉：

朝中措·桃花

夭夭灼灼满山林。谁奏别思琴？人面不知何处，刘郎几度归寻。

蝶儿依恋，蜂儿缠绻，春鸟追寻。此乃物情天道，为何怪我花心？

2021 年 3 月 4 日

注：

人面不知何处：崔护诗“人面不知何处去，桃花依旧笑春风”。

刘郎：刘禹锡，《游玄都观》二首写桃花。

朝中措·惊蛰

梅腮已报早春来，惊蛰百花开。枝上仓庚欢跳，水边细柳风裁。

桃红杏白，樱唇眉黛，平野高台。且卧这香雪海，餐英饮露舒怀。

2021 年 3 月 5 日

注：

风裁：贺知章《咏柳》：“碧玉妆成一树高，万条垂下绿丝绦。不知细叶谁裁出，二月春风似剪刀。”

樱唇眉黛：形容花红叶翠。

餐英饮露：屈原《离骚》：“朝饮木兰之坠露兮，夕餐秋菊之落英。”

少年游·依韵奉和苏可文《曹操》

登山观海发豪情。戎马任平生。洪波涌起，秋风萧瑟，征马仰天鸣。

权谋机变兼文采，乱世骏雄兴。千年功罪，是非臧否，自有后人评。

2021 年 3 月 13 日

附苏可文原玉：

少年游·曹操·为杜增德《东临碣石观沧海》图题

东临碣石赋豪情。驻马论峥嵘。人称枭雄，又言奸贼，谁可道分明？

短歌横槊千秋业，一代魏王纮。经略朝野，笑谈乱世，捉放任争评。

2021 年 3 月 13 日

注：

纮：冠冕两旁的带子。

捉放：陈宫捉放曹操。

少年游·依韵奉和苏可文《赏杜增德〈反弹琵琶凤来仪〉画有感》

祥云缭绕舞飞天。攘臂错杂弹。闻韶忘味，含苞带露，香雾湿青鬟。

衣袂飘举凌波步，传语画眉间。巫峡神女，月宫仙子，无此美容颜。

2021 年 3 月 14 日

注：

闻韶忘味：《论语·述而》：“子在齐，闻韶，三月，不知肉味。”喻听到极美妙的音乐。

凌波：典出曹植《洛神赋》。喻舞姿轻盈曼妙。

附苏可文原玉：

少年游·赏杜增德《反弹琵琶凤来仪》画有感

飞天仙女舞翩跹。反手拨清弦。彩凤来仪，祥云缭绕，灵曲醉千年。

凌波摇影花弄雨，曼妙眼眉间。疑或唐韵，恍如梦境，忽有暗香传。

2021 年 3 月 13 日

少年游·奉和苏可文《赏杜增德〈牧童〉画有感》

桃红柳绿又阳春。放牧趁清晨。东风送暖，流莺穿树，牛背竹鞭频。

膘肥体壮来何处，正趁草芽新。风调雨顺，岁丰年稔，安乐享农人。

2021 年 3 月 14 日

附苏可文原玉：

少年游·赏杜增德《牧童》画有感

燕莺柳外啭殷勤。放牧踏莎巡。笛吹春风，歌飞秋露，游蝶伴晨昏。

山清水秀芳菲美，怎抵自家门。嬉童鞭扬，饱牛蹄奋，归向杏花村。

2021 年 3 月 14 日

少年游·鱼·依韵奉和苏可文《为杜增德鱼图题》

老庄濠上览儵游。二子辩无休。汝既非鱼，安知其乐？回曰物情求。

相忘江湖濡以沫，要在少烦愁。名缰利锁，众熙众攘，难弃稻粱谋。

2021 年 3 月 15 日

附苏可文原玉：

少年游·鱼·为杜增德《鱼图》题

八方河海纵横游，四季不停休。月明嬉戏，雨狂潜底，何必问欢愁。

龙门一跃惊飞浪，也想竞风流。此等精灵，孤舟钓客，怎忍下垂钩？

2021 年 3 月 12 日

少年游·红梅·依韵奉和苏可文《赏杜增德〈红梅飘香〉画有感》

铜枝铁干傲寒霜。占尽早春光。风柔云白，桃红柳绿，花事已开张。

画家欲报春消息，图影挂厅堂。清夜读书，故朋宴坐，伴我有芬芳。

2021 年 3 月 15 日

附苏可文原玉：

少年游·赏杜增德《红梅飘香》画有感

雀喧唤醒满庭香。玉靥点红妆。素娥柔心，须眉傲骨，冰雪作霓裳。

摘来一朵留瓶处，疏影瘦盈窗。无悲无欲，洁来洁去，醉我酒千觞。

2021年3月15日

少年游·饮中八仙图·依韵奉和苏可文《赏杜增德〈饮中八仙〉图有感》

诗家无酒不成篇。挥翰落云烟。知章乘马，宗之潇洒，皆是酒中仙。

敢问画者凭何技，为我影真颜？推杯换盏，衔杯乐圣，嗜酒美名传。

2021年3月16日

附苏可文原玉：

少年游·赏杜增德《饮中八仙》图有感

衔杯白眼问青天。今夜怎安眠？勾栏瓦肆，佛门井底，无处不神仙。

醉里乾坤壶中月，世事若云烟。王者楼船，圣人廊庙，焉比子陵滩！

2021 年 3 月 13 日

注：

白眼：表示轻视。

佛门：杜甫诗云，苏晋饮起酒来常把佛门戒律忘得干干净净。

井底：杜甫诗云，贺知章酒后坠入井中，竟在井底睡着了。

子陵滩：因东汉严子陵在此隐居而得名。

少年游·春暖·依韵奉和苏可文《赏杜增德〈春暖〉画有感》

一江春水绕青山。远处见归帆。苍松翠柏，巉岩小道，猿鸟跃其间。

野花应是红几片，云雾半腰缠。茅屋掩映，瀑流飞散，可有住神仙？

2021 年 3 月 16 日

附苏可文原玉：

少年游（通韵）·赏杜增德《春暖》画有感

一江碧水万重山。春暖五湖船。八九团云，六七队鸟，溪曲路千盘。

四成浓艳三分淡，十里不同川。二仪气清，百花香满，烟寺半空悬。

2021 年 3 月 14 日

注：

二仪，天地或日月。

少年游·赏杜增德《山鬼》图

同学杜增德善画，见其一画，中间一女，气度不凡。旁伴两虎，奕奕有神，今以屈原九章所绘山神视之，赋歌。

九章山鬼寄情深。妙笔有灵均。车驾赤豹，欢寻山坳，何惧起风云？

今有画家新意匠，窈窕美钗裙。天上凤舞，两边虎踞，凛凛此山神。

2021 年 3 月 16 日

注：

灵均：屈原自云名正则，字灵均。

欢：古时男女相爱，女子对情人的称呼。刘禹锡《踏歌词》："唱尽新词欢不见，红霞映树鹧鸪鸣。"

意匠：诗文、绘画等的构思布局。陆游《题严州王秀才山水枕屏》："壮君落笔写岷嶓，意匠自到非身过。"

钗裙：以服饰代女子。

附苏可文和韵：

少年游·赏杜增德《山鬼》画有感

芳林欢步若仙宫。自有醉花容。凤绕虎卫，桂陪兰拥，谁似我香浓？

岂知那日君前过，从此恣疏慵。风急雨乱，蕙寒芝冷，思念怎无穷？

2021 年 3 月 16 日

少年游·奉和苏可文《踏青》

骑牛执柳喜芒童。飞絮舞东风。春装初试，春阳正艳，花赏趁桃红。

千里平畴春色动，云白看归鸿。春江水暖，五湖波静，游趣乐无穷。

2021 年 3 月 17 日

注：

芒童：句（音“沟”）芒，古代神话中木神（春神），辅佐东方青帝太皞，管理地方，鸟身人面，乘龙而行，后演变成年画中春天骑牛的牧童，头绾双髻，手执柳鞭，亦称芒童。

附苏可文原玉：

少年游·踏青

句芒吩咐把春还。轻暖破残寒。西风转东，彤云变白，酥雨润无言。

踏青正是佳时段，窈窕数香鬟。娇语嗔莺，粉颜点翠，笑漾碧云天。

2021年3月16日

注：

句芒：传说中的司春之神。

少年游·原韵奉和苏可文《榆钱》

色如碧玉状圆圆。片片小铜钱。簇生串串，绿翻点点，风里舞翩翩。

攀枝摘取加面拌，桌上作时餐，小酒三两，野蔬几样，日子幸安闲。

2021年3月18日

附苏可文原玉：

少年游·榆钱

东君岁岁铸青钱。挂满玉榆端。茵茵碧翼，圆圆嫩簇，清白誉人间。

撷来若得能沽酒，愿做醉中仙。无可邓通，奈何赵帅，从此不关联。

2021 年 3 月 18 日

注:

邓通：源自邓通铸钱典故。

赵帅：传说中的财神赵公元帅。

少年游·春分

春分昼夜两停匀。春雨浥轻尘。满山杜鹃，一庭花树，空气漫芳芬。

黄莺穿柳声声里，农户备耕勤。冬蛰枯寂，蓄积力气，春色长精神。

2021 年 3 月 20 日

少年游·柳·依韵奉和苏可文

东风拂柳弄轻柔。燕子返西楼。望中犹记，灞桥送别，难展梦中愁。

细雨早湿春衫袖，独立看行舟。江水悠悠，暗云四布，天地一沙鸥。

2021 年 3 月 20 日

附苏可文原玉:

少年游·柳

含烟碧玉满平畴。丝缕弄轻柔。调笑香风，戏娱呢燕，唯怯折枝愁。

无奈东君终归去，胜景瞬间休。章台叶眉，灞桥柳眼，可否把春留？

2021 年 3 月 19 日

少年游·玉兰花·依韵奉和苏可文

何来娇艳郁芳芬。明媚欲销魂。姑射羽衣，丹霞浅晕，摇曳晚妆新。

霓裳不愿孤芳赏，片片染香尘。束素亭亭，翠枝颤颤，齐唱百花春。

2021 年 3 月 21 日

注：

姑射：姑射（音“夜”）仙子，为中国古代传说中的神话人物，“天姿灵秀，意气殊高洁”。最早出自《庄子·逍遥游》，被誉为掌雪之神。

附苏可文原玉：

少年游·玉兰花·为胡广兴老师花照题

天携霓帔溢香芬。初见已销魂。飞燕倚兰，玉环出浴，倾国俏佳人。

此花只应天上有，纯洁净无尘。烟鬟玉佩，胜桃羞李，醉拥满城春。

2021 年 3 月 19 日

少年游·油菜花·奉和苏可文

平畴漫野覆金毡。春意舞翩翩。小花嫩黄，迎风招手，何惧早春寒？

嫩时菜苔充美味，结子作油源。花粉妙用，蝶飞蜂恋，酿蜜亦香甜。

2021 年 3 月 21 日

注：

花粉：油菜花粉可作药用。

附苏可文原玉：

少年游·油菜花·为崔润秀花照题

田园顾自舞金英。蜂蝶醉香馨。不做花王，却披帝氅，风韵胜渊明。

并非野草闲花辈，生计为民生。虽也窈窕，更求平淡，一笑对峥嵘。

2021 年 3 月 21 日

注：

渊明：陶渊明。

并非野草闲花辈：乾隆诗："爱他生计资民用，不是闲花野草流。"

少年游·海棠·奉和苏可文

千娇百媚出凡尘。翠叶衬红唇。易安恨雨，东坡烧烛，怜玉惜花心。

春风一度胭脂吐，西子美销魂。秋果玲珑，粉妆半脸，齿颊已生津。

2021 年 3 月 23 日

注：

易安恨雨：见李清照《如梦令·昨夜雨疏风骤》。

东坡烧烛：苏轼《海棠》："只恐夜深花睡去，故烧高烛照红妆。"

粉妆半脸：是说海棠果半红半白。

附苏可文原玉：

少年游·海棠·为胡老师拍照题

一枝凝艳露青丛。初绽浅深红。易安卷帘，东坡秉烛，皆为睹芳容。

胭脂谁与匀颜色，偏向脸边浓。偷得桃魂，借来梅粉，倚槛笑春风。

2021 年 3 月 20 日

少年游·郁金香·奉和苏可文

红黄深紫郁金香。灿烂傲朝阳。叶拥花箭，茎悬花蕾，花后气轩昂。

本是土生天山种，却说自西邦。形似鹦鹉，取名国泰，圆梦铸隆昌。

2021 年 3 月 25 日

注：

悬：高耸。

花后：郁金香被称为世界花后。

天山种：郁金香原产于我国天山西部和喜马拉雅山脉一带。

取名国泰：1999 年，荷兰人杨·卡罗发现新种郁金香，花色深紫呈羽毛状鹦鹉形。2014 年 3 月 24 日，应荷兰皇室邀请，彭丽媛将其命名为“国泰”。

附苏可文原玉：

少年游·郁金香·为郭为民花照图题

一根一色一枝花。带露向朝霞。姿入画裙，醇如美酒，妍影誉天涯。

一厢情愫无所寄，聊赠最为佳。黄芳神圣，白颜纯洁，红粉献娇娃。

2021 年 3 月 23 日

注：

兰陵美酒：唐李白诗“兰陵美酒郁金香，玉碗盛来琥珀光”。

画裙双凤：唐杜牧诗“不语亭亭俨薄妆，画裙双凤郁金香”。

少年游·紫荆花·依韵奉和苏可文

紫荆紫气兆东来。一树紫花开。兄弟同心，三株合树，家旺待宽怀。

九七回归齐欢庆，喜泪已盈腮。妖氛一扫，百年国耻，香港此康哉。

2021 年 3 月 25 日

注：

三株合树：传说东汉时期，京兆尹田真与兄弟田庆、田广分家，财产分割完毕，欲将庭院中紫荆树分为三段，砍树时，落花满地，树已枯萎。此情此景使兄弟不再分家，紫荆树也再获生机。由此紫荆花语为兄弟和睦，家庭和美。

香港区旗区徽均由紫荆花图案构成。

附苏可文原玉：

少年游·紫荆花·为胡广兴老师花照题图

桃脂梅骨杏花腮。香浸紫金钗。不着绿佩，何须翠拥，犹自笑颜开。

葳蕤皆因春风顾，烂漫雨中来。三荆同株，港江两岸，本是一根栽。

2021 年 3 月 23 日

注：

三荆同株：荆树虽三杈而同一株干。比喻同胞兄弟。也指兄弟分而复合。

港江：香港，香江。

少年游·牡丹·奉和苏可文

花开国色馥天香。仙子舞霓裳。万紫千红，姚黄欧碧，名品称花王。

愿乞画家新意匠，为我谱华章。百般娇媚，似羞含笑，昼夜散芬芳。

2021 年 3 月 26 日

附苏可文原玉：

少年游·牡丹·为胡广兴老师花照题图

人间富贵百花王。天下艳无双。绝世独立，倾城倾国，千古一流香。

春风拂槛华浓露，西子淡浓妆。姚黄魏紫，亦娇还媚，不负好时光。

2021 年 3 月 25 日

少年游·樱花·奉和苏可文

樱花娇艳寄春心。柳絮绿垂荫。昨夜经雨，今晨带露，花重压枝沉。

东风亦应怜香玉，且慢拂衣襟。明媚有期，一时花谢，何处觅知音？

2021年3月31日

附苏可文原玉：

少年游·樱花·为崔润秀花照题图

梨花月下杏花浓。怎辨白和红？层层叠叠，团团簇簇，星缀碧云丛。

芳径隐约惊鸿影，款款画中融。馨香萦回，彩蝶飞绕，酩酊似千盅。

2021年3月27日

声声慢·丝雨·原韵奉和苏可文

丝丝缕缕，淅淅沥沥，好雨正是春期。点滴滋润苗壮，绿意纷披。杏白桃红花雨，趁细风、欲湿人衣。算也肯、委身平畴里，化作春泥。

往事依稀还记，拟应是、零落丝雨霏霏。路上行人稀少，绿柳垂垂。而今柔枝忍泪，恨难能、千里相随。盼终会、又芬芳含蕊，燕子双飞。

2021年3月31日

附苏可文原玉：

声声慢·丝雨

丝丝沥沥，潇潇洒洒，柔柔细细霏霏。恍若幽幽琴怨，戚戚凄凄。又似婷婷玉女，笑盈盈、燕语莺呢。更那是、逐风轻轻唱，或醉还痴。

楚楚芳菲淋浴，野蒙蒙、珠溅水面漪漪。喜为丰年施泽，造化熙熙。且看凡尘涤洗，浥馨馨、花伞争奇。破云处、问谁家高唱，朗朗黄皮？

2021 年 3 月 11 日

注：

漪漪：水波荡漾貌。

熙：广大。“熙熙造化功，穆穆唐尧年。”

浥：温润。

馨：芳香，散布很远的香气。“晚荷递馨馨，石发梳粲粲。”

惜黄花·清明

云烟笼翠。轻风摇蕊。是清明，尚依稀、幼年应对。时节正思亲，何处寻欢会。向墓柏、默然垂泪。

寒鸦号馁。夕阳西坠。惜光阴，等闲身、却成爷辈。遇事塞翁心，梦蝶庄周寐。且细品、此生滋味。

2021 年 4 月 2 日

注：
梦蝶：典出《庄子·齐物论》。

附苏可文和韵：

惜黄花·扫墓·习和义平兄

浓云倦水。碎红沉翠。莫惊喧，故人兮、尚还安睡。思也无穷思，泪也难收泪。断魂恨、皓翁憔悴。

焚香冥纸。青碑白卉。任谁知，暮年心、个中滋味。若道待来生，可识今生累。且归矣、但为长醉。

2021 年 4 月 2 日

忆秦娥·依韵奉和苏可文《清明》

生死别。人间最是伤情绝。伤情绝，阴阳两隔，从此永诀。

思亲家祭清明节。纸钱烟起香明灭。香明灭，寒鸦噪树，柳絮飞雪。

2021 年 4 月 3 日

附苏可文原玉：

忆秦娥·清明

哭声咽。人生最痛伤离别。伤离别，一个界下，一个天阙。

苦愁从此与谁说。悲风漫卷梨花月。梨花月，衰翁肠断，杜鹃啼血。

2021 年 4 月 3 日

踏莎行·诗词·依韵苏可文奉和

脍炙唐诗，壶觞宋韵。国人岂肯离唇吻？风花雪月赏吾心，离情别绪抒情悃。

月夕推敲，花朝思忖。西楼独上绵绵恨。春风不解惜花愁，飘零柳絮飞无尽。

2021 年 4 月 7 日

附苏可文原玉：

踏莎行·诗词

格律玄幽，仄平深隽。个中奥妙谁能论。琴棋经史广成诗，山河日月皆含韵。

墨点情怀，笔描离恨。沉迷忘却灯花尽。软毫透纸字行行，直教染作桃花阵。

2021 年 4 月 6 日

虞美人·奉和苏可文《为崔润秀〈月下丽人〉画题》

谁家绮丽中庭立。呜咽箫声起。月明穿竹洒银辉。一曲相思缕缕、为君吹。

年华易老如流水。梦醒常含泪。别愁离恨最伤情。又见清风梳柳、对晨星。

2021 年 4 月 16 日

附苏可文原玉:

虞美人·为崔润秀《月下丽人》画题

月明竹暗孤吟影。还是离时景。天涯人各冷晨昏。一曲洞箫吹破、那年春。

风前又见双飞燕。最是柔肠断。别愁无计下眉痕。寂寞黄花消瘦、只为君。

2021 年 4 月 15 日

虞美人·奉和苏可文《题崔润秀〈吉祥如意〉图》

橙黄映翠高高挂。一幅秋光画。堪书柿叶寄情怀。依旧浮生意气、岂尘埋?

喈喈召唤新雏急。落果甜如蜜。绘丹青奉上心香。祝愿吉祥如意、寿安康。

2021 年 4 月 17 日

注:

堪书柿叶：见《太平广记》卷二百八所载郑虔用柿叶学书故事。

吉祥如意：中国画，柿子谐音“事”，鸡谐音“吉”，寓意吉祥如意。

附苏可文原玉：

虞美人·题崔润秀《吉祥如意》图

灯笼千盏虬枝挂。草地鸡儿耍。慢看秋色绿催黄。更喜累累硕果、竞芬芳。

丹青妙手温馨画。宛若朝霞洒。吉祥如意乐融融，恰似年年日子、火般红。

2021 年 4 月 16 日

虞美人·奉和苏可文《天竺葵花》

千娇百媚容颜美。引得游人醉。花如西子舞霓裳。叶翠琉璃衬底、傲春芳。

天竺国里神仙种。梵呗声中诵。此花观后意从容。抛尽烦忧嗔恨、六根空。

2021 年 4 月 18 日

注:

梵呗：诵经声。

六根：佛教用语，指眼、耳、鼻、舌、身、意。

附苏可文原玉：

虞美人·天竺葵花

嫣然一笑清幽绝。翠拥猩红雪。遥观粉黛倚栏姿。更似贵妃酒后、醉春时。

风情别样群芳妒。原是迁来户。问伊何以系人心。只为千娇百媚、到如今。

2021 年 4 月 17 日

注：

迁来户：天竺葵花原产于南非。

踏莎行·立夏·依韵苏可文

炎暑将临，阳春已过。麦苗待见扬花朵。池塘水绿泛萍菱，枝头杏柿垂青果。

风皱平湖，波穿画舸。遨游当令天无热。夏初正是好时光，观山远胜家中坐。

2021 年 5 月 5 日

附苏可文原玉：

踏莎行·立夏

东帝吹凉，祝融弄火。你来我往匆匆过。昨闻杜宇夜啼声，方知夏至春光破。

杨柳烟笼，芭蕉雨锁。荷塘月色谁家舸？残红落尽绿方浓，且看杏挂青青果。

2021 年 5 月 5 日

注:

东帝：青帝，司春之神。

祝融：夏神。

虞美人·茶·奉和苏可文

问君可解茶滋味。天地精华水。品茗原在苦中甜。雨雪风霜过后、是春山。

文人雅事诗书画。坐隐消余暇。美称博士绿初春。知己神聊夜半、忘晨昏。

2021 年 5 月 6 日

注:

坐隐：围棋别称。

博士：有“茶为花博士”之说。

附苏可文原玉:

虞美人·茶

银毫碧水金砂盏。轩竹花篱院。闲烹慢酌待鸿儒。不问是非风月、问诗书。

茗汤释得禅心悟。看惯沉浮渡。此生虽有几多伤。一缕青烟散尽、品余香。

2021 年 5 月 6 日

附王文智和韵：

虞美人·茶·奉和苏可文、李义平二学兄

晶莹剔透空空色。世事杯中澈。青灯黄卷静禅心，闲看天光云影、过花荫。

蓦然皓首萧萧处，唯有花前语。一壶香茗慰平生。莫负芳菲滴翠、一帘青。

2021 年 5 月 6 日

紫玉箫·相聚群中

开封实验中学六三届、开封一高老三届、郑州大学七三级，均建有微信群，颇有感慨，咏而歌之。

相聚群中，闲来无事，说当年意难平。青葱岁月，似一帘幽梦，明月初升。两鬓霜染，犹不忘、彼日年轻。何时见，离情再申，热泪充盈。

桑榆未晚如画，须纵目芳菲，莫叹人生。梁园娱老，且吟哦、元夜十里华灯。翠湖春晓，风摆柳、浪破新晴。皆安好，三阕祝辞，福寿康宁。

2021 年 5 月 7 日

附苏可文和韵：

系裙腰·赏义平兄紫玉箫有感

人间多少往来船。同窗坐、一生缘。那灯那椅那书板，欲甜尚酸。雨云过，月依然。

念友千里银屏会，聊昨梦，话当前。光阴无价休虚度，莫忘清欢。愿你与我、共婵娟。

2021 年 5 月 7 日

渔家傲·开高老三届书画群聚会记

五月十二日，时属初夏。开封一高老三届，书画群十数人，齐聚包公祠。是日也，天朗气清，惠风和畅。古有修禊之事，曲水流觞；今有同道之会，漫步湖光。畅叙友情，说短论长。填词一首，以记一时之胜也。

孟夏包祠风景好。湖光水色游人闹。柽柳鳞枝飞袅袅。闲情调。花前树下谈书道。

漫说有情天亦老，颐心书画年长少。把笔兴来无烦恼。勤研讨。修身养性称瑰宝。

2021 年 5 月 12 日

看花回·小满

戴胜时鸣翠绿间。初夏多欢。小荷才露尖尖叶，正火红、海石榴繁。看低垂麦穗，肥饱蚕眠。

好雨知时润物妍。喜兆丰年。老来诸事应恬淡，且逍遥、乐享等闲。养心茶两盏，酬对尊前。

2021 年 5 月 21 日

注：

好雨：今年小满头晚，天降雨，正小麦灌浆时。

虞美人·合欢花·奉和苏可文

红丝缕缕情千缕。晤对喁喁语。合欢树上合欢枝。玉露相逢此夕、正良时。

娥皇二女精灵在。化作红绒彩。至今人爱马缨花。如盖亭亭玉立、灿朝霞。

2021 年 5 月 29 日

注：

喁喁：低语。

良时：美好时光。

娥皇二女：指娥皇女英。相传虞舜南巡仓梧而殁，其妃娥皇、女英遍寻不见，泪尽泣血而亡，与舜精灵合二为一，化为合欢树。

马缨花：合欢树别称。刘凤梧《鹧鸪天》：“堤上绿荣乌柏树，门前红爱马缨花。”

附苏可文原玉：

虞美人·合欢花

合欢树有“爱情树”之称，合欢花昼开夜合，在我国是吉祥之花。

云扶霞蔚绒绒卉。烟敛层层翠。小家碧玉也亭亭。谁教暗香满袖、太盈盈。

昼开夜合风流种。多少欢欣梦。浅红深粉尽消魂。试问人生花月、几回春。

2021年5月18日

虞美人·萱草花

人言黄嫩无忧草。翠叶金钗耀。春回花谢莫凭栏。思绪悠悠望断、是归帆。

寸心欲报三春暖。謦咳慈亲远。既知今日悔衷肠。何故当时未肯、侍身旁。

2021年5月29日

注：

萱草花：别名金针、黄花菜、忘忧草、宜男草、疗愁等。古“萱堂”指母亲居室，后借指母亲。孟郊诗句：“慈亲倚门望，不见萱草花。”叶梦得诗句：“白发萱堂上，孩儿更共怀。”

春回花谢：萱草开花已是初夏，春季已过。

三春暖：孟郊《游子吟》：“谁言寸草心，报得三春晖。”

謦咳：“謦”音“请”，“咳”音“忾”。咳嗽，借指谈笑，谈吐。

附苏可文原玉：

虞美人·黄花菜

问谁不把黄花爱？况复妖姬态。纤纤玉体瘦飘飘。恰似西风帘卷、楚宫腰。

解忧未必寻仙岛。今有安神草。冷拌温炙享天伦。莫待菜凉人去、恨浮云。

2021 年 5 月 27 日

虞美人·蒲公英·奉和苏可文

丝丝缕缕柔如梦。梦醒归田垄。山坡土埂足为家。依旧年来默默、发芳华。

风滋雨润芊芊绿。最美迎春曲。纵无妍丽却深情。且慰人间疾苦、不争名。

2021 年 5 月 30 日

附苏可文原玉：

虞美人·蒲公英（通韵）

蒲公英，菊科，属多年生草本植物，可药食同用。

无根无骨无求欲。任自漂泊去。轻风一唤就出发。来日哪儿偏僻、哪安家。

篱边槛角黄花小。也想缤纷老。外延低调内精灵。却愿全身作药、救苍生。

2021 年 5 月 18 日

附王文智和韵：

虞美人·蒲公英·奉和苏可文、李义平二学兄

春田寻觅蕖蕖菜。美味人人爱。夏苍装点白头翁。谁解大江歌罢、掉头东。

位卑未敢群芳妒。食药经书注。好风凭力上青云。漂泊天涯海角、不沉沦。

2021 年 5 月 30 日

一七令·看纪录片《知青·情殇》有感

觞，

过往，

思量。

新月夜，

暗星光。

酸甜苦辣，

滋味备尝。

朦胧青涩爱，

兀自发衷肠。
天道本应如此，
彼时却属非常。
愿祝人间多美好，
还期世上少荒唐。

2021 年 6 月 3 日

附王震生和韵：
接龙义兄

一七令·看纪录片《知青·情殇》有感

还期世上少荒唐，
祈愿人间多阳光。
青春年华已逝，
追求本真为章。
挚爱真情在，
思恋越时光。
点点滴滴，
磨砺衷肠。
旧恋情，
新思量。
悲泣，
以往，
殇。

2021 年 6 月 4 日

满江红·七三初度有感

俗言，“七十三，八十四，阎王不叫自己去”。余已过七十三生日数月，突然兴来，作此以为庆贺云。

莫叹人生，桑榆晚、征帆早落。林泉下、风轻云淡，平常阡陌。赏竹庭前识竹劲，观鱼濠上知鱼乐。就菊花、且饮两三杯，无多酌。

情如旧，时已昨。光阴转，欢娱薄。遥想当年事，半生萧索。壮岁家贫何足论，老来幸有青山约。最难得、享自在逍遥，闲云鹤。

2021 年 6 月 4 日

注：

青山约，唐白居易诗《和微之春日投简阳明洞天五十韵》有句云：“白首青山约，抽身去得无。”白居易与元微之相约晚年归隐山林，后遂成歌咏隐居之典。此处是说晚年有三五同学朋友常相约作山水游。

青玉案·茉莉·依韵苏可文奉和

冰清玉洁风姿曼。小窗下，闲庭院。正待芬芳相与伴。水宫仙子，轻盈雅淡。却是寻常见。

虽无艳态惊群眼。幸有清香解人倦。何羡秋风卷画扇？弦歌一曲，经书两遍。心静终消汗。

2021 年 6 月 1 日

附苏可文原玉：

青玉案·茉莉

玲珑小玉幽香远。送凉意，呈娇婉。冰骨莹肌惊醉眼。风裙浮雪，回廊月满。新浴骊山晚。

一朝圆梦江奎愿。亮袖明妆敛眉展。撷卉赋于何处看？净瓶琴案，云鬟金钿。翠羽秋风扇。

2021 年 6 月 1 日

注：

江奎：惠安（今属福建）人。宋理宗淳祐七年（公元1247）进士。有咏茉莉诗“他年我若修花史，列作人间第一香”。

虞美人·墙头草·奉和苏可文

随风俯仰人皆笑。诮曰墙头草。谁知立身半空中。种子扎根土缝、也葱茏。

低微也有如花梦。遍野播新种。待将营赡哺牛羊。甘愿平生默默、不张狂。

2021 年 6 月 6 日

附苏可文原玉：

虞美人·墙头草

墙头野草蛮腰袅。总被行人笑。且看原上树葱茏 。谁个凌风摇摆、不西东？

出身贱贵苍天定。莫认轻尘命。斗风披雨待春韶。只为献呈一抹、绿妖娆。

2021 年 6 月 6 日

注：

春韶：春日的美景。宋苏轼《再和刘贡父春日赐幡胜》："记取明年江上郡，五更春枕梦春韶。"

附王文智和韵：

虞美人·墙头草·奉和苏可文、李义平二学兄

随风漂泊生根巧。莫笑墙头草。缺肥少水太艰难。依旧傲然挺立、向云天。

暖回小院庭芜绿。高唱阳春曲。此心安处即吾家。哪怕砖缝寸土、亦开花。

2021 年 6 月 6 日

虞美人·冬青·奉和苏可文

凌寒兀自凝青翠。可比春花媚。凭人裁剪独无言。雪剑霜刀过后、绿堪怜。

大街小巷寻常见。愿衬芬芳艳。小花如玉似冰心。不识相思一点、向晨昏。

2021 年 6 月 8 日

附苏可文原玉：

虞美人·冬青花

珠玑点点星如海。片片浮光摆。为何无酒醉踉跄，只为千枝万树、雪花香。

冰轮湛露垂清影。顿觉浮生静。径边庭外绿苍苍。即便无风已是、意初凉。

2021 年 6 月 8 日

风入松·看董钢锋彩视有感

老来难得是心宽。游历山川。神州胜景如图画，凭栏处、纵目云烟。临镜莫悲白发，怡情自忘流年。

无忧无虑享安闲。快乐神仙。虚名微利皆身外，怎能比、一夜酣眠。风雨终归过去，梅花谢了春兰。

2021 年 6 月 8 日

附苏可文和韵:

风入松·奉和义平兄

少年绮梦老来圆。玩水游山。欲寻美景今何处，渔舟晚、大漠孤烟。枫叶秋风倚望，杏花春雨酣眠。

扬州骑鹤不知年。尽享清欢。是非名利随风去，波心静、地阔天宽。散逸逍遥日月，安知不是神仙！

2021 年 6 月 8 日

朝中措·蜻蜓·奉和苏可文

翩翩姿态舞轻盈。造化小精灵。犹记儿时趣事，挥竿戏逐蜻蜓。

荷花池里，头遮莲叶，笑语欢腾。树上相观鸟雏，瓜棚卧数繁星。

2021 年 6 月 10 日

附苏可文原玉：

朝中措·蜻蜓

绮裳薄羽弄云姿。优雅惹人痴。柳外花前行乐，枝头叶底相思。

搔头轻落，塘湾飞绕，款款如诗。无意染沾片水，却迷点化莲池。

2021 年 6 月 9 日

注：

搔头：簪子。

附王文智和韵：

朝中措·蜻蜓·奉和苏可文、李义平二学兄

蛰潜水下几多年。羽化便成仙。翩舞红花绿柳，婷翔荷上菱间。

流云舒卷，池塘清浅，比翼缠绵。但愿灵犀一点，随风直到君前。

虞美人·虞美人花·奉和苏可文

紫红粉白姿颜嫩。千载虞姬恨。长歌曼舞计如何？魂魄追随万里、美娇娥。

冰心玉质今犹在。百媚生怜爱。问君能有几多情？恰似银河耿耿、耀繁星。

2021年6月12日

附苏可文原玉：

虞美人·虞美人花

醉红深浅呈娇艳。朵朵虞姬染。芳魂遗恨奈如何。休向花前再唱、楚乡歌。

香衰粉减凭谁说？圆缺秦楼月。此心虽抱玉壶冰。怎耐人生如水、荡浮萍。

2021年6月12日

谒金门·雪莲·奉和苏可文

芳华吐。石缝冰封断处。雪域高原春亦驻。何必寻归路。

性本堪经寒暑。地选琼山玉府。艳丽不争群卉慕。强身名药谱。

2021 年 6 月 13 日

附苏可文原玉：

谒金门·天山雪莲

天山雪。满注莲腔碧血。磐石立身心似铁。铸就千秋洁。

任是狂风呜咽。何惧冰天寒彻。兀自笑颜孤对月。巾帼真豪杰。

2021 年 6 月 11 日

南歌子（钦谱格三）·端午

重五龙舟渡，端阳角粽香。纵身一跃汨罗江。自古中华多士、赖兴邦。

绿水青山美，安康岁月长。从来幸福自图强。不吝辛劳奋力、百花芳。

2021 年 6 月 14 日

扬州慢·开封

七代名都，千年佳会，梦华元老倾情。望樊楼灯火，听铁塔风铃。自繁盛、州桥晓月，金池竞渡，夜市通明。尽豪奢、试看寰宇，谁比隆兴？

几经沦落，算如今、再访须惊。纵太白诗工，蓬莱仙境，难赋欣荣。六水一渠环翠，游船荡、潋滟波生。有绕城芳苑，花开季节相迎。

2021年6月16日

注：

梦华元老：孟元老有《东京梦华录》，写东京繁盛。

附苏可文和韵：

扬州慢·说汴京·习和一平兄

形胜中原，地雄河岳，汴京自古钟灵。望梁园霁月，赏图上清明。更兼有、梁周故事，晋唐绝学，汉宋遗英。漫赢来、李白行文，苏轼飞觥。

抚今追昔，问沧桑、多少峥嵘。现十里花香，一城水韵，千载升平。盛世明霞琪树，休相忘，壁剑铮鸣。看关山如铁，再挥羽箭枪缨。

2021年6月16日

醉花阴·咏神舟十二号发射

平地一声雷电火。利箭长空破。十二号神舟，发射成功，喜讯齐相贺。

巡天勇士人三个。奥秘凭求索。莫道事寻常，众志成城，奋斗为因果。

2021 年 6 月 17 日

谒金门（通韵）·帝王花·奉和苏可文

花硕大。瑰丽多姿优雅。常悟善缘结善法。修行佛座下。

浴火重生造化。良药疗疾无价。富贵花开消酷夏。长寿传佳话。

2021 年 6 月 18 日

注：

花硕大：帝王花花球直径可至 30 厘米。

修行佛座下：帝王花与佛有缘，佛祖座下菩提即帝王花。

浴火重生：帝王花果实坚厚，鸟鼠不能食，须经大火烧烤，外壳破裂，种子爆出，火后大地正是帝王花繁殖沃土。

良药：帝王花可作茶，可入药。

长寿：帝王花是多年生常绿灌木，花期也长，可从五月一直开到年底，是名副其实的长寿花。

附苏可文原玉：

谒金门·帝王花

帝王花，又名普蒂亚、菩提花。原产于南非，是南非国花。

寿命可达百年。

普蒂亚。明媚吉祥优雅。秾艳南非曾伴驾。百载君称寡。

昔日菩提禅化。今岁安家华夏。劲叶香葩如醉斝。好个花中霸。

2021 年 6 月 17 日

注:

斝：音“甲”，古代青铜制的酒器，圆口，三足。

南乡子（龙谱格三）·题图·原韵奉和苏可文

夕照晚霞明。湖水波光漾赤橙。回望苍茫凝秀色，龙亭。曾历繁华旧帝京。

今世颂清平。再见开封又盛荣。绿水绕城花夹岸，风轻。船在天堂画里行。

2021 年 6 月 19 日

附苏可文原玉:

南乡子（龙谱格三）·题图

斜日落龙亭。一水红觥万里橙。纵有丹青无限手，营营。此景终生难画成。

花树彩霞明。金碧辉煌满汴京。最是清风拦不住，轻轻。吹动檐铃唱太平。

2021 年 6 月 19 日

浣溪沙·夏至

夏至时逢夏日长，贻君画扇送清凉。优游度暑体安康。

午睡觉来听雀鸟，蛙鸣声去步荷塘。公园晨练伴朝阳。

2021 年 6 月 21 日

朝中措·竹·奉和苏可文

坚贞有节劲强姿。大雪翠繁枝。空谷幽兰我友，虚怀竹品吾师。

神游万里，思通千载，动静由时。绿意晴窗隐映，随风俯仰参差。

2021 年 6 月 22 日

附苏可文原玉：

朝中措·竹

破岩屹立傲苍穹。四季郁葱葱。莫道空心无骨，凌云气节谁同？

东坡忌肉，板桥最爱，君子遗风。编简能知青史，垂竿忘却穷通。

2021 年 6 月 22 日

注：

东坡忌肉：苏轼“宁可食无肉，不可居无竹”。

板桥最爱，郑板桥最爱画竹咏竹。

醉花阴·罂粟

罂粟开时容色绚。粉白红深浅。却谥恶之花，借问缘由，汁液提鸦片。

是非曲直原双面。辩证分长短。镇痛有仙丹，装点林园，益处千千万。

2021年6月23日

附苏可文和韵：

醉花阴·罂粟·奉和义平兄

鲜妍妩媚丰韵现。顿教尘心乱。放纵向春开，蝶趁风香，倚醉撩人面。

涩肠镇痛神农赞。谁把英名换？天使与妖姬，雾里看花，功过由人辩。

2021年6月23日

眼儿媚·喜雨·奉和苏可文

时雨绵绵润田园。遍地洒甘泉。伸腰百草，添香千卉，积翠山峦。

顿消暑热清风里，祛躁得安然。闲书几叶，新茶一盏，淡墨青莲。

2021 年 6 月 25 日

附苏可文原玉：

浣溪沙·风雨

阵阵雨狂阵阵风，似闻瑟瑟落花红。芳颜多少梦成空。

幸得甘霖滋百卉，新芽悄悄又蒙蒙。原来悲喜也朦胧。

2021 年 6 月 25 日

眼儿媚·雨中观荷·苏可文原韵奉和

荷塘岸上独凝眸。何事久淹留？双飞燕子，含苞菡萏，似旧亭楼。

垂杨滴翠熏风里，细雨弄轻柔。芳华易逝，多情莫负，再解兰舟。

2021 年 6 月 26 日

附苏可文原玉：

眼儿媚·题图

谁家倩女岸边游。雨后趁风柔。湖亭水国，沙鸥白鹭，红蓼滩头。

罗裙花伞羞花影，西子也凝眸。沉鱼落雁，芙蓉人面，孰个风流？

2021年6月26日

南乡子（格三）·双花·依韵奉和苏可文

比并竞妖娆。媲美东吴大小乔。国色天香朝浥露，风骚。铜雀春深恨未消。

好梦待明朝。愿共良辰却寂寥。自古红颜多薄命，年韶。莫道芳华不后凋。

2021年6月27日

附苏可文原玉：

南乡子（龙谱格三）·两枝花

翘楚两娇娇。烟雨江南大小乔。花影天光清照里，陶陶。缕缕馨香入梦瑶。

无意竞风骚。只愿缠绵共碧霄。怎奈春心遮不住，娆娆。妆点今朝胜昨朝。

2021年6月24日

注：

大小乔：三国时东吴美女大乔、小乔。

眼儿媚·西瓜·依韵和苏可文

自来西域碧鲜团。一口齿牙寒。朵颐其快，生津止渴，解暑除烦。

农人栽种却艰难。饮水必思源。当头烈日，打杈培土，汗洒田园。

2021 年 6 月 29 日

注:

西域：西瓜原产非洲，自西域传入。

碧鲜：青翠鲜润的颜色。杜甫："碧鲜俱照箸，香饭兼苞芦。"

附苏可文原玉:

眼儿媚（龙谱格二）·吃西瓜

撷来翡翠碧晶团。刀劈月牙天。瓤红旭日，籽香黛玉，汁蜜冰泉。

朵颐何顾朱腮染。只为口中欢。真真畅快，悠悠舒坦，赫赫神仙。

2021 年 6 月 29 日

注:

月牙天：乾隆曾为西瓜摊写对联"堂中摆满翡翠玉，弯刀劈成月牙天"。

附王文智和韵:

眼儿媚·西瓜·步韵奉和苏可文、李义平二学兄

瓜田撷下玉团团。一剑劈云天。靥红黛绿，润珠含玉，胜似甘泉。

少年回首霜鬓染。犹忆窃瓜欢。白瓤白籽，半生不熟，享受如仙。

2021年6月29日

沁园春·龙谱（通韵）·百年诞辰颂

百载嘉辰，辟地开天，卓绝玉成。自嘉兴闭幕，南昌起义，前仆后继，血雨腥风。建党初心，为民谋利，矢志不渝万里征。城楼上，看红旗漫卷，礼炮轰鸣。

国家从此昌平。正万众齐心图振兴。有蓝图绘就，改革开放，脱贫致富，举世皆惊。围绕核心，铸魂圆梦，依靠中央决策明。登高望，问当今寰宇，谁与争锋？

2021年7月1日写于中国共产党百年华诞

忆闷令·感时

暑热鸣蝉声不断。昼长闲庭院。窗前独自凝愁，霜鬓须眉染。

世事原多舛。不平千千万。愿期盼、至爱亲朋，心静天行健。

2021年7月2日

生查子·小暑

小暑热难消，争奈时当午。今品夏瓜甜，莫忘秋莲苦。

切记不贪凉，心静平安度。廿载再逢君，健步行如故。

2021 年 7 月 7 日

临江仙（龙谱格二）·鸡冠花·依韵奉和苏可文

翠羽纷披丹顶，赳赳挺立雄鸡。未闻报晓一声啼。繁枝垂晚露，红萼艳晨曦。

本是舶来佳品，亭亭玉立藩篱。恰如七彩落虹霓。牛郎随织女，共话鹊桥西。

2021 年 7 月 12 日

附苏可文原玉：

临江仙·鸡冠花（龙谱格二）

昂首招摇红冠，俯身卖弄青衣。效颦意欲报晨曦。奈何天下白，不见一声啼。

艳也浣纱西子，愁兮题扇班姬。世间几度物华移。盛名皆逝水，桃李自成蹊。

2021 年 7 月 12 日

注：

班姬题扇：班姬失宠于汉成帝后，作诗以纨扇自比。后遂用“班姬题扇”表达哀怨之情。

附王文智和韵：

临江仙·鸡冠花·依韵和苏可文、李义平二学兄

回看花丛惊艳，谁涂一抹虹霓。藏身枝叶报晓鸡。冠红覆羽翠，似听几声啼。

小院轻风依旧，多情莫笑花痴。独吟诗曲鬓毛稀。移席逐柳影，把酒对娇姬。

2021年7月12日

柳梢青·茶·依韵奉和苏可文

苦后回甘。人生哲理，祸福相兼。不结因缘，何来善果，最忌痴贪。

禅茶一理平凡。观自在、玄机顿语。尝少年辛，安劳后倦，品苦中甜。

2021年7月14日

附苏可文原玉：

柳梢青·茶

月映珠帘。一壶碧水，数叶毛尖。静气闲烹，平心浅酌，眯眼微酣。

茶中自有凉炎。唯饮者、当知涩甜。浓淡年华，沉浮生活，

冷热尘凡。

2021 年 7 月 13 日

注：

毛尖：信阳毛尖，茶名。

附王文智和韵：

虞美人·茶·奉和苏可文、李义平二学兄

晶莹剔透空空色。世事杯中澈。青灯黄卷静禅心。闲看天光云影、过花阴。

蓦然皓首萧萧处。唯有花前语。一壶香茗慰平生。莫负芳菲滴翠、一帘青。

2021 年 7 月 14 日

朝天子·仰卧青牛背·奉和苏可文

仰卧青牛背。闲翘起、吊儿郎腿。蒙眬小睡。十里花香醉。

问有甚、能如吾梦美？最是家常称至味。朋友会。觅知己、皆循方轨。

2021 年 7 月 18 日

附苏可文原玉：

朝天子·背靠青牛卧

背靠青牛卧。任尔等、蝴蝶飞过。东风作作。一梦江南左。远国邑、抛开名利锁。取醉桃源听鸟和。花万朵。牧笛起、逍遥真个。

2021 年 7 月 18 日

注：

和：音“贺”，唱和。

浣溪沙（通韵）·夏雨·奉和苏可文

转瞬乌云接地阴。雷声阵阵雨倾盆。一时枝叶落纷纷。

莫道无情狂暴客，只知肆虐震心魂。应宜沃土聚甘霖。

2021 年 7 月 19 日

附苏可文原玉：

浣溪沙·风雨

昨夜无情风雨鸣。珍珠乱撒打浮萍。花枝无奈泪痕凝。

正是青春华丽季，何须哭泣到天明。江湖本就少箫笙。

2021 年 7 月 19 日

朝天子·凌霄花

振响冲锋号。向高处、攀爬荣耀。迎风窈窕。更比春花俏。

一簇簇、楼头含巧笑。恰似红霞催破晓。人起早。对镜理、朱颜年少。

2021 年 7 月 19 日

注：

冲锋号：凌霄花像喇叭。

附苏可文和韵：

虞美人·凌霄花·习和一平兄

重围难锁情如火。粉黛南枝卧。为寻倜傥探花郎。次第芳菲争看、越篱墙。

有心奋起攀天手。无奈爬蜒久。骨柔身瘦怎称豪？落得弯腰低首、任风摇。

2021 年 7 月 19 日

点绛唇·夏日荷花·奉和苏可文

夏日荷花，粉妆玉琢呈清丽。众芳难匹。不染凡尘气。

虽出淤泥，却伴清涟洗。常回忆。轻舟泛起。相与留恋意。

2021 年 7 月 20 日

附苏可文原玉：

点绛唇·题图·红粉佳人

红粉佳人，清池盼月西厢榭。淡妆细画。羞晕轻轻挂。

不爱媚春，偏喜凉凉夏。问斑鹛。荷仙美也。欲把谁家嫁？

2021 年 7 月 19 日

注：

斑鹛：鹛鸪鸟。

东坡引·大暑

今天逢大暑。犹惊雨如注。天灾过后人如故。不须多怨诉。

宏图绘就，勤劳致富。共同奔、康庄路。复兴不惧千般苦。黄金良可铸。

2021 年 7 月 22 日

附苏可文和韵：

东坡引·习和一平兄

昨宵将雨怨。今朝雨成汗。人生本就阴阳伴。不言肠欲断。

林原绿透，污垢涤遍。燕仍舞、花还婉。谁家玉笛声声唤。招吾高处看？

2021 年 7 月 22 日

生查子（龙谱）·辛丑处暑

处暑起晨凉，最美新秋始。院角石榴垂，池上荷成子。

果硕稻金黄，岁岁秋相似。但愿莫悲秋，啸傲开胸次。

2021 年 8 月 2 日

附王文智和韵:

生查子·秋

秋风送秋凉，秋雨滴秋爽。秋菊艳秋光，秋雁排云上。

稻田秋穗黄，秋色登高望。舒展好心情，秋歌齐声唱。

辛丑处暑

秋夜雨（通韵）·辛丑立秋

才经暴雨恣为虐。天倾地陷如裂。又新冠肆恶，直欲毁、清平良夜。

阳光总在风霜后，几片云、难掩明月。暑热秋自解。且破闷、闲歌一阕。

2021 年 8 月 7 日

定风波·疫情宅家感怀

半是辉煌半痛伤。人生历练赖灾殃。花落花开悲喜集。

得益。笑迎雨雪与风霜。

两袖挥清风朗月。悟彻。高歌一曲对斜阳。阅尽人间秋色碧。珍惜。尘寰至味最寻常。

2021 年 8 月 11 日

鹊桥仙·辛丑七夕

银河七夕，鹊桥一度，祝福情人美满。天天未得伴身边，今夜里、终能相见。

经年离别，良宵苦短，自是人间多难。天公我教竟垂怜，从此不、河分两岸。

2021 年 8 月 14 日

生查子（龙谱）·辛丑中元节

大雨即滂沱，涕泪何其浊。节候正中元，天地悲零落。

难得是安康，大道归冲寞。淡泊度余年，散漫云中鹤。

2021 年 8 月 22 日

注:

冲寞：虚静。

附苏可文和韵:

生查子·中元·习和一平

风雨扑天来，可洗中元浊？不闻鬼神惊，只见林花落。

抱书挟风流，把酒冲寥寞。何以慰平生，比翼南山鹤。

2021 年 8 月 21 日

清平乐·云·依韵奉和苏可文

长空云朵。碧落伸舒卧。夕照晚霞红胜火。风雨难惊莲座。

青云直上霄重。不如云淡风轻。留取冰心玉洁，人生不在穷通。

2021 年 9 月 3 日

附苏可文原玉：

清平乐·云

挣破天锁。绽放花千朵。婉曼萦纡呈婀娜。可有观光仙舸？

迎日送月从容。观山巡海倥匆。舒卷忽飘不定，来往奥妙无穷。

2021 年 9 月 2 日

贺圣朝·白露

金风玉露秋初老。寒临树杪。榴红如火，院篱黄菊，白芦衰草。

秋阳尚暖，秋空碧透，莫悲秋调。且乘闲在，尽情和乐，何来烦恼？

2021 年 9 月 7 日

浪淘沙令·同学欢聚

时维公元 2021 年 9 月 11 日，开封一高部分老三届同学聚首东苑酒店，把酒言欢。不少同学是离校五十余年第一次相见，青春不再，两鬓已斑，令人感慨万千。前有田长安、杨华楷华章，兹续貂以抒胸怀。

人道别时难。世路多艰。归来已是鬓双斑。把酒不知身已老，闲话当年。

往事不如烟。指点江山。心胸开阔自悠然。春有百花秋赏月，散诞神仙。

2021 年 9 月 12 日

注：

别时难：李商隐《无题》有句：“相见时难别亦难。”

鬓双斑：韦应物《淮上喜会梁川故人》有句：“欢笑情如旧，萧疏鬓已斑。”

撷芳词·悼培基兄

何悲涕。兄长逝。渺绵秋雨哀思寄。天人一。如椽笔。

太白游处，切磋音律。

唐诗艺。作生计。开来继往绝学系。关山隔，路荆棘。跨越艰难，尽倾心力。

2021 年 9 月 19 日

人月圆·辛丑中秋

人逢喜事精神爽，今又是中秋。亲朋聚首，言欢不觉，月上西楼。

老来珍重，平常度日，守静无忧。松龄鹤寿，初心向善，自有灵休。

2021 年 9 月 21 日

注：

初心：本意。

灵休：神灵的福佑。

临江仙（钦谱格二）·辛丑秋分

送走池荷清丽影，却迎丹桂浓芬。秋分昼夜两停匀。中和寒暑，颐养好藏身。

老来万事胸怀淡，曾经沧海烟云。春花秋实趁时新。一壶老酒，心静自无尘。

2021 年 9 月 23 日

渔家傲·依韵奉和王文智《国庆》

丹桂飘香霜染叶。欣逢祖国诞辰节。七十二年征未歇。坚如铁。中华复兴胸腔热。

与国同庚承伟烈。奋争甘洒青春血。未解征袍双鬓雪。宏图设。千年太久雄心切。

2021 年 10 月 2 日

注:

伟烈:伟业。

切:追切,急切。

附王文智原玉:

渔家傲·国庆

秋雨染红枫树叶。千家万户庆佳节。七十二年风猎猎。关山铁。而今迈步从头越。

回望韶华心尚热。征程曾洒一腔血。梦挽雕弓如满月。浑忘却。皱纹如画发如雪。

2021 年 10 月 1 日

西江月·王文智原韵奉和

一代人生荣幸,与新中国同龄。风霜雨雪共同经。热血此心耿耿。

年少青春好梦，正逢内乱难成。至今白发鬓双生。且享晚年安静。

2021 年 10 月 2 日

附王文智原玉：

西江月·国庆·兼祝六八届与国同庚同庆

七十二年华诞，披荆风雨兼程。东方崛起世人惊。恭贺同庚同庆。

少壮金戈铁马，老来云淡风轻。欣逢盛世享升平。共看河山美景。

2021 年 10 月 1 日

献天寿·辛丑寒露

九月时逢寒露凉。大雁南翔。节高贞菊秀初芳。秋实待收藏。

石榴晶耀肥桃美，远胜春光。初尝玉米角菱香。献君寿，藕丝长。

2021 年 10 月 8 日

南乡子（钦谱格六）·依韵奉和苏可文《枫叶》

少女软红唇。霞染猩红一抹云。红叶题诗堪寄赠，殷殷。

梦里相思报与闻。

天作合佳姻。经尽严霜色似焚。最是人间珍惜论，情真。咫尺天涯倍可亲。

2021 年 10 月 9 日

附苏可文原玉：

南乡子·枫叶

枫叶染霜痕。燃起天边烈火云。欲与朝霞相媲美，浓醇。更胜红花二月春。

何处觅情真？离恨乡愁总有根。它却年年魂带血，忠贞。道是无心也动人。

2021 年 10 月 9 日

凤凰台上忆吹箫·原韵答苏可文《赏一平兄书法有感》

际会风云，诗词圣手，偷闲摘句寻章。最难得、元妻卧病，照料周详。内外操持辛苦，十数载、从不声张。高风范，儿孙感佩，同学称扬。

难掩才华出众，抒胸臆，千言立就平常。纵然是、苏辛转世，我亦何伤。意气相投酬唱，浮大白、何惧飞觞。更斟酌，韵律细论行藏。

2021 年 10 月 13 日

附苏可文原玉：

凤凰台上忆吹箫·赏一平兄书法有感

提笔生香，铺笺成赋，经纶锦绣文章。法古典、浓妆婉约，青眼疏狂。学得二王风骨，墨洒处、凤舞龙翔。为真谛，肝胆雪冰，忘却星霜。

今朝因缘你我，三生幸，寂寥蓬荜生光。共唱和、流觞曲水，其乐无央。问道周遭人众，有几人、识我衷肠。呼兄长，还须再醉千场。

2021 年 10 月 13 日

昭君怨（通韵）·奉和苏可文

九月菊花节气。攒动赏花人密。小雨不湿衣。更娇滴。

莫道春光无比。秋色其实难匹。多彩染山峦。叶如丹。

2021 年 10 月 17 日

附苏可文原玉：

昭君怨（通韵）

市场菊花怒放。五色斑斓模样。你道是秋香？是春光？

游客停足观赏。店主吆喝声朗。忙问买红妆？买云裳？

2021 年 10 月 17 日

双雁儿·辛丑霜降

深秋彩笔绘浓妆。树叶绿、染红黄。橘橙甜美柿经霜。似灯笼、灌蜜浆。

百年一梦岂寻常。苦励志、难兴邦。躺平安有好时光。自来冰雪换梅香。破乌云、见艳阳。

2021 年 10 月 23 日

浣溪沙·依韵奉和苏可文《胡杨》

仲夏婆娑绿意飘。深秋烂漫着金袍。石沙岂损半分毫。

铁干虬枝千岁傲，风刀霜剑不弯腰。浑成大漠几妖娆。

2021 年 11 月 4 日

附苏可文原玉：

浣溪沙·胡杨

老干虬枝若琢雕。宿根独坐傲沙涛。一生一世守萧寥。

秋至苍身披锦甲，霜来铮骨着银袍。谁言大漠少雄豪？

2021 年 11 月 4 日

沁园春·为开高老三届《留住时光》歌舞朗诵视频题

2021 年秋末冬初，由张绍茹同学发起，同学们踊跃响应，兴办了一台丰富多彩的节目，有歌舞、戏曲、朗诵。由张根川、张欣贵制作成精美视频，欣赏之余，颇为感动，发而为词。

留住时光，华发翁媪，不减风骚。信松龄鹤寿，经霜沐雨；花团锦簇，带露含苞。世事纷纭，人生冷暖，曼舞长歌一曲销。闲暇里，有佳山胜水，任我逍遥。

归来依旧年韶。原来是、无忧兴致高。弄丹青翰墨，风流顾赵；诗词歌赋，模范曹陶。行乐由时，通玄坐忘，自享期颐辞苦劳。身常健，且优游岁月，珍重今朝。

2021 年 11 月 25 日

注：

顾赵：顾，顾恺之，东晋画家，水墨画鼻祖之一；赵，赵孟頫，元代画家、书法家。

曹陶：曹，曹操、曹植；陶，陶渊明。

坐忘：物我两忘、与道合一之境界。

期颐：年寿百岁。

优游：闲适自得。

卜算子·奉和王文智《疑是春》

巧手有王工，善扮三春景。总见窗台万紫红，蜂蝶常答应。

裁剪小花瓶，时作亲朋赠。为教寒冬暖意浓，不惧清宵永。

2021 年 12 月 5 日

附王文智原玉：

卜算子·疑是春

冬月雪纷纷，窗内翩翩舞。万紫千红疑是春，错把蜂蛱误。

俏艳竞芊姿，频惹仙翁顾。待到山花烂漫时，相约松云路。

辛丑冬月

鹤冲天（通韵）·岁末吟

闲窗独坐，不觉牛年末。看槛外庭树，枝萧索。有数只鸦雀，啁啾密、翻飞落。岁月平常过。苦辛回味，应是旨甘居伙。

从心世事多勘破。何况风雨里，经颠簸。放眼登高望，光景异、云天阔。快乐随心若。自兹安享，福寿只恁优渥。

2021 年 12 月 9 日

注：

居伙：居多。

从心：顺从意愿，兼指年七十，《论语·为政》：“七十而从心所欲不逾矩。”

勘破：看破。

心若：心顺。

优渥：充足，优厚。

渔家傲·依韵奉和苏可文《游西湖二期》

饶是亭台连碧草。水波潋滟风光好。胜似江南春到早。听啼鸟。神清气爽无烦恼。

莫叹人生难却老。怡然自得逾年少。益寿延年开口笑。常言道。十年一梦终须了。

2021 年 12 月 16 日

注：

却老：避免衰老。

附苏可文原玉：

渔家傲·游西湖二期

两岸蜿蜒龙道绕。一湖涟滟轻烟袅。松柳亭楼连碧草。云弄巧。风清浥露天光好。

都说光阴催鬓老。岂知欢愉教人小。揽胜最能烦恼少。开心鸟。一声长啸愁云扫。

2021 年 12 月 16 日

唐多令·辛丑冬至感怀

岁末正隆冬。游人少影踪。御河边、点点梅红。兀自向天芳蕊吐，暗香动、趁微风。

独立白头翁。昂藏意自雄。却沉吟、仰望苍穹。载酒逍遥山水阔，终不与、少年同。

2021 年 12 月 21 日

附苏可文和韵：

唐多令·冬至感怀·习和一平兄

禺强掌寒冬。天涯少客踪。唯梅园、一抹娇红。日暮楼台云水里，听玉笛、倚西风。

当有少陵翁。仍然豪气雄。血尚腾、敢笑乾穹。俯仰暂于诗酒处，伏老骥、问谁同？

2021 年 12 月 21 日

注：

禺强：玄彊，玄冥。传说中的冬神。

乾穹：天空。

江城子（钦谱格五）

十九日因事外出，乘K608返汴。所在车厢里有一密接者，22日夜，我作为次密接者，被送至隔离点凯捷时尚酒店隔离。烦闷之余，填词一首。

新冠海外逞凶狂。未经伤。自难量。外出偶逢、密接一车厢。兴叹交通真快捷，浑不觉，毒潜藏。

安闲自在度时光。最难忘。是家乡。电话忽传、封隔理应当。独处房间须两周，茫然望，对寒窗。

2021 年 12 月 28 日

注：

难量：难以衡量。

封隔：封闭隔离。

青玉案·依韵和王文智《冬月金桔开》

江河冷落伤情处。望中是、烦心目。落叶随风飘满路。时临岁末，斜阳向暮。且盼春风度。

喜看蓊郁金橘树。更有王工锦章句。颇觉心胸开几许。会须来日，呼朋携侣。酣畅杯高举。

2021 年 12 月 29 日

附王文智原玉:

青玉案·冬月金橘开

寒风凋落花千树。卷枯叶、凝霜露。独语斜阑无去处。百无聊赖，婉转思绪。不觉时光暮。

自烹普洱自击缶。哪里吹来香一缕。众里寻它千百度。原来金橘，清香馥郁。莹玉枝头驻。

辛丑冬月

诉衷情令·迎来 2022 年

新冠肆虐历双年。百姓度日难。交通旅游饭店，经营步维艰。

辞旧岁，换新元。展新篇。山川异域，日月同天，百业滋繁。

2021 年 12 月 31 日

相思引·新年老调

心若年轻岁月宽。朝随流水暮青山。养怡之福，原在日常间。

生活悠闲身自在，粗茶淡饭夜安眠。不倾年少，也不羡神仙。

2022 年 1 月 11 日

诉衷情令·辛丑小寒

小寒大地裹银装。天宇降吉祥。西安自此翻转，百姓步安康。

枝上蕾，散梅香。报春光。不应忧虑，正道人间，变化沧桑。

2022 年 1 月 15 日

御街行·老态解嘲

三更夜半倏然醒。闭眼难成梦。本应万籁寂无声，充耳如雷咳謦。几番起卧，数回反侧，品味星河永。

开怀大笑何其幸。常忆当年境。所为底事步匆匆，小酌竟而酩酊。青春不再，人生有限，怜惜时箴儆。

2022 年 1 月 7 日

注：

倏然：超脱，无拘无束。

咳謦：咳嗽。

箴儆：规戒。

蝶恋花·依韵奉和苏可文《酒》

热血男儿须爱酒。得意人生，怎缺金尊侑。换盏推杯酣畅后。飘飘脚踩云儿走。

岂肯折腰因五斗？天子呼来，待我高眠够。松竹为邻梅菊友。超然物外南山寿。

2022 年 1 月 10 日

附苏可文原玉：

蝶恋花·酒

见竹兄画，冒昧发了点感慨，我当浮一大白。现奉上一首词，权作自罚如何？

人道男儿须爱酒。惟我伤怜，不善刘伶口。樽里乾坤从未有。更无醉后生花手。

一日偷斟三盏后。气血翻腾，顿觉穿肠透。忽见镜中羞脸叟。唉呀怎比当年丑？

2022 年 1 月 3 日

注：

刘伶：“竹林七贤”之一；嗜酒不羁，被称为“醉侯 ”。

满江红·原韵奉和苏可文《向晚凭栏》

独自凭栏，西北望、冻云低密。晚风里、竹枝疏淡，寒鸦鹄立。已是三年欢笑少，人间尽苦新冠疫。问何时、能痛快淋漓，重欢聚。

多少事，争朝夕。天地转，光阴急。成中华伟业，岂容移易。未有百年新变局，千辛万苦身经历。终有日、将一切妖魔，皆湔涤。

2022年1月17日

注：

湔涤：清除。

附苏可文原玉：

满江红·向晚凭栏

向晚凭栏，天星暗、窗灯熠熠。冬云冷、缺歌少舞，车稀人匿。驿路衔杯毋聚集，拥衾闭户休生息。更那堪、毒蛊正猖狂，瘟情急。

书半卷，床边掷。狼毫笔，无心执。寂寞伴孤室，夕忧朝拾。若得四方春暖际，迎来万众欢欣日。呼自由、看水复山重，花如织。

2022年1月17日

朝中措·依韵奉和苏可文《赞无名》

谦和网上说无名。雁过不留声。做事一丝不苟，待人几度春风。

热心服务，同学邻里，有口皆称。我等三生有幸，得兹益友良朋。

2022 年 1 月 18 日

附苏可文原玉：

朝中措·赞无名

温恭俭让一良朋。儒雅且真诚。从不招摇炫笑，向来默默躬行。

政坛翘楚，群中隐士，网络精英。如此人才有几，这般人品谁能？

2022 年 1 月 18 日

寻梅·辛丑大寒

天寒地冻冬至极。欲看花、何从可觅？腊月梅信应还寂。想阳台春暖，苞含清逸。

须凭画匠丹青笔。好绘出、翠红娇滴。东风烂漫吹无隙。喜平畴枝上，花朵的历。

2022 年 1 月 20 日

注：

的历，光亮鲜明貌。

水调歌头·奉和苏可文《云在天空〈田野里的宋陵〉观后》

宇宙曾一瞬，世上已千年。皇家威肃，神道翁仲散田间。一段繁荣光景，七帝八陵后冢，暮霭黯残垣。北向依河洛，南面峙嵩山。

卧榻旁，人酣睡，怎安眠？陈桥起事，数语杯酒释兵权。明主英雄霸业，圣治东京春梦，转眼化云烟。筚路固辛苦，守业更艰难。

2022 年 1 月 21 日

附苏可文原玉：

水调歌头·云在天空《田野里的宋陵》观后

断魂宋祖冢，遗恨汴梁洲。断碑残像，痴痴遥想古金瓯。见说金戈铁马，徒有谋臣贤相，转瞬落荒丘。一朝浩然气，万世白云浮。

壮士心，平戎策，即时休。栏杆倚遍，任尔明月照吴钩。说甚轻歌曼舞，明日落花何处，弹指几春秋？且把烦心事，付与百川流。

2022 年 1 月 20 日

八声甘州·依韵奉和苏可文《雪》

似梨花柳絮漫天飞，一番送新寒。看银装素裹，清凉世界，泽润尘寰。是处澄明洁白，瑞雪兆丰年。可谓吉祥水，福被人间。

应是梅红竹翠，何故如此艳，赖有甘泉。想春来蜂蝶，上下舞翩跹。待夏收、满仓果实，报农人、莫不笑开颜。心心愿、山川静好，天下平安。

2022 年 1 月 23 日

附苏可文原玉：

八声甘州·雪

看飘飘洒洒舞玲珑，万里雪江山。似梨花含笑，羽人仙境，月魄琅玕。是处玉龙战罢，鳞甲满坤乾。这地功天力，谁可骈肩。

最喜梅边竹上，做尽轻模样，骚雅珊珊。更有檐浮瑞，碎玉佩篱栏。待晴日、彩霞紫气，赏琼瑶、把酒祝丰年。听花鹊、登枝高唱，云际鸣欢。

2022 年 1 月 23 日

注：

珊珊：晶莹，高洁飘逸。

菩萨蛮·为福宜外甥女所拍雪照题

高楼暗影如山重。轻扬琼玉寒烟笼。夜色入明窗。有人喜欲狂。

来春庭院树。蓊郁门前路。苑内海棠花。娇姿固足夸。

2022 年 1 月 24 日

齐天乐·元宵闹春

壬寅正月十三，开高同学群举行网上联欢，作词以庆。

迎春花放迎春到，芳华就中萌动。节后轻寒，节前瑞雪，已兆花朝郁蓊。翔鸾集凤。奥运再临京，高台豪纵。女足群英，何时振起丈夫勇?

东风花放千树，闹春春睡处，惊醒春梦。挥洒生机，平畴触目，正可怡情赏弄。有诗吟诵。趁大好春光，且排烦冗。游罢归来，饮三杯切中。

2022 年 2 月 12 日

注:

高台豪纵：指天才滑雪少女谷爱凌在 2 月 8 日的女子自由式滑雪大跳台决赛中，勇夺金牌。

切中：击中，准确地说“中”，即正中下怀。

风入松（龙谱）·壬寅上元节

红梅已出短篱墙。大地春阳。上元赏月团圆日，结霞彩、元子甜香。稚幼挑灯过巷，莺燕掠柳成行。

老来前事少思量。易惹回肠。断云残雨当年恨，到如今、都付飞觞。两袖熏风绿陌，一帘皓月兰堂。

2022 年 2 月 15 日

注：

霞彩：喻彩旗彩灯。

元子：元宵别称。

附苏可文和韵：

风入松·次韵奉和一平兄

朦胧春色到花墙。晴暖斜阳。华灯初放逢三五，煮元宵、百里飘香。罗绮笙歌笑语，马龙车水行行。

清风明月细掂量。入我诗肠。今生还作颠狂客，一声啸、醉饮千觞。唤取蓬山云起，闲看竹院梅堂。

2022 年 2 月 15 日

清平乐·早春·兼和苏可文《初春》

寻春不见。踏破河池苑。将息最难寒还暖。鸭戏水波散乱。

袅袅柔柳芽新。春光才露几分。却把梅花细嗅，原来此处迎春。

2022 年 2 月 23 日

附苏可文原玉：

清平乐·初春

江明水暖。陌上菁菁软。细雨斜风春方浅。是处梅腮柳眼。

画桥勾起思量。玉笛吹散愁伤。记取南飞紫燕，何时入我诗囊？

2022 年 2 月 23 日

注：

梅腮柳眼：形容早春盛开的梅花和初抽的柳叶。

蝶恋花·诗词群英谱·李白

吞吐盛唐千古傲。剑胆琴心，啸咤云山渺。纵酒长歌舒负抱。圣贤寂寞于何道。

醉卧酒家难奉诏。倚就华章，花想神仙调。且把貂裘偿酹好。春风桃李无烦恼。

2022 年 3 月 7 日

注：

吞吐盛唐：余光中《寻李白》：“酒入豪肠，七分酿成月光，余下三分啸成剑气，绣口一吐便是半个盛唐。”

啸咤：“咤”音“炸”，大声呼吼，形容令人敬畏的声威。

圣贤寂寞：李白《将进酒》：“自古圣贤多寂寞，唯有饮者留其名。”

醉卧酒家：杜甫《饮中八仙歌》：“李白斗酒诗百篇，长安市上酒家眠，天子呼来不上船，自称臣是酒中仙。”

花想：李白《清平调·其一》：“云想衣裳花想容，春风拂槛露华浓。”

醑：音“许”，美酒。

附苏可文和韵：

蝶恋花·李白·次韵奉和一平兄

试问文坛谁桀骜？世上诗仙，天外金星渺。望月挥毫明伟抱。挂帆仗剑弘真道。

狂放怎甘诗待诏。饱览山河，千里思乡调。最喜花间壶酒好。仰天大笑何愁恼？

2022 年 3 月 9 日

注：

伟抱：远大的抱负。

真道：真理之道。

蝶恋花·诗词群英谱·杜甫

沉郁歌诗民疾苦。广厦千间，庐破浑无顾。许国忧民何痛楚。流离客死魂归路。

落木萧萧登高处。望尽天涯，万里疏门户。三吏可当诗史注。光辉照耀传今古。

2022 年 3 月 8 日

注：

沉郁：学界公认杜甫诗歌风格是沉郁顿挫。

民疾苦：杜甫诗的主题，用他自己的话说，就是“穷年忧黎元”“济时肯杀身”“公若登台辅，临危莫爱身”。

广厦千间：杜甫《茅屋为秋风所破歌》：“安得广厦千万间，大庇天下寒士俱欢颜，风雨不动安如山。呜呼！何时眼前突兀见此屋，吾庐独破受冻死亦足！”

客死：唐大历五年（公元770年）杜甫北归不得，往郴州投亲，贫病交加，死于耒阳至衡阳湘江舟中。杜甫遗愿归葬首阳山，子贫无力，暂埋于耒阳。死后43年，方由其孙杜嗣业负柩归葬于洛阳偃师首阳山下。

落木萧萧：见杜甫《七律·登高》，此诗号称七律之冠。

三吏：三吏三别是杜甫的代表作，充分体现了他忧国忧民的思想感情，表达了他对备受战祸摧残生活困苦百姓的同情。

附苏可文和韵：

蝶恋花·杜甫（通韵）

终岁飘零颠簸苦。忧世忧民，含泪时时顾。三吏三别称翘楚。奈何不遇春光路。

曾揽众山绝顶处。裘马轻狂，美誉冲天户。最是心怀河汉注。少陵野老垂千古。

2022年3月9日

蝶恋花·诗词群英谱·白居易

诗魔歌行翁妪晓。长恨琵琶，叹惋知多少。元白齐名新乐稿。至今传唱犹绵渺。

修己为官遵要道。疏浚西湖，清俸捐灵庙。踏遍青峰云雾绕。龙门山上闻啼鸟。

2022 年 3 月 10 日

注：

诗魔：白居易写诗非常刻苦，其诗云：“酒狂又引诗魔发，日午悲吟到日西。”勤苦的诵读和书写，竟到了口舌生疮，指掌成胝的地步，故人称“诗魔”。

长恨琵琶：指白居易长诗《长恨歌》《琵琶行》。

元白：元指元稹，与白居易、张籍、李绅等共同倡导新乐府运动，传承《诗经》汉乐府讽喻时事的传统，使诗歌起到“补察时政”“疏导人情”的作用。促成唐代诗歌第二次高潮。

绵渺：水面遥远广阔貌，喻文章深远奥妙。

要道：切要的道理。

清俸：官俸。白居易离任杭州刺史，把官俸留充州库基金，以作周转。还把为元稹撰写墓志铭的润笔六七十万钱布施于洛阳香山寺。

龙门山：白居易墓——白园坐落在洛阳城南 13 千米处的龙门东山琵琶峰上。

附苏可文和韵：

蝶恋花·白居易·次韵奉和一平兄

白傅盛名谁不晓。鼎足三分，诗界如君少。童子解吟《长恨》稿。《琵琶》一曲连天渺。

独善其身遵己道。兼济苍生，魂断香山庙。隐隐醉吟云际绕。人间从此呼鹏鸟。

2022 年 3 月 10 日

注:

白傅，白居易。

鼎足三分，白居易为唐三大诗人之一。

醉吟，白居易号“醉吟先生”。

鹏鸟，喻指高才。见宋韩维《哭苏子美》诗之一:“未起蛟龙卧，俄缠鹏鸟悲。”

蝶恋花·诗词群英谱·王维

诗佛王维能造境。情景幽深，读者须思省。自幼聪明称绝顶。状元及第诗名盛。

山水田园闲适静。边塞歌行，沙场刀枪迸。佳节思亲千古咏。阳关月色清霜冷。

2022 年 3 月 12 日

注:

诗佛: 王维参禅拜佛，其山水诗中常融禅理。后人誉之“诗佛”。

造境: 他善于布置营造情景交融的意境，却不点明，需读者仔细领略体会。“行到水穷处，坐看云起时”“松风吹解带，山月照弹琴。君问穷通理，渔歌入浦深”“人闲桂花落，夜静春山空。月出惊山鸟，时鸣春涧中”“空山不见人，但闻人语响。返景入深林，复照青苔上”等，皆其例。“读之身世两忘，万念皆寂，不谓声律之中，有此妙诠。”（胡应麟《诗薮》）他自幼聪明，15 岁即赴京应试，唐玄宗开元十九年状元及第。其诗书画印音律兼擅，世有大名。

附苏可文和韵：

蝶恋花·王维·次韵奉和一平兄

沉醉田园寻胜境。过尽风尘，悟道常修省。书画音诗皆昊顶。半官半隐禅名盛。

明月松间心地静。怒马鲜衣，孤愤龙城迸。一段相思红豆咏。飞云山下幽篁冷。

2022 年 3 月 12 日

注：

王维葬于辋川飞云山下。

蝶恋花·诗词群英谱·李商隐

坎坷终生堪叹惋。寄意遥深，李杜诗名显。咏史讽今悲祸乱。无题望帝春心断。

绮丽精工多烂漫。夜雨巴山，语短情思焕。此去蓬莱寻百遍。瑶台缥缈何时现。

2022 年 3 月 12 日

注：

李杜：小李杜，晚唐李商隐杜牧，人称“小李杜”，又将唐诗推向了另一个高峰。

咏史：李商隐写了大量咏史诗，如《韩碑》《随师东》《行次西郊作二百韵》《马嵬二首》等。借古讽今，针砭时弊。

无题：李商隐以《无题》为代表的爱情诗独具特色，词意朦胧，深情绵邈，意旨遥深。

绮丽：李商隐继承杜甫七律锤炼谨严，沉郁顿挫的特点，又融合齐梁诗的浓艳色彩和李贺诗的奇幻象征手法，瑰丽多彩。

夜雨巴山：见《夜雨寄北》。

附苏可文和韵：

蝶恋花·李商隐·次韵奉和一平兄

多舛生涯人惜惋。旷世奇才，秾丽骈文显。咏物由来笺解乱。舒情自是柔肠断。

常恨巴山秋雨漫。却喜西阳，暖玉明珠焕。彩凤双飞寻个遍。何时青鸟蓬莱现？

2022年3月13日

蝶恋花·诗词群英谱·李贺

诗鬼瑰奇思浪漫。生不逢时，愤懑冲霄汉。天若有情悲运蹇。囊中锦字人惊叹。

阖扇未开逢猰犬。牢落长安，刺弊雄才展。廿七英年应泪泫。长歌当哭皆哀怨。

2022年3月13日

注：

诗鬼：李贺的诗，想象奇幻荒诞，造句险拗奇崛。部分诗歌描写鬼神怪异，后世诗评称李贺“鬼才”，李贺诗为“鬼仙之辞”，遂得名“诗鬼”。

蹇：音“剪”，不顺，命运多舛。

囊中锦字：李贺才思敏捷，七岁能诗。据李商隐所作《小传》云：“恒从小奚奴，骑距驉，背一古锦囊，遇有所得，即书投囊中，及暮归，太夫人使婢受囊出之，所见书多，辄曰：‘是儿要当呕出心乃已耳！’”唐贞元二十年（804年），十五岁的李贺即誉满京华，与李益齐名了。锦字，喻优美文句。

阖扇未开逢猰犬：句见李贺《仁和里杂叙皇甫湜》。猰，音“亚”，古代传说中的一种吃人凶兽。唐元和五年（810年），李贺赴长安应试，妒才者以李贺父名“晋”犯讳为由，散布流言，李贺落第。

牢落：孤独落寞。

泫：音“绚”，流泪。唐元和十二年（817年），李贺病逝于昌谷故居，时年二十七岁。

附苏可文和韵：

蝶恋花·李贺·次韵奉和一平兄

长吉鬼才诗汗漫。继晷焚膏，奇绝澄云汉。欲带吴钩偏命蹇。独怜小小空长叹。

哀愤孤怀憎噬犬。天妒英年，何以雄图展。天若有情天欲泫。谁人可解伤心怨？

2022年3月13日

注：

长吉：李贺字。

继晷焚膏：晷，日光。点上油灯，以接替日光照明。膏，油脂，指点灯用的油。形容夜以继日地工作或学习。

吴钩：剑。

小小：李贺《题苏小小墓》。

蝶恋花·诗词群英谱·刘禹锡

梦得诗豪刚毅性。俊爽风神，病树沉舟咏。阅尽沧桑须自警。乌衣巷口游人盛。

陋室安居霜雪冷。孤愤秋声，老骥期驰骋。新叶催陈天道证。悠悠万事循民命。

2022 年 3 月 14 日

注：

梦得：刘禹锡字。

诗豪：白居易："彭城刘梦得，诗豪者也，其锋森然，少敢当者。"

病树沉舟：刘禹锡《酬乐天扬州初逢席上见赠》颈联云："沉舟侧畔千帆过，病树前头万木春。"

阅尽沧桑：刘禹锡的诗充满昂扬向上的力量，看他的名句："晴空一鹤排云上，便引诗情到碧霄。""千淘万漉虽辛苦，吹尽狂沙始到金。""莫道桑榆晚，为霞尚满天。"

乌衣巷：见刘禹锡怀古组诗《金陵五题》第二首《乌衣巷》。金陵街名，三国吴曾设禁军军营于此，皆着黑衣，所以此地俗称乌衣巷。东晋王导谢安两大家族皆居于此，人称其子弟"乌衣郎"。

陋室：刘禹锡有名篇《陋室铭》。

秋声：刘禹锡有《秋声赋》。文末化用曹操《观沧海》诗意，抒发自己"老骥伏枥，志在千里"的情怀。

新叶催陈：刘禹锡《乐天见示伤微之敦诗晦叔三君子皆有深分因成是诗以寄》有句：“芳林新叶催陈叶，流水前波让后波。”

民命：民众的意旨，人民的生计。

附苏可文和韵：

蝶恋花·刘禹锡·次韵习和一平兄

释愤激昂真率性。前度刘郎，千古《秋词》咏。王谢堂前鸣世警。玄都观里谈衰盛。

沙尽方知尘梦冷。大道黯然，雕眄难飞骋。陈叶前波因果证。当遵《天论》何由命。

2022 年 3 月 15 日

注：

眄：闭合、斜视。

陈叶前波：刘禹锡诗“芳林新叶催陈叶，流水前波让后波”。

蝶恋花·诗词群英谱·王昌龄

缜密思清词秀异。圣手标新，得号诗天子。秦月汉时胡马避。冰心一片离人意。

边塞征夫酬壮志。闺妇凝愁，柳色楼头翠。大漠雄关羌笛碎。长河耿耿争明晦。

2022 年 3 月 15 日

注：

缜密思清：《唐才子传》卷二载：“昌龄工诗，缜密而思清。”

圣手，王昌龄七绝诗多而优，几乎占盛唐七绝诗六分之一，人称“七绝圣手”。

诗天子：宋代刘克庄《后村诗话新集》卷三云：“唐人《琉璃堂图》以昌龄为诗天子，其尊之如此。”

秦月：见王昌龄《出塞·其一》：“秦时明月汉时关……”

冰心：见王昌龄《芙蓉楼送辛渐》：“……一片冰心在玉壶。”

边塞：王昌龄是著名边塞诗人，边塞诗第一，闺怨诗第二，送别诗第三。

闺妇凝愁：见王昌龄《闺怨》：“闺中少妇不知愁……”

附苏可文和韵：

蝶恋花·王昌龄·次韵奉和一平兄

边塞工诗因什异？胡马关山，锻就真男子。百战黄沙身不避。冰寒刀似由它意。

常叹平生难得志。且看芙蓉，荷叶罗裙翠。闺怨陌头心欲碎。冰心明月光开晦。

2022 年 3 月 16 日

蝶恋花·诗词群英谱·孟浩然

清淡自然诗杰誉。酒话桑麻，时作云山旅。句咏田园超妙趣。梧桐疏雨惊佳句。

波撼岳阳谁与语。情景交融，兴像从容叙。回望鹿门山上路。白云叆叇松风翥。

2022 年 3 月 16 日

注：

酒话桑麻：见孟浩然《过故人庄》。

梧桐疏雨：孟浩然《省试骐骥长鸣》有句：“微云淡河汉，疏雨滴梧桐。”

波撼岳阳：孟浩然《望洞庭湖赠张丞相》：“气蒸云梦泽，波撼岳阳城。”据称杜甫诗《登岳阳楼》曾受此诗影响。

兴象：唐诗评家殷璠《河岳英灵集》论诗用语，指诗人以精神情感统摄物象，使之和诗人心灵的颤动融为一体，从而使物获得生命，诗具有个性和活力。

鹿门山：在襄阳东南 30 里处，孟浩然隐居地。

叆叇：云盛貌，音“爱戴”。

附苏可文和韵：

蝶恋花·孟浩然·次韵奉和一平兄

伫兴造思传美誉。山水田园，常向飘蓬旅。吴越泛舟寻野趣。鹿门听雨敲章句。

春晓南园闻鸟语。待到重阳，再就黄花叙。常恨仕途多筚路。莫如梦泽看云翥。

2022 年 3 月 17 日

注：

黄花：菊花。

蝶恋花·诗词群英谱·杜牧

七绝樊川称擅场。咏史抒怀，雄发英姿爽。小杜晚唐推大将。柔情绮丽兼宏朗。

坐爱枫林霜叶赏。魂断清明，杯酒宽惆怅。一觉十年相与望。满枝子实空悲怆。

2022 年 3 月 17 日

注：

樊川：杜牧晚年居长安南樊川别墅，号樊川居士，后世称杜樊川，著有《樊川文集》。

小杜：与李商隐合称“小李杜”。

晚唐推大将：杜牧诗是晚唐诗歌的又一高峰。

柔情：杜诗可分两类，一为吊古感怀，豪迈壮阔，英姿雄发。二为伤春惜别，风华流美，绮思柔情。

宏朗：宏伟开阔。

坐爱枫林：见杜牧《山行》。

魂断清明：见杜牧《清明》。

一觉十年：见杜牧《遣怀》。

满枝子实：见杜牧《叹花》。此诗有一个浪漫故事：杜牧游湖州，识一民间女子，年未及笄。杜牧与其母相约过十年来娶，后十四年，杜牧始出为湖州刺史，女已嫁人三年，有二子。

附苏可文和韵：

蝶恋花·杜牧·依韵习和一平兄

兵法十三经略藏。指点江山，几度空激亢。吊古感怀文荡漾。伤春抚景诗惆怅。

醉梦扬州疏曲枉。赌酒赢姬，真个风流样。《赠别》两篇今古怆。《清明》一曲千秋唱。

2022 年 3 月 19 日

注：

兵法十三：曾注曹操所定《孙子兵法》十三篇。

疏：远离。

曲枉：弯曲不直。

蝶恋花·诗词群英谱·王之涣

慷慨悲歌常击剑。边塞诗名，炙口为衡鉴。六首仅存传世范。旗亭画壁三人勘。

白日依山云水淡。一片孤城，万里黄河览。吟罢豪情千丈焰。兴亡家国犹关念。

2022 年 3 月 18 日

注：

击剑：《唐才子传》说王之涣年少有侠气，从五陵少年游，常击剑悲歌。

衡鉴：衡，秤；鉴，镜。喻评估鉴定。

六首：王之涣诗至今仅存六首。

旗亭画壁：《博异记》：开元中，诗人王昌龄、高适、王之涣齐名。一日天寒微雪，三诗人共诣旗亭，贯酒小饮。有梨园歌姬唱诗，遂以唱己诗多少评优劣，压轴美姬歌者为王之涣诗："黄河远上白云间，一片孤城万仞山。羌笛何须怨杨柳，春风不度玉门关。"

白日依山：见王之涣《登鹳雀楼》。
一片孤城：见王之涣《凉州词》。

附苏可文和韵：

蝶恋花·王之涣·次韵习和一平兄

意气少年悬宝剑。万丈豪情，肝胆如冰鉴。治国修身谁为范？季凌当属无须勘。

远上黄河山影淡。去棹声声，更爱层楼览。拂袖辞官憎谤焰。旗亭画壁今犹念。

2022 年 3 月 19 日

注：
季凌：又为季陵，杜牧别称。
拂袖辞官：受人诬陷，曾拂袖辞官。
谤焰：纷乱的议论，诽谤。

蝶恋花·诗词群英谱·韩愈

境界雄奇诗韵险。八代文衰，振起辉光闪。开合纵横波浪撼。诗名却被文名掩。

百韵南山浓彩染。小雨如酥，草色青微渐。白雪只嫌春景黯。故穿庭树飞花滥。

2022 年 3 月 19 日

注：

八代文衰：苏轼《潮州韩文公庙碑》：“文起八代之衰，而道济天下之溺。”

百韵南山：韩愈《南山》诗百二韵，雄奇恣肆，卓荦不凡，用写赋的方法作诗，铺陈罗列，浓彩涂抹，穷形尽相，力尽而后止。

小雨如酥：见韩愈《早春呈水部张十八员外》。

渐：事物的苗头或征兆。

白雪只嫌：见韩愈《春雪》。

附苏可文和韵：

蝶恋花·韩愈·奉和一平兄

豪率直言多历险。百代文宗，字字珠玑闪。流水行云文彩撼。穷形尽相诗中掩。

绝胜皇都春色染。榆荚扬花，作雪飘零渐。云横秦岭前途黯。教人怎不掀波滥。

2022 年 3 月 20 日

注：

穷形尽相，指文学作品描写刻画得十分细腻，极其生动。

波滥，波澜，波涛。

蝶恋花·诗词群英谱·张九龄

方正贤良为榜样。三百诗篇，开卷齐传唱。一改齐梁靡丽像。清新淡雅人钦仰。

海上月明怀远望。切切乡情，天宇悠悠旷。入蜀仓皇千山障。曲江流水空悲怆。

2022 年 3 月 19 日

注：

方正贤良：张九龄为官清正，为玄宗开元最后一任名相。

三百诗篇：《唐诗三百首》开卷第一首即张九龄的《感遇·其一》。

海上月明：见张九龄《望月怀远》："海上生明月，天涯共此时。情人怨遥夜，竟夕起相思。灭烛怜光满，披衣觉露滋。不堪盈手赠，还寝梦佳期。"

切切乡情：见张九龄《西江夜行》："悠悠天宇旷，切切故乡情。"

入蜀仓皇：张九龄预见安禄山必反，主张按军规杀掉，明皇未允。致张九龄死后不久即作乱，明皇仓皇逃蜀，后悔莫及，遣使在曲江祭祀张九龄。

曲江：唐开元二十八年（公元 740 年）张九龄病逝于曲江。

附苏可文和韵：

蝶恋花·张九龄

谁改诗坛浮靡样？子寿挥毫，开创清新唱。托物言情求意象。"曲江风度"高山仰。

古道梅关常在望。明月天涯，遥夜云天旷。万里为邻烟雾障。有心草木徒凄怆。

2022 年 3 月 21 日

注：

子寿：张九龄别名。

古道梅关：张主持开凿了梅关古道。

蝶恋花·诗词群英谱·张若虚

乐府旧题花月悯。力盖全唐，月照千年恨。海上潮生雷鼓震。人生哲句凭谁问。

四士吴中词秀俊。翘望楼台，对镜春愁忍。绝顶之诗真的论。空明澄澈为绳准。

2022 年 3 月 20 日

注：

乐府旧题：《春江花月夜》本是乐府歌曲名，属于《清商曲·吴声歌》。

力盖全唐：后世对《春江花月夜》评价甚高，有“孤篇盖全唐”之说。

人生哲句：见《春江花月夜》句：“江畔何人初见月？江月何年初照人？人生代代无穷已，江月年年望相似。不知江月待何人，但见长江送流水。”

四士吴中：张若虚与贺知章、张旭、包融并称“吴中四士”。

翘望楼台：见张若虚《代答闺梦还》。

绝顶之诗：闻一多称张若虚诗是“诗中之诗，顶峰中的顶峰”。

的论，正确的结论。

附苏可文和韵：

蝶恋花（通韵）·张虚若·次韵奉和一平兄

两首孤文嗟可悯。曲曲吴歌，唱尽幽幽恨。篇盖全唐朝野震。词压两宋何须问！

人道吴中多翘俊。旧体齐梁，奢靡安能忍？艳粉浓脂当另论。自然清秀方为准。

2022 年 3 月 22 日

蝶恋花·诗词群英谱·陈子昂

革故鼎新诗骨健。力挽齐梁，汉魏风流远。兴寄感怀浑朴现。青莲雄起推层澜。

壮志难酬多愤懑。孤独登台，天下苍生念。刚正不阿遗死谏。南冠客思蝉声怨。

2022 年 3 月 21 日

注：

力挽齐梁：陈子昂反对六朝“彩丽竞繁”的诗风，提倡“风雅兴寄”“汉魏风骨”。

青莲雄起：张九龄、李白等受到陈子昂的影响，使唐诗进一步摆脱六朝绮靡诗风。方回《瀛奎律髓》说：“陈拾遗子昂，唐之诗祖也。”

孤独登台：见陈子昂《登幽州台歌》。

天下苍生念：见陈子昂《感遇诗三十八首》。

遗死：忘死，至死不顾。圣历三年（公元 700 年），陈子昂冤死狱中，年仅四十一岁。

南冠：囚犯代称。见骆宾王《咏蝉》。

蝶恋花·诗词群英谱·贺知章

开朗达观诗简淡。翰墨风流，满壁龙蛇点。井底安眠须趁黯。鉴湖一曲波光滟。

二月春风杨柳染。少小离家，老大徒伤感。也学子陵秋水泛。四明狂客生无憾。

2022 年 3 月 22 日

注:

翰墨风流：贺知章善书，窦氏兄弟评唐人书多讥贬，而于贺书则曰："与造化相争，非人工所到。"至今有《孝经》草书传世。

井底安眠：见杜甫《饮中八仙歌》："知章骑马似乘船，眼花落井水底眠。"

鉴湖一曲：贺知章老病归乡，得唐明皇赐鉴湖一曲为颐养地。

二月春风：见贺知章《咏柳》。

少小离家：见贺知章《回乡偶书》。

子陵：东汉严光字子陵。

四明狂客：贺知章晚号四明狂客。

蝶恋花·诗词群英谱·韦应物

淡远冲闲称五古。细腻清新，生动撩人处。每醉黄鹂鸣翠树。喜悲淮上衷情诉。

陶谢孟王应夙慕。韦柳齐名，优美田园赋。梦到滁州寻野渡。青山依旧行云翥。

2022 年 3 月 22 日

注:

五古：韦应物以五古成就最高，有“五言长城”之称。

每醉黄鹂：见韦应物《滁州西涧》。

喜悲淮上：见韦应物《淮上喜会梁川故友》：“江汉曾为客，相逢每醉还。浮云一别后，流水十年间。欢笑情如旧，萧疏鬓已斑。何因北归去，淮上对秋山。”诗题“喜会故人”，诗中表现的却是“此日相逢思旧日，一杯成喜亦成悲”（韦应物《燕李录事》）那样一种悲喜交集的感情。

陶谢孟王：分别指陶渊明、谢灵运、孟浩然、王维，他们都是史上有名的山水田园诗人，韦应物受他们影响很大。

韦柳：柳指柳宗元。

蝶恋花·诗词群英谱·岑参

两度西行为幕府。意境清新，瑰丽雄奇谱。万里黄沙何宿处。一川碎石随风舞。

马上相逢无尺素。欲报平安，传语敲门户。边士谁知怜疾苦。何时世界收刀斧。

2022 年 3 月 23 日

注：

两度西行：岑参曾两度出塞，充边将戎幕，在西北边疆生活了六年。对冰火两重天的塞外环境和鞍马劳顿的征战生活深有体会。

万里黄沙：见岑参《碛中作》：“今夜不知何处宿，平沙万里绝人烟。”

一川碎石：见岑参《走马川行奉送封大夫出师西征》：“一川碎石大如斗，随风满地石乱走。”

马上相逢：见岑参《逢入京使》：“马上相逢无纸笔，凭君传语报平安。”

蝶恋花·诗词群英谱·高适

质朴雄浑辞尚理。塞上燕歌，椽笔增豪气。人到中年方继起。率军讨逆苍生寄。

壮志难酬陶令忆。切莫悲愁，前路无知己。史上岑高称并比。一吟难抑双行泪。

2022 年 3 月 25 日

注：

塞上燕歌：指高适《塞上》《燕歌行》等边塞诗。

人到中年：高适天宝八年（公元749年）四十六岁，才经荐举，应有道科中第。

率军讨逆：天宝十五年（公元756年），高适为淮南节度使，讨伐永王李璘。肃宗至德二年（公元757年），受命参与讨安史叛军。

陶令忆：见高适《封丘作》：“乃知梅福徒为尔，转忆陶潜归去来。”

切莫悲愁：见高适《别董大二首·其一》：“莫愁前路无知己，天下谁人不识君。”

蝶恋花·诗词群英谱·元稹

元白并称新乐府。酬唱殷勤，堪慰孤行苦。清正为官冤得诉。才思旷代传千古。

一会西厢情好处。取次花丛，自此难回顾。最是伤情贫贱误。至今吟罢心如堵。

2022 年 3 月 26 日

注：

酬唱殷勤：元稹、白居易共同提倡新乐府，诗词唱和不断。这些诗篇当时即为人所讽诵，成为人们驿舍行旅的慰藉。

清正为官：元和四年（公元 809 年），奉命出使剑南东川，初登官场，意气风发，一路劾奏不法官吏，平反不少冤案，百姓称赞。白居易赠诗云："其心如肺石，动必达穷民。东川八十家，冤愤一言伸。"

一会西厢：元稹撰《莺莺传》，为王实甫《西厢记》蓝本。鲁迅《中国小说史略·唐之传奇文》说："《莺莺传》者，即叙崔、张故事，元稹以张生自寓，述其亲历之境。"

取次花丛：见元稹《离思五首·其四》："曾经沧海难为水，除却巫山不是云。取次花丛懒回顾，半缘修道半缘君。"

最是伤情：见元稹《遣悲怀三首》："诚知此恨人人有，贫贱夫妻百事哀。""惟将终夜长开眼，报答平生未展眉。"

蝶恋花·诗词群英谱·王勃

自幼能文称睿敏。王氏三珠，英迈诗情蕴。十六登科真少俊。恃才傲物留遗恨。

秋水长天孤鹜奋。遥望三秦，伤别何时尽。南海葬身堪悼悯。人间愿乞无凶讯。

2922 年 3 月 26 日

注：

王氏三珠：语出五代晋刘昫监修的《旧唐书·王勃传》："勃六岁解属文，构思无滞，词情英迈。与兄勔、勮才藻相类。父友杜易简常称之曰：'此王氏三珠树也。'"尤以王勃为特出，位"初唐四杰"之首。

少俊：少年英俊。

恃才傲物：王勃一次被贬逐，二次罢官入狱，均与他恃才傲物遭嫉恨有关。

秋水长天：见王勃《滕王阁序》。

遥望三秦：见王勃《送杜少府之任蜀州》。

南海葬身：约在上元三年（公元676年），王勃到交趾看望任交趾县令的父亲，归途南海遇风浪溺水，惊悸而死，年仅二十七岁。

蝶恋花·诗词群英谱·骆宾王

缀锦鸿篇称绝唱。帝国繁华，虑远思危象。侠骨心肠悲悯广。檄文讨武其何爽。

力挽颓波留遗响。启后承前，劲健方开朗。高洁秋蝉应自况。平湖自在观红掌。

2022年3月27日

注：

缀锦鸿篇：骆宾王诗作尤擅歌行，代表作《帝京篇》为初唐少有的长篇，当时以为绝唱。此诗描绘长安繁华，警示要居安思危，抒发怀才不遇的悲愤。

侠骨心肠：见骆宾王《艳情代郭氏答卢照邻》。卢照邻任四川新都尉时，与郭氏相好，郭氏有孕，卢赴洛阳两年不返，且另有新欢。郭氏久候音书不至，孩子也死了，悲苦不堪。此诗代郭氏声讨负心汉。

檄文：见骆宾王《为徐敬业讨武曌檄》。

力挽颓波：骆宾王对荡涤六朝文学颓波，革新初唐浮靡诗风，开辟有唐一代文学繁荣局面作出了贡献。

秋蝉：见骆宾王《咏蝉》。

红掌：见骆宾王《咏鹅》。

蝶恋花·诗词群英谱·王翰

倜傥英豪千里骥。奔放歌诗，苍莽生流丽。饮马长城烽火起。孤魂落寞悲难已。

醉卧沙场凭陨涕。遥夜妻儿，不寐思迢递。淡饭粗茶应足矣。平安度日油柴米。

2022 年 3 月 28 日

注：

饮马长城：见王翰《饮马长城窟行》。

醉卧沙场：见王翰《凉州词》。

迢递：遥远。

蝶恋花·诗词群英谱·孟郊

岛瘦郊寒雄五古。情致深沉，不屑平凡步。一句凌空奇崛语。波澜跌宕腾云雾。

看尽长安花历数。游子行衣，寸草酬慈母。坎坷艰辛科举路。诗才可得舒心愫。

2022 年 3 月 28 日

注：

岛瘦郊寒：宋苏轼《祭柳子玉文》评曰：“郊寒岛瘦。”

雄五古：孟郊五古诗多而佳，最受选家推重。

凌空奇崛语：韩愈对孟郊的诗很赏识，在《荐士》诗中，说他的诗是：“横空盘硬语，妥帖力排奡。”硬语，刚健有力的言语。排奡，矫健貌。奡音“傲”。

看尽长安：见孟郊《登科后》：“春风得意马蹄疾，一日看尽长安花。”

历数：列举，逐个说出。

游子行衣：见孟郊《游子吟》：“慈母手中线，游子身上衣。临行密密缝，意恐迟迟归。谁言寸草心，报得三春晖。”行衣，出行所穿的服装。

坎坷：孟郊的科举路很不顺利，四十一岁，才在故乡湖州举乡贡，接着两次赴京应进士考均落第。四十六岁第三次应试，才登科。贞元十七年，五十二岁才铨选为溧阳尉。

心愫：心愿，心意。

蝶恋花·诗词群英谱·贾岛

半俗半僧身困顿。雅号诗奴，炼字推敲论。两句三年吟始稳。激扬孤峭交相蕴。

后世赢来多铁粉。渭水秋风，何处寻春讯。擅长五律称重镇。长河落日无穷恨。

2022 年 3 月 29 日

注：

半俗半僧：贾岛早年家贫，数次应试均落榜，为生计出家为僧。直至垂老之年才当了个长江县（今四川大英县）主簿的小官。以此后人称贾长江，有《长江集》十卷存世。

炼字推敲：见贾岛《题李凝幽居》及与韩愈论“推敲”的故事。

两句三年：见贾岛《题诗后》：“两句三年得，一吟双泪流。”

激扬孤峭：贾岛的诗喜写荒凉枯寂之境，颇多寒苦之辞。但也时有慷慨激昂之作，如《病鹘吟》《代边将》《剑客》等。

铁粉：贾岛诗作及苦吟精神，在唐末五代还是很有影响的，如唐末李洞，南唐孙晟，就把他当成偶像，顶礼膜拜。

渭水秋风：见贾岛《忆江上吴处士》：“秋风生渭水，落叶满长安。”

重镇：在某方面地位重要，影响很大的人。

蝶恋花·诗词群英谱·苏轼

一洗绮罗香泽态。蜗角虚名，洒脱胸如海。弄笔须知天道载。文人百世为模楷。

滚滚长江流九派。千里婵娟，普照人间爱。万仞云山瞻泰岱。长空鹤唳舒悲慨。

2022 年 3 月 30 日

注：

一洗绮罗：苏轼是豪放词派的代表人物，胡寅《题酒边词》说他的词作是：“一洗绮罗香泽之态，摆脱绸缪宛转之度。”

蜗角虚名：见苏轼词《满庭芳·蜗角虚名》。

滚滚长江：见苏轼词《念奴娇·赤壁怀古》。

千里婵娟：见苏轼词《水调歌头·明月几时有》。

泰岱：泰山。

鹤唳：鹤高亢地鸣叫。

蝶恋花·诗词群英谱·辛弃疾

慷慨纵横文武事。壮志难酬，谁揾英雄泪？看剑挑灯乘浅醉。别枝惊鹊蛙声脆。

元夜花开千百卉。年少轻狂，岂识愁滋味。人谓词龙应不愧。天空海阔星河汇。

2022 年 3 月 31 日

注：

慷慨纵横：《四库全书总目题要》说：“其词慷慨纵横，有不可一世之概。”

文武事：辛弃疾文武兼备。

谁揾英雄泪：见辛弃疾《水龙吟·登建康赏心亭》。

看剑挑灯：见辛弃疾《破阵子·为陈同甫赋壮词以寄之》。

别枝惊鹊：见辛弃疾《西江月·夜行黄沙道中》。

元夜花开：见辛弃疾《青玉案·元夕》。

岂识愁滋味：见辛弃疾《丑奴儿·书博山道中壁》。

词龙：辛弃疾人称“词中之龙”。

蝶恋花·诗词群英谱·李煜

千里江山多锦绣。无限悲愁，都付春江口。词继花间传诵久。境开婉约伤情后。

薄命君王牛马走。独上西楼，故国频回首。本是皇家华贵胄。仓皇辞庙难消受。

2022 年 4 月 1 日

注:

都付春江口：见李煜《虞美人》：“问君能有几多愁，恰似一江春水向东流。”

花间：指以温庭筠、韦庄为代表的花间词派。

婉约：指以柳永、姜夔、李清照为代表的婉约词派。

薄命君王：清袁枚曾引《南朝杂咏》评论李煜的诗句云：“做个才人真绝代，可怜薄命做君王。”

牛马走：本为臣下谦称，此寓李煜国破为臣虏，命贱如牛马。

独上西楼：见李煜《相见欢》。

仓皇辞庙：见李煜《破阵子》。

蝶恋花·诗词群英谱·柳永

井水有时皆咏柳。奉旨填词，料得香盈袖。十里荷花嬉钓叟。形容曲尽承平久。

凄切寒蝉辞故友。太液波翻，白发屯田首。未遂风云人病垢。仰天也效雄狮吼。

2022 年 4 月 3 日

注:

井水有时：叶梦得在《避暑录话》中说：“教坊乐工每得新腔，必求永为辞，始行于世，于是声传一时……余仕丹徒，尝见一西夏归朝官云：‘凡有井水处，即能歌柳词。’”

奉旨填词：见柳永《鹤冲天·黄金榜上》："忍把浮名，换了浅酌低唱。"宋仁宗对柳永所作艳词不满，刻意将他从进士榜上除名。后又有人向仁宗推荐柳永，仁宗回复"且去填词"。此后柳永出入酒楼歌馆，自称"奉旨填词柳三变"。

香盈袖：喻柳永受到青楼歌女的欢迎，冯梦龙《喻世明言》第十二卷《众名姬春风吊柳七》描写柳永被众名姬崇拜的故事。有一首歌在青楼流传："不愿穿绫罗，愿依柳七哥；不愿君王召，愿得柳七叫；不愿千黄金，愿中柳七心；不愿神仙见，愿识柳七面。"后人还有一首："乐游原上妓如云，尽上风流柳七坟。可笑纷纷缙绅辈，怜才不及众红裙。"

十里荷花：见柳永《望海潮·东南形胜》。

凄切寒蝉：见柳永《雨霖铃·寒蝉凄切》。

太液波翻：见柳永《醉蓬莱》。据说柳永应制进呈此词，惹仁宗大怒，称永不录用。柳永四次应试，均落第，直至暮年特开恩科才得中进士榜。最终也不过做个县令、屯田员外郎之类的小官。

人病垢：柳永生时及后来都被主流文人轻视排斥。但是柳永在词调创用、章法铺叙、景物描写、意象组合、题材开拓等方面却对后世词人影响很大。被视为婉约词派的代表人物。

蝶恋花·诗词群英谱·范仲淹

文武双全明大体。后乐先忧，直谏登丹陛。雄壮苍凉家万里。燕然未勒归无计。

明月如霜铺满地。酒入愁肠，忍把浮名系。最贵人生凭快意。奈何生死争回避。

2022 年 4 月 9 日

注:

文武双全：南宋王十朋说：“堂堂范公，人中之龙；正色立朝，奸邪不容；才兼文武，躬履仁义；出将入相，十才一试。”

后乐先忧：见范仲淹《岳阳楼记》。

燕然未勒：见范仲淹《渔家傲·秋思》。

酒入愁肠：见范仲淹《苏幕遮·怀旧》。

忍把浮名系：见范仲淹《剔银灯·与欧阳公席上分题》。

蝶恋花·诗词群英谱·周邦彦

结北开南含内在。富艳精工，雅俗人皆爱。顾曲堂前音律耐。词中老杜尘嚣外。

千尺柔条离绪载。水面清圆，袅袅风荷态。别恨情愁多感慨。挑灯夜读应青睐。

2022年4月9日

注:

结北开南：叶嘉莹《唐宋词十七讲之周邦彦》：“周邦彦是个结北开南的人物，他是集结了北宋的大成，而开拓了南宋先声的人物……他不是以感发取胜，变成了以思力取胜了。”

顾曲堂：周邦彦自题堂名。他精通音乐，善于自度词调。三国名将周瑜以擅音律知名，听到奏乐有误，会顾视乐者。当时有谚语说：“曲有误，周郎顾。”周邦彦以这位同姓前辈的典故作为堂名，足见他对音律的自信。

耐：适宜，相称。

词中老杜：王国维《清真先生遗事》说：“以宋词比唐诗，则东坡似太白，欧、秦似摩诘（王维），耆卿（柳永）似乐天，方回（贺铸）、叔原（晏幾道）则大历十子（中唐大历年间十位诗人李端、卢纶等）之流，南宋唯一稼轩可比昌黎，而词中老杜，非先生不可。读先生之词，于文字之外，须更味其音律。今其声虽亡，读其词者，犹觉拗怒之中，自饶和婉，曼声促节，繁会相宣，清浊抑扬，辘轳交往，两宋之间，一人而已。”

千尺柔条：见周邦彦《兰陵王·柳阴直》。此阕为周邦彦典型代表作。

水面清圆：见周邦彦《苏幕遮·燎沉香》。王国维《人间词话》对“叶上初阳干宿雨，水面清圆，一一风荷举”三句赞不绝口，认为它比南宋词人姜夔咏荷花的名句“嫣然摇动，冷香飞上诗句”（《念奴娇》），要生动自然得多。

蝶恋花·诗词群英谱·王安石

不避艰危吾独往。淡远苍茫，余响开豪放。瘦硬人言疏韵象。直抒胸臆何酣畅。

千古凭高悲恨酿。伊吕衰翁，历遍穷通样。拟作江宁堂上访。青山依旧云雾障。

2022 年 4 月 9 日

注：

不避艰危吾独往：王安石变法反对者众多，身边的朋友同僚甚至自己的亲弟弟王安国都是反对者。吾独往，“虽千万人吾往矣”出自《孟子·公孙丑上》，意思是纵然面对千万人（阻止），我也勇往直前。

淡远苍茫：王安石诗词特点。

余响开豪放：以熙宁九年（公元 1076 年）第二次罢相为界，

前期创作是“不平则鸣”，为文注重实用，风格直接刻露。王安石性格倔强执拗，人称拗相公。他和范仲淹一样，都是“宁鸣而死，不默而生”（范仲淹《灵乌赋》）的人物，不避祸福，敢于直言。后期创作“穷而后工”，重练意修辞，下字工、用事切、对偶精，含蓄深沉，深婉不迫，以丰神远韵的风格在当时诗坛上自成一家，世称王荆公体。成为后来豪放派的先声。

瘦硬，刘熙载《艺概·词曲概》说他“瘦削雅素，一洗五代旧习”。有人评说他的诗词缺乏形象性和韵味。

千古凭高：见王安石《桂枝香·金陵怀古》。

伊吕衰翁：见王安石《浪淘沙》。“伊吕”指伊尹和吕尚。伊尹名挚，尹为后来所任官职，助汤王灭夏。吕尚姓姜，字子牙，辅武王灭商。二人都是由穷而显。此词寓意贤臣与明君合作才能建邦兴国。王安石也希望自己能像伊吕那样，有一番作为。

江宁堂：王安石晚年在江宁（今南京）钟山到江宁城的半途建了居所，题名“半山堂”。

蝶恋花·诗词群英谱·秦观

幽婉托兴清俊调。词苑当行，怎得婵娟诮？屈宋之才光采耀。多情总被无情恼。

山抹微云连碧草。似水柔情，丝雨如愁袅。早就文名宦路渺。郴江枉自郴山绕。

2022年4月10日

注：

托兴：借物寄托情趣。

当行：秦观被尊为婉约派一代词宗。

婵娟诮：金元好问评秦观诗云："有情芍药含春泪，无力蔷薇卧晓枝。拈出退之山石句，始知渠是女郎诗。"

屈宋之才，苏轼说秦观"有屈、宋之才"，"少游已矣，虽万人何赎"（《宋史·文苑传》）。

多情总被无情恼：出自苏轼《蝶恋花·花褪残红青杏小》。秦观出身贫寒，科第不顺，元丰八年（公元 1085 年）三十六岁才中进士，后任秘书省正字、国史馆编修。元祐九年（公元 1094 年）即遭贬黜，开始了历时七年的贬谪生活。初贬处州，在处州三年，无日不处于"使者承风望旨，候伺过失"的监视下。后再贬郴州，即将老母、妻子和儿女留在浙西，只身前往。继而编管横州，远徙雷州。元符三年（公元 1100 年）放还横州，至滕州而逝，年仅五十一岁。他甚至在人品、私生活方面也常遭攻讦。

山抹微云：见秦观《满庭芳》。这首词极著名，给秦观带来了一个"山抹微云秦学士"的雅号。苏轼拿他和柳永作比，开玩笑说："山抹微云秦学士，露花倒影柳屯田"（"露花倒影"是柳永《破阵子》词里的句子，屯田员外郎是柳永最后所任的官职）。

似水柔情：见秦观《鹊桥仙》。秦观秉性柔弱，感情细腻，多愁善感。

丝雨如愁：见秦观《浣溪沙》："自在飞花轻似梦，无边丝雨细如愁。"

早就文名：秦观少年时即得到王安石等海内文宗的推许。

郴江枉自郴山绕：见秦观《踏莎行》。"郴江幸自绕郴山，为谁流下潇湘去？"这两句苏东坡最为激赏，秦观去世后，苏将这两句写在扇面上，说："少游已矣，虽万人何赎？"惋惜之情，可见一斑。

蝶恋花·诗词群英谱·贺铸

魁伟仪容刚直性。肆口而成，婉丽豪雄并。锻炼文辞音律整。驰驱温李常奔命。

剑吼西风千骑骋。梅子黄时，一日愁来永。不信芳春嫌老境。补衣谁念星河耿。

2022 年 4 月 11 日

注:

魁伟仪容刚直性：宋史记载贺铸身高七尺，面色铁青，眉目耸拔，人送外号“贺鬼头”。宋史说他是非分明，性格直爽，对人有意见，哪怕是权贵显要，也照样率口直言，不留余地。

肆口而成：当时词人张耒在《贺方回乐府序》中说：“文章之于人，有满心而发，肆口而成，不待思虑而工，不待雕琢而丽者，皆天理之自然，而性情之至道也。”

婉丽豪雄并：贺铸词风格多样，兼有豪放、婉约二派之风。

锻炼文辞：贺铸长于锤炼文句并善融化隐括前人成句，比如他的《小梅花》（又名《行路难》），全词大部分来自李白与李贺的诗作，狂放意气与奇情异想，奇妙有机地组合在一起，风貌独特。

驰驱温李：贺铸对自己隐括前人，点石成金的能力颇自许，他曾说：“吾笔端驱使李商隐、温庭筠，当奔命不暇。”

剑吼西风：见贺铸《六州歌头·少年侠气》，青少年时的贺铸，有一个热血报国的梦想。他一开始任的也是右班殿直之类的武职，后在李清臣、苏轼推荐下，改任文职。此词可作为豪放词的代表。

梅子黄时：见贺铸《青玉案·凌波不过横塘路》，此词后三句“一川烟草，满城风絮，梅子黄时雨”，那无形的愁绪化为有形的模样，成为传世名句，贺铸也由此得名“贺梅子”。黄庭坚认为此词不下于秦观小令，题七绝诗曰：“少游醉卧古藤下，谁与愁眉唱一杯。解作江南断肠句，只今唯有贺方回。”另见贺铸《人南渡·兰芷满汀洲》，有人说这是一首缩写的《洛神赋》。这两阕可视为婉约词的代表。

一日愁来永：见贺铸《行路难·缚虎手》。

不信芳春嫌老境：见贺铸《醉中真·不信芳春厌老人》。“惜春行乐莫辞频”“物情唯有醉中真”，让时光慢点儿，酒杯满点儿吧！

补衣谁念星河耿：见贺铸《鹧鸪天·重过阊门万事非》。人皆知苏轼的悼亡词《江城子》，贺铸《鹧鸪天》应不输苏轼。贺铸娶妻赵氏，为宗室女，约在贺铸五十岁时离开了，此后贺铸又在退居吴下的凄苦孤寂中度过了二十多年。

蝶恋花·诗词群英谱·晏幾道

追逼花间推晏七。堪比南唐，后主才情敌。微痛纤悲清壮笔。金陵堂燕成追忆。

歌尽桃花闻远笛。燕子双飞，花落人孤立。众恤四痴何顾惜。随春流水无踪迹。

2022 年 4 月 12 日

注：

追逼花间：毛晋跋《小山词》曰：“诸名胜词集删减相半，独《小山集》直逼《花间》，字字娉婷袅袅，如揽嫱、施之袂。恨不能起莲、鸿、蘋、云（晏幾道好友沈廉叔、陈君龙家四个歌女，擅清歌，每作词，则付之歌唱），按红牙板唱和一过。晏氏父子具足追配李氏父子云。”

晏七：晏幾道是晏殊第七子。

后主才情敌：近代人夏敬观说："晏氏父子，嗣响南唐二主，才力相敌，盖不特词胜，尤有过人之情。叔原以贵人暮子，落拓一生，华屋山邱，身亲经历，哀丝号竹，寓其微痛纤悲，宜其造诣又过于父。"

微痛纤悲：见前夏敬观评语。此四字确实抓住了小晏词的特征。小晏和秦观一样，被评为"古之伤心人"，他的伤心，不是浃髓沦骨的悲恸，只是缓缓写来，却让人心头牵扯起一缕微痛，铭心刻骨而又无以名之，唯有在"梦后楼台高锁，酒醒帘幕低垂"（晏幾道《临江仙》）时分慢慢咀嚼回味，尤适合寂寞的人品读。

清壮笔：见黄庭坚《小山词·序》："（晏幾道词）清壮顿挫，能动摇人心。"

金陵堂燕成追忆：晏幾道由豪门公子一落而至门户贫寒，虽经历坎坷，却不改孤高自许。王灼《碧鸡漫志》中说："叔原如金陵王、谢子弟，秀气胜韵，得之天然，将不可学。"他在现实生活中有诸多不如意，对往昔拥有过的快乐时光，自然格外追忆留恋。

歌尽桃花：见晏幾道《鹧鸪天·彩袖殷勤捧玉钟》。

燕子双飞：见晏幾道《临江仙·梦后楼台高锁》。

四痴：黄庭坚《小山词·序》中说他有四痴："仕宦连蹇，而不能一傍贵人之门，是一痴也。论文自有体，不肯一作新进士语，此又一痴也。费资千百万，家人寒饥，而面有孺子之色，此又一痴也。人百负之而不恨，己信人，终不疑其欺己，此又一痴也。"

随春流水：见晏幾道《临江仙·斗草阶前初见》。"落花流水春去也"（李煜《浪淘沙令·帘外雨潺潺》），"无计留春住"（欧阳修《蝶恋花·庭院深深深几许》）。人、物皆如此。

蝶恋花·诗词群英谱·李清照

千古女才词独步。日暮溪亭，误入花深处。物是人非流落苦。转蓬漂泊寒江渚。

婉约词宗繁绣谱。月满西楼，此恨凭谁诉？天接云涛连晓雾。蓬山吹取风休住。

2022 年 4 月 15 日

注：

千古女才：李清照有“千古第一才女”之称。

日暮溪亭：见李清照《如梦令》。此词可作李清照前期优游生活的写照。

物是人非：见李清照《五陵春》。此词可为李清照后期悲苦流离生活的代表。

转蓬漂泊：靖康后，李清照押运她和赵明诚苦心搜集的书画器物，转徙流离，丧失殆尽。

婉约词宗：李清照词以婉约为主，人称“婉约词宗”。

月满西楼：见李清照《一剪梅》。

天接云涛：见李清照《渔家傲》。

蓬山：蓬莱山。泛指仙境。

蝶恋花·诗词群英谱·欧阳修

豁达从容乘意兴。韵致深情，婉约开佳境。六一诙谐刚直性。醉翁之意湖山胜。

月上柳梢清夜静。窄袖轻罗，秋水莲花影。泪眼问花花不省。寻春再上梅花岭。

2022 年 4 月 16 日

注：

豁达从容：叶嘉莹说欧阳修“有遣玩的意兴”，他对一切事物，都保持一种欣赏的情绪，豁达的心态，感情极度敏感丰富。这种深于情的心灵特质，是诗人的特质。清冯煦《六十家词选·例言》说欧阳修“疏隽开子瞻，深婉开少游”，指出其词在两方面的影响。

六一诙谐刚直性：欧阳修晚年号“六一居士”，自己作《六一居士传》解释说：家里藏书一万卷，集录三代以来金石遗文一千卷，琴一张，棋一局，又常置办酒一壶，我这皤然一翁终老于此五物之间，岂不正好是六个一吗？可见其风趣一斑。《拊掌录》记了一件更有趣的事：欧阳修和人饮酒行酒令，每人各作诗两句，须描写徒刑以上的罪行。有人说：“持刀哄寡妇，下海劫人船。”有人说：“月黑杀人夜，风高放火天。”到欧阳修时，则云：“酒粘衫袖重，花压帽檐偏。”人疑曰：“这是犯罪吗？”答曰：“身当此时此际，徒刑以上罪行岂不敢为？”其两句诗，正是文人诗酒风流常常出现的情景，不免令人一噱。《宋史》评价他：“天资刚劲，见义勇为，虽机阱在前，触发之不顾。放逐流离，至于再三，志气自若也。”

醉翁之意：见欧阳修《醉翁亭记》。

月上柳梢：见欧阳修《生查子》。

窄袖轻罗：见欧阳修《蝶恋花·越女采莲》。

泪眼问花：见欧阳修《蝶恋花·庭院深深》。

蝶恋花·诗词群英谱·晏殊

闲婉幽思情洒洒。玉润珠圆，富丽文词雅。宰辅十年游宴罢。怜才召饮传佳话。

率性真诚难作假。望尽天涯，万籁归元化。一代词宗无匹亚。燕归花落纷纷下。

2022 年 4 月 17 日

注：

玉润珠圆：叶嘉莹说晏殊是以“圆融的观照”来体贴万物，珠圆玉润的精美词句，泛着淡淡的忧伤又含着旷达的感悟，正如其颇具哲理的一首《浣溪沙》所云：“满目山河空念远，落花风雨更伤春。不如惜取眼前人！”

宰辅十年：庆历中晏殊拜集贤殿大学士，同中书门下平章事，兼枢密使。做了十年宰相，人称“太平宰相”。

游宴：皇帝曾赞扬晏殊读书勤奋，不像别的官僚耽于游宴。他却说：我不是不喜欢宴会游乐，只是家贫，无法宴游玩乐。如果有了钱，也会宴饮游乐的。此言不虚，后来晏殊身历富贵，确实喜爱宴游。

怜才：晏殊任显职时善于选拔人才，范仲淹、韩琦、富弼、欧阳修、宋祁等都出自他的提拔。他喜爱同宾友宴饮罢赋诗为乐。

望尽天涯：见晏殊《蝶恋花·槛菊愁烟》。

元化：造化，天地。

一代词宗：晏殊是导宋词先路的一代词宗、江西词派的领袖。

匹亚：彼此相当，不相上下。

燕归花落，见晏殊《浣溪沙·一曲新词酒一杯》。

蝶恋花·诗词群英谱·张先

独别柳秦开妙境。意象繁华，工巧张三影。恬淡朦胧情韵胜。东风解嫁如桃杏。

一树梨花风月竟。明日娇红，鸳梦何时醒。杨柳千丝临别赠。西江题叶关情兴。

2022 年 4 月 18 日

注:

独别柳秦开妙境：清末陈廷焯《白雨斋词话》称：“张子野词，古今一大转移也。前此则为晏（殊）、欧（阳修），为温（庭筠）、韦（庄），体段虽具，声色未开。后此则为秦（观）、柳（永），为苏（轼）、辛（弃疾），为美成（周邦彦）、白石（姜夔），发扬蹈厉，气局一新，而古意渐失。子野适得其中，有含蓄处，亦有发越处。但含蓄不似温、韦，发越亦不似豪苏、腻柳。规模虽隘，气格却近古。自子野后一千年来，温、韦之风不作矣。亦令我思子野不置。”

意象繁华：张先词意韵恬淡，意象繁富，内在凝练，于两宋婉约词史上影响巨大，他是使词由小令转向慢词过渡过程中的一个不可忽视的功臣。他艺术上的一个重要特征是，善于以工巧之笔表现一种朦胧的美。

张三影：诗人因某句诗特别出色而为人传颂，则往往成为绰号。如宋祁“红杏枝头春意闹”而被称为“红杏尚书”，贺铸因“梅子黄时雨”被呼为“贺梅子”。宋祁一次探访张先，命人传呼说，宋祁要见“云破月来花弄影”（《天仙子·水调数声持酒听》）郎中。清沈雄《古今词话》中说“有客谓子野曰：‘人皆谓公张三中，即心中事、眼中泪、意中人（《行香子·舞雪歌云》）也’”。子野曰：“何不曰之为张三影？”客不晓。公曰：“‘云破月来花弄影’，‘娇柔懒起，帘押残花影’（《归朝欢》），‘柔柳摇摇，坠轻絮无影’（《剪牡丹·舟中闻双琵琶》），此余生平所得意也。”后来，世人遂称之为“张三影”。

东风解嫁如桃杏：见张先《一丛花·伤高怀远几时穷》：“沉恨细思，不如桃杏，犹解嫁东风。”据宋范公偁《过庭录》记载：“子野郎中《一丛花》词云：‘沉恨细思，不如桃杏，犹解嫁东风。’”一时盛传，永叔（欧阳修）尤爱之，恨未识其人。子野家南地，以故至都谒永叔，阍者以通，永叔倒屣迎之曰：“此乃‘桃杏嫁东风郎中’。”

一树梨花：张先一生官儿不大，却安享米寿，诗酒风流，颇多佳话。好友苏轼赠诗，“诗人老去莺莺在，公子归来燕燕忙”，应为其生活写照。这两句诗，莺莺句指张生、崔莺莺故事，燕燕句应指关盼盼为张愔守节燕子楼事，两句诗全以与张氏有关的典故打趣张先。据传张先在八十岁仍娶十八岁女子为妾。一次家宴上，张先得意地赋诗一首：“我年八十卿十八，卿是红颜我白发。与卿颠倒本同庚，只隔中间一花甲。”苏轼也即兴和诗一首：“十八新娘八十郎，苍苍白发对红妆。鸳鸯被里成双夜，一树梨花压海棠。”后来此小妾为他生了两男两女。张先一生共有十子两女，年纪最大的儿子与年纪最小的小女相差六十岁。

杨柳千丝：见张先《诉衷情·花前月下暂相逢》：“此时愿作，杨柳千丝，绊惹春风。”

西江题叶：见张先《系群腰·惜霜蟾照夜云天》。

蝶恋花·诗词群英谱·黄庭坚

独爱涪翁书荡桨。老杜为宗，点铁成金赏。世许秦黄双妙响。明妍柳七黄疏宕。

多变词风呈别样。唤取春归，百啭黄鹂唱。短笛长歌风雨爽。簪花白发犹豪放。

2022 年 4 月 18 日

注：

涪翁：黄庭坚晚年号涪翁。

书荡桨：黄庭坚书长枪大戟，绵劲迟涩。受摩崖石刻《瘗鹤铭》很大影响，揣摩孳乳，自成家法。并下足书外功夫，自言：“于僰道舟中，观长年荡桨，群丁拨棹，乃觉少进，喜之所得，辄得用笔。”

老杜为宗：黄庭坚是江西诗派的开派宗师，崇尚“点铁成金，夺胎换骨”之说，尊杜甫为祖。其影响了南宋一代诗风，对后世也有深远影响。

世许秦黄双妙响：黄庭坚在有宋词坛的位置不容小觑，同时的陈师道就说：“今代词手，唯秦七（秦观）、黄九（黄庭坚）耳。”

明妍柳七黄疏宕：冯煦《宋六十一家词选例言》又将黄比之于柳永，他说：“若以比柳，差为得之。盖其得也，则柳词明媚，黄词疏宕，而亵诨之作，所失亦均。”

多变词风：黄庭坚词风多变，既有清新明媚之作，如《清平乐·春归何处》。也有俚俗如柳永，情深如秦观的小令，如《喝火令·见晚情如旧》。还有豪放不下苏轼的《念奴娇·断虹霁雨》，他写完此词不无得意地说：“或以为可继东坡赤壁之歌云。”更有近似他“瘦硬拗折”诗风的另类词作，如《定风波·万里黔中一露天》。

唤取春归：见黄庭坚《清平乐·春归何处》：“若有人知春去处，唤取归来同住。春无踪迹谁知。除非问取黄鹂。百啭无人能解，因风飞过蔷薇。”

短笛长歌风雨爽：见黄庭坚《南乡子·重阳日，宜州城楼宴集，即席作》。黄庭坚谪居宜州，住在城楼上的一间小屋，宜州天气潮湿闷热，夏秋之交更是难挨，一日下了一场凉雨，他伸足屋檐之外，欣然对守在身边的仰慕者范寥说道：“信中（范寥字），我平生没有过这样的快活！”这首词也成了他临终前最后一阕高歌。

簪花白发：也见上阕。“万事尽随风雨去”，是豁达，也是无奈。他在自惜其老，却又恬然簪花为乐。

蝶恋花·诗词群英谱·元好问

词冠大金元好问。七彩华章，全道纾孤愤。梦寄中州情愫蕴。儒林缵续言辞恳。

慷慨悲歌家国恨。壮赋三门，澎湃如雷震。丘雁水边何恻悯。丝连藕断相思尽。

2022 年 4 月 19 日

注：

词冠大金：元徐世隆说元好问：“作为诗文，皆有法度可观，文体粹然，为之一变。大较遗山诗祖李、杜，律切精深，而有豪放迈往之气；文宗韩、欧，正大明达，而无奇纤晦涩之语；乐府则清新顿挫，闲婉浏亮，体制最备。又能用俗为雅，变故作新，得前辈不传之妙，东坡、稼轩而下不论也。”他诗、文、词、曲，无一不妙，而以诗成就最高，词为金代之冠，堪称宋金对峙时期北方文学主要代表。

全道纾孤愤：元好问身经崔立之变，蒙古兵破汴京，被俘囚于聊城。但他仍为保全中原文脉奔走呼号，竭尽心力。

梦寄中州：金亡后，元好问勤奋编辑金国诗词总集《中州集》，有缅怀故国深意。

儒林缵续言辞恳：元好问曾给蒙古中书令耶律楚材写信，请他保护资助五十四名金国儒士，量才任用。蒙古宪宗二年（公元 1252 年），元好问觐见“驻桓、抚间”的忽必烈，关说他崇信儒学，任用儒士治国。缵续，继承发扬。“缵”音“纂”。

壮赋三门：见元好问《水调歌头·赋三门津》，可作为豪放词的代表。

丘雁水边：见元好问《摸鱼儿·雁丘词》。丘雁，埋雁，丘为坟墓，这里作动词。

丝连藕断：见元好问《摸鱼儿·问莲根丝有多少》。此两首《摸鱼儿》可为婉约词代表。

蝶恋花·诗词群英谱·陆游

绝笔示儿千古叹。铁马秋风，猎猎军旗展。北定中原天下愿。殷勤时作屠龙劝。

浩瀚遗文诗过万。驿外桥边，寂寞红深浅。清丽雄浑相互见，关河梦断天山远。

2022年4月19日

注：

绝笔示儿：嘉定二年（公元1209年），农历十二月二十九，陆游与世长辞，享年八十五岁。临终之际，留下世人皆知的绝笔《示儿》诗。

铁马秋风：见陆游《七律·书愤》。写这首诗时陆游六十二岁，他一生为抗金奔走呼号。大散关在今宝鸡西南，是当时宋金边界。大散关一带的军旅生活是陆游一生中唯一一次亲临抗金前线、图复中原的军事实践。这段生活虽只有八个月，却给陆游留下难以磨灭的印象，他在晚年诸多诗文中提及。

殷勤时作屠龙劝：陆游曾多次上书皇帝，要励精图治，整饬吏治军纪，固守江淮，徐图中原。曾作《平戎策》，提出收复中原的战略方策。屠龙，比喻跟强敌作英勇斗争。

浩瀚遗文诗过万：陆游著作宏富，有《渭南文集》50卷、《剑南诗稿》85 卷、《南唐书》18 卷、《老学庵笔记》10 卷等。自言“六十年间万首诗”，至今存世 9300 多首。

驿外桥边：见陆游《卜算子 · 咏梅》。

关河梦断：见陆游《诉衷情 · 当年万里觅封侯》。

天山：在中国西北，是汉唐时的边界，此词中代指南宋与金国相持的西北前线。亦喻家国之思。

蝶恋花 · 诗词群英谱 · 张元幹

慷慨悲歌谁与诉？画角连营，梦绕神州路。自古英雄伤痛处。难酬壮志天垂暮。

扫尽浮云风不住。怅望关河，长剑闻鸡舞。前继东坡豪放步。稼轩后起追其武。

2022 年 4 月 19 日

注：

梦绕神州路：见张元幹《贺新郎 · 送胡邦衡待制》。据说毛泽东晚年常听由蔡瑶铣、岳美缇、计镇华三位南北曲名家演唱此词的磁带。8 盘磁带上均录有此词，录了 12 遍之多，可见毛泽东对它的喜爱程度。

扫尽浮云风不住：见张元幹《贺新郎 · 寄李伯纪丞相》。

闻鸡舞：见东晋祖逖和刘琨闻鸡起舞的故事。二人志同道合，立志恢复中原，故听鸡鸣而中夜起舞，相互勉励激发。

蝶恋花·诗词群英谱·张孝祥

诗酒淋漓何倜傥。敏妙天资，政事文章奖。笔势如椽颜米壮。英年早逝魂灵飨。

夜把吴钩锋闪亮。我欲乘风，击楫中流浪。万里江山云雾障。中原父老常南望。

2022 年 4 月 19 日

注:

诗酒淋漓：杨万里说张孝祥“当其得意，诗酒淋漓，醉墨纵横，思飘月外”。他的《念奴娇·过洞庭》“尽挹西江，细斟北斗，万象为宾客”，说要吸尽长江的水作酒，拿北斗星当酒杯斟酒来喝，天地万物都是陪客。想象奇特，胆思豪壮，可为杨万里说法一证。

敏妙天资：张孝祥天资聪颖，年二十三即由宋高宗擢拔状元。他怀着“恻袒爱民之心”，政绩卓著。正如查礼《铜鼓书堂遗稿》所说：“于湖（张孝祥号于湖居士）词声律宏迈，音节振拔，气雄而调雅，意缓而语峭。”

颜米壮：张孝祥书法在南宋声名甚著，既有颜真卿遒劲雄浑之姿，也有米芾风樯阵马之致。

英年早逝：1169 年 7 月张孝祥病逝于芜湖，年仅三十八岁。其死因，据周密《齐东野语》：以当暑送虞雍公（虞允文），饮芜湖舟中，中暑卒。

我欲乘风：见张孝祥《水调歌头·闻采石矶战胜》。

中原父老常南望，见张孝祥《六州歌头·长淮望断》。

蝶恋花·诗词群英谱·陈亮

五论中兴忧国计。虽仕何为，行道勤民理。天堑应非安乐地。长驱直取黄龙已。

两报君亲心勿替。河洛腥膻，国耻何时洗？自古江山多壮丽。宜循民意行仁义。

2022年4月19日

注：

五论中兴：乾道五年（公元1169年），南宋朝廷与金人媾和，“天下欣然，幸得苏息”，陈亮则以布衣身份连上五疏主战，这就是历史上著名的《中兴五论》。

虽仕何为：陈亮在青壮年时期，曾两次参加科举考试，均未得中。他说：“亮闻古人之于文也，犹其为仕也，仕将以行其道也，道不在于我，则虽仕何为？”他的抗金主张，与朝廷主和大臣不侔，自不为所取。他在韶熙四年（公元1193年），年五十一岁参加礼部进士考试，其策论获宋光宗赏识，御批第一，授职签书建康军判官厅公事，可惜第二年他就去世了。

天堑应非安乐地：见陈亮《念奴娇·登多景楼》。词中对建康京口一带写道：“一水横陈，连岗三面，做出争雄势。六朝何事，只成门户私计？”“正好长驱，不须反顾，寻取中流誓。”主张不要把长江天险仅仅当作隔断南疆北界的门户，而要把它作为北伐中原，收复失地的跳板。

长驱直取黄龙已：黄龙，金国都城，后泛指敌国都城。已，完成，完毕。

两报君亲心勿替：陈亮在《告祖考文》中说：“亲不能报，报君勿替。70年间，大责有归，非毕大事，心实耻之。”这句是说陈亮报国报亲之心矢志不移。

河洛腥膻：见陈亮《水调歌头·送章德茂大卿使虏》。腥膻，借指入侵的北方游牧民族。

蝶恋花·诗词群英谱·刘过

好论古今衰盛变。慷慨激昂，豪气冲霄汉。拂拭腰间三尺剑。誓斩楼兰还心愿。

同气相求孤愤懑。无奈愁深，何日功成劝。梦里寻秋秋不见。把杯时作风流叹。

2022年4月20日

注：

好论古今衰盛变：刘过少怀志节，读书论兵，好言古今治乱盛衰之变。

拂拭腰间三尺剑：见刘过《沁园春·张路分秋阅》。

楼兰：西域古城遗址，在此喻收复失地，建功立业。

同气相求孤愤懑：刘过与辛弃疾、陆游、陈亮等交往，他们“同声相应，同气相求”，力主北伐，收复中原。

无奈愁深：见刘过《贺新郎·老去相如倦》。但其时文恬武嬉、偏安一隅的主和派占上风，夙愿难偿。

何日功成劝：见刘过《念奴娇·留别辛稼轩》。劝，勉励。

梦里寻秋秋不见：见刘过《贺新郎·弹铗西来路》。

风流叹：叹惋不能成为收复中原的风云英雄人物。

蝶恋花·诗词群英谱·刘克庄

羞学流莺声百啭。简朴雄奇，常作神州叹。诗教性情终不变。其身虽黜文名远。

事业须由人负挽。何处相逢，乐奏旌旗展。有志男儿当自勉。廉颇老矣勤加饭。

2022 年 4 月 20 日

注：

羞学流莺声百啭：见刘克庄《贺新郎·席上闻歌有感》："粗识国风关雎乱，羞学流莺百啭。总不涉闺情春怨。"刘熙载《艺概》认为这是夫子自道。

神州叹：叹金瓯残缺，神州陆沉。

诗教性情终不变：刘克庄的诗学理论认为诗以教化民彝（犹人伦，人与人之间的伦理道德）为主，以抒发情性为本，含蓄蕴藉，平淡自然为上。

其身虽黜文名远：冯煦《宋六十一家词选例言》说："后村词，与放翁、稼轩，犹鼎三足。其生丁南渡，拳拳君国，似放翁；志在有为，不欲以词人自域，似稼轩。"

南宋林希逸《后村居士集原序》则说："刘克庄得文名最早，排抵于时亦最甚。克庄罢职时，身虽诎而文日传。时从数千里外，有能道其名而诵其诗。语以为今人率不信，亦知公之诗名久而传者远矣。掖垣（代称门下、中书两省，分别在禁中左右掖，故称）诸稿脍炙于人，好文者至相传写以相遗（音'胃'，馈赠）。"

事业须由人负挽：见刘克庄《贺新郎·送陈真州子华》。

何处相逢：见刘克庄《沁园春·梦孚若》。

蝶恋花·诗词群英谱·姜夔

意境清幽调婉媚。自度弦歌，词曲相谐美。骚雅清空声璀玮。暗香疏影人闻醉。

心绪物情于此汇。冷月无声，别后华胥会。别久成悲春绿未？高歌一曲江河酹。

2022 年 4 月 21 日

注：

意境清幽调婉媚：姜夔词清空高洁，极富想象，语言灵动自然，善于对隐秘飘忽的心境捕捉表达。浙西派词人把他比为词中老杜。清周济在《宋四家词选》中说：“白石脱胎稼轩，变雄健为清刚，变驰骤为疏宕。”用清刚之气来调和婉约词绵丽软媚之偏。

自度弦歌：姜夔留下一部《白石道人歌曲》，是带有曲谱的宋代歌曲集，堪称音乐史的稀世珍宝。

骚雅清空：南宋张炎《词源》中说：“白石词如《暗香》《疏影》等曲，不惟清空，又且骚雅，读之使人神观飞越。”

心绪物情于此汇：姜夔善于用联觉思维，用通感的手法，把人不同的感官感觉交错连接起来，把人的感情和自然万物汇通融合起来，让人耳目一新。

冷月无声：见姜夔《扬州慢·淮左名都》。

别后华胥会：见姜夔《踏莎行·自沔东来丁未元日至金陵江上感梦而作》。华胥，古代神话中无为而治的理想国家，见《列子·黄帝》。后用来比喻梦境。

别久成悲春绿未：见姜夔《鹧鸪天·元夕有所梦》。

蝶恋花·诗词群英谱·史达祖

咏物梅溪奇秀逸。妥帖轻圆，词曲逢长吉。警迈清新闲婉笔。辞情俱到描摹密。

春雨缠绵花粉湿。快拂花梢，双燕归飞急。巧沁兰心消无迹。说项依刘堪嗟惜。

2022年4月22日

注：

咏物梅溪奇秀逸：梅溪，史达祖号梅溪。其词常与周邦彦、姜夔相提并论。姜夔《梅溪词序》称：“邦卿（史达祖字）词奇秀清逸，有李长吉（李贺）之韵，盖能融情景于一家，会句意于两得。”

警迈清新闲婉笔：南宋张镃《题梅溪词》则说：“盖生之作，辞情俱到。织绡泉底，去尘眼中。妥帖轻圆，特其余事。至于夺苕艳于春景，超悲音于商素，有瑰奇警迈清新闲婉之长，而无佚荡污淫之失。端可以分镳清真（周邦彦），平睨方回（贺铸）。而纷纷三变（柳永）行辈，几不足比数。”

春雨缠绵花粉湿：见史达祖《绮罗香·咏春雨》。

快拂花梢：见史达祖《双双燕·咏燕》。

巧沁兰心：见史达祖《东风第一枝·咏春雪》。

说项：唐代杨敬之看重斯项，赠诗有“平生不解藏人善，到处逢人说项斯”的句子。后人用“说项”指说情或说好话。

依刘：《三国志·魏志·王粲传》：“（王粲）年十七，司徒辟，诏除黄门侍郎。以西京扰乱，皆不就。乃之荆州依刘表。”后因以“依刘”谓投靠有权势者。史达祖一生未中第，靠为显达做幕僚为生，曾作权臣韩侂胄堂吏，颇受倚重。

蝶恋花·诗词群英谱·蒋捷

造语清奇开意境。故国之思，此恨争平定？汉阙秦宫衰草冷。梧桐细雨催人醒。

断雁西风连峻岭。一片春愁，谁解心酸耿？词曲长城花竹影。樱桃进士称名盛。

2922年4月23日

注：

造语清奇：刘熙载《艺概》说："蒋竹山（蒋捷号）词未极流动自然，然洗练缜密，语多创获。其志视梅溪（史达祖）较贞，视梦窗（吴文英）较清。刘文房（刘长卿）为五言长城，竹山其亦长短句之长城欤。"

故国之思：蒋捷其词多抒发故国之思、亡国之恸，风格多样，而以悲凉清隽、萧寥疏爽为主。尤以造语奇巧之作，在宋季词坛独标一格。

争：怎么。

断雁西风：见蒋捷《虞美人·听雨》。

一片春愁：见蒋捷《一剪梅·舟过吴江》。

酸耿：悲痛忧伤。

词曲长城：见上刘熙载语。

樱桃进士：蒋捷是南宋咸淳十年（公元1274年）进士，因《一剪梅·舟过吴江》中有"红了樱桃，绿了芭蕉"句，被称为"樱桃进士"。

沁园春·开封高中百廿华诞

大河泱泱，嵩岳苍苍，日月辉光。望中原故土，晨霜耿耿，前营衙署，雨雪雱雱。肇建黉门，时维零二，自此开封新学堂。为家国，历百年风雨，桃李芬芳。

当时共聚同窗。有壮志，凭云飞凤翔。任炎炎夏日，汗流浃背。飘飘冬雪，手脚冰凉。变幻无穷，浮沉不定，稼穑艰难经雨霜。身长健，愿松龄难老，且享康庄。

2022 年 4 月 27 日

注：

前营衙署：开封高中由清末河南省大学堂和开封府中学堂两所学校沿革而来。河南省大学堂创建于光绪二十八年（公元 1902 年），地址在前营门游击衙署。

雱雱：音“滂”。雨雪很大的样子。

肇建：始建。

黉门：古代称学校。“黉”音“红”。

零二：指开封高中前身河南省大学堂成立于 1902 年。

“变幻无穷”及以下两句，指学校经历艰难曲折，战火洗礼。先后迁址南阳镇平石佛寺、内乡夏馆及陕西宝鸡观音寺。也指老三届学生历经时代风雨。

“身长健”三句，是对母校的祝福，也是对老三届同学的祝福。

一斛珠·痛悼刘思谦老师

公元 2022 年 7 月 18 日，突闻刘思谦老师溘然仙逝，山河同悲，学生寄辞以挽。

音容笑貌。先师往事知多少？雄姿英发文天娇。铁笔如椽，率性抒怀抱。

三驾马车河大宝。当年议论风云扫。有情还被无情恼。试问天公，却道归来早。

2022 年 7 月 19 日

西江月·和韵苏可文

老借精神焕发，蹉跎半世年华。豪情万丈啸烟霞。且趁桑榆未下。

大块文章我写，同窗厚谊须夸。河山壮丽走天涯。川藏纵横自驾。

注：

同窗：自驾 318 走川藏的三位：孙征中、夏新中、李一平是开封一高老三届的同学，年龄相加 223 岁。

2022 年 7 月 30 日赴藏途中写于泸定

附苏可文原玉：

西江月·校友西藏行有感

谁道廉颇老矣，今看大圣归来。飞驰铁骑卷尘埃。直指九霄云外。

领略烟岚无限，相呼冰雪盈怀。闲时暂把剑光埋。且向山河寻爱。

2022 年 7 月 30 日

少年游·泸定桥·奉和苏可文

桥横铁索水流湍。天堑渡河难。当时勇士，枪林弹雨，鲜血洒长天。

时临八一怀英烈，默立大河边。逝水呜咽，滔滔南去，应记太平年。

2022 年 7 月 31 日于大渡河边

附苏可文原玉：

少年游·泸定桥

悬桥铁索横江寒。白浪裂重关。鬼斧神工，地雄天堑，千古盛名传。

廿二勇士今何在，碧血洒江山。多少死生，只为圆梦，怎可忘当年！

2022 年 7 月 31 日

新荷叶·都江堰

7 月 29 日游都江堰，深为此修于两千多年前的伟大工程所震惊。余秋雨说，“中国历史上最激动人心的工程是都江堰，不是长城”，此言不虚。长城早已荒废，都江堰却至今还在发挥效用，造福一方。

喝令山川，岷江改道分流。两界相连，都江堰为民谋。

飞沙隔水，消水患、喜庆丰收。古今同利，稻花香满平畴。

筹划民生，人民记在心头。香火灵堂，奢华贪墨应羞。李冰父子，二王庙、钟磬悠悠。声声唤里，不如多把仁修。

2022 年 8 月 1 日

注:

两界相连：百姓把实实在在为民谋利的李冰父子敬为了神。

飞沙：指飞沙堰。

唐多令・游康定

折多一河湍。明珠两岸穿。小边城，天上人间？千里驱车寻梦幻，今日里，愿心还。

传唱忆当年。溜溜跑马山。再相看，旧貌新颜。正是尘寰多变换，丰志趣，享安闲。

2022 年 8 月 3 日

注:

折多一河：折多河穿康定市区而过，康定城沿河两岸修筑。

溜溜：藏语美丽漂亮之意。

附苏可文和韵:

唐多令・和一平兄《游康定》

浩浩折多滩。巍巍跑马山。怎迎来，三位神仙？因访蓬莱寻不到，今方晓，降人间。

曲径绕岚烟。禅庭传太玄。乐其中，醉享安闲。忽有情歌平地起，溜溜哟，月弯弯。

2022年8月3日

汉宫春·康定至左贡途中所见所感

8月2日，从康定我们驶入老318国道，翻越折多山、卡子拉山、海子山、宗拉山、拉乌山、东达山等高山，海拔大都在四千米以上，跨过金沙江、澜沧江等大川。道路像一条玉带一样在苍山翠谷间环绕盘旋，常常一边是壁立万仞，一边是峡深千丈。真个是车移景换，步步美景，目不暇接。高山峡谷，辽阔草原，天蓝云白，景色壮美。沿途路上，有推着双轮小车的步行者，有蹬着山地车的骑行侠，有飞驰而过的摩托车队，更有来往不断的货车和大小客车。大家都有一个共同之处，奔驰在川藏线上，为沿途的美景所陶醉。

川藏途中，任车移景换，处处风情。山阴道中目接，美景难应。牦牛自在，紫黄白、草地青青。听远处、赤墙金顶，梵钟入耳声声。

徒步虔诚拜客，山地车队勇，躬背骑行。山头彩云相伴，飞鸟随鸣。人生得意，非富贵、最重心平。应羡我、驱车万里，肯辞少年豪英？

2022年8月4日

附苏可文和韵：

汉宫春·习和一平兄

驱驾天涯，又一番胜景，梦绕魂惊。遥看水肥草美，日丽风清。长空垂碧，荡悠悠、鸟语钟鸣。云影下、牛闲幡静，乾坤自享安宁。

放眼山河旖旎，有骚人运墨，洒落诗情。划开一路寂寞，笔送华英。人间多舛，遇太平、且乐盈盈。身外事、功名莫问，风流就在今生。

2022 年 8 月 5 日

注：

华英：光耀；光彩；文采。

水调歌头（钦谱格三）·从左贡经邦达、八宿至然乌湖沿途所见所感

8 月 5 日早 7 点，我们从左贡沿怒江支流——玉曲河溯流而上奔邦达。经海拔 4875 米的业拉山口，下瞰筑路奇观——七十二拐。高度陡降两千多米，来到怒江大桥。鸣笛通过，向为筑桥牺牲在这里的英雄致敬。怒江两岸是连绵不断的险峻高山，我们行驶在岸边公路上，左边是不时向里凹进的悬崖峭壁，右边是在深谷巨石间激湍奔腾的怒江，涛声震天，摄人心魄。沿江上行，来到了安然静卧在高山峡谷间的冰川湖泊——然乌湖。

前路有何慰，玉曲伴车行。数牛寻草河畔，村寨享安宁。片片青稞深浅，已是金黄灿烂，垂穗摆熏风。大道报劳苦，磨难励人生。

路崎岖，车跳簸，胆心惊。险崖万仞，峡谷千丈野猿鸣。前有沧江奔涌，侧有危峰高耸，隘路最难凭。是处观奇景，三一八驰乘！

2022 年 8 月 6 日

注：

玉曲：玉曲河。玉曲河是怒江中游左岸的一级支流，发源于西藏昌都地区类乌齐县附近的瓦合山南麓，发源处海拔约 4954 米。

附苏可文和韵：

水调歌头（钦谱格一）·习和一平兄

一腔豪然气，千里快哉行。不游西藏，怎知奇景鬼神惊。绝壁层烟激荡，深谷巨滔咆哮，曲路伴云横。怒江英魂在，长笛绕桥鸣。

野光浮，天地迥，感慨生。纵横南北，不教遗憾负今生。拥抱五湖风月，收揽百城锦绣，笑对日西倾。若问得和失，留待后人评。

2022 年 8 月 7 日

西江月·鲁朗小镇

四侧翠峰攒簇，一边白浪飞湍。林芝锁钥障东边。秀丽天然画卷。

绿色宜居城镇，清凉避暑桃源。安知有汉享清闲。快活神仙夙愿。

2022 年 8 月 7 日

注：

鲁朗，属林芝市巴宜区，素有“林芝东大门”之称。周围树木茂密，号称中国天然氧吧，《中国国家地理》杂志授予“中国最美户外小镇”称号。

附苏可文和韵：

西江月·鲁朗小镇，习和一平兄

鲁朗温馨小镇，凡尘不染如仙。山湖草甸谷河川。林海尤其翠灿。

宁静虚无圣洁，从容自在安闲。东方瑞士美名传。谁不流连忘返？

2022 年 8 月 7 日

念奴娇·雅鲁藏布江大峡谷

8 月 7 日早晨，孙征中、夏新中和我三人驾车从林芝出发，往游号称世界最大、最深的峡谷——雅鲁藏布大峡谷。大峡谷北起米林市大渡卡村，南到墨脱县巴昔卡村，全长 504.61 千米，平均深度 2268 米，相对高差达 6009 米。山高谷深，人迹罕至，被称为“世界人类最后的秘境”。一路沿尼洋河东北流向驱车前行，尼洋河最终汇入雅鲁藏布江。此地有雅尼国家湿地公园，植被茂密。天空蔚蓝，白云飘浮，近处流水潺潺，远处群山如黛。我们都被眼前的美景惊呆了。老左竟然一时语无伦次："哇——这……这……"我们坐景区游览车先到南迦巴瓦峰最佳观览拍照处，山头白雪皑皑，云雾缭绕，分不清哪是云，哪是雪。最终抵达了雅鲁藏布江大拐弯处，雅鲁藏布江在脚下奔腾咆哮，滔滔南去，此情此景会永远印在脑海里。美好的一天，难忘的一天！

自天之水，泻银河万里，奔流无际。峻极南迦巴瓦雪，冷浸周天寒起。只见山腰，白云来去，美景无言绘。江山如画，令人神往陶醉。

喜马拉雅虽高，决然难阻，流水滔滔意。水就下柔能克锐，顺势而为足矣。不可争强，人生哲理，皎皎终非计。闹中求静，品评千百滋味。

2022 年 8 月 8 日

注：

水就下柔能克锐：老子曰："上善若水，水善利万物而不争。""天下莫柔弱于水，而攻坚强者莫之能胜。"

皎皎：古语曰："峣（音'姚'）峣者易折，皎皎者易污。"

附苏可文和韵：

念奴娇·雅鲁藏布大峡谷

雪峰断处，看银河堤决，破空惊地。咢哮奔腾千万里，搅得周天寒悸。杂树参差，乱云聚散，绝岸猿声起。放怀长啸，不知言怯言喜。

直面奇景狂歌，晨昏皆忘，更把闲愁洗。借得江山清洁气，买取今生如意。泥雪飞鸿，百年一遇，沉醉谁人比？几曾寻问，何时还可来此？

2022 年 8 月 8 日

念奴娇·布达拉宫

松赞干布，为文成公主，天宫仙阙。四海招来工巧匠，营造蟾宫秋月。玉宇琼楼，原来不称，远嫁娇娘歇。唐蕃交好，肯经千水险绝。

细数人类历史，又有多少，战火纷飞血？如盼云霓临大旱，不任英雄拿捏。欲壑难填，终归尘土，恰似流星灭。清凉凡界，只需莲瓣莲叶。

2022 年 8 月 8 日

附苏可文和韵：

念奴娇·布达拉宫

巅峰之上，看红楼白殿，人间奇绝。肃立高原千万载；仍旧佛灯明彻。梵桶生风，金幡耀月，音磬横空越。可知尘世，历经多少磨涅。

遥想历代王朝，于今何处，一抹斜阳血。人在茫茫寰宇里，恰似流星明灭。虽有闲愁，依然清苦，也要歌天阙。低回堪叹，新诗吟向明月。

2022 年 8 月 16 日

水调歌头（钦谱格三）·青藏高原

8月8日，由于西藏发现新冠感染者，8月9日一早，早饭也未吃，即离开拉萨。车出拉萨不久，就驶上了世界屋脊——青藏高原。朵朵白云飘浮在碧蓝澄澈的天空中，高原草甸上，黑色的牦牛，白色的山羊，棕色的骏马在绿色的草甸上悠闲地吃草。

世界第三极，中国最高原。南通喜马拉雅，北至祁连山。起伏高原草甸，浑穆苍茫辽远，峰锷刺青天。数万仞高度，上万里方圆。

丈夫志，读万卷，走山川。老来无事，何惧华发路维艰。雄丽瑰奇之辨，欲见须寻险远，不肯享清闲。憋闷疫情久，赏景得怡然。

2022年8月9日

附苏可文和韵：

水调歌头（钦谱格一）·青藏高原

纵横蟠赤地，仰俯峻青天。鬼工神斧，尔来三亿八千年。朴厚壮豪博大，神秘空蒙纯洁，混沌一奇观。形据第三极，势拔最高山。

滋江河，衔日月，护坤乾。古今胜绝，呼雪（风）唤雨号云烟。怀抱世间冷暖，感触人生起落，看惯苦和酸。赫赫名青藏，莽莽大高原。

2022年8月10日

注：

蟠赤地、峻青天：取自清顾炎武“下蟠厚地深，上峻青天极”。

念奴娇·可可西里

8月11日早7点，我们从唐古拉山镇出发，前往格尔木。汽车一直在4500米的高原上行驶。极目远方，群山如黛，白云朵朵，缠绕飘浮。广袤无垠的可可西里大草原，空旷苍凉雄浑辽阔，具有一种震撼人心灵的美。

苍茫空旷，望平野千里，云山留迹。铁路架高羊过处，曲折伴行河碧。草地绵延，雪山远耀，牛马游安逸。生机一片，此情兹景何觅？

壮丽陶醉其中，连连赞叹，惊倒三行客。涤荡心胸凭浩气，祖国山河亲历。欲享神仙，壮游颐养，何必凭鹏翼。一声长啸，赏心刚好将息。

2022年8月11日

注：

铁路架高：穿过可可西里的青藏铁路，为方便藏羚羊来往通过，把路基架空。

伴行河：作为长江源头的沱沱河，从唐古拉山镇一直陪伴我们北行。

附苏可文和韵：

念奴娇（通韵）·可可西里

曾经沧海，却横空出世，翻然崛起。都道青春天上女，降落人间凡地。左枕昆仑，右敧唐古，前后冰原侍。空蒙虚幻，问知多少秘密？

凭借仙骨禅心，登临于此，只为行朝礼。敬立洪荒原始处，怎不魂飞神驶。月下听溪，云边观雪，阵阵豪然气。清心节欲，顿觉肝胆如洗。

2022 年 8 月 12 日

注：

可可西里，有“美丽的少女”之称。

朝礼：参拜，朝拜。唐郑处诲《明皇杂录》卷下：“今则将行朝礼，爰申宠命……”

鹧鸪天・石门栈道

山上飞泉万斛珠。云间高峡出平湖。已通栈道行还碍，似有人踪寻却无。

褒姒里，美人居。千金买笑意何如？战车来往驰驱乱，失国多因乏壮图。

2022 年 8 月 16 日

念奴娇・雅鲁藏布大峡谷

观雅鲁藏布大峡谷、南迦巴瓦峰，大长我胸中浩然之气。巍巍高山，滔滔大江，仰之弥高，俯之弥深。不禁有“吾生须臾”之慨。然则天地无穷，人生有限，万物皆有生有灭。其生其灭，不过物质形态转换而已。不生不灭，何生何灭？又何慨叹哉！

大江东去，挟风雷滚滚，一无留处。万仞高峰难阻挡，切出一条峡谷。过此南迦，折而南向，大海终归路。悠悠天道，岂逃冥契定数？

豪气鼓荡胸中，仰天长啸，天意由谁主？我道我能安我命，何惧崎岖艰阻？老且恬然，吾非杨子，不用歧途哭。大鹏风举，长空凭汝飞舞。

2022 年 8 月 25 日

注：

南迦：指南迦巴瓦峰。

冥契：此处意为天机、天意，暗中契合。

杨子：杨朱。《淮南子·说林训》："杨子见歧路而哭之，其可以南，可以北；墨子见练丝而泣之，其可以黄，可以黑。"比喻面临抉择，犹豫不定，徘徊难进。引物忧时之谓。

大鹏风举：见《庄子·逍遥游》。

临江仙引·秋雨·原韵奉和学友

细雨，滴沥，秋风里，是秋凉。平畴又见秋光。望远村烟霭，对残叶荷塘。寻常庭院，积翠树头，无处不新黄。

祈君别来应不恙，新冠肆虐猖狂。盼纸船明烛，趁如火骄阳。清平世界有日，老友宴饮飞觞。

2022 年 8 月 30 日

附苏可文原玉：

临江仙引·昨夜雨

昨夜，小雨，扶湿槛，望玄黄。风凋落叶凄凉。有雁悲云暗，叹波冷烟茫。花前柳瘦，草后蛩咽，催老了荷塘。

浮生百年如过客，人生宛若秋霜。士骨归哪里，俗魂向何方？无由忐忑骤起，怅然独对壶觞。

2022 年 8 月 30 日

注：

玄黄：天地。

水调歌头·聆老友所作歌《我的大学》

何来阆苑乐，心曲起微澜。风铃清袅，耿耿星夜伴书眠。一段青春光景，却是思量三载，露重滞寒蝉。柳树梢头月，漫步对湖莲。

赏奇文，析疑义，共谈欢。芝房雅奏，十五唱彻月儿圆。铁塔霜钟报晓，贡院青砖沐栉，齐祝太平年。当有青松色，鹤舞绕翩跹。

2022 年 9 月 5 日

注：

老友：王立群是我河南大学文学院（当时为开封师范学院中文系）1979 级研究生同届同学。

芝房雅奏：原指天降祥瑞。此指老友作歌雅美。

沐栉：沐雨栉风。形容饱经风雨，劳苦奔波。语出《庄子·天下》：“昔禹之湮洪水……沐甚雨，栉疾风。”

附苏可文和韵：

水调歌头·听《我的大学》——河南大学

谁唱郢中曲，云际荡回旋。意深情重，恰似苗木唤春天。词里轻风明月，谱内高山流水，石上漾清泉。余音绕梁去，袅袅落花间。

两斋灯，城墙雨，贡院烟。满园桃李，铁塔铃动话缠绵。造化钟灵神秀，仁育诲人不倦，薪火数千年。风采当题颂，经典永歌传。

2022年9月6日

注：

郢中曲：泛指乐曲。

仁育：以仁德教化培育。

水调歌头（钦谱格三）·壬寅中秋

明月有圆缺，好雨待时来。固知天意难问，缘事不开怀？一日无逢晨再，未肯芳华复彩。诚笃守心斋。破闷岂关酒，何必醉徘徊？

世间事，应自慰，任时乖。不须有恨，烟渺云鹤本吾侪。风外平沙千里，但见逍遥鹏起。万物寸心裁。老境通禅理，原可一言赅。

2022年9月9日

注：

缘事：因事。佛教语，与己有关之事。

心斋：庄子用语，谓摒除杂念，使心境虚静纯一。

赅：概括。

醉春风·步韵奉和可文兄

夏逐秋风尽。初尝菱藕嫩。终年四季好时光，问，问，问。天道轮回，雪冬春水，莫教花损。

蜗角虚名困。熙熙追利运。算来都是着空忙，恨，恨，恨。三界流连，过来能解，苦甜音讯？

2022 年 9 月 19 日

附苏可文原玉：

醉春风·弹指红荷尽

弹指红荷尽。回眸黄菊嫩。星移斗转叹光阴，问，问，问。怎有晨昏，为何人老，为何花损？

半世蹉跎困。终未开洪运。槛栏拍断愤难平，恨，恨，恨。垂暮希求，少年梦想，付于风讯。

2022 年 9 月 18 日

附王文智和韵：

醉春风 步韵苏可文

鬓白豪情尽。回身争少嫩。球场驰骋竞荣光，问，问，问。睥睨洪荒，横刀立马，不须分损。

莫道桑榆困。轻泊名利运。只为康健每天忙，恨，恨，恨。霜雪无情，悦心有解，赋词传讯。

2022 年 9 月 19 日

五福降中天·七十三周年国庆（通韵）

喜国家繁盛，峻起世界东方。红日照山河，奋力图强。华夏多年梦想，社会人民泰康。试问今天，讵能阻挡此锋芒？

烽烟骤至，看宇内、纷争未央。更有疫情凶虐，尚不安祥。天然物理，硕果味甘经雨霜。雾散云开，又迎来灿烂朝阳。

2022 年 9 月 29 日

唐多令·步韵奉和苏可文

孔子作春秋。乱臣贼子休。大义存、为政当忧。鳏寡独孤皆有养，渭滨叟、晚垂钩。

文学读红楼。不须强说愁。放眼量、水阔云收。守静致虚心自在，此中理、且推求。

2022 年 9 月 29 日

注:

贼、独、读、学，入声。

附苏可文原玉：

唐多令·少小读春秋

少小读春秋。时常叹不休。为古人、共喜同忧。读到金戈厮杀处，拍案起、啸吴钩。

老暮笑红楼。无由何必愁。喜与悲、过眼云浮。经历沉浮方大悟，听天命、莫强求。

2022 年 9 月 18 日

注：

吴钩：兵器。

长生乐·人民就是江山

仰首长空问昊天。今夕是何年？这般思忖，总是月儿圆。隔海归期须早，喜讯风传。欢声笑语，一片心灯报先贤。

初心耿耿，国富绵绵。人民就是江山。风正劲、破浪大航船。莫教红日西坠，直往奔无前。

2022 年 10 月 3 日

沁园春·庆党的二十大召开

世界东方，大地神州，喜讯飙轮。看十年奋斗，脱贫致富，迎新时代，造福人民。壮阔征程，中华圆梦，领导英明主义真。团结紧，纵艰难困苦，守正开新。

前途捷报频频。引无数英才竞献身。幸核心犹在，成城众志，图强踔厉，何惧甘辛。共处和谐，安居环境，绿水青山相依存。应坚信，奔光明前景，日月长春。

2022 年 10 月 17 日

注：

飙轮：御风而行的神车，比喻传播迅速。

望海潮（龙谱通韵）·观少茹归来与开封高中同学共游汴西湖视频

金秋十月，菊花怒放，红枫似火娇妍。烟树画阁，西湖碧水，逢迎老友腾欢。相与问平安。老来甚为重，康健心宽。万事悠悠，不如长寿再十年。

回眸往事如烟。忆学堂刻苦，课下疯癫。赍志报国，求知问道，繁荣大好河山。人定奋争先。纵历经坎坷，何忘登攀？今日垂垂老矣，依旧舞翩然。

2022 年 10 月 18 日

注：

赍志：“赍”音“机”，怀抱着志愿。

望海潮（龙谱通韵）·开封第四十届菊花文化节开幕

金秋时节，菊花花会，开封自古繁华。铁塔耸云，龙亭耀锦，芬芳十万人家。林翠绕平沙。彩霓傲霜雪，花海无涯。碧水西湖，两边廊道灿烟霞。

游人兴致清嘉。赏清园乐舞，湖岸灯花。词翰凤飞，衣冠俊逸，熙熙看客娇娃。妍美过三匝。似醉迷五彩，颜色堪夸。图画难描胜景，天下此奇葩。

2022 年 10 月 18 日

眼儿媚·步韵苏可文《登楼》

澄碧晴空独登楼。远望汴梁州。柳眉弄翠，菊英摇锦，最美金秋。

娇柔媚态撩人惜，欲语说还休。异乡羁客，梦中偏醒，怎不凝愁？

2022 年 10 月 21 日

附苏可文原玉：

眼儿媚·登楼

心血来潮复登楼。举目望梁州。天高气爽，金风玉露，好个清秋。

稼轩名句油然起，也欲说还休。枫红菊艳，欢声笑语，何处寻愁？

2022 年 10 月 21 日

渔家傲（龙谱）·依韵奉和苏可文

菊韵一城秋色晚。晨曦斜照谁家院。望断衡阳南去雁。寻不见，熙熙攘攘游人面。

独对轩窗听促管。昂扬曲调归低缓。思绪悠悠谁可辨？情无限，平湖放棹吾心盼。

2022 年 10 月 26 日

附苏可文原玉：

渔家傲·三日满

菊香枫红秋已晚。行行鸣雁声长短。静静小楼帘不卷。风软软，寂寞梧桐黄昏院。

今日封城三日满。不知何时瘟情转。排闷消愁书千卷。殷殷唤，明朝遣兴东篱畔。

2022 年 10 月 26 日

临江仙（龙谱格三）·失眠

心底未知藏底事，夜来辗转三更？圆睁两眼到天明。耳边常聒噪，细审却无声。

白日昏昏双目涩，半沉幽梦还惊。此身应是独伤情。且抛烦恼去，莫误了卿卿。

2022 年 12 月 5 日

西江月·奉和苏可文《近况》

日落月升星亮，生涯一切寻常。舒心还是旧衣裳。大饼充饥最爽。

无病无灾模样，千金难买安康。须知浓睡黑甜乡。老友聊天酣畅。

2022 年 12 月 6 日

附苏可文原玉：

西江月·近况

闻磬云开碧落，读书月满西楼。油盐柴米伴茶瓯，忙里偷闲老叟。

大浪淘沙不叹，英雄年暮何愁。静观岁月暗江流，兀自把尊篱后。

2022 年 12 月 5 日

注：

碧落：天空，青天。

看花回·防疫新政有感

抗疫三年意不平。荼毒横行。九衢街市繁华盛，片刻间、断绝人行。交通皆不畅，百业凋零。

封控居家脚步停。隔别亲朋。旅游堂食都监控，好时光、一任土崩。今闻颁善政，石破天惊。

2022 年 12 月 7 日

附苏可文和韵：

看花回·防疫新政有感·奉和一平兄

病疫横行意未完。多有三年。万衢千市生涯乱。百业凋、罕见人欢。繁华无觅处，真个艰难。

窈窕山河少管弦。欲向谁边？得闻新政须臾传。旧筹谋、一去不还。盼祈清雾霭，呼看明天。

2022 年 12 月 7 日

夜行船（格三）·有感人生，兼答可文

敢问人生何意义？问苍天，也询大地。百姓心头，从今而后，话语时常念起。

送往迎来忙四季。为图存，苦辛争避？无恙无忧，升平日子，过活至明通理。

2022 年 12 月 16 日

附苏可文原玉：

夜行船·不知何说

昨夜寒天风烈。一阵阵、号呼声切。檐间嘶啸起狂歌，

听铮铮、马戈鸣铁。

弹指流光飞也泄。叹人世、恰如凋叶。若问人生为甚忙？遍思量、不知何说。

2022年12月16日

临江仙（龙谱格三）·悼郭天榜

正处新冠经病痛。百无聊赖余生。惊闻老友遽西行。当年多少事，所作尽豪英。

长恨天难随所愿。何时世界清明？人间自此少纷争。即如兄弟接，相待有真诚。

2022年12月21日

沁园春·壬寅岁末感怀

2022年12月，时近壬寅虎年岁末。新冠疫情已肆虐三载，国家一直实行严密的动态清零封控隔离政策。至今有所松动，先是新的防疫二十条，不久即彻底放开，不再查验核酸检测结果和健康码。这是防疫政策的大转变，接下来，我们的医疗体系会接受严峻的考验，希望这也是走出疫情影响的关键一步。历史会记住这一天。

序属壬寅，辞旧迎新，岁末酷寒。恰疫情三载，清零严控；毒株数变，溯本追源。物理民情，各方情势，政策应须作转圜。闻声起，竟山河阳过，遍地烽烟。

原来世事多艰。料还是风霜月更圆。待梅腮经雪，露滋柔柳；花团锦簇，喧闹春天。历尽危机，回头过往，机会从来难十全。吾何憾，有同窗好友，相慰平安。

2022 年 12 月 28 日

满庭芳·一年一度秋寒

才送春华，又迎盛夏，一年一度秋寒。鸟声晨起，坐见晚炊烟。几度朝云暮雨，可怜便、浮世悲欢。又多久，横斜疏影，把酒许投闲。

年光无厚味，人生还是，随遇而安。漫思得，悠悠岁月当年。旧恨谁堪共说？今已是、两鬓斑斑。佳期在，平平淡淡，日子过依然。

2023 年 1 月 8 日

注：

坐见：眼看着，徒然看着。隋卢思道《听鸣蝉篇》：“一夕复一朝，坐见凉秋月。”

投闲：置身于清闲境地。明查士标：“僻性从来厌市阛，投闲山寺岁将残。”

霜天晓角（龙谱格二）·新冠感染答苏可文

阳就阳吧。染新冠处家。热则从它热去，三二日、脸如霞。

哎呀，忙检查。睡沉红日斜。说与旧朋新友，须纵酒、且矜夸。

2023 年 1 月 9 日

附苏可文原玉：

霜天晓角·阳了

毒虫猖獗。害我浑身热。一夜失魂落魄，偏又遇、西风咽。

凄切，不忍说。似觉心滴血。此劫何时消得，祈天地、问日月。

2023年1月8日

点绛唇·壬寅小年

柳絮因风，漫天飘洒琼花舞。澄清玉宇，污浊归尘土。

茁茁生机，墙角黄梅吐。雪落处，滋荣哺乳，春意生庭户。

2023年1月14日

凤凰阁·步韵奉和苏可文

疫情为虐，可恼三年痛彻。隔离封控强安歇。时近壬寅岁尾，漫天飞雪。偏又是、霜风凛冽。

人间生气，盎盎争能泯灭？长随风絮凌空越。天愿地愿人愿，福祚堆叠。与灾病、翻然隔绝。

2023年1月15日

附苏可文原玉：

凤凰阁·冬春时节

冬春时节。依旧寒天冷彻。抛书抱枕欲安歇。无奈天公作祟，急雨飞雪。恨只恨、西风又烈。

凭窗遥望，点点灯光起灭。忽闻车笛破空越。谁个再添愁绪，万缕千叠？这瘟疫、何时决绝！

2023 年 1 月 15 日

注：

起灭：时隐时现，时有时无。

鹧鸪天·蜡梅·依韵奉和苏可文

明艳鹅黄耀眼眉。寒香丝缕促春晖。蜡梅飞雪迎心友，霜菊残花惜共谁？

逢岁尽，盼春归。重来花茂叶葳蕤。赏花常怕花摇落，醉酒花丛意恣睢。

2023 年 1 月 17 日

附苏可文原玉：

鹧鸪天·谁·蜡梅

谁遣暗香盈窗扉。谁将照影入斜晖。鹅黄一抹与谁共，抱冷谁迎霜雪飞？

送谁去，报谁归。问谁能俏几多回。今宵尚看谁谁笑，待到来年谁忆谁？

2023年1月16日

附王文智和韵：

七律·答苏可文《鹧鸪天·谁·蜡梅》

伤逝春秋非为雄，功名富贵忽成空。人生蝶梦黄粱梦，尘世缘风缘似风。

且惜眼前情一缕，莫斟事后酒千盅。悦欢堪取君须取，何必愁烦自扰中。

壬寅小年

福寿千春·壬寅大寒

今日壬寅年腊月二十九，为壬寅年最后一个节气——大寒。明天除夕，后天春节，三节相连，值得庆贺。取《福寿千春》词牌名吉祥，试填一首，愿从今而后，人间祥瑞安康。

喜庆新春，欢辞旧岁。疫去嘉祥云荟。信大疫三年即过，尝尽人间况味。自此艳阳高照，大地皆明媚。送瘟神，照天烧，一尊怎浇块垒？

晚年静笃恬退。历凤凰涅槃，识得三昧。叹甚桑榆，须提振精神，人生要最。名利俱身外，算终成累赘。寿同龟，祝遐算，福康沾霈。

2023年1月20日

注：

云荟：如云聚集。

块垒：累积的块状物，比喻郁积胸中的愤懑。

恬退：淡泊谦让。

遐算：高龄，高寿。

沾霈：比喻像雨露一样润泽大地，普降人间。

附苏可文和韵：

福寿千春·和一平兄

极乐声中，迎年守岁。静待春临榛荟。度越虎关迎兔瑞，渐觉东风气味。雪止冷休冬去，夕日尤明媚。赋三篇，酒千杯，顿消一腔块垒。

老来总要辞退。静心元气生，养性除昧。利禄如烟，功名若浮云，平安为最。期待百花放，九州消疣赘。愿天公，驱魑魅，早扬甘霈。

2023年1月21日

注：

疣赘：泛指痈疽疮毒。

胜胜令·癸卯元日

红梅苞蕾，柳眼摇金。渐浓春意暖人心。千声爆竹，放烟花，起消沉。破愤懑、须是此音。

送走瘟神，好日子，任追寻。正常生活即来临。行装待整，览平湖，历云岑。与友朋、低唱浅斟。

2023 年 1 月 23 日

鹧鸪天·观孙师母工艺画

师母丹青笔墨工。九旬目力比青童。手头绘出江山秀，腕底图成杨柳风。

福似海，寿如松。安康至愿子孙同。有年喜庆期颐日，进酒三杯秩礼隆。

2023 年 1 月 25 日

注：

师母：李素环女士先生孙先方是我就学河南大学中文系时的老师。

青童：指少年。

期颐：百岁。

秩礼：旧指区分上下尊卑的礼节，引申为庄重之礼。

水调歌头·问月·依韵奉和苏可文

徒恨月常缺，总盼月常圆。不知寰宇名理，规律隐其间。

顺应人情天道，少却多般苦恼。说易做来难。万事不由我，争得我心宽。

勿思虑，勤运动，享清闲。试茶品酒，须散怀抱向云山。吾欲穿花寻路，直入蓬莱深处。险远有奇观。只愿人长寿，何必羡神仙。

2023 年 1 月 31 日

附苏可文原玉：

水调歌头·步苏轼《水调歌头·明月几时有》韵

闲步碧湖畔，镜水映青天。礼花鞭炮齐放，欢笑度新年。喜庆瘟神归去，换得明楼亮宇，春扫一冬寒。欲问孟元老，知否此人间？

赏梅靥，寻柳眼，看云眠。恣游忘返，沉醉无觉月儿圆。蟾魄清辉环合，霓彩流光盈缺，胜景本宵全。凤管谁家起，徵羽向婵娟。

2023 年 1 月 31 日

注：

环合：围绕。见唐柳宗元《至小丘西小石潭记》：“四面竹树环合，寂寥无人。”

徵羽：“宫、商、角、徵、羽”，是我国五声音阶中五个不同音的名称。

浣溪沙·癸卯立春有感

何必苦吟寤寐思，桃红柳绿又逢时。东风化雨物萌滋。

四季轮回天道顺，阴晴圆缺自然期。花开花落两由之。

2023 年 2 月 4 日

附苏可文和韵：

浣溪沙·习和一平兄《癸卯立春有感》

新绿鹅黄动所思，排愁遣兴正当时。四维万象任春滋。

无雨无风天上事，有诗有酒复何期。人歌鸟唱笑听之。

2023 年 2 月 4 日

青玉案·癸卯元夕

清愁莫道无销处。疫当去、春来顾。迟暮年华安与度？东风送暖，华灯在户。欢笑鱼龙舞。

春光乍泄庭前树。彩笔难描众芳谱。已见红梅新蕊吐。桑榆更惜，春时莫误。把稳人生路。

2023 年 2 月 5 日

附王文智和韵：

青玉案·癸卯元夕·依韵奉和一平兄

久违元夕花千树。且收拾，打球去。岁岁年年灯未顾。花前揽月，烹茶独处。思绪青云路。

叶枯寂寞随风舞。何不舒怀向江渚。庭院迎春金蕊吐。绿绦杨柳，翩飞鸥鹭。再约西湖聚。

癸卯元夕

汉宫春（龙谱）·次韵苏可文奉和

春即归来，看蜡梅枝头，杨柳河边。风还料峭，最难将息春寒。春心似箭，逐花朝、梦里林园。须早备、轻车载酒，云深税驾芝田。

从此芳馨熏染，便梅腮柳眼，醉倚栏杆。招来二三胜友，诗酒清欢。闲愁了却，又何妨、也拟神仙。应不负、生平一场，花开花落人间。

2023年2月8日

注:

税驾芝田: 见曹植《洛神赋》“尔乃税驾乎蘅皋，秣驷乎芝田。”税驾，即解驾停车。

附苏可文原玉:

汉宫春·春已归来

春已归来，看杨柳枝上，豆蔻梢边。斜风细雨迎面，乍暖还寒。时年堂燕，展飞翼、归向梁园。望远处、虚蒙水墨，烟笼漠漠桑田。

见有梅花点点，并朱颜黛鬓，斜倚阑干。今朝难得逸兴，游弋寻欢。金龟换酒，凭萧闲、暂作神仙。方不负、明红亮绿，高天厚土人间。

2023 年 2 月 7 日

沁园春（龙谱定格）·河南大学文学院百年院庆

百载文风，灼灼其华，焕若列星，有前贤后哲，相传薪火；学科排榜，渐显清声。强盛中原，昌隆华夏，培育英才十万名。新标目，建一流学术，众志成城。

高峰奋勇攀登。俱只为神州教育兴。纵三更灯火，平明即起；百年国耻，洗雪澄清。重整行装，再添斗志，振兴中华万里征。须明日，共和国史册，有我师生。

2023 年 2 月 10 日

注：

文风：文德教化之风。

清声：清美的名声。

小重山（龙谱定格）·读孙学士祭别诗有感·依韵苏可文

痛定思亲已远行。何时闻謦咳，细叮咛。为人为学两精诚。从此去，不尽慰衷情。

晨望启明星。披衣寒露重，立中庭。万般意绪向谁鸣？唯祝愿，两界俱清平。

2023 年 2 月 12 日

附苏可文原玉：

小重山·寻妙句·依岳飞《小重山》韵

风落千山雨夜鸣。只身寻妙句，过三更。依然书海浪中行。浑不觉，鸡唱报天明。

不为钓虚名。聊将林下意，寄云程。唐音宋韵入新琴。南北调，可有古人听？

2023 年 2 月 12 日

附王文智和韵：

小重山·依韵和可文、一平二学兄

时至初春啼晓莺。阳台花蕊动，叶青青。潇潇夜雨敲窗棂。惊烛影，绮梦寄流星。

回首忆平生。云天千万里，尽豪情。古稀岁月惯峥嵘。大风赋，唱与学兄听。

癸卯孟春

瑞龙吟·暮年安度

暮年路。还羡健比龟龄，翠同松树。闲来心旷神怡，粗茶淡饭，恬然静处。

黯凝伫。因忆梦华年少，此凭何诉？谁言岁月如烟，算来应是，平生不负。

人说修身康体，摄生营养，高歌欢舞。其实便宜随心，还得安步。吟诗染翰，犹记田园赋。知谁伴、衰颜翁媪，相依如故。日子寻常度。老年最怕，伤离意绪。盼享居家趣。须镇静，闲观雷霆风雨。春归院落，繁华褪去。

2023 年 2 月 13 日

长寿仙·读赵松雪原词有感

鹤寿延年。对玉宇三星，洪福齐天。极荣华富贵，尽乐享人间。彩袖殷勤婉转。所居华丽如宫殿。捧月众星，有山呼万岁，一阵嚣喧。

世事从来难全。祸福总相连。如何饶免？一生最重为，处处得平安。岁月和谐饱暖。老偏宜淡茶粗饭。天下太平，愿吾民，自是心广身胖。

注：

玉宇：华丽的宫殿，这里指天空。

婉转：委婉，多情。

身胖："胖"读"盘"，指身体安泰舒适。

2023 年 2 月 18 日

水龙吟（龙谱定格）·学书有感

齐白石云：“画者，寂寞之道。”寂寞者，岂止画哉？习书为学，皆寂寞之道也。春华秋实，寒冬盛夏，均须耐得住寂寞，坐得住冷板凳，不求名利，不慕虚荣，勤勤恳恳用功，孜孜矻矻求索。不忘初心，方得始终。所求者何？心之所寄，情之所乐也。

软而奇怪生焉，天门龙跳孤蓬振。魂牵梦绕，思量却是，追随标准。甲骨青铜，秦砖汉瓦，隋唐神韵。梦追风万里，寻君来处，折钗股，真卿粉。

不恨胼生腕底，恨挥毫，笔墨难润。寒来暑往，初心无忘，务追东晋。书道艰辛，三分天分，七分勤奋。细思来不是，英才天纵，是功夫尽。

2023 年 2 月 26 日

注：

软而奇怪生焉：东汉蔡邕《九势》云：“夫书肇于自然，自然既立，阴阳生焉。阴阳既生，形势出矣。藏头护尾，力在字中，下笔用力，肌肤之丽。故曰：势来不可止，势去不可遏，惟笔软则奇怪生焉。”

天门龙跳：南朝梁武帝萧衍《古今书人优劣评》曰：“王羲之字势雄逸，如龙跳天门，虎卧凤阙，故历代宝之，永以为训。”

孤蓬振：“孤蓬自振，惊砂坐飞”出自鲍照《芜城赋》。陆羽《僧怀素传》中云：“张长史又尝私谓彤曰：‘孤蓬自振，惊砂坐飞，余师而为书，故得奇怪。’凡草圣尽于此。”两句比喻“使、转”笔法。

折钗股：比喻一种笔法。形容笔画虽转折，仍圆润饱满。南宋姜夔《续书谱》称：“折钗股者，欲其屈折，圆而有力。”

真卿：唐大书家颜真卿。
粉：粉丝，指钦慕者，追随者。
胼：胼胝，俗称“茧子”。

附苏可文和韵：

水龙吟（龙谱格一）·次韵奉和一平兄

笔酣墨满笺宣，中华瑰宝名声振。汉秦问索，宋唐检点，谁家绳准？柳骨颜魂，赵醇欧瘦，羲之风韵。更苏黄米蔡，习人无数，隶行草，书金粉。

开合卷舒取舍，展非才，兰亭轻润。龙飞凤舞，行云流水，攀肩东晋。多少霜晨，几多烟晚，频年思奋。料流光荏苒，痴心不减，淬磨无尽。

2023年2月27日

注：

柳公权、颜真卿、赵孟頫、欧阳询、苏轼、黄庭坚、米芾、蔡襄，都是史上著名书家。

江城子（钦谱格五）·伤老

老来度日总伤忧。正凝愁。又悲秋。不忍却闻、亲友作神游。算计良多无所用，身有病，几时休？

如斯岁月逝江流。莫奢求。苦搔头。应学道家、守静是心收。

更待曲终人散日，依庄子，鼓盆讴。

2023 年 3 月 1 日

注：

神游：人死的讳称。

鼓盆讴：见《庄子集释·外篇·至乐》："庄子妻死，惠子吊之，庄子方箕踞鼓盆而歌。"

金缕曲（龙谱定格）·癸卯二月即景

二月梅花烁。更那堪、柳杨新绿，杏梨青萼。冬去春回皆定数，何必伤情落寞。慕自在、林间鸟雀。脱线风筝无牵挂，也高飞浩渺云中鹤。去羁绊，向寥廓。

凭栏望远登崇阁。浪滔滔，长河万里，涌流如昨。莫道消愁还是酒，为此邀君对酌。舒朗抱，山林邀约。哪有人生全如意，料悲愁过后知安乐。应共我，享恬泊。

2023 年 3 月 3 日

附苏可文和韵：

金缕曲（龙谱定格）·次韵习和一平兄

虽老神尚烁。每闲暇、追思往事，索求华萼。堪叹人生千种味，怎的悲欢凄寞。空论道、鸿鹄岩雀。铁板红牙已作古，便东篱归伴松山鹤。多少梦，入寥廓。

且将冠剑悬高阁。问长天、英雄何在？冷江同昨。最是世间欢快事，三五鸥盟共酌。几忘我、何其绰约。横笛临风歌一曲，道远离浊浪当知乐。再不用，苦漂泊。

2023 年 3 月 4 日

注：

华萼：比喻兄弟。唐李白“见千条之绿杨，折一枝以相赠，则华萼情在，吾无恨焉”。

铁板红牙：苏轼问随从自己与柳永的词有什么不同，随从说：柳郎中的词只可用 17 岁的女孩子执红牙拍板唱“杨柳岸，晓风残月”，您的词须请关西大汉持铁板唱“大江东去”。

鸥盟：谓与鸥鸟为友，比喻隐退。

思归乐·自悟

人到穷年须自悟。经坎坷，方知艰阻。得到失之同趋步。较取舍，用情深处。

没有人生白走路，每一步，算归凡数。把酒共君杯对举。看此生，恍如羁旅。

2023 年 3 月 5 日

注：

穷年：终年，晚年。

趋步：举步，行走。

没有人生白走路：李宗盛说：“人生没有白走的路，每一步，都算数。”

凡数：总数，犹言人生每一步，不论对错好坏，都是人生的一部分。

采桑子令二首·癸卯仲春

一

三月十六日，久旱未雨雪，终于下了一场瑞雪，大吉大利。感而赋之。

雪冬情恋何分别，本是冬魂，却与春亲。错把东风作近邻。哦呀，真个是，舞纷纷。

桃红柳绿莺飞跃，主事东君，遍撒清芬。化作春波用意殷。哦呀，真个是，舞纷纷。

二

流光只管催人老，往事如烟，坎坷更番。不必多忧自找烦。奈何，须告慰，放心宽。

人间失意应无怨，万事多难，幸得平安。且把粗茶当大餐。奈何，须告慰，放心宽。

2023 年 3 月 17 日

定风波（龙谱定格）·二月雪

樱白桃红绿柳枝。正当二月仲春时。一树海棠红欲染。争揽。赏花应唱赏花词。

琼屑温柔挥洒密。飘逸。东风不怨到来迟。万物发生当自奋。滋润。今年稼穑预为期。

2023 年 3 月 18 日

注:

二月：癸卯年闰二月，此指癸卯年第一个二月。

琼屑：雪的雅称。

附苏可文原玉：

定风波·三月雨雪

雨雪整宵泄未休。阳春转瞬若寒秋。数树海棠红似染。真惨。香消玉殒葬浮沤。

不是无由空感叹。休辩。只缘华丽太难留。都说蓬山无限好。问道。人生能得几回游？

2023 年 3 月 17 日

金缕曲·独坐遐思

已度春风去。看樱红、纷纷洒洒，复回行旅。问道春归归何处，苦恨芳菲时序。思也是、人生匆遽。纵使百年遐龄寿，亦恒河沙数浮尘虑。终过客，省天语。

追求世事何真趣？但唯其、山间明月，可称良遇。三代往还浑无迹，一捧凄凉黄土。有几只、鸦鸣雀舞。且共我寻常生活，正不须壮士悲迟暮。歌一曲，和云翥。

2023 年 3 月 22 日

注：

遐龄：寿命长。

恒河沙数：本佛教用语，像恒河里的沙粒一样，无法计算，形容数量很多。此处是说，再长寿，终将逝去。和浩瀚宇宙相比，也不过恒河里的一粒沙而已。

山间明月：见苏轼《赤壁赋》：“惟江上之清风，与山间之明月，耳得之而为声，目遇之而成色，取之无禁，用之不竭，是造物者之无尽藏也，而吾与子之所共适。”

附苏可文和韵：

金缕曲·雨后遐想·习和一平兄

春雨亲临处。望江山、一番鲜绿，百花新吐。抛却闲愁三千斛，欣看莺歌燕舞。漫惹起、幽思缕缕。料得功名无我事，甚悠悠乘兴斟甜醽。待皓月，生南浦。

横评纵鉴今和古。算人间、卧龙雏凤，寥寥翘楚。今世还将风骚守，任他桑榆岁暮。节与操、仍然如故。过往只当拈髯笑，便轻车简负从容步。长或短，从头数。

2023年3月23日

金缕曲·皖南小川藏线

人说江南好。更须夸、皖南天路，水奇山峭。正是春浓花绽处，翠竹苍松夹道。送远目、山间云绕。水墨汀溪风景异，看云蒸霞蔚杉林姣。枝上跃，有啼鸟。

青龙潭水烟波渺。敬亭山、回头万里，哲人狂傲。猎猎西风红旗展，似血残阳晚照。真壮士、犹闻军号。后辈应知如许恨，愿和谐两利纷争少。从此后，却烦恼。

2023年3月28日游记

注:

皖南小川藏线：从泾县蔡村镇至宁国青龙乡，全长约120千米。

水墨汀溪：皖南小川藏线上的风景点。

杉林：指皖南川藏线的一个景点，这里有3000亩红落羽杉林，10月下旬，杉树叶由绿而黄，继而浅红、深红，绚丽如花。

青龙潭：皖南川藏线上的一个景点。

敬亭山：位于安徽省宣城市北郊，属黄山支脉，因有李白《独坐敬亭山》诗而闻名于世。

哲人：指李白。

红旗展：隐喻皖南事变。

望海潮（龙谱格一）·游桐庐富春江

桐庐形胜，钱塘中段，江南秀丽繁华。分水富春，瑶琳化境，曾游隐士仙家。惊越女吴娃。访严子垂钓，烟雨江涯。俊逸栖真，挂冠东去享清暇。

登高望远亨嘉。有桐君晚照，草绿鸥沙。游艇竞驰，轻车绕越，遥闻闹市喧哗。烟翠酒旗斜。乘夜观灯彩，吟赏霓霞。摄取当前好景，归去友朋夸。

2023年3月28日游记

注:

桐庐：浙江省杭州市桐庐县，始建于三国吴黄武四年（公元

225 年）。

钱塘中段：桐庐县位于钱塘江中段。

分水富春：分水江和富春江在桐庐县交汇。

瑶琳化境：距桐庐县城 23 千米有瑶琳洞。纵深 1000 米，面积 28000 平方米，地貌奇特，群石瑰丽，有“全国诸洞冠”之称。化境，自然精妙的境界。

惊越女吴娃：春秋战国时期，桐庐县属吴越之地。惊，惊叹，惊羡。

严子垂钓：严子指东汉严光，字子陵。会稽余姚人，少与刘秀同游学，刘秀即位后其隐居富春山麓不出。严子陵钓台位于桐庐县城西 15 千米富春江北岸的宫春山上。这一段富春江是风景最美丽的一段，叫作“七里泷”。沿江高阁连亘，粉墙黛瓦，飞檐挑角，那就是严子陵钓台。国内钓台众多，吕尚、庄周、韩信、孙权、任昉等十余座，以严子陵钓台最为著名。

栖真：唐代诗人、道学家，开拓台湾澎湖列岛第一人。名施肩吾，字东斋，号栖真子。唐宪宗元和十五年（公元 820 年）进士。唐睦州分水县桐岘乡（今杭州市富阳区洞桥镇）人。中进士后，不待授官，即归隐洪州西山（今江西南昌市新建区），潜心修道炼丹。

亨嘉：美好的事物聚会在一起。

桐君：桐君山，位于桐庐县分水江与桐江交汇处，和桐庐县城隔水相望，古称小金山，又叫浮玉山。是中华医药鼻祖圣地，有桐君庙、睢阳公庙（唐代张巡庙）、白塔、四望亭、凤凰亭、竞秀阁等胜迹。

鸥沙：有鸥鸟栖息的沙洲。

烟翠：树木蓊郁，远看如翠绿的烟云。霓霞，夜间，华灯闪烁，霓虹耀彩，站在桐君山上俯瞰，光彩陆离。

水龙吟（龙谱格二）·千岛湖

新安江上观奇景，浩瀚碧蓝湖面。千峰耸起，游轮竞渡，犁波如练。鸥鹭翔天，远山眉黛，桃樱红浅。想梅峰花信，江南春早，已然被，风吹散。

还有龙山胜境，海公祠，方塘书院。人文荟萃，物华天宝，群英光灿。五岛环回，系情心梦，终成仙眷。料来年更美，传言亲友，不须空羡。

2023 年 3 月 30 日游记

注:

千岛湖：指 1959 年建成的新安江水库。湖面 580 余平方千米，湖中有大小岛屿 1078 个，主要景点有梅峰岛、龙山岛、锁岛、月光岛等。位于杭州市淳安县境内。

梅峰：千岛湖梅峰岛。此岛是登高览胜的最佳地点。岛上栽种梅树 5000 多株。我们到达时已三月末，梅花早已凋落。

龙山胜境，即龙山岛。岛上有海瑞祠、半亩方塘、石峡书院、圣山之魂等景点。

群英光灿：岛上有海瑞赈灾像。依山就势筑有台阶，台阶平台上塑有群英像，有朱熹、商辂、汪机、陶行知、渐江、戴震、黄宾虹、詹天佑、胡雪岩等，铭之曰“圣山之魂”。

五岛环回：指月光岛，原名五龙岛。月光岛一名来自五座岛屿围成了“月亮湾”的水面外形。

系情心梦：指月光岛五座小岛中，四个主体岛屿分别为“系园”“情园”“心园”“梦园”，也双关实现美好梦想，追寻甜蜜爱情。

凤凰台上忆吹箫（钦谱正体）·歙县

自古徽州，东南邹鲁，竹山书院渊源。有四宝、徽墨歙砚，挥洒云烟。碧水青山做伴，红绿里、黛瓦雕砖。销魂处，一片嫩黄，秀色堪怜。

山水画廊悦目，祠坊众，古村散落其间。见称是、徽商故里，儒贾相兼。进士文华辈出，明清世、才子三千。人都说，好山好水招贤。

2023 年 3 月 30 日游记

注：

歙县：属安徽黄山市，位于皖南地区。为国家历史文化名城，秦代置县，宋设徽州府，府治县治同城，是古徽州政治、经济、文化中心。也是徽商、徽菜主要发源地。有“徽墨之都”“歙砚之乡”“牌坊之乡”之称。徽州古城与云南丽江、山西平遥、四川阆中并称为保存完好的四大古城。素有“东南邹鲁，徽商故里”“礼仪之邦”“程朱故里”之美誉。

东南邹鲁：孔子生于春秋鲁国陬邑（今山东曲阜东南）。孟子为战国邹（今山东邹城东南）人。这里是以地代人，泛指文化礼仪发达的地方。

竹山书院：位于歙县雄村，为明清两代徽州府六县 54 所书院中有代表性的一座，于乾隆二十年（公元 1755 年）前后由徽商曹景廷、曹景宸兄弟出资建成。书院建成后，当地出了不少人才，首推曹文埴、曹振镛父子，前者曾任户部尚书，后者官至军机大臣。

渊源：是说书院是人才的培育基地。

红绿：是指红色的花，绿色的树。

黛瓦雕砖：指徽派建筑。

嫩黄：指油菜花。三月下旬，正值油菜花盛开。

山水画廊：歙县有风景宜人的新安江山水画廊。

祠坊众：歙县宗祠、牌坊、名人故居众多。著名的如：郑氏宗祠、洪氏宗祠、北岸吴氏宗祠等，许国石坊、丰口四面坊、棠樾牌坊群等，方春福宅、张林福宅、曹氏二宅、黄宾虹故居等。

儒贾相兼：徽商并非只知沽利的商人，有较高的文化修养。

文华：有才华的人。

满庭芳（钦谱正体）·徽州古城

府县同城，新安故郡，黄山天目屏藩。交流四水，缓急泛波澜。许国牌坊八柱，跨街立、万历之年。徽园美，徽州三绝，光彩耀其间。

南谯楼耸峙，紫墙青瓦，高脊重檐。太白楼，百篇斗酒诗仙。散落民居宅院，迁整体、复建西园。明何震，创开徽派，后继有黟山。

2023 年 3 月 30 日游记

注：

徽州古城：又名歙县古城，古称新安郡。位于安徽黄山市歙县徽城镇。

府县同城：古城始建于秦，自唐以来，一直是徽郡、州、府治所在地，与县治同在一城。

新安故郡：歙县古城自西晋武帝太康元年（公元 280 年）即归新安郡，后隋唐也曾称新安郡。

黄山天目屏藩：歙县西北有黄山，东北有天目山，东南有白际山。屏藩，拱卫，保护。

交流四水，丰乐河、扬之河、富资水、布射水四条河流在城区汇合，形成练江后流入新安江。

许国牌坊八柱：又名大学士坊，有八根石柱四面围合，旌表许国的功勋、科第、德政和忠孝节义。建于明万历十二年（公元1584年）。

徽州三绝：指有徽州特色的古民居、祠堂、牌坊。

南谯楼：始建于隋末，为古歙州人汪华吴王府外子城的正门门楼。三重三开间，高20米，宽15米，进深10米，砖木结构，悬山顶，重檐高脊，紫墙青瓦。

太白楼：位于城西练江边，原为酒肆，唐代诗人李白来歙县访隐士许宣平不遇，曾在此饮酒。后人为纪念李白，将酒肆改名太白楼。二层两进，前楼三开间，正面大堂有李白画像，两侧联曰："四壁云山开醉眼，一楼风月话诗仙。"后楼五开间，中有天井院。

复建西园：徽商大宅院，又名西园，是将散落在歙县境内濒临坍塌的明末、清代及民国的26座有徽派特色的建筑拆迁重建，整体搬进了西园。

明何震：何震，明代篆刻家，创立徽派篆刻，其后著名的有汪关，以程邃为首的"歙中四子"和以黄士陵为代表的"黟山派"。在中国篆刻史上是重要的篆刻流派。

汉宫春（钦谱正体）·黟县西递、宏村

黟县东南，有古村西递，世外桃源。青山绿水深处，画里人烟。琅嬛福地，问谁教、降落凡间。应是送、游人去后，复归一向清闲。

凝碧南湖似梦，看雷岗夕照，月沼风莲。牛肠环曲水圳，浣洗婵娟。双溪回绕，自在游、鱼蟹追欢。生也短、及时行乐，

烦忧与我何干。

2023 年 3 月 31 日

注：

黟县：隶属安徽省黄山市，地处皖南地区，是国家历史文化名城，始建于秦（公元前 221 年）。“黟”本意为黑、黑木，黟县因建置于黟山南而得名。境内完整保存 1590 幢明清建筑，拥有西递、宏村两处世界文化遗产。

琅嬛福地：传说中的神仙洞府。

南湖、雷岗、月沼、牛肠水圳、双溪，均是宏村景点。

水圳：田间水沟。

附苏可文和韵：

五绝・闻义平兄东南游有感

总绕家常动，怎甘唯此生。
何时追梦去，也作少年行。

2023 年 4 月 8 日

金缕曲（钦谱正体）・暮春喜雨・原韵奉和苏可文

细雨生春暮。漫滋繁、麦苗青翠，杏桃酸苦。春去花残何悲叹，且看风荷飞舞。芭蕉绿、樱桃红处。待得迎风扬麦穗，割机鸣、一曲丰收赋。雨水足，农人富。

乾坤自有玄机杼。必浮华、艰辛过尽，方能了悟。人世须经千般累，岂有天梯云步？莫怅惘、少年回顾。尘外闲寻游乐地，与知音、把盏相吾汝。这日子，寻常度。

2023 年 4 月 24 日

附苏可文原玉：

金缕曲·雨后遐想

春雨亲临处。望江山、一番鲜绿，百花新吐。抛却闲愁三千斛，欣看莺歌燕舞。漫惹起、幽思缕缕。料得功名无我事，甚悠悠、乘兴斟甜醹。待皓月，生南浦。

横评纵鉴今和古。算人间、卧龙雏凤，寥寥翘楚。今世还将风骚守，任他桑榆岁暮。节与操、心中砥柱。过往只当拈髯笑，便轻车、简负从容步。长或短，从头数。

2023 年 4 月 24 日

点绛唇（通韵）·原韵奉和苏可文《春将暮》

蕉绿樱红，槐花雪白香如瀑。春天谢幕，闻夏蹒跚步。

翠满荷塘，莫问春归处。杨絮舞。欢啼布谷。秀麦丰收谱。

2023 年 4 月 30 日

附苏可文原玉：

点绛唇·春将暮

绿紫黄朱，丹青不画春将暮。千言万诉。难挽流光度。

雨歇云孤，花落啼鹃路。愁无数。问求今古。怎把春留住？

2023 年 4 月 29 日

六州歌头（钦谱格六）·仁者寿

人生期会，尤美是当前。最应惜，身边物，自家园，絮叨烦。意得消闲事，与心适，书中趣，杯中酒，诗中味，作蔬餐。六翮晴空风举，云天外，凭我腾欢。且逍遥自在，如逝去江流，过眼云烟。

遂悠然，便从容老，长生寿，养颐福，夜高眠。勤行动，多修善，放怀宽，自平安。一笑舒忧患，但知足，莫求全。多少事，难遂愿，等闲观。相看门前衰柳，新枝发，疏翠飞烟。古云仁者寿，此语胜千言，乐享天年。

2023 年 5 月 9 日

南歌子（钦谱格三）·奉和苏可文

癸卯小满，喜雨送凉，填小词原韵奉和苏可文《一身轻》

小满绵绵雨，新凉冉冉生。榴花带露沐初晴。一片金黄宿麦、杜鹃鸣。

弱柳迎风舞，圆荷出水轻。扁舟正拟泛湖平。茗酌葡萄架下、坐中庭。

2023 年 5 月 22 日

注：

宿麦：隔年成熟的麦，冬麦。

附苏可文原玉：

南歌子（钦谱格三）·一身轻

暖夜醒还睡，凉晨雨又晴。绿肥红瘦碧天明。紫燕披含花露、落前庭。

料理茶和酒，消磨画或筝。但将微笑对沉升。无职无官无业、一身轻。

2023 年 5 月 21 日

附王文智和韵：

南歌子·金色三角梅·依韵奉和苏可文、李义平二学兄

明黄帝王色，嫣然向晚晴。凝情不语态轻盈。一曲南歌子咏、与君听。

往事随风去，渔舟逐水轻。蓦然回首憾无凭。散淡悠闲自在、麦香生。

癸卯小满

金缕曲（钦谱格一）·夏日即景

鸟唱惊清晓。向阳台、熏风拂面，柳丝腰袅。庭院榴花红如火，架上葡萄熟早。经雨洗、匀圆嫽俏。正是西瓜初上市，似蜜甜、爽口凝肤宝。凭此说，夏天好。

当年还是青春少。转眼间、往事如烟，垂垂已老。无限云帆凌波意，化作消闲曲调。阔胸次、须抛烦恼。颐养永年祈遐寿，放心宽、行善遵天道。自佑我，福绵渺。

2023年5月23日

注：

熏风：南风，夏日的风。

腰袅：婉转摇动貌。

嫽俏：嫽，音“缭”，好貌。嫽俏，美好，俏丽。

凝肤：润泽细腻的皮肤。

胸次：胸间，胸怀。

遐寿：高龄，高寿。

自：自然，当然。

绵渺：深远广阔。

南乡子（钦谱格七）·依韵奉和苏可文《寻妙句》

心静则高眠。难得开怀一笑宽。谁道人生，无计解忧烦。放下尘机复宴然。

何必慕神仙。玉宇琼楼不胜寒。午睡醒来，红日挂西边。我自从容我自闲。

2023年5月26日

注：

尘机：世俗的心计与意念。

晏然：安定平安貌。

附苏可文原玉：

南乡子（钦谱格六通韵）·寻妙句

终夜未曾眠。云暗窗花柳拂烟。贪写拙文寻妙句，偏偏。乍现灵光去不还。

晨曦渐凭栏。检点新诗字二三。笨鸟自当多砥砺，拳拳。再把朝阳作月圆。

2023 年 5 月 24 日

注：

拳拳：诚挚，勉勤。

江城子·宿雨

正值小麦收获季节，却有淫雨时大时小，下了四五天。今日终于放晴，但愿不会影响今年的收成。

何来愿力把龙降。满平冈，已金黄。稼穑辛勤，收获盼骄阳。好雨须应时节落，如此际，断人肠。

忽然放亮露晨光。对轩窗，喜犹狂。唯祝年丰，颗粒早归仓。粥饭当知来不易，明物理，细思量。

2023 年 5 月 29 日

注：

宿雨：多日连续下雨。

愿力：誓愿的力量，多指善愿功德之力。

高阳台·林州桃花谷

峡谷中开，奇峰突兀，堪嗟鬼斧神工。三九桃花，两崖相映娇红。正逢酷暑冰晶冻，耀眼眸、玉笋玲珑。看山间，素练湍流，气势如虹。

一汪潭水澄含碧，有鱼儿游戏，其乐融融。滴翠峰头，飞流直下云中。宝刀未信廉颇老，奋登攀、争论英雄。问苍茫，踏遍青山，吾与谁同？

2023年6月1日游　2023年6月7日记

注：

三九桃花：桃花谷风景区有三九严冬桃花盛开的桃花洞，还有三伏酷暑滴水成冰的冰冰背。

附苏可文和韵：

高阳台·林州桃花谷·习和义平兄

踏破青山，呼来丽日，今朝挟雨乘风。揽胜林州，看他鬼斧神工。惊叹三九桃花放，到伏天、滴水冰封。更那堪，树绿苍溪，瀑挂云中。

岩花涧草都含笑，便神澄身爽，虎步轻松。指点江山，毅然豪气如虹。涤尘浣垢清心后，待明朝、再指高峰。问游朋、我等狂人，可算英雄？

八声甘州·奉和苏可文《钓者》

渐如霜两鬓近衰年。世味每忧烦。叹匆匆岁月，人生苦短，往事如烟。望尽天涯去路，不是旧田园。唯有黄河水，东逝依然。

但见平湖垂钓，对波光浩渺，恬淡悠闲。正秋风渭水，吕叟亦随缘。却曾思、海涛经遍，遂应时、潇洒度余欢。凭他是、潇潇风雨，我且高眠。

2023年6月10日

注：

吕叟：见姜尚渭滨垂钓故事。

附苏可文原玉：

八声甘州·钓者

问古来多少隐居人，为何钓沧浪？是渴求明主，陶情怡性，悟透沧桑？朝敛红烟翠水，归去待蟾光。谁识垂钩意，不在秋江。

放眼碧天清远，有渔歌野笛，鸟语花香。忘物收愉悦，避世解愁伤。却名利、一蓑一笠，一青竿、一笑醉千觞。喧嚣外、柳湾芦岸，独倚斜阳。

2023年6月10日

高阳台（钦谱正格）·崂山

灵异池台，神君洞府，道家自古名山。海岸高峰，秦皇问道求仙。太清宫畔徐福岛，巨石书、波海参天。又何寻、彭祖遗踪，妙药金丹。

至今犹记聊斋笔，有崂山道士，面授真言。做事为人，应知世道维艰。老来好静忧烦少，把心胸、寄予湖山。自销凝、打点精神，乐享天年。

2023年6月15日游　2023年6月22日记

注：

海岸高峰：崂山巨峰，海拔1132.7米，为海岸线第一高峰。

秦皇问道：据山志记载，秦始皇曾赴崂山求仙，会仙人安期生。

徐福岛：今太清宫前海中尚留有徐福岛，为当年徐福东渡入海之处。

巨石书，太清宫东面有一巨石，上书“波海参天”，下书“秦始皇二十八年游于此山”。

销凝：销魂凝神。

附苏可文和韵：

高阳台·忆崂山

东海名山，神仙府邸，当年有幸游观。似入瑶台，满目尽是琅玕。脚下浩瀚波涛卷，举头看、万里青峦。夕阳中，几处渔帆，几缕村烟。

穿墙道士今安在，有磬音古柏，花柳啼鹃。“九水”香风，直教梦绕魂牵。多少欢悦青春事，总难禁、秋鬓霜斑。叹何时，再宿柴乡，再濯林泉？

2023 年 6 月 22 日

汉宫春（钦谱正格）·蓬莱阁

四大名楼，有丹崖高耸，崇阁凌风。当年八仙乘醉，各显神通。中分二海，历来是、要塞兵冲。千仞壁、登州海岬，向阳一片殷红。

往事回眸如梦，看游人似织，其乐融融。寻常此生最好，何必仙翁？微云淡月，与衰妻、漫步花丛。春睡足、闲茶闷酒，悠然细品三盅。

2023 年 6 月 16 日游　2023 年 6 月 23 日记

注：

四大名楼：蓬莱阁与黄鹤楼、岳阳楼、滕王阁，并称“中国四大名楼”。

丹崖高耸：蓬莱阁虎踞丹崖山顶。

八仙乘醉：传说蓬莱、瀛洲、方丈为海中仙山，八仙在蓬莱阁醉酒后，各凭宝器，渡海而去。

中分二海：蓬莱阁西田横山又称登州岬，北与旅顺老铁山灯塔连线，即为渤海和黄海的分界线。

一片殷红：田横山岩石呈赭红色，似由五百壮士鲜血晕染而成。

附苏可文和韵：

汉宫春·忆蓬莱

遥想当年，踞蓬莱之上，极目无边。茫茫海天一色，恬淡清玄。神楼海蜃，众八仙、可在其间？更有甚、耳听两海，谁分太极奇观？

莫笑忽开幻眼，觉铅华洗尽，恍若神仙。顿时豪情唤起，点指江山。江湖驰骋，至此去、休再狂癫。当记取、壮怀千里，人生不信由天。

满江红（钦谱正格）刘公岛

濒海屏藩，刘公岛、硝烟早歇。提督署、中西联璧，厅廊相接。七尺男儿捐壮志，百年耻辱怀英烈。登高处、听拍岸惊涛，声呜咽。

多少恨，难磨灭。关山道，从头越。为中华崛起，满腔丹血。万里征程尘与土，九州意气钢和铁。待功成、一曲凯歌传，齐欢悦。

2023 年 6 月 17 日游　2023 年 6 月 23 日记

附苏可文和韵:

满江红·忆刘公岛

世外仙山，但更是、不沉战舰。临威海、疏峰拱秀，地维天堑。礁石纵横如卧蜃，炮台屹立听虓阚。历万载看碧浪依然，阳光滟。

从前事，当为鉴。今朝梦，终生念。为华夏安康，再铸长剑。天地难寻龙虎血，人间不缺英雄胆。有铜墙铁壁护金瓯，谁能撼。

2023 年 6 月 25 日

注：

虓阚：虎暴怒咆哮的样子。

翠羽吟·夏日咏荷

翠盖圆，濯碧涟。清气满池鲜。去暑晚风，藕花深处见游船。暗香浮沉缕缕，疏影摇曳翩翩。甚可嘉、品行高洁，仁人志士衣冠。

当夜微雨更娇妍。风荷标举，晓露初干。夏日骄阳似火，搴叶作伞，阴凉消倦烦。意浓并蒂花开，藕断却有丝连。欲待清秋后，根脆嫩、和口甘甜。哪管平湖塘堰，但留高韵在人间。长歌一曲，不尽殷勤，付与管弦。

2023 年 6 月 29 日

注：

搴：音“千”，采摘。

和口：可口，适口。

殷勤：情意深厚。

西江月·夏日情怀（一）

盛夏骄阳似炼，周遭大气如燃。柏油马路已生烟。数步浑身冒汗。

屋里空调开满，窗前绿柳鸣蝉。人生恰意在当年。正是韶光灿烂。

西江月·夏日情怀（二）

漫步荷花那畔，徐行菱茭池边。凉风拂面解焦烦。一对鸳鸯水面。

莫恨年华已老，且教鹤发童颜。此生难得是心宽。管甚家长里短。

2023年6月30日

西江月·夏日情怀（三）

桃杏时鲜爽口，西瓜甘美生津。孩童戏水向湖滨。欢语笑声阵阵。

已见榴花结果，犹怜梅子扬芬。嘉蔬百样满盘飧。应恤农家勤恳。

西江月·夏日情怀（四）

麦垄金黄灿烂，瓜田碧绿溜圆。茅棚小憩午安眠。不觉天光已晚。

草帽遮阳浃汗，长杆粘取鸣蝉。乡村农事整三年。一段人生体验。

2023年7月1日

附王文智和韵:

西江月·夏日情怀·依韵奉和李义平学兄

湖月荡舟潋滟，荷红柳绿云烟。伊人静影水中天，听取蛙声一片。

如雨挥汗球馆，阳台芜翠林泉。一瓶高兴做仙丹，管教身心康健。

2023年6月30日

附苏可文和韵:

西江月·奉和义平、文智二兄

水映朝霞新月，花摇山色云烟。芙蓉引蝶柳鸣蝉，处处人间仙苑。

未必一生富贵，只求二字平安。世间冷暖且由天，以笑应它万变。

2023年7月1日

临江仙（钦谱格六）·奉和苏可文《暑》

双鹜花间嬉戏，金蝉叶底欢声。莲湖深处画舟横。苇蒲沿岸绿，杨柳拂波轻。

昨夜风来喜雨，今天日出新晴。且邀三五好宾朋。凭高舒远目，览胜慰心灵。

2023 年 7 月 12 日

附苏可文原玉：

临江仙（钦谱格六）·暑

紫燕深藏柳绿，蜻蜓久别荷红。骄阳如火热千重。有云无有雨，生溽未生风。

仍旧金乌玉兔，依然车水马龙。皆因生活讲穷通。炎凉不是错，可惜太匆匆。

2023 年 7 月 11 日

小重山·读书·兼答苏可文

腹有诗书气自华。劝人勤苦读，信传家。五更灯火接朝霞。鸿鹄志，跨马走天涯。

解乏一杯茶。夜寒霜雪重，莫嗟呀。高山只作履平沙。修身计，成就不须夸。

2023 年 7 月 17 日

注：

腹有诗书气自华：引自苏轼《和董传留别》。

附苏可文原玉：

临江仙（钦谱格六）·夜读

云暗空阶虚籁，风吹秀竹微凉。鸣蛩声里夜深长。桂蟾浮槛走，月季透窗香。

世事虽由天命，人生怎负韶光。如痴如醉读诗章。流连灯下静，最爱墨中芳。

2023 年 7 月 16 日

注：

虚籁：空寂无声。

破阵子·忆旧友

与卫国为忘年交，同为性情中人。脾胃相投，常契阔谈宴，书生意气，挥斥方遒。忆及老友，已多日未聚矣，思之怅然。

路口华灯初上，东门夜市豗喧。盘菜随心清淡味，啤酒持瓶豪饮欢。此情可对天。

尘世岂无坎坷，人生难得消闲。哪管生前身后事，且把壶觞趁管弦。可怜两鬓斑。

2023 年 7 月 23 日

注：

东门：河大东门。

豗喧：豗，音“灰”，喧闹。

附苏可文和韵：

破阵子·赏一平兄《破阵子》有感

莫道春风常在，更无明月长圆。唯有人间思念苦，今日相逢须尽欢。必当一醉还。

历尽沧桑似梦，回头往事如烟。但愿余生多保重，再换安康几十年。到时共谢天。

2023年7月23日

暗香疏影·赠郁金香

《暗香》《疏影》词调，原为白石道人取林逋诗句起首二字的两阕自度曲。陈廷敬、王奕清等《钦定词谱》云，张肯采《暗香》调后阕与《疏影》调后阕合而为一，制为《暗香疏影》自度曲，自注“夹钟宫”。查张肯为明代人，前吴文英已有《暗香疏影》词流传于世。未知此论有误，抑或吴作为张冠，此或为一段公案待考。今按《钦谱》，试填一阕，以赠学妹。

冰清玉洁。更暗香浮动，靓妆摇月。春信争传，一树破寒犹自怯。洛浦凌波漫步，衣袂举、琼瑶飞雪。向不屑、斗艳争奇，原是竹兰列。

才调奈何班李，诗情可与比，女中英杰。有病缠身，心志如钢，忍与歌吟轻别。试观诸品风华句，意韵胜、言辞工绝。问谁教、云鹤游天，玉笛彻吹三叠。

2023年7月23日

注：

洛浦凌波，参见曹子建《洛神赋》。

琼瑶，喻梅花。

班李：以班昭、班婕妤、李清照等指代才女。

水调歌头·感悟

人生一程路，终久有穷时。轮回天道，念念何必总悲思。秉志而行千里，且往从心所欲，贫苦肯更移？纵有狂风起，本色岂能违？

苍松挺，虚竹劲，菊与梅。谦谦君子，温润如玉质兰芝。自信胸中丘壑，眉目关河壮阔，莫道建功迟。暮上南山顶，落日看余晖。

2023年7月27日

阮郎归·秋意·奉和苏可文《荷湖》

池塘已是满荷香。花稀多子房。小船来往采莲忙。可知秋意凉？

人道是，胜春光。如何两鬓霜。无情西望复斜阳。酸甜品海棠。

2023年8月9日

附苏可文原玉：

阮郎归·荷湖

风生水殿露荷香。翠摇千顷凉。一湖粉黛试新妆。鸳鸯裙底藏。

欢细雨，醉斜阳。幽幽禅意长。借来明月玉柔光。甜甜入梦乡。

2023年8月9日

临江仙（龙谱格三）·八雅吟之一·琴

史载伏羲金玉振，诗篇孔子弦歌。高山流水养颐和。连云鸾鹤舞，带月漾清波。

慢抹轻勾弹一曲，松风袅袅星河。闲来日子自消磨。烦忧从此去，散诞且吟哦。

2023年8月11日

注：

伏羲：史籍有说古琴为伏羲所创。

金玉振：形容古琴声。

诗篇：指诗经。传说孔子能弹琴唱诗经三百首。

颐和：颐养天和。

附苏可文和韵：

临江仙（龙谱二）·琴·习和义平兄

焦尾惊醒巴里，号钟触动阳春。伯牙师旷也消魂。凤弦催戟马，桐体聚风云。

十面埋伏雄烈，平沙落雁温醇。从来灵韵可通神。空城驱司马，清曲觅文君。

2023年8月13日

注：

焦尾、号钟：古琴名。

巴里：下里巴人简称。

伯牙师旷：伯牙和师旷均为古代琴师。

十面埋伏、平沙落雁：均为古琴曲名。

空城驱司马：见《三国演义》空城计典故。

文君：卓文君。司马相如、卓文君典故。

临江仙（龙谱格三）·八雅咏之二·棋

尧造围棋能益智，纹枰对坐谈兵。春秋战国已时兴。弈秋通国手，高下在心听。

日本新罗多访问，切磋技艺专精。至今棋圣有高名。光阴凭物理，黑白论人生。

2023年8月13日

注：

尧造围棋：有记载说围棋为尧所创。

纹枰：围棋棋盘。

弈秋：春秋时期善弈者，见《孟子·告子上》：“弈秋，通国之善弈者也。使弈秋诲二人弈……”

新罗：朝鲜半岛古国名。

附苏可文和韵：

临江仙（龙谱格二）·棋·习和义平兄

黑白纵横经纬，方圆聚散阴晴。胸中万象入纹枰。参差分两势，玄素引双行。

对坐吴图参道，相逢柯烂谈兵。挥戈驰马不闻声。人间多水火，局上有输赢。

2023 年 8 月 14 日

注：

参差分两势：见李世民诵棋诗。

吴图：棋谱。

柯烂：斧柄朽烂。见柯烂棋典故。

临江仙（龙谱格三通韵）·八雅吟之三·书

蒙昧文明之界限，中华文化核心。阴阳八卦画乾坤。知白天下式，椽笔扫风云。

甲骨吉金生隶草，兰亭墨迹如神。欧虞颜柳楷则尊。颠张狂素醉，挥洒力千钧。

2023 年 8 月 14 日

注：

界限：文字的产生是人类由蒙昧时代进入文明时代的标志。中国书法的基础是以汉字为书写对象的。

核心：熊秉明先生提出，书法是中国文化核心的核心。韩玉涛在《中国书学》中说“书法是写意的哲学艺术”“中国书道的源头，也是中国哲学的源头”，它们都来源于阴阳八卦的相克相生。

知白：见《老子》：“知其白，守其黑，为天下式。”也指书法计白当黑，“疏处可以走马，密处不使透风”。

吉金：古代钟鼎彝器等的统称，这里指金文。

欧虞颜柳：指欧阳询、虞世南、颜真卿、柳公权。

颠张狂素：也称颠张醉素，指张旭、怀素。常乘醉而书，杜甫《饮中八仙歌》写张旭：“张旭三杯草圣传，脱帽露顶王公前，挥毫落纸如云烟。”钱起诗云：“狂来轻世界，醉里得真如。”王雠诗云：“寒猿饮水撼枯藤，壮士拔山伸劲铁。”

附苏可文和韵：

临江仙（龙谱格二）·书

仓颉功成文字，蔡伦造纸扬名。中华瑰宝向阳生。锦章蕴活水，翰墨藏鲲鹏。

勤读神澄心旷，深论雨骤云横。骚人迁客尽躬耕。史研知治乱，文鉴识浑清。

2023 年 8 月 16 日

临江仙（龙谱格三）·八雅咏之四·画

书画同源仓颉字，笔花流彩神奇。诗书画印好风姿。题诗抒意韵，借景寄情思。

妙在图形求似否，天人合一玄机。神游八极古今齐。青山流水处，羽客过虹霓。

2023 年 8 月 15 日

注：

书画同源：伏羲画卦、仓颉造字，是为书画之先河，文字与图画实出一源。

诗书画印：中国画讲究钤印题诗。元、明以来，文人画成为主流，题款风气盛行，中国画独有的东方风韵，往往就体现在诗书画印的完美结合上。

似否：中国画妙在似与不似之间，追求所谓“不似之似”。

古今齐：中国画往往打破时空限制，把不同时空的物象重新布置，营造出表现画家主观感受和情怀的境界。

羽客：指禽鸟，也指仙风道骨的高人。

虹霓：指彩虹，也喻指桥。此两句写中国画的常见画面。

附苏可文和韵：

临江仙（龙谱格二通韵）·画·习和义平兄

远看群山含色，近听流水无声。个中妙处问丹青。春归花亦艳，夜至月还明。

浓绘悲欢别聚，淡描冷暖阴晴。谁言纸上少魂灵。留白寻绮梦，泼彩释心冰。

2023 年 8 月 16 日

注：

心冰：佛教语。喻被束缚的迷心。

临江仙（龙谱格三）·八雅咏之五·诗

最早歌谣留断竹，弹歌狩猎诗篇。《诗经》三百觅泉源。鼓吹归乐府，弦管宴游欢。

唐宋名家星斗耀，儿童口口相传。诗词曲赋颂衣冠。抒怀吟一阕，得意在高山。

2023 年 8 月 15 日

注：

断竹：《弹歌》第一句。

弹歌：史籍所载中国最早的诗歌，是远古时期制作弓弹狩猎的歌谣："断竹，续竹；飞土，逐宍。"载于《吴越春秋》。

乐府：西汉建立的专门管理乐舞演唱教习的机构。

衣冠：借指文明礼教。

得意：领会旨趣。

附苏可文和韵：

临江仙（龙谱格二）·诗·奉和义平兄

发兴抒情思句，在心言志歌谣。诗词赋曲竞妖娇。每吟风雅颂，似赏瑟琴箫。

起合转承求韵，苏辛李杜呈豪。文澜万古起龙蛟。五言描宋史，七律写唐朝。

2023 年 8 月 17 日

注：

在心言志：《书·简》，诗言志。毛诗序，在心为志，发言为诗。

歌谣：诗的源头是歌谣。

风雅颂：我国第一部诗歌总集《诗经》的三个组成部分。

临江仙（龙谱格三）·八雅咏之六·酒

如水清柔如火烈，云端漫步优游。三杯下肚解千愁。煮盈壶老酒，伴岁月春秋。

莫使金樽空对月，长江滚滚东流。思贤乐圣故情收。飞觞鲸饮后，白眼对荒丘。

2023 年 8 月 16 日

注：

思贤乐圣：《艺文类聚》卷七十二《食物部·酒》《魏略》曰："太祖禁酒，而人窃饮之，故难言酒，以浊酒为贤者，清酒为圣人。"

白眼：《晋书·阮籍列传》："籍又能为青白眼，见礼俗之士，以白眼对之。及嵇喜来吊，籍作白眼，喜不怿而退。喜弟嵇康闻之，乃赍酒挟琴造焉，籍大悦，乃见青眼。"

附苏可文和韵：

临江仙（龙谱格二通韵）·酒·奉和义平兄

清透晶莹仙液，甘甜醇厚琼浆。冲天香气透官苍。杯中寰宇大，壶里月光长。

共饮诗仙风雅，自斟醉侯癫狂。从来豪士爱瑶觞。斩蛇芒荡岭，打虎景阳冈。

2023 年 8 月 18 日

临江仙（龙谱格三）·八雅之七·花

美丽如花谁不爱，花间邀月三人。东篱采菊独相亲。滋兰之九畹，万紫艳三春。

不染不妖清益远，海棠依旧传闻。夜深花睡烛殷勤。花盈犹满树，子实报君恩。

2023 年 8 月 17 日

注：

花间邀月：见李白《月下独酌》。

东篱采菊：见陶渊明《饮酒·其五》。

滋兰之九畹：见屈原《离骚》。

不染不妖：见周敦颐《爱莲说》。

海棠依旧：见李清照《如梦令·昨夜雨疏风骤》。

夜深花睡：见苏轼《海棠》。

花盈：见龚诩《种园有感》："已见花盈树，行看子满枝。"

附苏可文和韵：

临江仙（龙谱格二）·花·奉和义平兄

色彩斑斓天下，馨香萦绕人间。总将笑脸谓蓝天。依山彰逸雅，伴水秀清欢。

秉烛夜深追赏，披衣拂曙游观。仙翁神女也留连。常教蜂蝶醉，更配月几圆。

2023 年 8 月 19 日

临江仙（龙谱格三）·八雅咏之八·茶

百草神农曾试遍，提神一盏清茶。生津爽口雨前芽。千金何足惜，七事苦持家。

活火分茶传雅趣，诗书陶冶生涯。天光不觉透窗纱。杯中尝味道，海上看朝霞。

2023年8月18日

注：

神农：唐陆羽《茶经》云：“茶之为饮，发乎神农氏。”

活火分茶：见《太平广记·才名·好尚·李约》：“约性又嗜茶。谓人曰：‘茶须缓火炙，活火煎。活火谓炭火焰火也。’”

附苏可文和韵：

临江仙（龙谱格二）·茶

竹屋松风花影，柴炉陶盏瓷铛。流泉酿出玉壶冰。馨烟招远客，清液濯尘缨。

味苦还甜滋润，色黄或绿澄明。亦醺亦醉入禅庭。平心参岁月，静气品人生。

2023年8月20日

注：

尘缨：比喻尘俗之事。

相思引·七夕感怀

落叶犹闻鸟雀欢，横塘忍见藕花残。银河浩渺，颙望梦重圆。

玉露三更悲寂寞，金风一度信艰难。人间但愿，千里共婵娟。

2023年8月16日

熙州摘遍（钦谱周体）·悼辛尚义同学并和苏可文

同学情深，何堪又见，乌云蔽月星陨。逝水东流，残阳西下，河岸凄凄风紧。华发萧疏，早已是、英姿消尽。天道轮回，物情变幻，哪知凭准？

镜里新霜空自悯。却还被、思牵情引。促酒频辞，征歌懒应，甚计能消闷？望苍穹、沉不语，云来去、天高莫问。静气平心，夜安眠、人生本分。

2023年8月20日

附苏可文原玉:

熙州摘遍（钦谱格一通韵）

今天上午，一众人等到黄河柳园口祭奠悼念辛尚义等仙逝同学，赋词以记之。

知友亲朋，黄河晓岸，焚天酹地遥祭。逝水呜咽，鹎鴂啼血，秋露凄凄也泣。川岳江湖，再没有、麒麟龙鲤。海角悲绝，天涯恨断，泪涟如洗。

欲诉愁肠人去矣。常忆起、当年豪气。指点江山，激扬笔墨，戏水三千里。叹疏狂、成往事，空流落、阴阳两地。怅问苍天，这余生，知音有几？

2023 年 8 月 19 日

齐天乐·咏蝉·兼和苏可文

居高声远姿天纵，餐露啜风秋晚。土里沉埋，数经蜕化，应节情歌唱遍。响闻霄汉。却饕餮盘飧，顿难寻见。杨柳垂头，藕塘蛙鼓亦悲叹。

向来天道有自，岂容人放肆，用藏无限。秋月熏风，春花冬雪，四季乾坤轮转。青苍好善。盼物我和谐，世间同勉。一片清凉，正高阳灿烂。

2023 年 8 月 23 日

注：

居高声远：见虞世南“居高声自远，非是借秋风”。

姿天纵：见骆宾王《在狱咏蝉·序》。

附苏可文原玉：

齐天乐·蝉

绿槐荫柳熏风里，谁家浩歌声烈。蛰伏多年，一朝复起，即刻独垂高洁。终生不歇。任雨泻凄凉，云翻炎热。呐喊连连，只为不负好时节。

恨它夏日太短，纵天涯唱遍，却愁黄叶。佛祖顽徒，唐僧转世，难挽凡尘伤彻。几多磨折。这贬褒悲欢，让人评说。兀自明年，再来酬日月。

2023年8月23日

注：

佛祖顽徒：传蝉是如来佛弟子。

唐僧转世：传唐僧即是金蝉子。

江城子（钦谱格五苏体）·秋雨

秋风秋雨乱柔条。急窗敲，泼如瓢。夜半偏听，响鼓打芭蕉。红瘦绿肥莲藕密，经水洗，更妖娆。

一场凉意一场凋。看林梢，叶飘飘。雨散云收，葱翠滴秧苗。却待稻花香满望，天有道，乐陶陶。

2023年8月27日

八声甘州（龙谱柳体）·雁·依韵奉和苏可文

正秋风起处晓霜天，一路向南迁。渐叶黄摇落，草枯萧瑟，冷雨连绵。雁阵衡阳反复，芦荡五更寒。唯有洞庭月，却照无眠。

犹记河汾平楚，死生相许地，肠断诗篇。叹情深几许，成对再飞还。恨寰中，世事多舛，醒数回，好梦总难圆。登高处，孤愁怎解，拍遍栏杆。

2023年8月28日

注：

肠断诗篇：见元好问《摸鱼儿·雁丘词》。

附苏可文原玉：

八声甘州·雁说

趁清风明月碧云天，振羽越千川。任严霜凄雨，狼烟蜃雾，吾自翻旋。晨赏金乌腾起，夜晚伴婵娟。无怨又无恨，惬意清欢。

羞见昭君粉面，却衡阳梦断，筑塔长安。叹情为何物，最好问遗山。别长亭、频传尺素，纵燕吴、一啸眇尘寰。君看我、杏花香里，再返中原。

2023 年 8 月 28 日

注：

昭君：王昭君。见沉鱼落雁典故。

衡阳梦断：衡阳有回雁峰，相传雁来去以此为界。

筑塔长安：长安有大、小雁塔。

遗山：元好问。《雁丘词》：“问世间，情为何物，直教生死相许。”

诉衷情近·癸卯中元节

雨收日朗，独立楼头四望。征鸿成队南翔，黄叶趁风簸荡。遥想故家丘陇，侧柏青青，早已高寻丈。

空惆怅。却问冥间近状。报春真意，默祝皆无恙。情难忘。百年树木，阳光雨露，克勤培养。祭献亲来飨。

2023 年 8 月 30 日

注：
报春：见孟郊《游子吟》："谁言寸草心，报得三春晖。"

附苏可文和韵：

诉衷情近·中元·习和义平兄

露寒月冷，万里阴阳怅望。深杯祭祖中元，垂泪缅思荡荡。多少别愁离恨，白了秋霜，白了三千丈。

人凄怅。不禁心伤万状。祷祈天地，保佑无诸恙。难相忘。若生后世，重为子女，再来孝养。跪拜瓜壶飨。

2023 年 8 月 30 日

点绛唇（钦谱冯体）·兰月秋浓

兰月秋浓，秋浓却问来何处。芦花绕渚。雁字南飞去。
叶绿榴红，硕果当庭户。风一度，飘零满路。无计留春住。

2023 年 9 月 4 日

注：
兰月：农历七月。

翠羽吟（钦谱蒋体）

好个秋。热浪收。欢喜不生愁。水洗湛蓝，白云飘举作神游。

夜听秋虫絮语，遥看凉月如钩。桂子香、叶黄零落，时光荏苒难留。

秋色挥笔点娇柔。金风濡染，北雁清讴。一卷相思逗起，秋雨缕缕，芦花垂白头。弄晴弱柳丹枫，五彩泼墨迎眸。梦醒知何处，年已暮、悲叹无由。老去还须啸俦。寿康毋必论王侯。黄花未老，翠竹经霜，桧柏正遒。

2023 年 9 月 6 日

注：

啸俦：呼唤同伴。

遒：强劲，强健。

永遇乐（钦谱格一）·郑大政史系七三级入校五十周年庆

五十年前，风华正茂，金水河畔。热血青春，高情壮志，家国图行远。农村厂矿，开门办学，圣地延安拉练。小乔乡、纵横沟壑，阡陌往来身健。

繁华落尽，归来已是，两鬓斑斑霜染。芳草萋萋，梧桐蓊郁，犹记当时院。如烟旧梦，花间携手，也有旧欢新恋。再相会、豪情依旧，重开盛宴。

2023 年 9 月 22 日

金缕曲（钦谱格一叶体）·贺母校河南大学111周年华诞

薪火相传久。喜相逢、彩旗招展，凯歌高奏。华夏人民康强日，沐雨经霜坚守。天行健、星辰北斗。继往开来期许重，攻读勤、未肯分宵昼。家国事、早成就。

雄图万里江山秀。举世业、凝心聚力，岂甘人后！今看重回双一流，多化育经纶手。不负望、英才渊薮。直挂云帆酬壮志，莫等闲、何惧风霜骤。为母校，祝椿寿。

2023年9月25日

临江仙（龙谱格一鹿体）·癸卯中秋·兼答可文

又是一年秋月澹，秋风秋雨溟蒙。秋空人字看归鸿。层林霜染，秋醉赏秋嵩。秋鹤一声云路上，槭枫红透秋浓。中秋圆月正当空。春华何在，何处觅芳踪。

2023年9月28日

附苏可文原玉：

临江仙（龙谱格二徐体）

怀抱少年春梦，笑谈老去秋霜。江湖浪迹半生狂。烟霞三尺剑，日月一壶觞。

语问今宵何处？篱边醉卧斜阳。人间怎可尽堪伤。且看风雨里，金菊正芬芳。

2023 年 9 月 28 日

附王文智和韵：

临江仙（钦谱格八贺体）·癸卯中秋·依韵奉和苏可文、李义平二学兄

细雨绵绵秋月掩，桂花暗送馨香。欣然亚运冠无双。呼朋学健儿，球场笑声扬。

登高望远穷极目，渔舟蓑笠寒江。蹉跎岁月两鬓霜。童心依旧在，何必叹夕阳。

癸卯中秋

醉春风·奉和苏可文《醉春风·候月》

苏可文《醉春风·候月》篇，时临中秋，急不可耐，要挥刀斩云了。奈何“抽刀断水水更流”，终会“云散雨初晴”。

已是中秋节。如何云碍月。婵娟不得共清辉，缺，缺，缺。万里衷情，几重思念，夙期乡谒。

自古伤离别。亲友冰心洁。好凭微信问佳音，悦，悦，悦。相对窗前，迩来怀故，絮繁胪列。

2023 年 9 月 30 日

附苏可文原玉：

醉春风·候月

有酒杯空摆。无歌人莫怪，时为等候玉盘来，咳，咳，咳。何处乌云，纵遮横掩，漭弥天界？

面对凶云叆。唯恨刀不快，一挥杀尽九衢埃，待，待，待。埃净尘清，再来细赏，月娥风采。

2023 年 9 月 29 日

附王文智和韵：

醉春风·奉和苏可文、李义平学兄

细雨彤云暗。烟花人独看。多多微信礼缤纷，转，转，转。一缕情思，一声遥祝，一时幽婉。

雨湿群芳灿。云低青山远。桂花玉兔掩云间。叹，叹，叹。谁共婵娟，一声吟唱，曲终人散。

2023 年 10 月 1 日

秋兰香（钦谱格一陈体）·秋韵

雨细绵绵，风起飒飒，层林尽染红黄。榴花添百籽，秋菊艳群芳。雁南去、题字一行行。建兰初试新妆。蟹肥美、半壶清酒，独对轩窗。

纵是桂花开罢，冷落满平畴，颗粒归仓。也浑如、采蜜贮蜂房。从容历风霜。辛苦耐劳，知得温凉。老静乐、人生真谛，大道康庄。

2023 年 10 月 2 日

附苏可文和韵：

秋兰香·菊·习和义平兄

瘦了梧桐，凋了苇荻，金英独立冰霜。庭边逢绿白，篱畔遍红黄。向闲处、凭槛理新妆。态娇姿媚腮香。冷清里、洁高孤傲，占断秋光。

漫步赏花佳处，醉眼久流连，感慨芬芳。待归来、正气著文章。流光入壶觞。消些怨愁，多些疏狂。学五柳、虽经风雨，不叹寒凉。

2023 年 10 月 3 日

注：

金英：菊花。

五柳：指陶潜，陶潜著有《五柳先生传》："先生不知何许人也，亦不详其姓字，宅边有五柳树，因以为号焉。"

满江红（格一柳体）·依韵奉和苏可文《桂》

四季风光，金秋美、不胜佳赏。沉醉处、枫红霜白，月明星朗。短棹菱歌横碧水，轻鸥瑞鹤青云上。步江畔、看点点归帆，听渔唱。

山如染，天高爽。情似许，胸宽广。想神仙也羡，这般疏放。

过往曾经豪气发，今来最是追无恙。知足福、清静度余年，长生享。

2023年10月6日

附苏可文原玉：

满江红（格一柳体）·桂

何处飘香？看桂子、红幽黄亮。不由问、谁移月树，江边山上。一别吴刚伤伐斧，来听清照低吟唱。冠群芳、自是一流花，凭君赏。

披霓彩，听风扬。承雨露，看云荡。想梅兰也妒，俊俏模样。碧叶能教秋壮色，繁英酿就销魂醠。莫相忘、攀折到蟾宫，题金榜。

注：

红幽黄亮：形容丹桂、金桂。

吴刚：传月中吴刚伐桂树，伐而不倒。

清照：李清照。赞桂花“自是花中第一流”。

醠：音同“昂”，酒。

题金榜：见“蟾宫折桂”典故。

附王文智和韵：

西江月·桂·奉和苏可文、李义平二学兄《满江红·桂》

本是蟾宫仙种，缘何谪落人间。冲天香阵透庭园，熏倒金樽一片。

不与群芳争艳，偏教玉兔堪怜。风吹月影照无眠，疑似星云轻唤。

2023 年 10 月 7 日

花犯（钦谱格一周体）·游华山西峰·兼和苏可文《蒹葭说》

华山雄，苍龙跃起，秦川势飞翥。角鹰愁度。天下叹奇观，却在云路。暮年鼓勇登高处。莲台凭四顾。极目望、渭泾回绕，江山邀我赋。

如今上下架凌空，乘轩往返捷，升腾云雾。迎面见，千峰簇、奇松嘉树。悠然过、碧山峡谷。揽胜境、昔人何慨慕。趁体健、啸吟风月，开怀须尽数。

2023 年 10 月 20 日

注：

莲台：指华山西峰绝顶的莲花石。

渭泾：指渭水、泾水。

乘轩：乘坐大夫的车子，这里指乘坐索道轿厢。

附苏可文原玉：

花犯·蒹葭说

我蒹葭，惊心照眼，悠悠傍烟水。露痕霜缀。更白雪盈头，别样风味。月光作帐霞当被。无香花也媚。抱节死、枯身不倒，谁人知尽粹？

几曾盛装飒葳蕤。斜阳映野渡，团红丛翠。看鹭舞，观虾戏、听歌芳蕙。

难相忘、素冠紫袖，更记得、芰荷争泽霈。望每岁、轻舟横笛，人人来倚醉。

2023 年 10 月 18 日

浣溪沙（钦谱格一韩体）·步韵苏可文《浣溪沙·重阳》

浓笔天然是晓霜。金风酿出桂花香。宋城菊韵醉重阳。

盛世精神逢正爽，暮年意气动诗肠。高歌把酒庆安昌。

2023 年 10 月 23 日

附苏可文原玉:

浣溪沙·重阳

几处红枫几处霜。满城黄菊满城香。一年一度又重阳。

高奏银筝庆盛世，低吹横笛诉衷肠。举杯祈月祝恒昌。

2023 年 10 月 23 日

附王文智和韵:

浣溪沙·重阳·步韵苏可文、李义平二学兄

身健何消两鬓霜。童心未泯赏花香。登高望远度重阳。

美景依然多变幻，情思难以诉衷肠。园中金桂正荣昌。

癸卯重阳

浣溪沙（钦谱格一）·癸卯霜降

秋去冬来露结霜。枫红菊艳桂添香。正逢四季好时光。

花会送迎宾客至，楼船来往管弦忙。歌诗一曲诉衷肠。

2023 年 10 月 24 日

附苏可文和韵：

浣溪沙·观菊·步韵兼和义平兄

玉露金风未见霜。街头巷尾菊花香。靓男倩女挽秋光。

姹紫嫣红篱下看，马龙车水画中忙。古城美景醉人肠。

2023 年 10 月 24 日

瑶华（钦谱格一周体）·覃思

为人如水。做事如山。海纳千川汇。流深就下，利万物、言信心渊无愧。浮生一世，竞争作、寰中瑰磊。经几番、花落花开，总是春红枝翠？

粗茶淡饭寻常，守一片星空，知足珍贵。阴晴雨雪，随遇乐、无病无灾欣慰。洒然老去，莫荏苒、年华虚费。养静处、参透真机，了悟世情三昧。

2023 年 10 月 25 日

注：

利万物：见老子《道德经·第八章》：“上善若水。水善利万物而不争。处众人之所恶，故几于道。居善地，心善渊，与善仁，言善信，正善治，事善能，动善时。夫唯不争，故无尤。”

言信心渊：见上所引《道德经》。言信，说话恪守诚信；心渊，心胸宁静而深沉。

附苏可文和韵：

瑶华·步韵奉和义平兄《覃思》

秋江春水。恰似人生，滚滚东流汇。风流我辈，激浪后、也算无嗟无悔。鹏程万里，已飞过、何来魁磊？曾几何、装点江山，笑对人间红翠。

任他斗转星移。唯身健心宽，弥足金贵。凡尘悟透，今只向、诗酒花茶开慰。岁华易逝，慎惜用、休教靡费。向旭日、自觅清欢，再展少年情味。

2023 年 10 月 25 日

注：

魁磊：此处指心情郁闷，盘结不解。

开慰：宽解安慰。

靡费：浪费。

金缕曲（钦谱格一叶体）·中国航天赞

神话传闻久。向遥空、嫦娥奔月，满天星斗。今有航天图强梦，重器岂能人后？齐奋发、争锋身手。为国铸魂凝智力，誓研精、科技追渊薮。曾一日，我称首。

艰难困苦方成就。浪滔天、英雄本色，战歌高奏。多少丹心凌云志，眼界胸怀宇宙。但盼望、江山锦绣。万里长征终到日，共举杯、痛饮酬功酒。千古事，垂无朽。

2023 年 10 月 25 日

江城子（钦谱格五苏体）·沉痛悼念李克强前总理

忽闻噩耗叩苍天。为何偏，妒英贤？举国同悲、泪洒浦江边。华夏山川曾走遍，为民事，忘休眠。

鞠躬尽瘁寸心丹。愿家山，换新颜。此去灵台、牵挂世平安。终报富强中国梦，欢乐颂，满人间。

2023 年 10 月 28 日

两同心（钦谱格一柳体）·牧歌·奉和苏可文《牧·题图》

云雾氤氲，涧溪清晓。小山村、歌鸟欢飞，绿草径、牧羊晨早。画图中，纵是桃源，只疑窈眇。

日子寻常静好，开心一笑。春光里、漫步花丛，池塘畔、垂纶鱼藻。迩来皆，美景良时，何须烦恼？

2023年11月6日

附苏可文原玉：

两同心牧·题图

朝露斜晖，碧溪青草。花儿香、尽显妖娆，羊儿跑、欢腾窜跳。向春风，一曲山歌，云霄缭绕。

莫对光阴说少，愉乐则好。放眼看、万里松涛，无名利、何来烦恼。似这般，地上神仙，谁人知晓？

2023年11月4日

两同心（钦谱格一柳体）·奉和苏可文《归题图》

却问人生，本来甘苦。垂髫起、夜读三更，成年后、操劳六度。至高年，老病缠身，蹉跎寒暑。

寄语箴言我汝。虚怀抱素。寻常里、雨露多情，云天外、风光无数。息尘心，野鹤闲花，清欢随处。

2023年11月7日

注：

六度：佛教语。指人由生死此岸渡到涅槃彼岸的六种法门，此处喻人生一世，须经历各种辛苦。

附苏可文原玉：

两同心·归·题图

耕作归来，陋邦如故。家虽贫、衣食无忧，院不大、却非棚户。有妻儿，携手相依，同甘共苦。

此辈乐于知足。平安即富。争什么、蜗角虚名，贪什么、蝇头利禄。请君看，九棘三槐，终究蒿土。

2023 年 11 月 6 日

注：

九棘三槐：意思是泛指三公、九卿等高级官职。

附王文智和韵：

两同心（同心结）·奉和苏可文、李义平二学兄

风雨同舟，一生相伴。多少年、同气相求，山海缘、无悔无怨。意闲闲，锅碗瓢盆，家常便饭。

任他云舒云卷。夏凉冬暖。星月转、霜鬓茅茨，更耐看、齐眉举案。两相搀，天上神仙，旁人莫羡。

癸卯立冬

两同心（钦谱格—柳体）·奉和苏可文《望·题图》

罗袜凌波，望霞云气。两情久、石烂海枯，千古事、难凭锦鲤。盼归帆，万顷烟波，此心何寄？

偕凤于飞萧史，浓情蜜意。曾山誓、生死相依，今教我、

未由寻你。但祝侬，顺遂平安，爱珍身体。

2023 年 11 月 8 日

注：

罗袜：见曹子建《洛神赋》。

望霞：神女峰又称望霞峰。见巫峡神女故事。

萧史：见萧史弄玉故事。后世常以其借指情郎。

附苏可文原玉：

两同心·望·题图

怅望天涯，雾遮烟蔽。总不见、书信传来，偏又是、飞鸿南徙。恨悠悠，秋水春江，山重云曳。

最苦鸳鸯两地。相思难寄。怎能忘、月下温柔，尤记得、花前醉意。问何时，比翼重飞，连枝同理？

2023 年 11 月 7 日

念奴娇（钦谱格一苏体）·奉和苏可文《念奴娇·立冬》

生寒细雨，渐长空浸润，红黄林表。秋实春华冬贮积，喜看玉龙夭矫。随处欣然，平生陋巷，心旷烦忧少。一凭霜鬓，慢来从此变老。

且趁未倦闲身，吟风弄月，任蝶晴莺晓。随遇而安知祸福，淡饭粗茶长好。我自逍遥，优游岁去，何用神仙祷。不须疑虑，好生之德天道。

2023 年 11 月 8 日

注：

陋巷：见《论语·雍也》：“贤哉，回也！一箪食，一瓢饮，在陋巷，人不堪其忧，回也不改其乐。贤哉，回也！”

附苏可文原玉：

念奴娇·立冬

秋归冬至，染一天寒色，满城苍莽。回首江湖崎险路，多少骇涛惊浪。怨去吹箫，狂来拔剑，未敢随波荡。柔情铮骨，化为双鬓悢怆。

今见旭日腾空，金光万道，展尽温柔状。顿唤豪情从地起，忘却一生惆怅。月下低吟，樽前长啸，还作当年样。天毋收我，此身安可平躺？

2023年11月8日

两同心（钦谱格一柳体）·奉和苏可文《两同心·戏》

渺若蜉蝣，寄生天地。黄粱梦、梦醒何时，薤上露、露歌墟里。踏归途，往复循环，生生不已。

粉墨登台扮戏。悲欢忧喜。演一出、锣鼓铿锵，歌一曲、满腔豪气。去来兮，莫负回程，浩然空际。

2023年11月10日

注：

黄粱梦：见《太平广记·异人二·吕翁》。

薤上露：《薤露》乃乐府《相和曲》名，是古代挽歌。此指薤叶上的露水，唐裴铏《传奇·封陟》：“逝波难驻，西日易颓，花木不停，薤露非久。”

附苏可文原玉：

两同心·戏

粉墨登台，舞低歌起。龙虎斗、汉界楚河，同心颂、桃园结义。寄相思，梦断红楼，西厢泪洗。

休说剧中非己。人生如戏。经多少、成败安危，历无数、清狂荣耻。到头来，幕落人空，通通去矣。

2023 年 11 月 9 日

附王文智和韵：

两同心·戏·奉和苏可文、李义平二学兄

游戏人生，瞬生如戏。化万千、不变初音，寻雅韵、卷舒相济。叹情怀、如醉如痴，青衫洒泪。

鉴常心如止水。淡泊悲喜。应知道、富贵黄粱，还争么、蜗蝇名利。品君词，回味无穷，高山仰止。

2023 年 11 月 10 日

两同心（钦谱格一柳体）·奉和苏可文《霸王别姬·题图》

终得亡秦，楚虽三户。力扛鼎、勇冠三军，战巨鹿、沉舟破釜。别虞姬，一曲悲歌，生死离苦。

应悔鸿门坐误。无从亚父。向来是、得失人心，征天下、难凭孔武。古有言，后乐先忧，周公吐哺。

2023 年 11 月 12 日

注：

战巨鹿：巨鹿之战是公元前 207 年以项羽率领的楚军为首的各诸侯义军与秦军在巨鹿（今河北平乡西南）进行的一场决定性战役，最终义军大败秦军，这是中国历史上著名的以少胜多的经典战役之一。此役基本摧毁了秦军主力，奠定了反秦斗争胜利的基础。

亚父：指项羽谋士范增。

后乐先忧：见范仲淹《岳阳楼记》："先天下之忧而忧，后天下之乐而乐。"

周公吐哺：《史记·鲁周公世家》："然我一沐三握发，一饭三吐哺，起以待士，犹恐失天下之贤人。"比喻殷勤礼待贤士，或为政事操心忙碌。

附苏可文原玉：

两同心·霸王别姬·题图

兵起江东，擅名孙武。力拔山、巨鹿破秦，气盖世、威加西楚。问谁曾，人杰千秋，鬼雄万古。

虞兮虞兮悲舞。骓兮骓苦。恨只恨、垓下无那，怨只怨、鸿门自负。但为何，宁死酬天，乌江不渡？

2023 年 11 月 11 日

注：

擅名：享有名声。

无那：无奈，无可奈何。唐杜甫《奉寄高常侍》诗："汶上相逢年颇多，飞腾无那故人何！"

两同心（钦谱格一柳体）·体验人生

体验人生，不求完美。须知晓、过往难追，重当下、从容应对。虑将来，闪烁星空，徒然迷醉。

常记前贤教诲。明察进退。年垂暮、无复当初，身外事、何从置喙？且宽怀，闷酒闲茶，安居度岁。

2023 年 11 月 12 日

注：

过往难追：见《曾国藩文集·处世金针·修身之要》："灵明无着，物来顺应，未来不迎，当时不杂，既过不恋。"

满庭芳（钦谱格一晏体）·癸卯初雪·奉和苏可文

飘洒琼花，银装素裹，仙姝匝地扬芬。轻柔模样，玉洁绝风尘。疑似奇葩昨夜，奉天语、落絮缤纷。翻飞处，蜂狂蝶舞，皓白望无垠。

多情双颊吻，拂窗沾袖，鱼水相亲。待明年，根株滋润三春。

荡涤世间污浊，留清白、环寰更新。终须是，天人合一，造化总归真。

2023 年 12 月 11 日

附苏可文原玉：

满庭芳·大雪（步韵晏幾道《南苑吹花》）

滕六狂飙，玄冥震怒，周天冻彻千重。珠玑碎打，琼絮乱交逢。百万玉龙酣战，残鳞甲、撒向西东。啸声里、银蛇醉舞，无处觅征鸿。

看寒流万里，冰封湖海，素裹榛桐。更那堪、边疆铁马嘶风。绿蚁红炉围坐，话成败、尽在樽中。苍茫下、何人独钓，傍倚一枝红？

2023 年 12 月 12 日

注：

滕六：传说中的雪神。

玄冥：传说中的冬神。

临江仙（钦谱格六徐体）·奉和苏可文《临江仙·题图》

屋外飘扬冷絮，室中澹荡春风。阳台红绿是花丛。竹林青眼客，兰若白头翁。

明日相邀把酒，新年可待登丰。蜡梅开处已春浓。安然辞岁月，自若遣心胸。

2023 年 12 月 12 日

注：

青眼客：喻指意气相投的好友。

兰若：兰草和杜若，俱香草，象征高洁君子。

附苏可文原玉：

临江仙·题图

窗外六花堆玉，屋中百卉悠然。一墙之隔两重天。冬风寒世路，春意暖心田。

踏雪寻梅桥畔，闻香作赋樽前。人间处处有清欢。当年山宰相，今日地神仙。

2023年12月11日

附王文智和韵：

临江仙·步韵苏可文《题图》

窗外寒风呼号，阳台红艳依然。银花琼玉飞满天。白头妆绿树，瑞雪覆麦田。

一曲相思水远，几杯香茗花前。壶中寂寥烹清欢。听君一席话，顿悟做洞仙。

癸卯初雪

临江仙（钦谱格六徐体）·冬月赏雪

最是闲心难得，悠然又是来年。琼花飞絮舞翩跹。探梅披雪去，策杖看童欢。

待客香茶几盏，吟诗旧句千言。扁舟乘兴尽而还。围炉夜话久，不觉已明天。

2023 年 12 月 12 日

注：

扁舟乘兴：见王子猷雪夜访戴故事。《世说新语笺疏·下卷上·任诞》："王子猷居山阴，夜大雪，眠觉，开室，命酌酒。四望皎然，因起彷徨，咏左思《招隐》诗，忽忆戴安道，时戴在剡，便夜乘小船就之。经宿方至，造门不前而返。人问其故，王曰：'吾本乘兴而行，兴尽而返，何必见戴？'"

附苏可文和韵：

临江仙（龙谱）·步韵奉和义平兄《冬月赏雪》

若梦如仙图画，镂银堆玉连年。梨花蝶羽又跹跹。闻香寻雅趣，策杖品清欢。

对景凭栏开眼，感怀得句忘言。悠哉乐矣不知还。任风吹白发，沽酒啸青天。

2023 年 12 月 13 日

附王文智和韵：

临江仙·步韵奉和义平可文二学兄

品节临寒自现，丹青傲雪年年。阳台松柏舞蹁跹。蕙香增雅兴，榕翠溢清欢。

瑞雪飘飞有意，芳丛静坐无言。彤云舒卷去何还。泥壶煮岁月，香茗祭苍天。

2023 年 12 月 13 日

临江仙（钦谱格六徐体）·癸卯冬月

最美隆冬雪月，梅花冷艳孤光。飘飞思绪漫悠长。少时眠不足，老去梦多伤。

远树烟云浩渺，空山岩壑苍茫。一朝消散意恓惶。观鱼凭宴乐，放鹤任行藏。

2023 年 12 月 13 日

注:

宴乐：安乐。

行藏：行止。

附苏可文和韵:

临江仙（龙谱）·奉和义平兄《癸卯冬月》

衰草朔风孤雁，炊烟社鼓银樽。琼瑶碧玉乱纷纷。北疆梅弄影，南海雨催春。

啖食红炉香阁，放歌山店溪村。清高流俗亦情真。四时皆雅兴，万物尽消魂。

2023 年 12 月 14 日

附王文智和韵：

临江仙·奉和李义平苏可文二学兄《临江仙·癸卯冬月》

大雪重重阻路，朔风凛凛封斋。春生冬藏待时来。老来谁惜老，寻趣趣心怀。

长赋轻歌建盏，红花绿叶亭台。诗词群里聚英才。人间荣辱事，全在雪中埋。

癸卯冬月

附李竹泉和韵：

诗意伴终生，每景必抒情。
写尽天下事，书尽人间情。
诗词如泉涌，只有李义平。

秋蕊香（钦谱格—晏体）·听九通唱《红豆红》有感

玉树琼花时候。夫妇相将游走。情深恰似双莲藕。最是老来相守。

九通一曲歌红豆。穿云透。白头翁媪情依旧。喜乐自然长寿。

2023 年 12 月 13 日

临江仙（钦谱格六徐体）·踏雪遐思

对雪相宜静处，寻梅踏絮徐行。腮红头着玉冰晶。却收梅上雪，更喜竹间青。

倦客孤舟柳岸，幽人野鹤沧溟。暮年闲在度浮生。参知齐物论，何必诵心经。

2023 年 12 月 15 日

注：

却收梅上雪：《红楼梦》第四十一回写妙玉请钗黛二人在拢翠庵吃体己茶，所用水是她五年前从梅花上收来的雪水。

齐物论：见《庄子·内篇》。此处是说参透了老庄哲学，就不用再去信奉佛学了。

附苏可文和韵：

临江仙（龙谱）·步韵奉和义平《踏雪遐思》

趁兴探梅开眼，寻幽踏雪闲行。冰封万里玉铺晶，茫茫皆白洁，处处是丹青。

岁月鬓边憔悴，山川云外蒙溟。 一壶一卷慰平生。清心生快乐，知足即真经。

2023 年 12 月 16 日

附王文智和韵：

临江仙·步韵奉和李义平、苏可文二学兄《踏雪遐思》

翼翼惊心踏雪，微微跬步徐行。霓虹灯上挂冰晶。雪凝笼柏白，雪化照松青。

煮酒降龙北海，烹茶缚虎南溟，高谈空论笑书生。讴吟觅绝句，趺坐悟禅经。

好女儿（钦谱格一黄体）·咏老

世味煮成茶，过往散烟霞。安乐消闲终岁，万事莫嗟呀。

何必慕仙家，要紧是、心态清佳。精神重整，枯泉涌浪，老树扬花。

2023 年 12 月 16 日

附苏可文和韵：

好女儿·步韵奉和义平兄《咏老》

岁月入新茶。功名付流霞。莫教闲愁牵挂，诸事笑呀呀。

本是俗人家。但只求、眠食俱佳。能言能走，年年把酒，岁岁看花。

2023 年 12 月 17 日

附王文智和韵：

好女儿·步韵奉和苏可文、李义平二学兄《咏老》

消遣凭闲茶，炉火燎云霞。恬淡花开花落，欸乃一声呀。

长寿即赢家。好牙口、酒美肴佳。诗词歌赋，游山逛水，惯养昙花。

2023 年 12 月 18 日

附谢景忠和韵：

三诗仙，昨赏雪，今咏老，好不快活！

过往世事煮成茶，消闲细品都是霞。

心态清佳不慕仙，能言能走是赢家。

逛水枯泉涌新浪，游山老树又扬花。

诗词歌赋天天有，今读《咏老》更得法！

眼儿媚（钦谱格二贺体）·冬夜感怀

隆冬如水月光寒。映雪照无眠。有生苦短，几多烟火，一点清欢。

惜时长怕随流逝，好梦几回圆？寻常日子，三杯两盏，且自安然。

2023 年 12 月 18 日

附苏可文和韵：

眼儿媚・步韵义平兄《冬夜感怀》

清酒三杯驱天寒。高枕抱书眠。梦中雅兴，寻梅踏雪，一晌贪欢。

醒来遥望窗前月，已是九分圆。何言冬冷，明春又是，桃李嫣然。

2023 年 12 月 18 日

恨来迟(钦谱格一王体)·依韵奉和苏可文《恨来迟·竹》

竹解虚心，直节坚挺，四季常青。峭拔立苍穹，扎根岩隙，雨雪欣荣。

更化身、箫笛绕梁声。竹笋佳味煎烹。日用百千途，竹床竹椅，供我依凭。

2023 年 12 月 20 日

附苏可文原玉:

恨来迟・竹

凤尾飒飒，盛枝铄铄，直节铮铮。看七丈顽躯，五分柔美，四季纯青。

雪雨风、难挡翠娉婷。问道何处寻情?到郑燮笺图，湘妃斑泪，六逸觞觥。

2023 年 12 月 20 日

注：

郑燮：郑板桥。

湘妃：见“湘妃斑竹”典故。

六逸：李白与孔巢父、韩准、裴政、张叔明、陶沔居徂徕山，日沉饮，号“竹溪六逸”。

如梦令·癸卯冬至·奉和苏可文、冯世斌二兄

冬至天寒地冻。身着厚衣臃肿。饺子热腾腾，还有汤圆香粽。慢用。慢用。互道来年珍重。

2023 年 12 月 22 日

附苏可文原玉：

如梦令·饺子

冬至更须胃暖。今日自厨自膳。十两饺三鲜，香醋先来半盏。且慢。且慢。再取几头糖蒜！

2023 年 12 月 22 日

附冯世斌原玉：

如梦令（通韵）·冬至水饺

绿色农家新面，精肉韭黄调馅。擀杖旋圆皮，水沸饺肥

急盼。拿碗！拿碗！陈醋麻油香蒜。

2023 年 12 月 22 日

附王文智和韵：

如梦令·癸卯冬至·奉和冯世斌苏可文李义平三学兄

锅内嘶嘶声响，锅水小翻波浪。扁食溅汤花，点水漂浮鼓涨。太烫，太烫，香醋蒜头莫忘。

2023 年 12 月 22 日

一剪梅（钦谱格一周体）·读《烟台大雪中连滚带爬上班的女子》图文有感

大雪弥天步履艰。身扛痛苦，奔走尘寰。居家生计岂违难。父母承欢，儿女饥寒。

日夜辛劳为哪般？学费催清，房贷须还。开门七件事纷繁。一往无前，但祝平安。

2023 年 12 月 23 日

注：

违难：避难。

承欢：奉养父母。

饥寒：指代吃饭穿衣。

附孙学士和韵：

倚声李义平老师《一剪梅·读〈烟台大雪中连滚带爬上班的女子〉图文有感》

洞见数图泪目潸。朔风嘶鸣，刺骨冽寒。多少儿女行路难！为家愉欢，只有向前。

来日凌霄我是天。风婆遣走，雪神劾弹。四季昌和春满园。童叟安康，福盈人寰。

2023年12月23日

附冯世斌和韵：

奉和李义平老师《一剪梅·读〈烟台大雪中连滚带爬上班的女子〉图文有感》

小小琼花不畏艰，千里飘飘，扮靓瀛寰。飞崖越谷笑迎难，衾盖鸿原，安渡冬寒。

素雅大山景万般。雪掩红梅，只待春还。嫣红姹紫不胜繁。塘满江丰，大稔民安。

2023年12月23日

恨来迟（钦谱格一王体）·奉和苏可文《恨来迟·松》

四季葱茏，岁寒凌雪，凤翥龙蟠。看峭壁孤峰，植根岩罅，翠盖苍然。

识后凋、君子志贞坚。乱云飞渡安闲。任雨电风霜，层峦高处，傲立其间。

2023 年 12 月 23 日

注：

后凋：子曰：“岁寒，然后知松柏之后凋也。”比喻志士在艰危的境况中奋斗到最后。

附苏可文原玉：

恨来迟·松

叶似钢针，本同龙蜃，干若皴山。看秉节凌霄，抱贞齐月，独守苍寒。

四季换、仍旧碧芊芊。任他风雨如磐。有日月精华，山河润泽，岁岁春天。

2023 年 12 月 23 日

注：

本：树的主干在古汉语称为“本”，今有“根本”一词，喻指事物的根源、基础。

附冯世斌和韵：

恨来迟·松（钦定词谱王灼体）

泰岳之巅，不受尘涴，自享贞闲。笑为九霄邻，露浓云碧，百木争攀。

欲奋身，傲岸立坤乾，岂惧雷电掀天。待雨过晴曦，松涛齐咏，骚客诗篇。

2023 年 12 月 25 日

附王文智和韵：

恨来迟·松·奉和苏可文、李义平、冯世斌三学兄

畅饮流霞，薄餐轻雾，沐浴岚烟。更叶抚晨星，挂柯弦月，干指南天。

一棵松、俏石配清泉。陋室凭结仙缘。看小景微藏，近临豁涧，远上寒山。

2023 年 12 月 25 日

长寿乐（钦谱格二柳体）·2023 年岁阑

红梅绽蕾。报春信、飞雪无香寒蕊。处处楼台，长街十里，郊野田畴蒙被。看顽童、奔走嬉闹，雕像齐堆垒。叹韶光已逝，青春不再，奈何终老去，流年似水。

度余岁。抖精神、细品人生滋味。有退休金，闲来正好，胜赏烟霞晴翠。向尊前、一二知己，垂首陶然醉。重当今、但把烦忧放却，且优游自在，心宽最美。

2023 年 12 月 25 日

附苏可文和韵：

长寿乐·步韵义平兄《2023年岁阑》

香梅吐蕾。望南北、逢处吹花嚼蕊。锦绣山河，欣荣社稷，明月高风遐被。更那堪、骢马铜壁，戈甲喧营垒。恰迎新别旧，歌筵舞袖，看红妆素裹，青山碧水。

忆前岁。历艰辛、阅尽人间真味。落日余生，吟云倚梦，怎负秋红春翠？诉情怀、赋画茶酒，花鸟闲同醉。惜今时、放却闲愁狂恨，且逍遥洒落，朝和夕美。

2023年12月25日

注：

吹花嚼蕊：谓吹奏、歌唱。清纳兰性德《浣溪沙》词："十八年来堕世间，吹花嚼蕊弄冰弦，多情情寄阿谁边？"

遐被：远远地达到，到达极远之处。裴松之注引三国魏管辰《管辂别传》："高风遐被，莫不草靡。"

恨来迟（钦谱格一王体）·依韵奉和苏可文《恨来迟·红梅》

玉树花开，送春消息，粉面朱颜。看点点如丹，破霜凌雪，唤醒冬眠。

鹊踏枝、丽唱尽余欢。唤来佳兆丰年。对素裹红梅，清吟一曲，兴会无前。

2023年12月26日

附苏可文原玉：

恨来迟·红梅

雪里胭脂，雨中红玉，月下朱颜。在驿外桥端，苑中墙角，庾岭孤山。

撷一朵、十里暗香传，欲问妆点谁边？看婉儿眉头，寿阳额上，清照钗间。

2023 年 12 月 25 日

注：

婉儿：唐代上官婉儿。

寿阳：寿阳公主（见梅花妆典故），南朝宋武帝之女。

清照：宋词人李清照。

附冯世斌和韵：

恨来迟·红梅

绿萼红梅，雪中灵秀，更显娇颜。莫小觑婵娟，傲风坚挺，贵出清寒。

秉性谦，俊俏不争妍，笑迎春暖花繁。静候咏梅词，陆翁轻唱，助我安眠。

2023 年 12 月 27 日

恨来迟（钦谱格一王体）·步韵奉和苏可文《恨来迟·蜡梅》

浥露经霜，顶风凌雪，蜜蜡金黄。为寂寞山川，唤回温煦，送到春香。

破肃杀、正亮眼凝妆。谢却多少寒凉。待此去迎来，千红万紫，馥郁芬芳。

2023 年 12 月 27 日

附苏可文原玉：

恨来迟·蜡梅

破萼衔酥，沾枝凝蜡，抱蕊含黄 。看劲骨迎霜，玉肌欺雪，粉朵飞香。

最喜欢、冻地展新妆。傲立何惧苍凉。乃俊洁名流，凌寒斗士，第一清芳。

2023 年 12 月 26 日

酷相思（龙谱）·步韵奉和苏可文《岁末有感》

月落乌升朝又暮。古传有、相思树。奈生死流离难自主。君去也、追无处。妾去也、寻无处。

不负相依为命路。有甘苦、谁堪诉？算花落花开能几度？昨日也、须留住。今日也、须留住。

2023 年 12 月 31 日

注：

乌：金乌。古代神话传说中有三足乌，因用为太阳的代称。

相思树：相传为战国宋康王的舍人韩凭和他的妻子何氏所化生。后因以象征忠贞不渝的爱情。

附苏可文原玉：

醋相思（龙谱）岁末有感

燕去鸿来朝复暮。问可有、长青树？看圆缺阴晴天作主。春去也，无寻处。秋去也，难寻处。

世上何来平坦路。笑今古、凭谁诉。愿如梦人生休枉度。春到也，须抓住。秋到也，要抓住。

2023 年 12 月 31 日

三／曲

中吕宫·喜春来带过普天乐·游忻州古城逛小吃街

老来知足寻欢笑。忙里偷闲趁远遨。忻州古镇乐逍遥。千样好，众口也能调。

欲停车，城三绕。为观好景，不怕多劳。垛口齐，斜阳照。满目琳琅皆商号。正饥肠辘辘难熬。风光在眼，人生称意，其乐陶陶。

2021 年 4 月 23 日游 5 月 4 日记

注：

忻州古城：始建于东汉建安二十年（公元 215 年），历代多为郡、州治所。今存忻州老城，盖为清同治七年遗物。

千样好：所到城楼附近有小吃街，各样特色小吃众多。

城三绕，绕城楼转了三圈，才找到停车位。

垛口：忻州古城凹凸形的短墙。

饥肠辘辘难熬：小吃街虽小吃不少，但为赶路，决定下站就餐。老左买月饼凉粉儿，四人分食垫饥。

越调·天净沙·秋思

按钦谱试填一曲，“为赋新词强说愁”，抛砖续貂前玉。

一轮圆月西楼。凝思不尽清秋。底事阳台翘首？黄花人瘦，何时天际归舟？

2022 年 9 月 16 日

附苏可文原玉：

越调·天净沙（唐谱·中原音韵）题图

雕窗黛瓦花墙。小桥流水回廊。红伞石街画舫。烟风荡漾，吹来一片秋香。

2022 年 9 月 15 日

注：

一片秋香：取自清代纳兰性德的《琵琶仙·中秋》："吹到一片秋香，清辉了如雪。"

正宫·脱布衫带过小梁州·秋兴

（君不见）一城秋色逗诗魂。（单赏那）碧空云鹤游天奋。菊花挥洒芳自韵。芙蕖已是生根嫩。

双鸳戏水每相亲。满目秋芬。枯荷叶底鸭藏身。西风紧。大雁正南巡。龙亭望远凭栏问。（又）甚时遥见陌头新。黄叶飘，秋将尽。天边圆月，（邀来）对酒客归人。

2023 年 10 月 3 日

附苏可文和韵：

正宫·脱布衫带过小梁州·枯荷·试和义平兄

祝融来绿满红明。蓐收归花叶凋零。再难寻当时胜景。唯空留夕阳斜映。

（看那边）画舫无人棹自横。（徒奈何）水碧波平。不闻莲女踏歌声。湖亭静。孤叟钓寒汀。荣枯生老听天明。且由他风雨峥嵘。香飘去，灵根剩。修心养性，来岁再娉婷。

2023 年 10 月 4 日

注：

祝融：夏神。

蓐收：秋神。

越调·寨儿令·依韵奉和苏可文《枫》

红叶妍。遍西山。枫林醉秋花未鲜。山路弯弯。溪水潺潺。秀色乐其间。几声啼鸟关关。一凭步履姗姗。观鱼何处好，还是子陵滩。安。颐养放心宽。

2023 年 10 月 7 日

注：

“妍”，先天韵；“宽”，桓欢韵；中间皆寒山韵。首尾借韵，本用于近体诗，今且一用。

子陵滩：东汉严子陵在富春江隐居垂钓的地方。

附苏可文原玉：

越调·寨儿令·枫

川岭间。屋庭边。红花不如枫叶丹。赤火青山。碧血苍湾。霜露染斑斓。春来叶茂枝繁。逢秋俏骨羞颜。清姿携月朗，疏影共云闲。看。摇曳笑风寒。

2023 年 10 月 6 日

附王文智和韵：

越调·寨儿令（又名柳莺曲）·依韵奉和苏可文、李义平二学兄

山欲燃。水红妍。（扑棱棱）层林染霞飞鸟翩。（哎呀呀）羞了牡丹。（呼啦啦）枯了菱莲。（秃噜噜）败了海棠园。何惧秋露霜寒。任凭冷雨摧残。（呼隆隆）心中酝烈火，（刺啦啦）壮志凌云天。（我的那个）仙。贬谪在人间。

2023 年 10 月 7 日

四／赋

大同华严寺赋

大道之行，天下为公；人类共愿，世界大同。远古许家窑，北京人之后裔；今世副中心，三晋地之新城。战国之初，赵襄子铜斗杀代王，地归赵宰；七国争雄，秦始皇诏命废分封，郡属雁代。拓跋珪迁都平城，改元天兴；孝文帝汉化鼎革，史有定评。地处三省交界，咽喉要道；历代兵家必争，北方锁钥。物华天宝，人称中华煤都；佛光闪耀，世夸云冈石窟。

华严宝刹，名出三藏经典；佛家圣地，缘由诸帝奉安。慈悲之华，必结庄严之果；祭祀以诚，当免宗嗣以祸。重熙七年（公元1038年）始建，时在辽代；天眷三年重修，史记金载。几经战火，几度辉煌，几度沦落；契丹飞散，女真何在，鲜卑淹没。帝都宗祀今何处，白云千载空悠悠！殿宇楼阁，金碧辉煌；晨钟暮鼓，梵音绕梁。寺分上下，金字榜额颜真卿；联列两边，蓝底挥毫米南官。普光明殿迎大门，钟楼鼓楼左右分。大雄宝殿巍峨立，四角攒顶聚正脊；上寺主殿气势宏，现存最大中之一。坛上三世佛，庄严中央坐。殿脊两角图腾，张牙舞爪飞龙。坐西面东何原因，契丹崇拜太阳神。殿前高台，位置中央；青石经幢，铁炉焚香。铁炉铸造明万历，经幢雕刻辽大康。薄伽教藏，现存唯一，辽代艺术博物馆；建筑彩塑，规模宏大，海内孤品众口传。三十一尊彩塑佛，千年香火古铜色。合掌露齿菩萨，造像俗世女娃。

游完上华严，从后向前看。引人注目华严塔，高耸巍峨入云端。高约四四，古城标志。全塔木构，榫卯不用一根钉；四面方形，飞檐挑角响风铃。二〇一〇重修造，仅次应县第二名。更奇地宫，全然铜制，藻井壁画扶梯，雕凿锻打线刻，手艺巧夺天工；应叹浮屠，纯粹金造，绿玉红翡水晶，镶嵌碾制模压，舍利慧明高僧。一花一世界，一叶一如来。春来花自红，秋至叶飘零。无穷般若心自在，语默动静体自然。人生百年如朝露，活在当下；世间万象皆浮云，乐住心中。世事熙熙，从来富贵无了局，到此说了就了；人生攘攘，自古名利难放下，如斯当放便放。

2021 年 4 月 22 日游　4 月 29 日记

注：

大道之行：《礼记·礼运》：“大道之行也，天下为公，选贤与能，讲信修睦。”

远古许家窑：阳高县古城镇许家窑村南发现人类化石，判为十万年前北京人后裔。

奉安：旧称安葬皇帝或供奉神位。

最大中之一：另一座是辽宁义县奉国寺大殿。

经幢：八角陀罗尼石经幢，辽大康二年（公元 1076 年）。

铁炉：明万历二十二年（公元 1594 年）。

海内孤品：为梁思成对华严寺彩塑的评语。

寺分上下：从后向前看，华严寺分上下寺。两寺相连，游完上寺，再游下寺，游览上寺，从前到后，游览下寺，则从后向前。

舍利慧明高僧：舍利塔纯金打造。舍利塔中，存放明代高僧慧明大师真身舍利。

人生百年，自此以下，为引用华严寺各处联语。

云冈石窟赋

大美平城，胜景几处，游人如蚁皆赞叹；云冈石窟，法像庄严，香客敛容久留连。武周山南，十里河北；大同城西，洞窟交会。依山开凿，千米绵延；窟龛几百，造像数万。史载《魏书》，御马衔衣，马识善人，昙曜五窟始开建；址选武周，法师崇德，功显后世，佛光三世蔚大观。至今迎门，圣僧塑像巍然立；自汉引梵，香火青灯经卷伴。始自文成和平初元，延至孝明正光五年。工程浩大，前后断续六十余载；事业艰难，左右车辙轮毂深陷。

一窟二窟为双窟，位在石窟最东端。中央两层方塔柱，后壁弥勒立俨然。三窟云冈最大窟，断壁经楼已不见。本尊坐佛高十米，菩萨立像两丈间。五窟六窟本相连，坐佛最高像庄严。菩提树上二佛对，线条流畅雕飞天。塔柱两侧壁三面，我佛成道故事传。洞前四层楼五间，重建顺治有八年。最著大佛今露天，北魏开国道武乾。

灵岩寺坐湖心岛，三进院落天地宽。寺中石雕造像塔，五层浮屠映蓝天。千佛阁里供千佛，铜制佛尊证罗汉。接引菩萨立桥头，接引众生佛国游。绕寺湖中野鸭凫，环塔清冽寒泉流。佛光大道列佛柱，五蕴皆空；驮柱巨象牙六颗，六根清净。内外长城，似龙盘山间；高下烽燧，如虎卧岩畔。风卷松涛，六郎誓死守边关；角吹夜月，太君舍身赴危难。当庆我辈逢盛世，颐养天年享安闲。

2021 年 4 月 23 日游　5 月 1 日记

注：

平城：大同古称。

武周山南：石窟开凿于武周山南麓。

十里河北：十里河，古称武周川，石窟在十里河北边。

大同城西：石窟在大同城西，相距约 16 千米。

史载《魏书》：《魏书·释老志》记，昙曜至平城，路遇北魏文成帝拓跋濬（音“俊”），时御马径直前衔起昙曜衣裾，时人以为马识善人。帝后奉以师礼，昙曜说帝，爰修五窟（现16至20窟）。

佛光三世：指纵三世佛，过去（燃灯佛）、现在（释迦牟尼佛）、未来（弥勒佛）三世佛；也可指横三世佛，中央释迦牟尼佛、东方药师佛、西方阿弥陀佛。

文成和平：北魏文成帝年号，和平元年（公元460年）。

孝明正光：北魏孝明帝元诩年号，正光五年（公元524年）。

道武乾：道武，北魏道武帝拓跋珪，又名拓跋开、拓跋翼珪，字涉圭，鲜卑族，北魏开国皇帝。乾，指君主。又乾卦为八卦首卦，故含北魏首位国君之意。传此佛乃为道武帝造像。

证罗汉：罗汉皆六根清净，无明烦恼已断（杀贼）。已了脱生死，证入涅槃（无生）。堪受诸人天尊供养（应供）。阳寿未尽前，仍住世间，梵行寡欲，戒德清静，随缘教化度众。

五蕴皆空：佛家语，五蕴指色、受、想、行、识，众生由此五者积集而成身，故称五蕴。五蕴都没有了，指佛家修行最高境界。

六根清净：六根，佛家语，指眼、耳、鼻、舌、身、意，佛家以达到远离烦恼的境界为六根清净，比喻已无任何尘念。

天龙山赋

山名天龙，夭矫直上九霄重；吕梁分支，蜿蜒盘曲千岩耸。屏峰如黛，松柏成荫，疑是人间仙境；溪泉鸣涧，雀鸟掠林，堪为纳凉行宫。太原西行数十里，葱茏上跃三百旋。新修高架，巨龙摆尾，下临无地；腾红网络，雄姿凌云，众口赞叹。树花两边迎，云雾腰中缠。长虹卧波，翠幕蔽天。

寺名天龙寺，山名天龙山。山以寺名，寺就山建。山多页岩，地广林泉。山不高而秀丽，树不大而茂密。始建北齐皇建元年（公元560年），重修新朝大殿乔迁。殿内供奉三身佛，力士胁持两边站。寺前奇松，松名蟠龙；形如华盖，干似铁竦。树冠荫庇二百平，暑热退去三秋风。依山筑阁见平川，老松挺拔数百年。挥翰落纸似云烟，当年鲁直笔如椽。

天龙山分东西峰，西峰大佛东仙岩。两峰阳坡开洞窟，自西向东面朝南。佛造五百尊，浮雕计无算。石窟最早开凿者，东魏丞相名高欢。东魏北齐至隋唐，前后历时四百年。斗拱仿木，廊雕二柱，北齐建筑实例；方形塔柱，龛开四面，杨隋吴带当风。峰顶七米弥勒佛，“高阁停云”“漫山阁”。

乱曰：灵山秀水访天龙，千里驰驱觅佛踪。不为梵音聆教诲，原来游罢体轻松。

2021年4月24日游，5月2日记

注：

新修高架：由太原城通往天龙山的公路，修有高架一号二号桥，盘旋而上，势如游龙，蔚为大观。照片发上网络，一时成为网红，观者如堵。

重修新朝：天龙寺建于北齐，几经毁败，建国后复原重建。

大殿乔迁，大殿是1984年从晋祠北大寺村迁移来的明初重建的北齐崇福寺大殿。

三身佛：中为法身佛，名毗卢遮那佛。左为报身佛，称卢舍那佛。右为应身佛，是释迦牟尼佛。

胁持：胁持菩萨，修行觉悟仅次于佛陀，未成佛前，常在佛陀身边，协助佛陀弘扬佛法，教化众生。

依山筑阁：由天龙寺前行，有阁名“松风阁”，对面山坡上有七棵苍松，高大挺拔，郁郁葱葱。阁上临窗，可闻松涛声声。阁名当由此。

挥翰落纸：湖北省鄂州市之西的西山灵泉寺附近，古称樊山，是当年孙权讲武修文、宴饮祭天之地。宋徽宗崇宁元年（公元1102年）9月，黄庭坚与朋友游樊山，途经松林间一座亭阁，在此过夜，听松涛而成韵，这就是《松风阁诗》。晚年黄庭坚书写此诗，这就是流传至今，书史享有盛誉的《松风阁诗帖》。

杨隋：指隋朝，例援“李唐、赵宋”。

吴带当风：唐画家吴道子善画佛像，所画衣带如临风吹拂，婉转流畅。此处形容隋代所刻佛像刀功精良，栩栩如生。

高阁停云：为保护精美石窟造像，重建仿明楼阁三层，下承汉白玉石阶，沿用旧名，曰“漫山阁”。“高阁停云”是天龙山八景之一。

乱：乐章尾声叫作乱。辞赋里用在篇末，总结全篇的文字也叫乱。

晋祠赋

壮丽画卷，中华上下五千年；赫赫名园，晋祠纵横数里间。城出西南，山曰悬瓮；天生巨石，如瓮倒悬。泉水涌出，其名晋水；殿宇栉比，古木参天。清溪碧波绕回廊，红墙黄瓦时隐现。剪桐封弟，天子无戏言；姬虞国唐，人民得安康。有子继位，境内晋水，遂改国名为晋；后世缅怀，悬瓮山下，爰修祠堂同文。

晋祠之美，山美水美建筑美；游园之乐，你乐我乐游人乐。

巍巍青山，四季如画屏；潺潺晋水，一年俱清莹。春日杂花满山，径幽而香远；秋来树木蓊郁，天蓝而水绿。圣母殿侧，周柏两棵，一立一卧，如蛟龙出海；庭院之中，唐槐数株，三人三围，似苍翠华盖。干曲肖老妪负孙，枝挺如盘古擎天。

古建三绝天下传，盘龙飞梁圣母殿。邑姜原为姜尚女，嫁与武王为丽姬。长子姬诵为成王，幼子姬虞封于唐（今山西翼城）。

殿筑于宋天圣年（公元1023—1032年），雕梁画栋八龙旋。殿前抱柱风云起，腾空天矫布时雨。圣母殿中巍然坐，左右侍女四十余。侍女玉立美妆容，恰似仙娥下天宫。当年梅君为扮戏，多日盘桓不忍去。鱼沼飞梁巧思奇，十字虹桥卧秋池。八角石柱卅四根，斗拱驮起万钧力。鱼跃清波欲成龙，荷花映日别样红。泉称难老晋水源，八角亭下各有泉。一阁飞峙园中间，原是《西游》拍摄点。丹柱琉瓦挑飞檐，两边轩窗瞪眼圆。更有碑碣四百通，散布绿树掩映间。太宗立碑颂统一，光义于此灭北汉。当年李唐龙兴地，应叹三晋好河山。

2021 年 4 月 24 日游　5 月 3 日记

注：

剪桐封弟：西周初，幼年成王姬诵即位，一日与弟姬虞院中玩耍，随手捡起一片桐叶，剪为玉圭形，说："把这个圭给你，封你为唐国诸侯。"君无戏言，弟成年后，便封于唐（今山西翼城），《史记》称之为"剪桐封弟"。

姬虞国唐：国为动词，即建立诸侯国。

人民得安康：姬虞封国后兴修水利，唐国人民安居乐业。

遂改国名：后来姬虞宗族一支迁至晋阳，在悬瓮山麓，晋水发源处建宗祠，称唐叔虞祠。虞之子燮因境内有晋水，改国号为晋。

爰修祠堂：南北朝天保年间（公元550—559年），文宣帝高阳扩建晋祠，“大起楼观，穿筑池塘”。自高阳以下各代续有修缮扩建。

同文：指与国名同为晋。

圣母殿：北宋天圣年间建，崇宁元年重修，面阔七间，进深六间，重檐歇山顶。黄绿琉璃瓦剪边，殿高19米，宋代建筑杰作，晋祠古建三绝之一。殿前巨柱八根，上有巨龙盘卧，至今仍存旧观。殿中圣母及侍女均宋代彩塑，圣母居中而坐，神态庄严，凤冠霞帔，雍容华贵。侍女栩栩如生，各具神态，丰满清秀各异。实为宋代雕塑服饰的艺术瑰宝。

当年梅君：戏剧大师梅兰芳，为观察了解唐宋仕女神态表情、服饰装束，曾天天到晋祠，三月有余。

鱼沼飞梁：与圣母殿、殿前柱上盘龙，同为晋祠三绝。

《西游》拍摄点：晋祠中有一楼阁，上蓝底金字题“三晋名泉”，曾为1986年版《西游记》拍摄时所采景点之一。动画片《大闹天宫》中，孙悟空大战二郎神时，变身成了一座小庙，所画图样也参照了这座楼阁。其前联语曰：“水秀山明无墨无笔图画，鸟语花笑有声有色文章。”

太宗立碑：唐太宗李世民贞观二十年（公元646年）到晋祠，撰文并书《晋祠碑铭并序》，现存晋祠贞观宝翰亭内。碑高1.95米，宽1.2米，厚0.27米。中间额书“贞观廿年正月廿六日”，飞白体，李世民飞白体传世者仅此九字。碑额、铭、序共一千二百字。

灭北汉：北宋太平兴国四年（公元979年），赵光义亲征太原，灭北汉，结束了五代十国的分裂割据局面。

睢县行

时维五月，序列初夏。阳光明媚，杨絮飘飞；榴花火红，小麦秀穗。同学诚邀，爰有睢县之行;好友相聚，以申同窗深情。

千年古城，百年州府。南接太康，北临民权；东毗宁陵，西连杞县。东张西望战略支点，北往南来商旅中转。民族文化发祥地，红色革命称老区。泓水之战，宋襄公取仁；春秋五霸，孟夫子重义。北湖公园现胜景，圣寿寺塔留古迹。龙山文化周龙岗，两汉三国陈留地。教民养蚕治丝，嫘祖故里。

秦末避乱隐居，四皓之一。现代诗人苏金伞，当世警花任长霞。古往英雄辈出，今来豪杰焕发。

朋辈欢聚子坊村，不识道路问乡邻。老农热情延客坐，让烟倒水指殷勤。老友闻声出相迎，喜极而泣泪沾巾。早备美味豌豆荚，招待同学尝鲜新。一向身体可安好，双手紧握细问讯。正是十日逢歌会，田头树下展雅音。镇上饭店开盛宴，推杯换盏友情深。马头讲话意真挚，健康长寿嘱谆谆。莫愁前路无知己，三届同学皆识君！

2021 年 5 月 11 日

注:

同学诚邀：李保田，开高 683 班学友，睢县匡城乡子坊村人。热情邀约同学相聚。

千年古城：百年州府，睢县历史悠久，有此称谓。

东张西望，商丘位于东南部沿海发达地区和中西部经济振兴地区之间，商丘市据此制定东张西望战略。

民族文化发祥地：睢县周龙岗发现以龙山文化、仰韶文化为主的新石器时代遗址。

红色革命称老区：睢县曾为革命老区，城内有睢杞战役纪念馆。

圣寿寺塔：睢县境内有无忧寺塔、圣寿寺塔。

两汉三国陈留地：两汉三国时期设陈留郡，睢县属陈留郡。

嫘祖：嫘音“雷”。传说为西陵氏之女，北方部落首领黄帝元妃。据《史记》记载，是她发明的养蚕，所谓“嫘祖始蚕”。

嫘祖故里：嫘祖故里素有争议，有人考证，并撰文《嫘祖故里在睢县》，聊备一说。

四皓之一：东园公，姓唐名秉，襄邑人，曾居襄邑东园，故称东园公。避秦末战乱，隐居商山，与甪（音“路”）里先生周术、绮里季吴石、夏黄公崔广合称“商山四皓”。据《史记·留侯世家》记载，吕后为制止刘邦废太子立戚夫人之子刘盈，用张良计请出四皓为太子说项，刘邦觉得太子羽翼已成，遂罢废立之意。

泓水之战：东周春秋时期，公元前638年，宋楚两国在泓水（今河南省柘城县北30里）交战，宋襄公讲仁义不肯半渡而击，致兵败受伤，不久死去。

春秋五霸：有不同说法，孟子所说五霸有宋襄公。孟子重仁义，不以成败论英雄。

马头：683班班群群主马兆龙同学。

附王文智应和：

一平学兄睢县游记赞

古今典故娓娓道来，名人胜景款款跃然。学富五车才能引经据典，才高八斗方可倚马千言。闻君一席妙语连珠，若聆一曲天籁绕梁。亦欲抒心中之感慨，奈何愁笔下之词穷也。呜呼！同身游睢县之旅，同目接北湖之景，差距咋就这么大嘞！

附梁春芳短文：

想睢县之行，有一平兄、文智在，定会有大作呈现。果不其然。《睢县行》洋洋洒洒七八百字，次日便得之，兴哉！文智赞学兄，紧随其后，呜呼成文。二位胸藏文墨，腹有诗书，学识丰富，落笔生花。我等不及也！

2021 年 5 月 11 日

五／对联

挽佟培基先生

高中学历，映雪囊萤，文献学界终成大器；

绛帐耕耘，德馨泽厚，人生路途允作良师。

2021 年 9 月 22 日

注：

映雪：晋时孙康家贫，常映雪读书。

囊萤：《晋书·车胤传》载，车胤家贫不常得到灯油，夏月以练囊盛数十萤作灯。佟培基先生名其书屋曰“萤雪斋”。

绛帐：师门、讲席之敬称。典出《后汉书·马融传》。

开封历史风光联（十二字联）

处中州腹里，夏商畿辅冲要地；

临东土黄河，沃野平川万囷仓。

注：

致：造成，导致。

囷仓：贮藏谷物的地方。囷，音同“逡”。

清明上河图，张择端丹青圣手；

东京梦华录，孟元老翰墨高情。

双龙巷，卧双龙，二帝开基大宋；

水德祠，崇水德，三贤配祀东邻。

注：

水德祠：禹王庙大殿东西各有一小院，东为《三贤祠》，西为《水德祠》，三贤祠建于明正德十二年（公元 1517 年），为纪念唐著名诗人李白、杜甫、高适同登吹台而建的祠堂。唐天宝三载（公元744年），三人兴会吹台，怀古赋诗，留下《梁园吟》等名篇。水德祠也建于明代，祭祀历代治水名人，以配享大禹。

黄焖鱼，胡辣汤，鱼就锅盔真爽；

酱牛肉，炒凉粉，肉夹烧饼更香。

地板书龙飞凤舞，苦心天不负；

祥符调字正腔圆，有志事能成。

2022年5月16日

开封历史风光联（十三字联）

包龙图公正无私，着意清明政教；

岳武穆精忠报国，从头收拾山河。

注：

政教：刑赏与教化。

武穆：岳飞谥号。《汲冢周书》中称："威疆睿德曰武，克定祸乱曰武，刑民克服曰武，夸志多穷曰武。""布德执义曰穆，中情见貌曰穆。"

李青莲斗酒吟诗，真是千秋胜会；

宗氏女千金买壁，遂成一段姻缘。

注：

青莲：李白号青莲居士。

斗酒吟诗：李白、杜甫、高适三人在古吹台饮酒赋诗。

宗氏女：唐已故宰相宗楚客的孙女。知音律，善操琴。李、杜、高三人斗酒赋诗时所闻琴曲，即此女所奏。后与李白成婚。

千金买壁，李白乘酒兴在粉壁写下名作《梁园吟》，后僧人欲涂之，宗氏女珍之，遂千金买下。

唐宋八大家，开古文变革新风貌；

中国四发明，续人类文明壮采章。

注：

唐宋八大家：指先后掀起古文革新运动的八个人，即韩愈、柳宗元、苏洵、苏轼、苏辙、王安石、曾巩、欧阳修。后六人均为北宋人，都曾在东京居住生活。

中国四发明：指中国古代对世界文明有很大贡献的造纸术、指南针、火药和印刷术。其中后三项都产生于宋代。

看书画名城，家家喜写苏黄米蔡；

羡宋词故国，个个能吟柳李辛张。

注：

苏黄米蔡：指宋代四大书家苏轼、黄庭坚、米芾、蔡襄。

柳李辛张：指婉约词代表柳永、李清照和豪放派代表辛弃疾、张孝祥、张元幹。

宋徽宗官窑御瓷，旧日光辉锦彩；

朱仙镇木板年画，新年焕耀门楣。

2022 年 5 月 17 日

开封历史风光联（十五字联）

一渠六河，环点面线，一城宋韵半城水；

三横四纵，北南西东，百座长虹千座亭。

十湖连通，开渠引水，新老城区成一体；
四面环绕，植树栽花，古今楼堞耸千年。

城摞城，庄公修启封，八朝故都今犹在；
户连户，元老梦华录，千载北宋古已称。

注：

庄公：郑庄公。春秋时期，郑庄公修仓城，取名启封。

元老：孟元老，宋代文学家。于南宋绍兴十七年（公元1147年）撰成《东京梦华录》，描绘了当时东京上自王公贵族，下及庶民百姓的日常生活情景。

繁台春色，游客攘攘，花香日暖鸣飞鸟；
铁塔行云，碧空悠悠，云淡风轻送铎铃。

州桥明月，汴河横跨，当年杨志卖刀地；
相国霜钟，方丈隐深，此日禅僧诵佛声。

金池夜雨，歌榭楼台，后周演武夺标处；
翰园碑林，名家笔墨，张旭挥毫脱帽时。

注：

金池：即金明池。北宋四大皇家园林之一。是水上游戏、演兵的场所。始建于五代后周显德四年（公元957年），原供演习水军之用。后宋徽宗在池内兴建殿宇，为皇帝春游水戏之地。

夺标：宋画《金明池夺标图》描绘了北宋皇家园林内赛船的

情景。

挥毫脱帽：见杜甫《饮中八仙歌》：“张旭三杯草圣传，脱帽露顶王公前，挥毫落纸如云烟。”

2022 年 5 月 18 日

开封历史风光联（十六字联）

书法名城，真行草隶篆，颇多杰出当行手；

菊花胜地，绿紫橙红黄，皆是天香国色花。

清明上河园，长虹卧波，舟楫往来翻白浪；

翰园碑碣府，惊蛇失道，笔锋开合卷青云。

注：

惊蛇失道：唐张彦远《法书要录》说：“羲之自叙草书势云：‘疾若惊蛇之失道，迟若绿水之徘徊。’”形容笔势夭矫迅疾。

菊花花会，节候秋高气爽，游人来往如织；

赵宋宋词，风华李婉苏豪，骚客纵横似云。

注：

李婉：李清照是婉约词的代表。

苏豪：苏轼是豪放词的代表。

春秋五霸，郑庄公筑仓城，启拓封疆列土；

战国七雄，魏惠主迁都邑，肇修宫阙神京。

注：

春秋五霸：据《辞通》说法，郑庄公乃春秋五霸之一。

魏惠主：即魏惠王，他在位期间（公元前369年—前319年），迁都大梁。

华灯初上，走长街，步湖畔，火树流光溢彩；

皓月孔明，尝小吃，登戏楼，美鲜爽口娱神。

注：

火树：比喻繁盛的灯火。

孔明：孔，甚也。形容月光皎洁明亮。

爽口：清爽可口。

娱神：欣赏美好事物，使精神愉快。

2022年5月19日

对联八副

启封古邑，喜看今日新天地；

绿带黄河，不见往时旧山川。

八朝帝京，一城宋风亘城水；

七彩花会，九月秋色明月天。

大路可行，亦鼓无力为有力；

初心勿忘，元宜后薪作前薪。

酸甜苦辣咸，人生五味须尝遍；
忧愤悲欢恐，世上七情自经常。

注：
世上七情：喜、怒、哀、惧、爱、恶、欲。

意耳眼鼻舌身，认取大千世界；
法声色香味触，分明百亿乾坤。

注：
意耳眼鼻舌身：指佛家六根。
法声色香味触：指佛家六尘。

知音相唱和，高山流水诗千首。
老友远游归，明月清风酒一樽。

三千年读史，不外功名利禄权势；
八万里传经，终归道德宽仁善良。

为天地立心，世界和谐共济；
为生民立命，江湖清净不惊。

2022 年 9 月 26 日

对联二十六副

日月无心，秋天自为红叶梦；
星辰有口，红叶乃诵秋天诗。

春夏秋冬，一年四季各有其畜；
东西南北，六合八方能寻乃途。

春风化雨，花红柳绿发生气；
秋月行云，户黑灯明候归人。

作文宜短，删繁就简三秋树；
闻道须长，领异出新二月花。

塞翁亡马，为福为祸皆有以；
东坡观山，其雨其晴正相宜。

烟花三月，桃红柳绿莺啼树；
风物九秋，芦白橘黄雁历天。

道生一，一生二，二生三，三生万物；
人法地，地法天，天法道，道法自然。

注：

取《道德经》语以成联。

桃李不言，其下来往犹通路；
桑榆非晚，此中苦甘自含饴。

何事关心，二月杏花八月桂；
吾师教我，三更灯火五更鸡。
柴门犬吠，天下妙声于市井；

桑陌鸡鸣，人生至味在田园。

诗思在灞陵道上，微吟就，林岫已浩莽；
逸兴于镜水岸边，独往来，山川相映发。

万念更生，乃说画栋行云，燕儿掠雨；
一心自得，唯知玉琴横月，短笛吟风。

当雪夜月天，心境从尔澄澈；
对春风和气，性田亦自冲融。

风花衰盛，雪月空冥，唯静者为之主；
水木欣枯，竹石息长，独贤才参其机。

兴逐义来，野鸟忘机能作友；
景于心会，白云无口漫相留。

机息中有月至风来，不必苦海人世；
心远者无车行马去，何须执著丘山。

庭中立寒梅，吹暖东风树上雪；
山下茂修竹，长涵绿水岭边云。

丝纶乐水岸，应知白首去日少；
醉卧白云西，常在青山听鸟啼。

水隔笙簧，白日鸟啼花竹里；
庭园秀丽，青春人在画图中。

此地有峻岭崇山茂林修竹；
兹能阅三坟五典八索九丘。

难成佛道，为识艺文又喜酒；
不作公卿，非无福命都缘慵。

十寻高梧，承得下一轮月色；
几椽小宅，遮不住永夜书声。

深心托豪聿，斗酒纵观廿四史；
心抱观古今，炉香静对十三经。

应机应分，过寻常岁月最惬气；
合古合今，守知止行藏能乐心。

马车南来北往，安能山林路途；
历史上下千年，不过宇宙瞬间。

若有恒，何必三更眠五更起；
最无益，莫过一日曝十日寒。

2022 年 12 月 22 日写讫

为河南大学文学院一百周年院庆撰联

百年文脉，薪火相传，有前贤后哲，造就千秋大业；
万世中华，精神赓续，唯重教尊师，铸成亿代辉煌。

2023 年 2 月 26 日

为“两会”撰联

观史知今，不负风云时代；
凝心聚力，奋争锦绣前程。

勇毅前行，赖有坚强领导；
风发踔厉，推动伟大复兴。

民族复兴，梦寐追寻大业；
人民幸福，始终不忘初心。

2023 年 3 月 16 日

对联一副

登山有幽人，相与同行云月；
扫室观旧史，会须再问风涛。

2023 年 3 月 22 日

六／游记

游洛阳老君山散记

我们八个开封一高老同学，七男一女，名曰“中原八仙”。虽然脾气秉性各异，却有几个共同特点：一是都已过了“从心所欲不逾矩”的年龄，“莫道桑榆晚，为霞尚满天”，不服老，“老骥伏枥，志在千里。烈士暮年，壮心不已”。二都是性情中人，豪放豁达，巾帼亦不让须眉，有豪侠气。常一起聚饮，谈天说地，意气风发，挥斥八极，每至会心处，开怀大笑，声震屋瓦，“浮生若梦，为欢几何……幽赏未已，高谈转清。开琼筵以坐花，飞羽觞而醉月”，真的是“歌以咏言”，“幸甚至哉”。三是喜作“逍遥游”，常自驾游山玩水，止于所乐止，行于所乐行，随心所欲，“直挂云帆济沧海”，尘世俗务，皆抛云外。

安得营营苟苟事，“使我不得开心颜”！

奈何近三年新冠疫情反复，出行受限。有“非必要不出市”的防疫规定，我等都是守规矩的良民，虽有壮游天下志，却是“良辰美景奈何天”。又赶上今年夏至前后，天气奇热无比，高温超过四十度。想来即使“共工怒而触不周之山，天柱折，地维绝”，女娲炼石补天，火光熊熊，“十日并出，焦禾稼，杀草木”，也不过如此吧？奈何却无“石破天惊逗秋雨”，送来一股快哉风。蜗居斗室，电扇空调齐上，却解不了心中烦闷。

“剑外忽传收蓟北”“漫卷诗书喜欲狂”，好消息传来，防疫政策放松，取消行程码，核酸检测有效期延长至七十二小时。中原八仙群群主孙征中同学打来电话，商定拟于6月30日早晨驾车由郑州出发，往洛阳栾川老君山一游。而我则于29日下午搭乘郑开城际轻轨前往郑州，夜宿群主家。老朋友见面，无须寒暄，直抒胸臆即可。晚上夏新中、来传慧夫妇在饭店设宴招待，三杯老酒下肚，面热耳赤，畅叙友情，相谈甚欢。真的是“兴来小豁胸襟气”“人生得意须尽欢，莫使金樽空对月”，多日烦闷一扫而空。

老君山，本名景室山，道教主流派全真教圣地，位于河南省洛阳市栾川县城东南三公里处。老君山是秦岭余脉八百里伏牛山的主峰，海拔 2217 米。被道教尊称为太上老君的老聃（又名李耳）曾在此山修炼，唐太宗因此改名老君山。自北魏以来，为周边各郡香客信徒朝拜圣地，其山顶的太清观也是始建于北魏。唐贞观年间受到皇封，修建“铁顶老君庙”，唐太宗赐名“老君山”，沿袭至今，成为道教主流全真派道场和旅游胜地。明万历十九年，颁诏封为“天下名山”。顶峰老君庙在现存庙宇中规模很大，有“南有武当金顶，北有老君铁顶”之说。2014 年，老君山老子铜像被世界吉尼斯总部纪录为“世界最高老子铜像”。老君山是国家 5A 景区、世界地质公园、国家地质公园、国家自然保护区。

翌日，阳光明媚，和风习习，真个是出游的好天气。郑州距老君山 200 多公里，驾车走连霍高速、二广高速、洛栾高速，不过三个多小时。一路路宽车稀，“春风得意马蹄疾”，心情愉快，触眼皆乐景乐事。群主健谈，古来今往，侃侃而谈，自是不容我等置喙，也是一大乐趣。

到达老君山下，十一点多钟，路边小饭店鳞次栉比，正好午餐。选了一家当地小吃栾川豆腐汤小店，要了几个小菜，因饭毕即要上山，不敢贪杯，小酌怡情，顿解路途劳顿。主食是豆腐汤泡饼丝，味道不错，颇得厨师兼美食家的群主赞赏。

饭罢驾车直趋上山索道起始站，第一段索道至中天门，往返票价每人130元；第二段索道从中天门至南天门，往返票价每人80元。

坐第一段云景索道直登中天门，索道陡处几乎直上直下，速度也慢，正好观景。盛夏季节，树木葳蕤葱茏，随山势起伏高低，山风从轿厢上端窄窗中吹入，暑热顿消。美景如行山阴道上，目不暇接。直觉词穷，有“眼前有景道不得”之感。

中天门大门两边柱子上有一副对联映入眼帘。这一副对联与众不同，一般情况下，一副对联由一人用一种字体书写，这副对联奇就奇在，上联用草书，龙飞凤舞；下联用魏碑，苍劲挺拔。细看落款，上联乃著名诗人汪国真所书，下联则是北京书家柳国庆所书。细看起来，既出人意表，新奇特立，又相得益彰，珠联璧合，不愧“天下第一奇联”之誉。联语为，“老君山山君老山老君不老，玄门道道门玄道玄门亦玄。”

此对联有三奇：

一是悬挂地方奇，老子为世界闻名哲学家、思想家，老君山是老子晚年归隐地，对联悬挂在老君山中天门显眼位置。

二是联语奇，联语对仗工整，造语隽秀，上联写景，下联写人，运用修辞上的顶真、回环辞格，造成一种循环往复之美，意味隽永，耐人寻味。“山君”一语双关：既指山神，这不禁让人想起屈原写山神的名篇《山鬼》的美丽形象，也会联想起山中之王老虎的威武雄风，也指晚年隐居于此的太上老君，与山川同寿，与日月同辉。提起老子，人们不禁想起他“道生一，一生二，二生三，三生万物”“人法地，地法天，天法道，道法自然”的名言，传达出两千多年前中国古人朴素唯物辩证的思想智慧和尊道贵德、自然无为、清净寡欲、天人合一、和谐共生的深刻哲理，直至今天仍然发人深思。老子的这两句名言刚好构成一副对仗工整的对联，被书写在景区大门两边。

三是撰写奇，一般情况下，对联撰联一人，书写一人，均在同一时间完成；而此联撰联两人，书写两人，上下联撰联书写在不同时间完成。这里面还有一段牵涉海峡两岸文坛、诗坛、书坛的浪漫动人故事。

2013 年秋，屈原后裔、中国诗歌春晚总策划、辞赋家屈金星在少林寺举办的首届嵩山文化财富论坛上提出诗歌旅游、文化旅游的理念。2014 年端午前夕，屈金星与时任《中国旅游报》河南记者站站长张明灿又为开封清明上河园提交了“寻根中原回梦大河，余光中、汪国真诗歌文化之旅”策划方案，得到时任清明上河园总经理周旭东认可并实施。2014 年 5 月 28 日下午，著名诗人余光中、绿蒂乘机抵达郑州新郑国际机场。在开封市委、市政府大力支持下，成功举办了由罗福祥执导的清明上河园大型水上端午诗会。新华社、人民日报、中央电视台密集报道。盛况空前，游客倍增。

老君山文旅集团董事局主席杨植森闻讯，立即盛邀余光中、汪国真等人来老君山，举办老君山端午诗话活动。2014 年 5 月 31 日下午，余光中、汪国真、绿蒂、屈金星、张明灿等人来到老君山。6 月 1 日上午，在景区举办了“诗话老君山，共圆中国梦”系列活动。此后游览老君山，当他们乘缆车抵达中天门时，山中云雾缭绕，山势逶迤，如临仙境。时年八十六岁高龄的余光中须发皆白，精神矍铄，兴致盎然。屈金星也为眼前美景所动，老君山乃老子晚年颐养之地，享得高寿。“养怡之福，可得永年”，老君山也堪称长寿福地。于是屈金星脱口吟出上联：“老君山山君老山老君不老。”汪国真也是书法当行，当场答应回京即书出此联。回京不久汪国真即将上联书写完成。2015 年 4 月 26 日，汪国真却不幸英年早逝。后来老君山文旅集团面向全国有奖征集下联，共征集到下联 1326 条，经评选，陕西宝鸡楹联名家王逸飞撰写的“玄门道道门玄道玄门亦玄”获一等奖。由著名书家柳国庆以魏碑体书写。下联由地及人，写老子。老子《道德经》，深刻探讨了世界万物产生的本原，阐发了世界万物阴阳和谐、共生共存和人贵有德、天人合一的道理。与庄子《南华经》、列子《冲虚经》一起被奉为道教三真经。“玄”有精辟奥妙之意，“玄门”即玄妙的法门，也用来总称佛法。老子云“玄之又玄，众妙之门”，因之以“玄门”指道教。

老君山景区面积庞大，方圆 22 平方公里。主要分为老君山主景区、西部的追梦谷景区和东部的寨沟景区。主景区有中天门、云景天路、十里画屏、观海亭、伏牛山主峰、马鬃岭玻璃观景台、南天门、老君庙、金顶、玉皇顶等主要景点。

由中天门乘第二段峰林索道直上南天门。从索道站出来首先通过一段七色藤萝花装扮的廊道，两边头顶，三面是花，虽是假花，却高度逼真。仿佛脚踏天路，鼻嗅花香，顿时令人心旷神怡。出了花廊，来到十里画屏的观景悬空栈道。栈道建在山腰崖壁间，上薄青天，下临无地，栈道蜿蜒，脚下云雾升腾，远处层峦叠翠，不禁发出“不知天上宫阙，今夕是何年，我欲乘风归去，又恐琼楼玉宇，高处不胜寒”的感叹。

十里画屏又称石林，属花岗岩峰林地貌景观。在近千亩的范围内，大大小小石峰三千余座，沿途形成的景观形态各异，星罗棋布，相映成趣，步移景换。“远眺成林，近观成峰”，被人们称为“扩大的盆景，缩小的仙境”。远眺群山，如笋，如柱，如林；奇峰怪石，各肖形态，被地质学家称为“北方石林”。崖壁间山顶上，奇松异木，点缀出一片自然造物的鬼斧神工。各种奇峰怪石，人们根据山石形态和历史传说，凭借想象，命名了许多启人遐想的名字：天门开阖、老子传经石、独秀峰、看山佬、鸾凤和鸣、八戒访仙、大象无形、伴仙界、仙姑迎宾、太极迷宫、闭关明道、老子悟道峰、妙步莲花、天王观海、空灵清虚、千丈崖、观音赏曲、天蓬求道、太白坡等等。可以说老君山兼有武陵源之奇秀与武当山之险幽。作为道教名山，更是有着深厚的历史文化底蕴。

老君山的云海更是一奇。每年七、八两个月是老君山观看云海的最佳时间。秦岭、大别山是中国中部东西走向的大山，它是中国南北方的分界，也是长江流域和黄河流域的分野。而老君山是秦岭八百里余脉伏牛山主峰，来自南方的暖湿气流与来自北方的寒燥气流在这里相遇，山峰高耸陡峭，冷热气流在这里交汇、碰撞、逗留，容易形成形态万千的云海奇观。观看云海的最佳位置，当然是山顶。金顶道观群的五母金殿、玉皇顶、亮宝台，还有老君山最高峰马鬃岭观海亭以及其南面的玻璃观景台都是观云海的好位置。东面的云景天路看日出云海，西面的太白坡看日落云海。眼看着云雾从山谷间慢慢升腾，一直来到你的脚下，朝阳落日给云雾渲染出橙黄、淡红、深红、艳红的一片亮色，机缘巧合，天空中忽现一道赤橙黄绿青蓝紫的彩虹，该是怎样的眼福和惊喜！有时，云雾会一直升腾，把你整个人都淹没在云海里，以至你有“不识庐山真面目”之慨，又有身处天界，“手可摘星辰，不敢高声语，恐惊天上人”之感。一般来说，七八月份，雨过天晴后的傍晚和第二天清晨，云海出现的概率较大。另外连阴雨天，容易出现范围大、时间长的云海。也就是说云海奇观的形成，需要时间、气候、水汽、风速风向、高度等严苛条件，因此观云海是要有一定的运气和眼福的。

云海出现时，还会有一定概率伴随“神光”显现。这是由光线的衍射作用产生，是山岳型景区一种奇特的大气光学现象。如果傍晚时形成云海，最高峰马鬃岭被太阳投射出影子，又刚好落在云雾上，则极有可能出现“神光”。如果你来老君山，又恰好碰上这一奇景，那说明你真的与老君山有缘，与老子始创的道教有缘。

而我们三个有幸，恰巧赶上了这样的好运，看到了变幻万象的云海。站在道观群旁边的观景台上，当时不大不小、不急不慢的雨下着，远处的群山间云雾缭绕，翻滚奔涌。脚下向西北望去，县城却还是灿烂的阳光普照，高低建筑红黄蓝白，一片金碧辉煌。

老君山最高峰马鬃岭的观海亭，也很有特色，顾名思义，它是观云海的最佳去处。榜额“观海”，亭两边柱子上有对联：“西瞻秦岭东望龙门百里平川堪跃马，南极武当北收熊耳群峰胜景似伏牛。”对联由陈亮撰，蒋兆武书。此处观山观云，既有诗意，又有远方。旁边不远处便是伏牛山主峰的标志，上书五个大字“伏牛山主峰”，下边一行小字，海拔 2217 米。

行走在山间栈道上，凉风习习，暑意全消。正惬意间，不禁吟诵起唐代诗人张旭的《山中留客》：“山光物态弄春晖，莫为轻阴便拟归。纵使晴明无雨色，入云深处亦沾衣。”此诗适情对境，吟来正好抒发我们轻松愉快的心情。山上天气真是变幻莫测，刚刚还是阳光明媚，突然间电闪雷鸣，下起了瓢泼大雨，凉风裹挟着冷雨，登时令人瑟瑟发抖。栈道上避无可避，快步中发现山壁上有一石罅，已有数人躲避其中，我们三个人也随即进入。石罅中间上方露天，人只有站在两边凹陷处才能躲避雨淋。这时冷雨中夹杂着冰雹从中间缝隙处坠落下来，小的如米粒，大的如黄豆。避雨者中有两个六七岁的小姑娘，从地上捡起冰粒，放在手心里好奇地观察着，直到冰粒在手里融化消失。我心里感叹，真是“少年不识愁滋味”啊，嘴里却开玩笑地对小姑娘说道：“多捡几个大些的，回家让你妈妈用线穿起来，当项链戴。”两个小姑娘果然争相捡拾。过了一会儿，走来了一位清洁工，她告诫我们说：“这里危险，不能在这里避雨。”群主老左解释说大概是怕雷雨塌方落石吧。

出了石罅，前行不远，有一个游客休息避雨处，上边是小商店，下几层台阶，便是供游客休息避雨的地方。有几排长凳，早已坐满了避雨的游客。我们三个人商量怎么办，时间已是下午两点多，也不知雨何时能停。因上山时还是晴天大太阳，我们三个也都没有携带雨具。我们三个都已是七十多岁的老翁，衣履单薄，自然也没有苏东坡“竹杖芒鞋轻胜马，谁怕”的豪气和豁达。群主老左说，把我押给有伞的游客，借把伞，到上面商店看看能不能买到避寒的衣物和雨具。结果老左回来，花了60元钱，给每人买了件塑料雨衣。老左说：“穿上吧，别看薄，不透风，也能抵御点儿寒气。”当时穿戴起来，果然，不那么冷了。三人一致决定，继续前行。

随即走出休息处，冒雨向前。雨越下越大，栈道上雨水顺着坡道往下涌流，水流可以没过鞋底，从鞋帮透入鞋里，一双脚等于整个泡在水中，长裤也湿了半截，我们三个在雨中奋力前行。雨时大时小，终于抵达了南天门，南天门门坊夹在两面山壁之间，牌楼式建筑，据说由此攀上108阶登天梯，即可登临仙界。大概这是鼓励人们奋力攀登吧。人们希望的美好前景，总在前头，只要努力，总会到达。或者如王安石《游褒禅山记》中所说："夫夷以近，则游者众；险以远，则至者少。而世之奇伟、瑰怪、非常之观，常在于险远，而人之所罕至焉，故非有志者不能至也。"可见，想看奇伟、瑰怪、非常之观，非矢志坚毅奋力攀登不可。于是三老叟再贾余勇，缓步攀爬。

几度努力，几度停歇，终于到达了金顶道观群。金顶建筑群，金色琉璃瓦铺顶，金光耀目，恢宏雄伟，所以称之为"金殿"。金殿坐落在晒人场，与亮宝台、玉皇顶两座山峰品字排列，遥相呼应。凌空下望，相连磴道构成了一个大写的"人"字，暗合老子贵道重德的思想。亮宝台、玉皇顶位于左右高处，金殿则位于略低处，负阴抱阳，有二龙衔珠之象，俨然一幅"天人合一"的完美画卷。金顶道观群由老君庙、亮宝台、玉皇顶、五母金殿、道德府、钟鼓楼、南天门、会仙桥、夷希廊等组成。

五母金殿供奉天母、地母、人母、无极母、西王母。有四副对联：

1. 五母绕慈云天人共仰，三清凝道气日月同光。

2. 五母参天栾川扬懿德，三花聚顶宝地隐玄机。

3. 云雾凌空九万里，苍松拔地三千年。

4. 五母齐天新阶通玉宇，千峰拔地古殿闪金光。

匾额分别为：母仪天下、五母赐福、紫气东来、灵佑中天。

金殿世纪宝鼎放置在金殿上方，高3.65米，直径1.5米，葫芦形。葫芦谐音福禄，其枝茎为蔓带，谐音万代，寓意“福禄万代”。金顶赋碑立于金殿下，高1.89米，宽3.5米，花岗岩石材，由辞赋家李铁成撰文并书丹，偃师孙少瑜刊石，2013年9月21日立石。

亮宝台，传说是太上老君展示法宝的地方。有一年农历四月初八，各路神仙齐聚景室山听老君讲经，讲经毕，神仙们都想看看老君的法宝，老君于是出示了阴阳扇、太极图、炼丹炉三件宝贝。亮宝台位于南天门东侧山峰，西边与玉皇顶遥相呼应，海拔2197.7米，2013年复建重修。亮宝台为重檐歇山式建筑，全铜装饰，表面镏金，整座建筑庄重华美，金碧辉煌。《道德经》金书位于亮宝台下，长6.9米，高3.9米，全铜镀金，复制赵孟頫《道德经》小楷字体，镌刻《道德经》第一章、第八十一章，《道德经》共八十一章，举首尾以赅全篇。遒劲秀美，耀人眼目。

雨小了些，时已下午四点多钟，我们匆忙赶往峰林索道上站，准备坐索道下山。从金顶到索道站一路是坡度颇大的磴道，下山一点儿也不省力，一腿抬起迈出，全身的重量落在另一条腿上，前脚着地，后腿跟上，重复动作。重力作用下，比平地费力多多，而且时间长了攒得腿疼。俗话说“上山容易下山难”，大概就是这个道理吧。

到了索道站，只见人头攒动，坐索道的游客，沿着铁栅栏围成的“几”字弯道里拐了几十道弯。步行下山，需要五六个小时，只好耐心排队等待。等候良久，却不见队伍向前移动，一问才知道索道因大风雷电停运了，何时恢复运行，只有天知道。“几”字形弯道位于搭建的简易棚下，十几根钢管支撑塑钢天棚，挡得住雨，却挡不住风。山上雨中的凉风吹着，虽不至于刺肤砭骨，却也令衣衫单薄的我们不堪承受。一直等了有一个多小时，腿也站麻木了，感觉快要支撑不下去了，突然人们一声欢呼，抬头看见前上方的索道轿厢移动了。下山有望，心中狂喜。却不见队伍向前移动，于是仔细张望，上下轿厢里竟空无一人，运行了一会儿又停下了，如是反复了两三次。不禁一阵沮丧。瞪大眼睛紧盯着轿厢，眼也瞪酸了，终于看到轿厢里有人乘坐，又是一阵欢呼。一个轿厢可以乘坐八人，队伍也在缓慢向前移动，心情陡然大好，一时竟忘记了寒冷。不管怎样，今天天黑前下山没有问题了。

到中天门，坐云景索道来到起始站，通过卖各种旅游纪念品的商贩大厅才能到达停车场。出得大厅，在停车场找到我们的汽车，坐到车里，这时才长嘘一口气。开车出了景区大门，天已经擦黑。就在景区大门前广场一侧的小饭店简单吃了点儿饭，便匆忙离开，去找住处。

最后找到一家小旅馆，先是一番砍价，大概是受疫情影响，旅游业不旺，旅馆业凋敝，老板开价不高。最终敲定两个标间一晚 110 元，真是异乎寻常的便宜。上得二楼，进入房间，干净整洁，空调、电视、独立卫生间、热水，一应俱全。

第二天早上，一觉醒来，已是将近七点，简单早饭后，开车直奔归程。上午十一点多顺利抵达郑州。在纬四路离老左家不远的顺记饭店，庆祝胜利归来。不免又是一番觥筹交错，老左喜形于色，一边大啖烤羊腿，一边侃侃而谈，说：这次没去的同学错失了一次难得的机会。在老君山上，片刻之间经历春夏秋冬一年四季：观春天花海，历夏季骄阳，吹金秋爽风，经严冬冰霜；还看到了老君山特色的北方石林、云海奇观，快慰人生，何其幸哉！直说得来传慧同学后悔不已，下决心择机游览老君山。

2022 年 7 月 5 日记

自驾壮游川藏 318 青藏 109（一）

7 月 26 日　星期二

李白诗句，“大鹏一日同风起，扶摇直上九万里”，最能形容此刻的豪情壮志。杜甫诗句，“白首放歌须纵酒，青春作伴好还乡”，最能代表此刻盼望已久终得遂愿的喜悦心态。自驾畅游川藏 318 青藏 109，是我们开封一高老三届几个同学谋划已久的事情，却因疫情等各种原因延宕下来。眼看年龄越来越大，不免心中着急。昨日接到开高我班同学孙征中电话，说已经定下来于 7 月 27 日从郑州出发，走川藏南线 318 抵拉萨，再从拉萨走青藏线 109（又称京拉国道）到西宁，转连霍高速返回。

这次壮游川藏，有三名成员，一是群主孙征中同学（我们称他“老左”），1948 年鼠；二是三弟夏新中同学，1949 年牛；再一个就是我，1947 年猪。三人岁数加起来 222 岁。二三得六，预示着我们此行顺利，是个好兆头！开的车是三弟的长城哈弗，这辆车多次载我们出行，为我们游历千山万水出了大力，功不可没！有不少亲友出于关心，劝告我们说，当下疫情肆虐，你们又都是七十多岁的老人，青藏高原，世界屋脊，空气稀薄，高反严重；山高路险，驱车万里，长途跋涉，你们能顶得住吗？

伟人教导我们说，“人是要有一点精神的”。苏东坡《水调歌头·黄州快哉亭赠张偓佺》说，“一点浩然气，千里快哉风”。更何况还有谭嗣同“我自横刀向天笑，去留肝胆两昆仑”的热血诗句。男子汉大丈夫怕这怕那，什么事情也做不成。川藏南线318沿途的绮丽风光在召唤我们，青藏高原的雄浑辽阔在召唤我们。“老夫聊发少年狂，左牵黄，右擎苍。锦帽貂裘，千骑卷平冈”。出发，勇士们！

我下午两点从家出发，乘下午四点轻轨到郑。晚与老左小酌。

7月27日 星期三

早七点从郑州出发，巩义服务区早饭，华山服务区中饭。晚饭在石门水库附近的饭店品尝了当地美味——江团。江团鱼学名长吻鮠，鲿科鮠属动物。体前部平扁，后部侧扁，浅灰色，无鳞，眼小。口有四对须，尾分叉，身长可达三四尺。主要生活于长江流域，中国东部辽河、淮河、闽江、珠江等水系都有分布。前两次在阆中、梵净山脚下已尝过此美味，鱼小人多，没吃够。这次我们三人要了只三斤多的，小酒品起，江团吃起，天下美事莫过于此。

晚住汉中。

7月28日 星期四

早饭后游石门风景区。石门位于汉中市汉台区、勉县和留坝县交界处的褒谷口，距离汉中市 15 公里，是一处集自然景观和文化景观于一体的风景区。褒河从古镇穿流而过。褒河发源于太白山，是汉江最大支流，而汉江又是长江最大支流。这里建有石门水库，石门水库是以灌溉为主的大型水利工程，坝高 88 米，库容 1.098 亿立方米，能灌溉 50 多万亩农田，发电装机容量 4.05 万千瓦。

高峡平湖，水波荡漾。乘坐游船穿梭 17 公里长的水上长廊，可以尽情游览湖光山色，怡人美景。仲夏凉风习习，沿岸翠峰如簇，山花点缀其间，令人心旷神怡。

石门水库所在地褒姒铺也是中国古代四大美女之首东周美女褒姒的故里。《东周列国志》记载有周幽王烽火戏诸侯和千金买一笑的故事。石门水库 1969 年开始修建，1975 年建成，褒姒的故里也被淹没水下。历史上萧何月下追韩信，“明修栈道，暗度陈仓”的故事也都发生在这里。

1961 年，褒斜道、石门及其摩崖石刻被国务院列为国家重点文物保护单位。

以木梁楔入石壁，以木柱斜撑，上铺木板建成的石门栈道，蜿蜒在悬崖峭壁间，蔚为壮观。栈道从南部的汉中保古口到北部的梅县谢古口，绵延 250 余公里。过去这是关中到秦岭和巴山到蜀地的咽喉要道。李白诗云，“蜀道难，难于上青天”，如果没有这条栈道，可真是如此了。石门栈道被誉为世界九大奇观之一。

石门栈道崖壁间布满摩崖石刻、历代文人诗文题跋，成为中国历史文化的瑰宝。其中东汉石门颂全称《汉司隶校尉楗为杨君颂》、北魏的石门铭全称《泰山羊祉开复石门铭》最为有名，是书法瑰宝“石门十三品”之一，原石现藏汉中博物馆。这些石刻在中国书法史上艺术价值极高，其影响传至国外，日本书道界就有“汉中石门，日本之师”的说法。

呈隧洞状的石门是世界交通史上最早的通车隧道，全长13.6米，宽4.2米，南口高3.45米，北口高3.75米，洞内无斧凿痕迹。据考证当时是采用火烧水激法开山破石修建而成。当时无火药机械，工具落后。古人想出这样的办法开凿隧洞，也是一大发明。

作《鹧鸪天·石门栈道》一首以记胜游：

山上飞泉万斛珠。云间高峡出平湖。已通栈道行还碍，似有人踪寻却无。

褒姒里，美人居。千金买笑意何如？战车来往驰驱乱，失国多因乏壮图。

2022年8月15日

自驾壮游川藏318青藏109（二）

7月29日 星期五

成都—都江堰—泸定

7月28日一早游完石门后，约十点半即奔成都。中经13.8公里的米仓山隧道。这是一个超长隧道，更巧的是在隧道中经过了陕西和四川的分界。隧道进口位于陕西省汉中市南郑区喜神坝乡小坝附近，出口位于四川省巴中市南江县关坝乡，从米仓山国家森林公园的玉泉、大坝国有林场地下穿越而过。隧道中属陕西境3公里，属四川境10.8公里。米仓山隧道是巴陕高速中的控制性工程，是国内第二长、世界第三长的公路隧道。2018年8月9日上午十点，隧道全线贯通，也就是说我们驾车通过时，这条隧道通车还差11天不满四年。真为中国发展建设的神奇速度骄傲。

“蚕丛及鱼凫，开国何茫然。”传说中“五丁开山”开凿古蜀道，米仓古道便是其中最艰险的一段。千百年来，川陕交流，必须经过翻越崇山峻岭的米仓古道。广陕高速、达陕高速相继于2010年和2011年通车，而于2009年12月23日开工的巴陕高速能不能按时通车，关键就在于米仓山隧道何时凿通。虽然米仓山隧道长度并没有早已开通的秦岭终南山隧道长（18.02公里），但施工难度却大得多，一是地质条件复杂，二是要保护国家森林公园的环境，三是没有秦岭终南山隧道附近有铁路平导洞可利用的条件。工程勘察施工人员克服重重困难，终于在不满四年的工期内开通了隧道，四川与外界联系的第三条大动脉川陕高速公路全线贯通。

我们于7月28日晚七时左右到达成都，在高速公路收费站口做了核酸检测，晚宿成都怡家快捷酒店。

因为疫情，成都的公园等公共场所关闭，我们三个在武侯祠门口照相留念，立此存照罢了。然后开车直驱都江堰。

都江堰1982年作为四川青城山都江堰风景名胜区的重要组成部分，被国务院批准列入国家级风景名胜区名单。2000年被联合国世界遗产委员会确定为世界文化遗产。

都江堰，位于四川省成都市都江堰市城西，坐落在成都平原西部的岷江上。始建于秦昭王末年（公元前256—前251年），是时任蜀郡太守的李冰父子在前人鳖灵等的基础上组织修建的大型水利工程。由分水鱼嘴、飞沙堰、宝瓶口等部分组成。两千多年以来一直发挥着防洪灌溉的作用，使成都平原由水旱灾害频发之地变成了沃野千里的“天府之国”。至今灌区达三十余县市、面积近千万亩，是世界迄今为止年代最久、唯一留存、至今仍发挥效用、以无坝引水为特征的水利工程。闪耀着中国古代劳动人民勤劳、勇敢、智慧的光芒。

都江堰名称历经变迁。修建初期叫“湔（音‘煎’，洗意）堋（音‘朋’，分水堤）”，这是因为都江堰旁的玉垒山，秦汉以前叫“湔山”。三国蜀汉时期叫“都安堰”，因所设县得名。唐代称为“楗为堰”。宋史中才首称“都江堰”。成都地区府河亦名成都江，它的上游即都江堰内江分流的柏条河和走马河。

都江堰的修建有其历史根源。战国时期刀兵烽起，战乱频仍，秦国变法图强，试图统一六国。它认识到巴蜀地区在统一中国方面的重要战略地位，时秦将司马错曾言：“得蜀则得楚，得楚则天下并矣。”这才有秦昭王任命颇具治理才能又具战略眼光的李冰担任蜀郡太守，父子合力组织当地民众修建了都江堰，为后来秦灭六国一统天下奠定了基础。可见任何时代的统治者都要有大局意识、长远眼光，以民为本、重视人才、任用人才、顺势而为，才能有所建树。

都江堰景区内，花木扶疏，流水潺湲，环境十分宜人。是一个赏心休憩的好地方。交通便利，公路四通八达，离成都市区不过50公里。

余秋雨有一篇散文就叫《都江堰》，读了令人怦然心动，促使你去思考许多历史问题和现实问题，让你认识什么才是伟大，什么才是永恒。它开头第一句就说：“我以为，中国历史上最激动人心的工程不是长城，而是都江堰。”“它的规模从表面上看远不如长城宏大，却注定要稳稳当当地造福千年。如果说长城占据了辽阔的空间，那么，它却实实在在地占据了邈远的时间。长城的社会功用早已废弛，而它至今还在为无数民众输送汩汩清流，有了它，旱涝无常的四川平原成了天府之国，每当我们民族有了重大灾难，天府之国总是沉着地提供庇护和濡养。因此，可以毫不夸张地说，它永久地灌溉了中华民族。”

“李冰……命令自己的儿子作三个石人，镇于江间，测量水位。”“汉代水官重造高及3米的‘三神石人’测量水位，这‘三神石人’其中一尊即是李冰雕像。”“他懂得李冰的心意，唯有那里才是他最合适的岗位。这个设计竟然没有遭到反对而顺利实施，只能说都江堰为自己流泻出了一个独特的精神世界。”

“石像终于被岁月的污泥掩埋，本世纪（20世纪）初70年代出土时，有一尊石像头部已经残缺，手上还紧握着长锸。”“由此而向现代官场衮衮诸公问：‘活着或死了应该站在哪里？’”

“出土的石像现正在伏龙观里展览。人们在轰鸣如雷的水声中向他们默默祭奠。在这里，我突然产生了对中国历史的某种乐观。只要都江堰不塌，李冰的精神就不会消散，李冰的儿子会代代繁衍。轰鸣的江水便是至圣至善的遗言。”

“离索桥东端不远的玉垒山麓，建有一座二王庙，祭祀李冰父子。人们在虔诚膜拜，膜拜自己同类中更像一点人的人。钟鼓钹罄，朝朝暮暮，重一声，轻一声，伴和着江涛轰鸣。”

“实实在在为民造福的人升格为神，神的世界也变得通情达理、平实可亲。中国宗教颇多世俗气息，因此，世俗人情也会染上宗教式的光斑。一来二去，都江堰倒成了连接两界的桥墩。”

游罢都江堰，走成都第二绕城高速、成雅高速，在邛崃服务区吃午饭。邛崃别名临邛，提起临邛，总让人想起西汉时期司马相如与卓文君的故事。司马相如早年家贫，父母双亡后借住好友临邛县令王吉家中。卓文君是临邛大富豪卓王孙的掌上明珠，当时年仅十七岁，其容貌、眉色望如春山，脸际常若芙蓉，皮肤滑似柔荑。通文墨，善琴棋。原已许配贵胄，不料那贵胄短命，未及成婚便一命呜呼。文君按礼法守寡在家。卓王孙与王吉素有来往，时值司马相如从成都来拜访好友王吉，王吉设宴款待，请卓王孙作陪。后卓王孙回请，席间不免觥筹交错，作赋奏乐。司马相如早闻卓文君美貌，心存倾慕，遂奏一曲《凤求凰》，文君躲在帷幕后偷听，心有灵犀，两人遂相爱慕。但受到了卓王孙竭力阻挠，两人只好私奔。回到成都，生活窘迫，文君当了首饰，开了一家酒肆，文君亲自当垆卖酒。消息传到父亲耳中，碍于脸面，将二人接回临邛。但二人安于清贫，不改初衷，仍在市上开酒肆卖酒。“文君当垆，相如涤器”，自此而来。如今，邛崃市区“文君井”“琴台”古迹犹存。唐代大诗人杜甫在寓居成都时所作《琴台》诗有句云：“茂陵多病后，尚爱卓文君。酒肆人间世，琴台日暮云。野花留宝靥，蔓草见罗裙。归凤求凰意，寥寥不复闻。”而在文君庭院里的琴台上有一联云："井上疏风竹有韵，台前古月琴无弦。"后来司马相如显达，欲纳妾，据《西京杂记》载："司马相如将聘茂陵人女为妾，卓文君作《白头吟》以自绝，相如乃止。"司马相如素患消渴症，终死于此病，文君著诔文，流传于世。出自王实甫《西厢记》的《凤求凰》二首表达了司马相如对卓文君的无限倾慕和热烈追求，读之不禁为古今爱情泫然泪目。老夫亦一性情中人也。

本想下道去邛崃城里拜谒凭吊一番，又怕老左三弟调笑文人酸腐，只好作罢，没有吭声。

经二郎山隧道，全长4000余米，在建成米仓山隧道之前，它是四川省最长的公路隧道，到了这里，耳边似乎响起儿时即耳熟能详的音调："二呀嘛二郎山呐高呀么高万丈……"

傍晚到达泸定，晚宿王二姐邛崃奶汤面饭店。

游罢都江堰，心绪难平，填词一首：

新荷叶·都江堰

7月29日游都江堰，深为此修于两千多年前的伟大工程所震惊。余秋雨说，"中国历史上最激动人心的工程是都江堰，不是长城"，此言不虚。长城早已荒废，都江堰却至今还在发挥效用，造福一方。

喝令山川，岷江改道分流。两界相连，都江堰为民谋。飞沙隔水，消水患、喜庆丰收。古今同利，花香满平畴。

筹划民生，人民记在心头。香火灵堂，奢华贪墨应羞。

李冰父子，二王庙、钟磬悠悠。声声唤里，不如多把仁修。

注：两界相连，百姓把实实在在为民谋利的李冰父子敬为了神。

飞沙，指飞沙堰。

2022 年 8 月 17 日

自驾壮游川藏 318 青藏 109（三）

7 月 30 日 星期六

到达泸定县城泸桥镇后，我们决定在这里略作休整。一是从这里开始，正式进入川藏南线 318 国道，进入川藏深山区。前路崇山峻岭，道路崎岖，海拔高，空气稀薄。这里海拔 1321 米，可以在这里稍作适应。二是这里冬无严寒，夏无酷暑。夏季平均温度 22.7 摄氏度，温凉湿润，空气新鲜，号称天然氧吧，正是养精蓄锐、恢复体力的好地方。三这里是红军二十二勇士飞夺泸定桥的历史圣地，可以在这里缅怀革命先烈，体验红军二万五千里长征的艰难壮举。这里地处青藏高原东南边缘、川西高原深陷的峡谷区，高山林立，谷深壁陡，大渡河在峡谷中从北向南奔腾而过。这里可远观高达 7556 米被誉为蜀山之王的贡嘎雪山，山头终年积雪，白雪皑皑。冰川侵蚀形成了角峰、刀脊等奇峰怪石，冰斗、冰梁、冰原等更是难得一见的冰川奇观。近处川急流深，林木蓊郁，苍翠欲滴；远处云雾缭绕，如飞瀑悬空，巉岩奇峰时隐时现，好一幅壮丽画卷！泸定县的山水秀美雄壮兼而得之。

泸定县是四川省甘孜藏族自治州下辖的县，位于自治州东南部，东临天全、荥经、汉源三县，西接康定市、九龙县，南濒石棉县，北面芦山、宝兴二县。其面积 2165 平方公里，人口近 9 万，彝、藏、羌、苗等十几个民族杂居而处。

泸定县建制设县始于汉初，名笮都县。晋改设晋乐县，唐高祖武德元年设置嘉良县、大渡县，宋归縻州管理，元、明、清实行土司制度，民国设泸定县和化林县，1955 年撤西康省划入四川省属雅安专区，1957 年划归甘孜州。

清康熙四十五年（公元 1706 年），四川巡抚奏准在大渡河的安乐（藏语称阿垄）修建铁索桥，桥成后，康熙赐名为“泸定桥”，“泸”为泸之河名，“定”寓意平乱后一方安定。置县即以桥名为县名。

泸定县境内有丰富的旅游资源。冰川雪峰，冰斗冰川虽非常人可达，但海螺沟、磨子沟、燕子沟、南门关沟的冰川地貌景观，一般游客均可就近观看。原始森林，海螺沟冰川森林公园，以现代冰川突入原始森林为特色，面积达 70 平方公里，古树参天，枝叶繁茂，是假日休憩的好去处。高原湖泊，兴隆镇海子山的沈村海子，雅家埂雪山附近的猪腰子海，湖中水天一色，湖畔有原始森林、杜鹃花，蓝绿红紫各色交相辉映，美不胜收。

此外，还有温泉飞瀑，古树、山花、珍禽、异兽，燕子沟的三尾凤蝶、斑蝶更是世界珍稀品种。境内的二郎山更因 1950 年解放军修筑康藏公路时的歌曲《歌唱二郎山》而名闻天下。

泸定桥是一座无桥柱桥墩悬空架在大渡河上的铁索桥。

康熙年间，这里曾发生的昌侧集烈之乱被平定。康熙四十四年（公元 1705 年）因军事贸易需要，下旨修建并亲自命名题写泸定桥。泸定桥身由 13 根碗口粗的铁链组成，其中底链 9 根，两旁扶手 4 根。每根铁链有 862 至 977 节铁环相扣，用熟铁锻造而成，总重达 40 吨之多。桥净跨 101.67 米，宽 2.9 米，犹如十三条巨蟒横空出世。桥台用条石砌就，形如碉堡。下设落井，用生铁铸成的地龙桩与卧龙桩锚固铁链。桥亭则为典型的明清式建筑，飞檐挑角，古朴大方。

泸定桥自建成以来一直以军事要塞和交通要道闻名，被誉为“东环泸水三千里，西出盐关第一桥”。此地天堑一道分隔东西，成为天然屏障，易守难攻。据说太平天国名将石达开即葬身此地。

1935 年 5 月 29 日晨，中国工农红军红一军团四团日夜兼行 240 多里到达泸定桥，由二连连长廖大珠担任从二连精挑细选出来的 22 名勇士组成的突击队队长。敌人已把大部分桥板撤去，只留下光溜溜的铁索。勇士们手脚并用，短枪冲锋，经过激烈的战斗，终于夺取了泸定桥。一举粉碎了要让红军成为“第二个石达开”的企图，打开了红军北上抗日的通道，谱写了中国革命史上的不朽篇章。血洒疆场的勇士们也将永垂史册。伟人也写下了“金沙水拍云崖暖，大渡桥横铁索寒”的著名诗句，从此泸定桥扬名中外。

今天的泸定桥已成为中外游人缅怀先烈，接受革命传统教育、爱国主义教育和观光、旅游的胜地。建国后，泸定人民在距桥 500 米的河西沙坝建立了“红军飞夺泸定桥纪念碑”，在桥东修建了“泸定桥革命文物陈列馆”。1961 年 3 月 4 日，泸定桥被国务院首批确定为全国重点文物保护单位，1996年被中宣部、团中央、国家教委、文化部等六部委确定为全国中小学爱国主义教育基地，2001年被中宣部定为全国爱国主义教育示范基地。

瞻仰参观泸定桥的游人络绎不绝，过桥的人排成了长龙。大家须先验看健康码、行程码，购票过桥。为保安全，游客只能单向通行，要穿上救生衣才能上桥。桥的中间铺着三道约三四十厘米宽的木板，游客从中间过桥，两边单行木板道上站着安保人员。走在桥上，桥身上下左右晃荡，桥下是百米深谷，奔腾咆哮的大渡河，不免令人胆战心惊。由此不难想象，当年红军二十二勇士枪林弹雨中在被撤去木板的铁索上冲锋前进，又该是怎样的九死一生？

过了泸定桥，就是泸定县城主城区。桥头前有一个广场，广场上有一道古色古香的长廊，长廊中有木凳供游人歇息，让人倍感贴心。中午就在长廊旁边马路对面的李记凉粉用餐。小店不大，但干净整洁，店员热情而有条不紊地招待着络绎不绝的客人。看墙上牌匾，这家店竟是国家非物质文化遗产单位。

下午回到住宿的旅店，心绪难平。刚好从微信中看到开高老三届六七四班苏可文的一首词，应情应景，遂欣然和之。

西江月·和韵苏可文

老借精神焕发。蹉跎半世年华。豪情万丈啸烟霞。且趁桑榆未下。

大块文章我写。同窗厚谊须夸。河山壮丽走天涯。川藏纵横自驾。

注：同窗，自驾318走川藏的三位：孙征中、夏新中、李义平是开封一高老三届的同学，年龄相加二百二十二岁。

2022年7月30日赴藏途中写于泸定

附苏可文原玉：

西江月·校友西藏行有感

谁道廉颇老矣，今看大圣归来。飞驰铁骑卷尘埃，直指九霄云外。

领略烟岚无限，相呼冰雪盈怀。闲时暂把剑光埋，且向山河寻爱。

2022年7月30日

7月31日 星期天

今天和夏新中一起进县城，在药店购买了六罐一千毫升的氧气，以备路上不时之需。之后又在桥头前广场上溜达了一圈。下午，和老左、三弟三人坐出租车到县医院做核酸检测。返回后，又看到了苏可文的《少年游·泸定桥》词，遂奉和一首：

少年游·泸定桥·奉和苏可文

桥横铁索水流湍。天堑渡河难。当时勇士，枪林弹雨，鲜血洒长天。

时临八一怀英烈。默立大河边。逝水呜咽，滔滔南去，应记太平年。

2022 年 7 月 31 日于大渡河边

附苏可文原玉：

少年游·泸定桥

悬桥铁索横江寒。白浪裂重关。鬼斧神工，地雄天堑，千古盛名传。

廿二勇士今何在？碧血洒江山。多少死生，只为圆梦，怎可忘当年！

2022 年 7 月 31 日

自驾壮游川藏 318 青藏 109（四）

8 月 1 日　星期一

上午十一点半左右从泸定县城出发前往康定。

康定是甘孜藏族自治州首府，从四川进西藏的咽喉，也是茶马古道的重镇、《康定情歌》的故乡，同时也是汉藏交流的中心。全市面积 1.16 万平方公里，下辖 8 个镇 7 个乡及 2 个街道办事处，常住人口 12 万多人。

康定古为羌地，三国蜀汉时期称“打箭炉”。“蜀人传汉诸葛武乡侯亮铸军器于此，故名。”汉隶沈黎郡，隋为嘉良地。唐代其东北部中川、会野等归縻州管辖，统属雅州，为吐蕃领地。宋元置宣抚司，明继之。崇祯十二年（公元 1639 年）固始汗在木雅设置营官。清康熙四十二年（公元 1703 年），清军平定木雅昌侧集烈叛乱后，复设明正长河西鱼通宁远宣慰司（简称明正土司）。清雍正七年（公元 1729 年）置打箭炉厅，雍正十一年添设同知。光绪二十九年（公元 1903 年）升为直隶厅，隶建昌道。光绪三十四年改为康定府。民国二年，设康定县，属川边特别行政区。1935 年红军长征路经县境，在金汤建立苏维埃政府，下设孔玉、新和等乡政府。民国二十八年建西康省，省会康定。1950 年，设西康省藏族自治区，康定为自治区人民政府驻地。1955 年，裁撤西康省，属四川省甘孜藏族自治州。2015 年康定撤县设市，以原县域为市域。

康定地处四川盆地西缘山地和青藏高原的过渡地带，地势由西向东倾斜。大雪山中段的海子山、折多山、贡嘎山由北向南纵贯市境，将其分为东西两部分。东部为高山峡谷，多数山峰在 5000 米以上，最高山峰“天府第一峰”贡嘎山主峰 7556 米，最低点大渡河 1390 米，市委、市政府所在的地炉城街道 2560 米。这里属亚热带气候，物产丰富，有“康巴江南”之称。西部和西北部为丘状高原和高山深谷，这里属大陆季风气候，牛羊遍野，寺塔林立，是藏区风情的典型代表。由于地貌气候复杂多变，康定有“一山有四季，十里不同天”之说。

这里自古以“藏卫通衢”“川藏要冲”著称，作为历史上川、滇、青、藏四省区及周边地区重要的物资集散地，康定自古名扬西南。20 世纪 40 年代康定甚至比肩武汉、上海，是全国重要商埠。康定的繁华起源于“茶马互市”，以茶易马，或以马换茶，这是中国历史上汉藏民族间传统的商贸往来，起始于唐宋，兴盛于晚清。当年在茶马古道上的康定，有好几十家锅庄作为川藏咽喉要道上的客商驿站，用温暖的篝火和热情的笑容迎接各地商人，成为旅人临时的家。“炉城四十八锅庄，故事而今半渺茫。门内标杆非旧主，木家有女字秋娘。”如今的康定，是一个大度包容的地方，这里不仅有绛红色与白色为主色调的藏式建筑，也有清真寺和天主教堂，有数不清的咖啡馆和小酒馆，也有藏式餐厅和比比皆是的以“情歌”为名的商铺。夜幕降临，跑马山上星光点点。大街小巷，小酒馆里飘来驻场歌手的原唱情歌。这些年来，川藏线成为“最美景观大道”，康定吸引了无数游客好奇的目光，驾车、骑车以及由全国各地飞到忙碌的康定机场的游客们从这里进入藏区腹地。康定，一座因商贸旅游而勃兴的城市。

藏传佛教传入康定已有一千多年的历史，藏传佛教的红、黄、花、黑、白五个教派遍布全市，寺庙富丽堂皇，在藏区颇具声誉。

藏传佛教的宗教节日和宗教活动，因教派不同和寺庙大小而异。其中以农历四月初八释迦牟尼生日的“转山会”尤为隆重。这一天，佛祖诞生，浴于九龙池，故又称“浴佛节”。历经演变，如今更多地融汇了春游踏青的内容，届时还有物资交流、文艺演出，由佛教节日演变为民俗的狂欢。康定“四月八”“转山会”的盛况早已闻名中外。

康定境内旅游胜地众多。康定情歌（木格措）景区是国家 4A 级风景名胜区，由芳草坪、七色海、杜鹃峡、药池沸泉、木格措（野人海）、红海、黑海等景点组成。景区高山湖泊、原始森林、雪峰、温泉、巉岩怪石，还有长达 8 公里的千瀑峡，多姿多彩，美不胜收。

新都桥，地处川藏公路南北线分岔口，号称“摄影家天堂”，更是一派如诗如画的世外桃源。

雅哈景区，也称亚龙景区，位于康定市甲根坝乡和贡嘎山乡境内，以高原深谷、高山草甸、泉华滩（池）、木雅风情建筑为主要景观，这里是观赏贡嘎山主峰的最佳地点。泉华滩分亚龙沟泉华滩和玉龙溪泉华滩。亚龙沟泉华滩，长6500米，宽约200米，远超黄龙泉华滩3500米的规模。此前，黄龙泉华滩号称世界第一，看来要退居第二了。玉龙溪泉华滩，滩长3000米，宽约200米，七层台阶式分布。台阶上有大小不一的彩池，里面有各种水生植物、羌活鱼（小鲵）等，给这片古老的地质奇观带来了勃勃生机。在海拔4300米处，有一眼喷涌1.5米高的温泉，长年水温30摄氏度左右，是玉龙泉华滩的主要水源。此外，亚龙沟六思村还有一片长200米、宽50米的紫石滩，一块块紫色石头千姿百态，蔚然奇观。

雅家埂景区，地处贡嘎山海螺沟景区内，位于康定老榆林和海螺沟磨西镇之间、贡嘎山东坡北部、雅家埂河上游。此地自古为内地与藏区的联系纽带，身披“唐蕃古道”和“茶马古道”的双重光环。两大景点，雅家埂红石滩和雅家情海。雅家埂红石滩，素有“中国高山植物园”“中国红石公园”之称。其中的红石献寿景观可谓是典型。人文景观有古朴蜿蜒的茶马古道、幽深静谧的威尔逊小道、神秘莫测的千年悬棺。自然景观有世界唯一的红石河谷、波光潋滟的高山湖泊、巍峨的雪峰、五彩的花海，还有憨态可掬的小熊猫、名扬天下的“西康木兰”。雅家情海，又名猪腰子海，位于雅家雪山下，是一个雪山簇拥、杜鹃环抱，极富浪漫色彩的“爱情之海”，自古就是与跑马山齐名的爱情圣地。传说，因写有大量情真意切的情诗而青史留名的六世达赖喇嘛仓央嘉措，曾于公元1710年前后游历于此，留下了许多感人至深的诗篇。

另外，还有野牛沟的兔狲、岩羊、盘羊、牛羚（当地称野牛）、绿色红雉（贝母鸡）等，称得上“森林百宝箱”和“生物基因库”。野牛沟底部有一百亩冰碛湖叫长海子，源于长海子的一条飞瀑，悬挂在山腰正西方，每当下午夕阳西下，形成一道彩虹，且随着太阳的缓缓下落而逐渐升高，亦一大自然奇观。

榆林灌顶突泉，距康定市炉城南门10余公里的榆林宫，旧为明正土司避暑行宫，又因雍正四年果亲王于此地温泉沐浴，建筑行宫，也称御林宫。老榆林宫河滩边有一温泉，钙化物积聚成圆锥体，状如火山口，顶端泉水喷射，云蒸霞蔚，七彩缤纷，村人呼为“火龙石”。泉水聚于河滩沙坑，成为河坝露天浴池，在此沐浴何异天界瑶池神仙！浴池上方有巨石，民国六年，川边镇守使殷承瓛颜体手书“灌顶”二字，取佛经“醍醐灌顶”之意。1947年夏，国画大师张大千到此游览，作“御林宫雪山”图，上书“御林宫，明正土司避暑别墅地，雪山、温泉，并皆胜地”。

还有莲花湖国家森林公园值得一看，其位于康定普沙绒乡苦西绒山谷中，莲花湖属高山淡水湖泊，因夏季盛开莲花而得名。

我们下午游览了跑马山，也就是脍炙人口的《康定情歌》中唱的“跑马溜溜的山”。

关于这首歌的来源和作者，有许多不同的说法。有说是出于西部歌王王洛宾的，也有说是吴文季、江定仙根据康定民歌《溜溜调》整理改编加工而成的。经证实，以后说为准。

1941年太平洋战争期间，吴文季在四川甘孜参加了准备到缅甸作战的中国远征军，任文化教员。1946 年，他听到一个马帮马夫哼唱的《溜溜调》旋律吸引了他，经他记音整理并改编加工，终于诞生了这首如今享誉世界的《康定情歌》。当时他把这首歌定名为《跑马溜溜的山上》。为了更充分更鲜明地表现康巴人的婚恋自由，他加上了“世间溜溜的女子任你溜溜地爱哟，世间溜溜的男子任你溜溜地求哟……”这段歌词。

1946 年，为了在南京音乐学院师生联欢会上演唱，吴文季把由他发现记音并整理加工的这首歌请他的老师、作曲系主任江定仙编配钢琴伴奏谱，使这首民歌锦上添花，并收进江编的五线谱民歌集。

1947 年在南京国立音乐学院联欢会上最初演唱这首歌的是武定谦老师。随后不久，歌唱家喻宜萱在音乐会上独唱这首歌曲获得巨大成功，歌曲开始引起世人瞩目。1948 年上海大中华唱片公司灌制了喻宜萱演唱的《康定情歌》唱片，唱片上标明喻宜萱演唱，江定仙编曲。江当时是中国音乐界泰斗级人物，而吴文季只是他的学生，他没有与老师争曲作者是谁，而是默默享受这首歌的巨大成功。这首歌成为喻宜萱独唱音乐会的保留曲目，她从国内唱到了巴黎、伦敦，节目单中说明这首歌是中国西南地区的康定民歌。

20 世纪 80 年代，世界流行的电声乐传入中国，经上海轻音乐团、中国民族乐团的众多音乐家将《康定情歌》重新编曲、配器，由中国著名歌唱家朱逢博等演唱传承，这首歌更是家喻户晓，脍炙人口。

如果你在康定城住上一段时间，康定城的老人会告诉你，《康定情歌》的曲调来源于康定城二道桥附近传唱的“溜溜调”，那是过去康定小孩都要学、都会唱的曲子。这里面还有一个美丽动人的故事。原来的“溜溜调”里这样唱道：“跑马溜溜的山上，一朵溜溜的云，端端溜溜地照在朵洛大姐的门。朵洛溜溜的大姐，人才溜溜地好哟，会当溜溜的家来会为溜溜的人。”相传当年康定城有位卖松光的藏族姑娘名叫朵洛，善良美丽，大家都叫他“松光西施”。每天早上她上街卖松光时，大家总要打开门窗探出头，只为一睹她的芳容，《康定情歌》就是为她而唱。

如今《康定情歌》无疑已经成了一张康定的新名片，大家为此也都想一睹这首优美情歌诞生地的芳容。

我们乘索道上下山，山上有一座寺院，“天下名山僧占多”，看来这话不假。想想你去过的山，哪座没有寺庙呢？寺院前有一通碑石，上书“跑马山”，自然要与之合影留念。随后再攀爬几十层台阶，是一处相对平坦的地方，中间有一座白塔。登高望远，脚下是鳞次栉比的康定城，折多河穿城而过，夕阳中波光粼粼。你好，康定！我们来了！来康定怎能不唱《康定情歌》？三弟声情并茂地唱了起来，可惜传慧不在，不能男女对唱。歌声久久回荡在苍翠的山谷间。

下山途中口占一首：

唐多令·游康定

折多一河湍。明珠两岸穿。小边城，天上人间？千里驱车寻梦幻。今日里，愿心还。

传唱忆当年。溜溜跑马山。再相看，旧貌新颜。正是尘寰多变换。丰志趣，享安闲。

注：

折多一河：折多河穿康定市区而过，康定城沿河两岸建造。

溜溜：藏语美丽漂亮之意。

2022 年 8 月 3 日

附苏可文和韵：

唐多令·和义平兄《游康定》

浩浩折多滩。巍巍跑马山。怎迎来，三位神仙？因访蓬莱寻不到，今方晓，降人间。

曲径绕岚烟，禅庭传太玄。乐其中，醉享安闲。忽有情歌平地起，溜溜哟，月弯弯。

2022 年 8 月 3 日

下山归来，傍晚我们来到情歌广场，并没有看到热闹的对歌场面，只有一个残疾的歌手在音箱的伴奏下唱着略带忧伤的歌，我们自然免不了随喜一番。

晚宿康定康巴红叶酒店。

2022 年 8 月 19 日

自驾壮游川藏 318 青藏 109（五）

8 月 2 日 星期二

康定—折多山—新都桥—塔公草原—塔公寺—雅江

今天从康定出发，首先要翻越高峻的折多山，这是我们出发以来要翻越的第一座高山，折多山垭口海拔 4298 米。这可能是我们至今要翻过的最高峰，心里不免一阵紧张。虽说以前也到过黄龙、雅安、西昌等高原地区，但似乎并未达此等高度。

折多山，位于四川省甘孜藏族自治州境内，号称康巴第一关。一山纵贯，成为重要的地理分界线。西面为高原隆起地带，有雅砻江奔腾而过。东为高山峡谷地带，有大渡河中外闻名。大渡河流域在民族及文化形态方面处于过渡地带，主要分布着称为“嘉绒”的藏族支系，其地域北接四川省阿坝州大小金山。折多山以西则属青藏高原东部，所以过了折多山才算到了真正的藏区。“折多”在藏语中是“弯曲”的意思。

新都桥号称“摄影家的天堂”，是指沿 318 国道 20 多华里的路上，两边风景如画、山川秀丽，是摄影家们百拍不厌、拍出优秀作品的好地方。

我和新中弟向观赏新都桥周围美景的观景台攀登。入口处有两位藏胞把守，每人收取 10 元垃圾处理费。入口处还有不少马匹，供游客乘骑，到达第一观景点每位 50 元。

我和新中弟看距第一观景点不远也不太高，遂信步攀爬。山道是崎岖不平依山就势开挖出来的砂石小道，小道上布满了马粪，行走中还须不时给过往的马匹让道。原以为这点山道不在话下，谁知两腿像灌了铅，沉重无比，爬不几步便气喘吁吁。原打算攀至最高的第三观景点，结果爬到第一观景点便作罢不再继续。原来这也是高山反应的一种，供氧不足，体力大降。新都桥一带平均海拔 3460 米，有这种感觉很正常。

新都桥属四川省甘孜藏族自治州康定市，地处折多山以西、川藏线南北两路分岔口的立曲河中游。东靠瓦泽乡，南接呷巴乡，西与雅江县接壤，北与塔公乡毗邻。区域面积463平方公里，户籍人口1万多人。1957年前属东俄洛乡，1997年撤乡设新都桥镇，2019年撤销瓦泽乡归新都桥镇管辖。

塔公草原位于塔公镇境内，川藏公路穿境而过，是甘孜州最著名的草原。沿路前行，触眼一片绿色。绿色中有红黄白紫各种不知名的小花点缀其间。绿茵中，黑色的牦牛、白色的羊、棕色的马悠闲地吃着草，河流水沼蜿蜒隐现，一派静谧的田园风光。那绿色绝非一望如砥，而是如海浪起伏，远处群山如黛，蓝天白云，美得让人迷醉，搜肠刮肚，不知用何赞语。

继续北行20多公里，就到了塔公寺。塔公寺是甘孜州著名的萨迦派（花教）寺庙。塔公，藏语意为“菩萨喜欢的地方”。塔公寺内供奉相传为唐代文成公主入藏时随身携带的释迦牟尼12岁等身像的复制像。据传公主一行到达此地，佛祖金像搬运不得，一时竟风雨交加，难以前行。于是文成公主命用当地金沙重造金身，置于当地。这才风息雨住，天现祥光，于是顺利动身。另外，还藏有极具法力的檀香木法杖，俱为镇寺之宝。塔公寺也因此被称为“小大昭寺”，受到信教群众的尊崇。每年藏历的6月6日至17日的护法盛会期间，举行寺庙“羌姆”（神舞）活动，前去观光者络绎不绝。

离塔公寺不远，有木雅金塔，又名木雅尊圣塔，是多吉扎西活佛为纪念十世班禅于此灌顶布法而修建的佛塔，建造时用了一百多公斤黄金，据说寺庙开光时，天空出现五彩祥云，七色光环。木雅金塔对应着圣洁的雅拉雪山，其西北面与塔公草原相连，形成白皑皑的雪山与绿油油的草原交相辉映的壮美景观。雪山海拔 5820 米，终年积雪覆盖，盛夏时节，在繁花似锦的塔公草原上远眺雅拉雪峰，凉风习习，云雾升腾，令人如临仙界，澄心静虑，有脱尘出世之感。

中午，就在木雅金塔附近小饭馆简单用餐，驱车赶往雅江。出发不久，就遇到堵车，一堵就是两个多小时，到雅江已经七点多了，晚宿雅江八方客快捷酒店。

8 月 3 日 星期三

雅江—理塘—巴塘

早晨八点赶往雅江县医院做核酸检测。早餐后赶往理塘。途经天路十八弯剪子弯山口（3999 米），穿剪子弯隧道，经卡子拉山（4714 米），再穿越理塘隧道，出隧道就到了理塘县城。

理塘号称“天空之城”，据称是世界海拔最高的县城（4014.187 米）。其位于甘孜藏族自治州西南部，金沙江与雅砻江之间，横断山脉中段，属青藏高原东南缘，沙鲁里山纵贯南北全境。理塘县版图南北最长 215 公里，东西最宽 155 公里，总面积 13700 平方公里。一看吓了一跳，郑州市全市面积不过 7500 多平方公里，开封市全市面积也才 6200 多平方公里，理塘一县面积差不多是郑州市两倍，是开封市两倍还多。整个甘孜州面积 15.3 万平方公里，而河南全省面积不过 16.7 万平方公里。难怪我们开车走了两三天，还是在甘孜州范围之内。

我们未在理塘县城过多停留，只在城中广场拍了一张县城标志，在出城西边牌坊式大门前拍了几张影像。

出了理塘县城，广阔无垠的毛垭大草原展现在眼前。从高山峡谷中走出来，眼界为之扩大，胸襟为之开阔。无量河在绿茵中蜿蜒流淌，成群的牦牛、藏羊在草甸上自在地吃着草，不禁令人吟诵起古老的《敕勒歌》：“天似穹庐，笼盖四野。天苍苍，野茫茫。风吹草低见牛羊。”虽然“风吹草低”的情景看不到了，但高原草甸，群山起伏，另有一番景象。

毛垭大草原，位于四川省甘孜州理塘县城以西，群山环抱之中，是相对于县城所在的小毛垭而言的。属川西高寒草原，是沙鲁里山脉中最大的山间草原。出世界高城往西，国道318线沿无量河谷上行约30公里，眼前便豁然开朗，辽阔的大草原呈现在眼前。草原一直延伸至海子山脚。七八月正是草原的黄金季节，走进草原，会被满目青翠的草地吸引，被五彩斑斓的野花炫目。发源于海子山的无量河从草原中部穿流而过，十数条大小支流在草原上流淌，河两岸是大片的沼泽湿地。数十公里的草地中点缀着牧人的帐篷、毡房，丹顶鹤、水獭、旱獭、羚羊、青羊、黄鸭等野生动物在其中出没。清晨，帐篷毡房中的袅袅炊烟与草原上升腾的淡淡薄雾交混在一起，犹如幻境。

草原海拔3000—4500米，是高山围成的高原草甸，东部无量河切开了一条河谷与外部相通。在草原上南望可见海拔5838米的益母贡呷雪山，山顶终年积雪，是雪山圣水滋润了这片广阔的草原。它虽没有内蒙古呼伦贝尔、锡林郭勒草原的阔大，但与青山、雪峰、白云、蓝天亲近，脱俗而灵动，静谧而澄心，在这里你身处其中，会摆脱一切人生烦恼，尘世喧嚣，沉湎于涅槃彼岸的一片虚空之中。

海子山自然保护区位于理塘和巴塘中间，姊妹湖——川藏线上一颗耀眼的明珠就镶嵌在这里。海子山（4685米）周边有大大小小1000多个“海子”，是青藏高原古冰川遗址特别的景观。姊妹湖就是其中的代表。她好像雪山的一泓清流，静静地躺在雪山脚下。

傍晚到达巴塘，宿巴塘金鑫饭店。

从康定一路走来，美景不断，目不暇接。“不有佳咏，何伸雅怀？”遂填《汉宫春》一首：

汉宫春·康定至左贡途中所见所感

8 月 2 日，从康定我们驶入老 318 国道，翻越折多山、卡子拉山、海子山、宗拉山、拉乌山、东达山等高山，海拔大都在 4000 米以上，跨过金沙江、澜沧江等大川。道路像一条玉带一样在苍山翠谷间环绕盘旋，常常一边是壁立万仞，一边是峡深千丈。真个是车移景换，步步美景，目不暇接。高山峡谷，辽阔草原，天蓝云白，景色壮美。沿途路上，有推着双轮小车的步行者，有蹬着山地车的骑行侠，有飞驰而过的摩托车队，更有来往不断的货车和大小客车。大家有一个共同点，奔驰在川藏线上，为沿途的美景所陶醉。

川藏途中，任车移景换，处处风情。山阴道中目接，美景难应。牦牛自在，紫黄白、草地青青。听远处、赤墙金顶，梵钟入耳声声。

徒步虔诚拜客。山地车队勇，弓背骑行。山头彩云相伴，飞鸟随鸣。人生得意，非富贵、最重心平。应羡我、驱车万里，肯辞少年豪英？

2022 年 8 月 4 日

附苏可文和韵：

汉宫春·习和义平兄

驱驾天涯，又一番胜景，梦绕魂惊。遥看水肥草美，日丽风清。长空垂碧，荡悠悠、鸟语钟鸣。云影下、牛闲幡静，乾坤自享安宁。

放眼山河旖旎，有骚人运墨，洒落诗情。划开一路寂寞，笔送华英。人间多舛，遇太平、且乐盈盈。身外事、功名莫问，风流就在今生。

2022 年 8 月 5 日

注：华英：光耀；光彩；文采。

2022 年 8 月 21 日

自驾壮游川藏 318 青藏 109（六）

8 月 4 日 星期四

巴塘—芒康—左贡

今天前行的行程艰苦，沿途高山深谷，道路崎岖。所以我们早上七点就出发奔向芒康。川藏公路沿着金沙江在高山峡谷间向前延伸。青藏高原东部的秀丽险奇尽收眼底，旁边，中华民族母亲河——金沙江的涛声在耳边回响，好像也在给我们加油助威。

金沙江，是长江上游，因江水夹带大量泥沙呈黄色而得名，又名绳水、淹水、泸水，是四川和西藏的界河。金沙江的发源地于 20 世纪 70 年代定为青海省唐古拉山主峰各拉丹冬雪山，正源沱沱河。2008 年调查建议，当曲的上源——且曲为正源，发源于唐古拉山脉北支 5054 米的无名山地东北处，行政区划隶属青海省玉树藏族自治州杂多县结多乡。

当曲与发源于格尔木市唐古拉山镇的沱沱河汇合后，称通天河。其干流经治多县、曲麻莱县、称多县、玉树市，在玉树州称多县歇武镇直门达村（巴塘河汇入口）以下，始称金沙江。

金沙江穿行于川、藏、滇三省区之间，其间有雅砻江汇入，至四川宜宾东北翠屏区合江门（三江口、合江口）纳岷江后，始名长江。从青海省的河源至宜宾市干流河长 3481 公里，流域面积 50.2 万平方公里，约占长江流域面积 26%。

金沙江是中国第一大河长江的上游，两千多年前的战国时期成书的《禹贡》称为黑水，其后的《山海经》称为绳水。东汉许慎《说文解字》及《汉书 · 地理志》将今雅砻江以上部分称为淹水，而以若水（雅砻江）为干流。三国时期称为泸水，即诸葛武侯“五月渡泸，深入不毛”的“泸”。宋代因为沿江盛产金沙，“黄金生于丽水，白银出自朱提”，而改称金沙江。现代诗人陈志岁有诗云：“江人竞说淘工苦，万粒黄沙一粒金。不识官家金铸槛，几多黔首失光阴。”可为官家奢侈贪墨者诫。

我们到达作为四川巴塘与西藏芒康分界线的金沙江大桥。过桥后，经芒康检查站接受检查并下载藏康码，填写身份信息，并接受落地核酸检测，然后才能通行。

继续前行，过宗拉山，海拔 4150 米，过拉乌山，海拔 4376 米。中午在如美小镇吃午饭，名副其实，周围景色宜人。

饭后，经过澜沧江竹卡大桥前往觉巴山。这段路况不好，弯道多，路面坑洼不平。

澜沧江是湄公河上游在中国境内河段的名称，藏语“拉楚”，意为“獐子河”。它是中国西南地区的大河之一，世界第七长河，亚洲第三长河，东南亚第一长河。澜沧江的上源扎曲、子曲发源于中国青海省唐古拉山北麓，东南流经西藏昌部与右岸支流昂曲河汇合后，称澜沧江。澜沧江南流穿行于他念他翁山与宁静山之间，高山深谷，水流湍急且多石滩，为横断山脉狭窄的南北孔道之一。再南流至云南省境内，先后汇集漾濞江、威远江、补远江等支流，于西双版纳景洪市流出中国国境。流经缅甸、老挝、泰国、柬埔寨、越南，由越南胡志明市以南流入南海，流出中国境外后称湄公河。澜沧江中国境内河长2354公里，流域面积79.5万平方公里，中国境内16.48万平方公里。

再往前行到达东达山，东达山垭口海拔高度标示5008米，后再经测量，实际应为5130米。这是我们从川藏线南线入藏以来的第一高度。

东达山位于西藏左贡县境内。山的一边是奔腾不息的澜沧江，一边是左贡县城。冬季白雪覆盖，夏季草坪青绿，景色迷人。

傍晚到达左贡县城，这里海拔3750米，是我们出发以来住地海拔最高的地方。

晚宿左贡邛崃宾馆。

8月5日 星期五

左贡—邦达—八宿—然乌湖

早七点许，我们又出发了。沿怒江支流玉曲河首站前往邦达。邦达海拔 4300 米，是川藏南线和北线的交会点，这里是过去著名的“茶马古道”的必经之路，在 318 国道上位于左贡和八宿之间。有一条岔路往北可到川藏北线的昌都。玉曲河两岸滩地上低矮的苔草、大蒿草茂密生长，绿茵如毡。在邦达县城拍摄了城内广场的标志雕塑，继续前行。

经业拉山口，海拔 4895 米，经过东达山垭口 5000 多米的高度，这里已经不觉其高了。在观景台打卡拍照，轻松地观景说笑。

业拉山，也称怒江山，在西藏自治区昌都地区八宿县境。业拉山从邦达镇过了垭口之后，便是著名的“怒江七十二拐”，又称“九十九道弯”。这些拐弯又陡又急，一不小心，咆哮的怒江就在下边等着你。我们的司机全神贯注，小心驾驶，乘坐者的心也一下悬到了嗓子眼儿。

从业拉山口下到怒江大桥，海拔高度由 4685 米降到 2700 米，落差近 2000 米。

此处的怒江大桥有三座，三桥相距不过百十来米。第一座桥仅剩一座桥墩，第二座连接着隧道的拱桥也已废弃。

318 川藏南线是建国后开通的第一条由四川进藏的公路。时间回到 1950 年，第二野战军十八军在时年 36 岁的军长张国华率领下进军西藏。边进剿作战，边开路行进，1951 年西藏和平解放。解放后的西藏急需一条公路与内地相通，于是十八军又接受了修路的任务。

第一座怒江大桥选择在怒江最窄的峡谷位置修建。这里自然环境恶劣，地质条件复杂，当时建桥技术、施工水平低下，所需物资材料也极其匮乏。这座跨度 74 米的简易桁梁式桥架，承载力不足，于是决定在桥架下修建一座水泥桥墩。施工浇灌水泥时，工兵五团一名叫刘纪春的战士不慎掉落在幽深的泥浆中，部队想尽办法也难以救出。这位战士的生命永远留在了桥墩之中。之后，在建设第二座桥、拆除第一座桥时，西藏军区决定，把这座桥墩保留下来，以供后人纪念和祭奠。

川藏公路修建中，先后有三千多名军人，一千多名藏汉民工牺牲。军人和民工用最原始的工具，凭借坚忍不拔、百折不挠的意志，用鲜血和生命铺就了这条公路。

1972年，怒江第二座大桥改建为钢筋混凝土结构的拱桥，几乎紧挨第一座大桥，桥宽6米，单向通车。一端建在陡峭的崖壁上，另一端连接延入山体的隧道。此桥载荷有限，逐渐不敷日益繁重的运输需要，且日益老化，2013年被鉴定为危桥，后虽经加固，仍难满足需要。

2019年，第三座怒江大桥正式落成通车。新桥桥长165米，双向行驶，有效载荷50吨，这里也由常常堵车的咽喉之地带变成了大道通衢。

现在大桥的水泥护栏上时常摆放着素不相识的路人敬献的祭酒和鲜花，过往的车辆通过时也要鸣笛致敬。

过了怒江大桥，沿江上行，一边是悬崖峭壁，一边是奔腾咆哮的怒江，坡陡流急，涛声震耳。

怒江是中国西南地区的大河之一，又称潞江，上游藏语叫那曲河，发源于青藏高原唐古拉山南麓的吉热拍格。它深入青藏高原内部，由怒江第一弯西北向东南斜贯西藏东部的平浅谷地，入云南省折向南流，经怒江傈僳族自治州、保山市和德宏傣族景颇族自治州，流入缅甸后改称萨尔温江，最后注入印度洋的莫塔马湾。怒江在西藏嘉玉桥流入他念他翁山和伯舒拉岭之间的峡谷中时才正式叫怒江。嘉玉桥以上为怒江上游，称为那曲河。西藏嘉玉桥至云南省泸水市为中游，进入云南境内以后，怒江奔流在碧罗雪山与高黎贡山之间，西岸高黎贡山峡谷高差达 5000 米，东岸碧罗雪山峡谷高差达 4000 多米，平均高差 3000 多米。山谷幽深，危崖耸立，水流在谷底咆哮怒吼，故名“怒江”，江面海拔 2000 至 800 米之间。云南省泸水市以下为下游，河谷较为开阔，峡谷高差降至 500 米左右，江面海拔 800 米以下。

怒江大峡谷号称世界第三大峡谷，仅次于雅鲁藏布江大峡谷和美国科罗拉多大峡谷，全长 316 公里，落差大，水急滩高，有“一滩复一滩，一滩高十丈。三百六十滩，新安在天上”之称。其位于云南省怒江傈僳族自治州境内，得便当前往一观。

在北纬 30 度打卡，小未名湖打卡。最后到达然乌湖。高山峡谷间一汪清水，乃高山冰川融水形成。四周高山环抱，云雾缭绕，恍若人间仙境。湖一边有观景台，置于高处，便于游客一览无余，有阶梯可下到湖边，与水亲近。旁边有高档宾馆供游人住宿，还有临水山居茅屋，供游人体会“明月松间照，清泉石上流。竹喧归浣女，莲动下渔舟，随意春芳歇，王孙自可留”的幽居情趣。虽然并无莲花，也少内地浮萍、藻类等水生植物，只是一湾澄碧的湖水静静地躺在群山之间，却因而更显得洁净深幽，避开人世间的一切喧嚣和浮躁，身处这里，你的心也会立刻沉静下来，融化在山水之中，就像那碧波不惊的湖水，也空明澄净起来。

晚宿然乌镇蓝湖驿站。

填词一首，以抒胸怀：

水调歌头·从左贡经邦达、八宿至然乌湖沿途所见所感

8月5日早七点，我们从左贡沿怒江支流——玉曲河溯流而上奔邦达。经海拔4875米的业拉山口，下瞰筑路奇观——七十二拐，高度陡降近2000米，来到怒江大桥。鸣笛通过，向为筑桥牺牲在这里的英雄致敬。怒江两岸是连绵不断险峻的高山，我们行驶在岸边公路上，左边是不时向里凹进的悬崖峭壁，右边是在深谷巨石间激湍奔腾的怒江，涛声震天，摄人心魄。沿江上行，来到了安然静卧在高山峡谷间的冰川湖泊——然乌湖。

前路有何慰？玉曲伴车行。数牛寻草河畔，村寨享安宁。片片青稞深浅，已是金黄灿烂，垂穗摆熏风。大道报劳苦，磨难励人生。

路崎岖，车跳簸，胆心惊。险崖万仞，峡谷千丈野猿鸣。前有沧江奔涌，侧有危峰高耸，隘路最难凭。是处观奇景，三一八驰乘。

注：

玉曲：玉曲河。玉曲河是怒江中游左岸的一级支流，发源于西藏昌都地区类乌齐县附近的瓦合山南麓，发源处海拔4954米。

2022年8月6日

附苏可文和韵：

水调歌头·习和义平兄

一腔豪然气，千里快哉行。不游西藏，怎知奇景鬼神惊。

绝壁层烟激荡，深谷巨滔咆哮，曲路伴云横。怒江英魂在，长笛绕桥鸣。

野光浮，天地迥，感慨生。纵横南北，不教遗憾负今生。拥抱五湖风月，收揽百城锦绣，笑对日西倾。若问得和失，留待后人评。

2022 年 8 月 7 日

2022 年 8 月 22 日

自驾壮游川藏 318 青藏 109（七）

8 月 6 日 星期六

然乌镇—波密—鲁朗—林芝

早饭后，约七点半，从然乌镇出发。约八点来到网友们津津乐道的“洗车地”。从山上下来一股清流，横溢公路。这是内地公路从来没有的奇观。三弟先到达水流对面，拿出手机准备拍照。老左驾车返回水流另一边，车快速冲过水流，激起两溜飞扬的水花。

八点一刻到达米堆冰川景区大门，因考虑路途遥远，道路难行，未能进入游览。

从然乌镇出来，公路左侧帕隆藏布河奔腾流淌。帕隆藏布河由两条主要支流汇合而成，支流之一发源于西藏八宿县然乌湖。自东向西，经波密、通麦等地后，水流量逐渐加大，直到最后在门中村与扎曲河之间的大峡谷大拐弯处汇入雅鲁藏布江时，已是奔腾咆哮的巨龙了。

该流域是中国三大原始林区之一，是具有藏东南林区特色的代表性地区，也是中国最大的海洋性季风气候冰川分布区，有米堆冰川、然乌湖、易贡湖等著名风景名胜区。帕隆藏布峡谷与雅鲁藏布大峡谷作为一个整体的自然地理系统，在世界上更是无可匹敌。

波密，藏语意为“祖先”，位于西藏自治区东南部，帕隆藏布河北岸，念青唐古拉山与喜马拉雅山交界处。其东临昌都市八宿县，北靠昌都市洛隆县、边坝县，西接那曲市嘉黎县、林芝市工布江达县，南连林芝市察隅县、墨脱县、巴宜区，隶属林芝市。全境1.67万平方公里，人口3.8万。县城扎木镇，物产丰富，是西藏商品粮基地县之一，有农作物小麦、青稞、油菜等，菌类松茸、羊肚菌等，有海拔最高的茶园133公顷，所产茶叶质量颇佳。岗乡自然保护区是山地温带针叶林的典型，境内海洋型冰川发育良好，有卡钦、则普、若果、古乡等冰川。其中卡钦冰川长36公里，面积172平方公里，冰舌末端伸入森林，下至海拔2500米的地方，蔚为壮观。

经吉尼斯世界纪录的最大桃花谷，可惜花期已过，只有葱绿的树叶和嫩桃。

到达鲁朗小镇，藏语“鲁朗”意为“龙王谷”“神仙居住的地方”，素有“天然氧吧”“生物基因库”之美誉，林木茂密，物产丰富，有“西藏江南”之称。两侧青山自高向低分别由茂密的灌木丛、云杉、青冈、松树组成。中间是一大片草甸，草甸上，溪流蜿蜒，报春、紫鸢、草莓、马先蒿花，竞相开放，林区木板屋、木篱笆，农牧民村寨星罗棋布，点缀其中，好一幅恬静优美的田园图画。色季拉山的杜鹃花海，色季拉山口遥望终年白雪皑皑的南迦巴瓦峰，也是林芝两大景观，难怪鲁朗被《中国国家地理》杂志评为“中国最美户外小镇”。

约下午六点到达林芝市区，晚饭在当地以墨脱石锅鸡闻名的饭店品尝石锅鸡。

墨脱石锅，西藏自治区墨脱县特产，《中国国家地理》标志产品，历史悠久，相传源于新石器时代。制作原料为世界上稀有的天然皂石，产自保护范围内雅鲁藏布江两岸悬崖上，颜色灰白、灰褐色。石锅桶形，厚2—3厘米，直径10—30厘米。石料内含有人体所需的钠、镁、钾、锌、铁、钙等16种微量元素，在熬煮食物过程中能促进蛋白质肽链水解为氨基酸，使得游离氨基酸含量增加，所熬煮的食物味道鲜美，营养丰富。墨脱石锅可耐两千摄氏度的高温，具有传热快、不粘锅的特点，保持食物原色原味，汤汁香浓，肉味醇厚。据说经常食用对高血压、心脏病、心脑血管疾病等有一定食疗保健功效。

墨脱石锅的原料产于墨脱境内有“冰山之父”之称的南迦巴瓦峰。从悬崖峭壁上开采的石料，在每年的七八月份集中采集后，由牦牛骡马运至山下，再经雅鲁藏布江水浸泡一个月后，才由当地石匠手工打制而成。

晚宿太阳宝座酒店。

为鲁朗小镇填词一首：

西江月·鲁朗小镇

四侧翠峰攒簇，一边白浪飞湍。林芝锁钥障东边。秀丽天然画卷。

绿色宜居城镇，清凉避暑桃源。安知有汉享清闲。快活神仙夙愿。

注：鲁朗，属林芝市巴宜区，素有“林芝东大门”之称。周围树木茂密，号称中国天然氧吧，《中国国家地理》杂志授予其“中国最美户外小镇”称号。

2022 年 8 月 7 日

附苏可文和韵：

西江月·鲁朗小镇·习和义平兄

鲁朗温馨小镇，凡尘不染如仙。山湖草甸谷河川，林海尤其翠灿。

宁静虚无圣洁，从容自在安闲。东方瑞士美名传，谁不流连忘返？

2022 年 8 月 7 日

8 月 7 日 星期天

林芝—雅尼国家湿地公园—雅鲁藏布江大峡谷

从林芝市区到雅鲁藏布江大峡谷去，一路有尼洋河陪伴着我们。尼洋河在宽阔的峡谷中穿行，河两岸经水流长年冲刷淤积，形成了相对平坦的河滩，河滩中生长着低矮的灌木和茂密的青草，蓊郁葱茏。尼洋河在其中拐弯、分汊，肆意横流，形成了泥沼、湖泊、沼泽，这就是著名的雅尼国家湿地公园。雅尼国家湿地公园，横跨林芝市和米林市，总面积 8738 公顷。

驾车来到米林市区，道路两旁的柳树遮天蔽日，十分茂盛。

夏日行车其中，顿觉荫凉无比。

终于到达大峡谷景区大门。景区大门周边热闹非凡，商店、饭店、旅馆林立，游人熙熙攘攘，形成了一个依山就势、坐落在山坡上的小镇。景区大门内大厅宽敞，各种设施一应俱全，商店、各式餐馆、咖啡厅，就连卫生间里也是干净整洁，设备先进，丝毫不亚于大城市的机场车站。我们的午餐就是返回时在这里解决的，花样味道一点也不比外面差。

景区内沿大峡谷道路绵延一二十公里，参观须乘景区大巴车。去程车会在每个观景点停留，方便游客随时上下，观赏拍照，然后乘下趟车继续前行。回程车则一路不停，直达景区大门。

大峡谷内沿途还有好几个藏族村寨，特有的藏式房屋掩隐在山石绿树间。收割后的青稞田中、草甸里，牛羊悠闲地踱步吃草。

有一个观景台，建在雅鲁藏布江大峡谷岸边高处，这里是观赏南迦巴瓦峰的最佳地点，在远处如黛的群山上方南迦巴瓦峰向世人展现出它的雄姿。今天天气晴朗，蓝天白云，云海变幻。高耸的南迦巴瓦峰隐现在白云里，白雪皑皑的山峰与变幻无穷的白云交相辉映，一时让你分不清哪是雪山，哪是白云。夏日的阳光把雪峰白云照耀出一片明亮，在湛蓝天空的衬托下，变幻万千，令人叹为观止。向下看是壁立千仞的大峡谷，沿峡谷的台地上是村寨、梯田、牛羊，谷中是奔涌咆哮的雅鲁藏布江，两岸是苍翠起伏的群山。这里高山峡谷，相对落差在5000 米以上。雄浑壮丽、旖旎秀美……都不足以恰当地形容它。

南迦巴瓦峰，地处喜马拉雅山脉、念青唐古拉山脉和横断山脉（南迦巴瓦峰以东的岗日嘎布峰属于横断山脉）的交汇处。它是林芝市境内最高的山峰，海拔 7782 米，属于喜马拉雅山系，位于喜马拉雅山脉最东端，世界高峰中排列第 28 名。

它是西藏最古老的宗教“雍仲本教”的圣山，有“西藏众山之父”之称。紧临着它的雅鲁藏布江大峡谷绕着它转了一个马蹄形大弯，江水随着也拐了一个弯，向印度洋奔去。南迦巴瓦峰别称“木卓巴尔山”，其巨大的三角形峰体终年积雪，云雾缭绕，从不轻易露出真容，所以也因此被称为“羞女峰”。“南迦巴瓦”在藏语中有多种解释：一是“雷电如火燃烧”，一是“直刺天空的长矛”，一是“天空掉下来的石头”。第二种解释来自《格萨尔王传》中对“门岭一战”的描写，描绘南迦巴瓦峰“状若长矛，直刺苍穹”。

南迦巴瓦峰和对岸海拔 7294 米的加拉白垒峰夹持着雅鲁藏布江，形成了世界第一大峡谷——雅鲁藏布大峡谷。地质大运动时期，地壳剧烈抬升断裂，造成这个地区地形地貌复杂多变，自然生态奇特多样，造就了这个大自然的壮美奇观。

雅鲁藏布江沿喜马拉雅山北坡一直向东，行程 1000 多千米，流至喜马拉雅山脉东端尾翼，在林芝、米林、墨脱、波密交界处急转南下，形成一个大峡湾，南迦巴瓦峰就在这个峡湾内侧。

因印度板块和亚欧板块碰撞而隆起的喜马拉雅山脉，沿东西延伸，中部略向南如弓形凸出，在其东西两端形成“地结”，分别耸立着南迦帕尔巴特峰和南迦巴瓦峰。

南迦巴瓦峰山体以片麻岩为主，有三条主要山脊，东北山脊、南山脊和西北山脊。东北山脊蜿蜒约 30 千米，直抵雅鲁藏布江岸，脊线上有 6 个海拔 6000 米以上的山头高低起伏。南山脊的乃彭峰，海拔 7043 米。它们之间的山口叫南坳。因其主峰高耸入云，常年云遮雾绕，充满神秘色彩，当地人们传说众神经常降临此山，聚会，煨桑。那高空风造成的旗云，被视为神仙们煨桑燃烧的烽烟。大自然的奇观引起人们无限的遐想，大自然的鬼斧神工和巨大威力也使得渺小的人类无比敬畏和尊崇。曾经，狂妄自大的人类妄图改造大自然，为一己私利，向大自然过度索取。殊不知人类的贪得无厌，终会造成资源枯竭，生态链断裂，我们赖以生存的地球将不再适合人类生存。人类如不知自省，那一天终会到来，决不能抱着“死后哪管洪水滔天”的态度，从现在做起，从我做起。我们谁也没有剥夺其他生命和人类下一代生存的权利。

南迦巴瓦峰的三面坡壁长年冰雪风化形成悬崖峭壁，以西坡为最。崖壁上基岩裸露，残留着雪崩留下的沟溜槽。山下峡谷中布满了巨大的冰川。

雅鲁藏布江纵向谷地是印度洋暖湿气流北进高原的通道。来自热带海洋的暖湿气团在南迦巴瓦和岗日嘎布拉山峰的阻滞下抬升，高空遇冷，给南坡带来了丰沛的雨量。正处此地的墨脱县，从低处的巴昔卡到南迦巴瓦峰，水平距离不足 200 千米，而海拔高差竟达 7000 余米。特殊的地理气候条件，使南迦巴瓦峰南坡成了中国具有最完整山地森林植被垂直带谱的地方，因此也被生物学家誉为“植被类型的天然博物馆”“山地生物资源的基因库”。

从下往上，先是热带亚热带常绿阔叶林，刺栲、薄片青冈、墨脱青冈，还有香樟、楠木、木荷、含笑等珍贵树种；其次是主要由云南铁杉组成的暖温带针叶林，不少大铁杉高达 80 余米，直径两三米，坚硬如铁，木质优良；然后是寒带暗针叶林，苍山冷杉、墨脱冷杉是主要树种，林下各种乔状杜鹃盘折曲卧，地表铺着一层厚厚的苔藓，踩上去如名贵的波斯地毯；再往上，即进入寒带灌木丛草甸带，这里犹如山顶花园，各色杜鹃争奇斗艳，山坡上绿黄红紫色彩艳丽，杜鹃丛间，还点缀着报春、点地梅、绿绒蒿、委陵菜、驴蹄草、毛茛、银莲花等各色小花，真的是花团锦簇；4700 米以上，就是永久冰雪带了，偶有几块嶙峋怪石裸露在冰雪间。西藏各种独有的奇景是看不尽的，好在到墨脱的公路已经修通，有机会一定到墨脱一游。

南迦巴瓦峰独特的地形、气候条件，也使这个地区免受地球第四季冰期之难，保留许多古老植物和木本蕨类。

由于南迦巴瓦南峰所在的雅鲁藏布江大峡谷地区地质构造复杂、板块活动频繁强烈，山壁陡峭，地震、雪崩不断，攀登难度极大，使得南迦巴瓦峰成为很长时间以来未被人类攀登上去的“处女峰”。直至 1992 年 10 月 30 日，方由中日联合登山队登顶成功。

最后我们到达了雅鲁藏布江大拐弯处，顺着小道下到谷底。站在岸边台地上，只见雅鲁藏布江翻滚着浪花奔涌而去，涛声震天，气势夺人。难免也会产生夫子“逝者如斯夫！不舍昼夜”的感慨。时间如水流，一去不复返，人生苦短，生者珍惜。

雅鲁藏布江，是中国最长的高原河流，也是世界上海拔最高的大河之一。发源于西藏西南部喜马拉雅山北麓的杰马央宗冰川，上游称为马泉河，由西向东横贯西藏南部，流过米林后，于墨脱县北部切穿喜马拉雅山，绕过喜马拉雅山最东端的南迦巴瓦峰折向南流，形成世界第一大峡谷——雅鲁藏布大峡谷，经墨脱县巴昔卡流出中国实际控制线，再流经中国藏南地区（现为印度控制，建立了所谓的“阿鲁纳恰尔邦”，藏南9万多平方公里土地自古为中国领土），进入印度阿萨姆邦，改称布拉马普特拉河，再进入孟加拉国，称为贾木纳河，在孟加拉国境内与恒河相汇，最后注入孟加拉湾，并形成了世界最大的三角洲。

雅鲁藏布江支流众多，其中流域面积较大的有多雄藏布河、年楚河、拉萨河、尼洋河和帕隆藏布河等。

大峡谷景区中有热气球，供游人选择从高空俯瞰大峡谷及南迦巴瓦峰全貌，我们未敢尝试。

乘坐景区交通车，在候车时，听两位司机师傅攀谈，竟听到熟悉的乡音，一问，其中一位是河南郑州市人，家住金水区，与老左、三弟家相距不远。老乡在数千公里之外的西藏雅鲁藏布大峡谷相见，倍感亲切。一路行来，途中见到不少河南的车，货车、小客车都有，想不到景区大巴司机也有河南人。吃苦耐劳的河南人真的是为生活走遍天下！

回林芝途中，还参观了“柏树王公园”，园中有十数棵大柏树，树龄几百年甚至上千年，至今郁郁葱葱，生命力旺盛。园中有一石碑，据老左说，是开封高中六六届六班李大伟同学时任林芝市电业局长时，亲自开吊车吊装的。老左当时还打电话求证李大伟，现在的石碑模样是不是当年的那一块。

大峡谷游完归来，心绪激荡难平，赋词一首，以记美景盛况：

其一：

念奴娇·雅鲁藏布大峡谷

8月7日早晨，孙征中、夏新中和我三人驾车从林芝出发，往游号称世界最大、最深的峡谷——雅鲁藏布大峡谷。大峡谷北起米林市大渡卡村，南到墨脱县巴昔卡村，全长504.6公里，平均深度2268米，相对高差达6009米。山高谷深，人迹罕至，被称为“世界人类最后的秘境”。一路沿尼洋河东北流向驱车前行，尼洋河最终汇入雅鲁藏布江，此地有雅尼国家湿地公园，植被茂密。天空蔚蓝，白云飘浮，近处流水潺潺，远处群山如黛。我们都被眼前的美景惊呆了。老左竟然一时语无伦次：“哇——这……这……”我们坐景区游览车先到南迦巴瓦峰最佳观览拍照处，山头白雪皑皑，云雾缭绕，分不清哪是云，哪是雪。最终抵达了雅鲁藏布江大拐弯处，雅鲁藏布江在脚下奔腾咆哮，滔滔南去……此情此景会永远印在脑海里。美好的一天，难忘的一天！

自天之水，泻银河万里，奔流无际。峻极南迦巴瓦雪，冷浸周天寒起。只见山腰，白云来去，美景无言绘。江山如画，令人神往陶醉。

喜马拉雅虽高，决然难阻，流水滔滔意。水就下柔能克锐。顺势而为足矣。不可争强，人生哲理。皎皎终非计。闹中求静，品评千百滋味。

注：

水就下柔能克锐：老子曰：“上善若水，水善利万物而不争。”“天下莫柔弱于水，而攻坚强者莫之能胜。”

皎皎：古语曰：“峣（音‘姚’）峣者易折，皎皎者易污。”

2022 年 8 月 8 日

附苏可文和韵：

念奴娇·雅鲁藏布大峡谷

雪峰断处，看银河堤决，破空惊地。吗哮奔腾千万里，搅得周天寒悸。杂树参差，乱云聚散。绝岸猿声起。放怀长啸，不知言怯言喜。

直面奇景狂歌，晨昏皆忘，更把闲愁洗。借得江山清洁气，买取今生如意。泥雪飞鸿，百年一遇，沉醉谁人比？几曾寻问，何时还可来此？

2022 年 8 月 8 日

其二：

念奴娇·雅鲁藏布大峡谷

观雅鲁藏布大峡谷、南迦巴瓦峰，大长我胸中浩然之气。巍巍高山，滔滔大江，仰之弥高，俯之弥深，不禁有“吾生须臾”之慨。然则天地无穷，人生有限，万物皆有生有灭。其生其灭，不过物质形态转换而已。不生不灭，何生何灭？又何慨叹哉！

大江东去，挟风雷滚滚，一无留处。万仞高峰难阻挡，切出一条峡谷。过此南迦，折而南向，大海终归路。悠悠天道，岂逃冥契定数？

豪气鼓荡胸中，仰天长啸，天意由谁主？我道我能安我命，何惧崎岖艰阻？

老且恬然，吾非杨子，不用歧途哭。大鹏风举，长空凭汝飞舞。

注：

南迦：指南迦巴瓦峰。

冥契：此处。

天意：意为天机、天意，暗中契合。

杨子：杨朱。《淮南子·说林训》："杨子见逵路而哭之，为其可以南，可以北；墨子见练丝而泣之，为其可以黄，可以黑。"比喻面临抉择，犹豫不定，徘徊难进。引物忧时之谓。

大鹏风举，见《庄子·逍遥游》。

2022 年 8 月 25 日

自驾壮游川藏 318 青藏 109（八）

8 月 8 日 星期一

林芝市—拉萨市

早上七点半，我们沿林拉公路直奔拉萨。经历千辛万苦，终于要到达此行的重点目的地——拉萨了，心中不禁一阵小激动。

林拉公路也称拉林公路，是一条连通拉萨市和林芝市的高等级公路，公路起自拉萨市柳语新区蔡公堂乡沪聂线，终至林芝市巴宜区真巴村。双向四车道，最高时速 100 公里，全线长 409.2 公里。公路与国道 318 线拉林段平行，2019 年 4 月 26 日，随着米拉山隧道贯通，拉林高等级公路全线通车。拉林公路通车，使拉萨与林芝之间的车程由八个多小时缩短至四个小时。

拉林公路建设非常重视生态保护，采用各种新技术防止破坏周围的生态。仅举一例，比如，为了使公路护坡看起来也是一片绿色，采用了生态毯、生态袋、生态微孔基质等国际先进的柔性生态护坡技术。绿色生态袋在护坡上堆好后，事先把种子、纤维物、保水剂、肥料等按一定比例在喷播水箱里搅拌均匀，然后用水枪均匀地喷播到护坡生态袋上，上面再加盖一层无纺布，促使其尽快出苗。整条拉林公路两侧护坡一片绿色，植被茂密，成为一条生态长廊。

我们从林芝出发，沿路有不少值得一看的景点。

巴嘎雪观景台占地约 10 亩，车子可以直接开上去。站在这里巴嘎雪湿地的风光一览无余。旁边还有著名的"金色池塘"，金秋时节，树叶金黄，白云、蓝天倒映水中，该又是一幅怎样的美景！冬天美丽的黑颈鹤会降临湿地过冬，吸引它们的该是这里的青山绿水好生态吧。

走到墨竹工卡县甲玛沟附近，公路边矗立着一座牌坊，上写"松赞干布出生地"几个大字。松赞干布出生于墨竹工卡县强巴敏久林村。"甲玛"意为"百里挑一的富地"。据说，松赞干布父亲当政时，这里建有强巴敏居宫，松赞干布就出生在这座宫殿里。如今，这座宫殿已不复存在，后人在原址前建了一座牌楼，标示这里的特殊地位。众所周知，松赞干布建立了吐蕃王朝。执政期间，他推广佛教，创制文字，统一度量衡制度，并分别与唐朝和尼泊尔联姻。公元 641 年，为迎接文成公主入藏，松赞干布在拉萨的红山上修建了布达拉宫。他是西藏家喻户晓的英雄，像佛祖和高僧大德一样被藏族人民世代供奉。

另外还有，位于甲玛乡塔龙沟莲花生大师曾经在此修行的溶洞，墨竹工卡县的德仲温泉，也都值得一看。

米拉山是林芝市与拉萨市的分界山口，海拔 5020 米。山这边是林芝地区的工布江达县，那边是拉萨市墨竹工卡县。米拉山的西北边是拉萨河水系，东南面是尼洋河水系。拉萨侧气候干燥寒冷，林芝侧则温暖湿润。可以说米拉山是拉萨市与林芝市的气候分界线，把雅鲁藏布江河谷东西两侧的地貌、植被和气候彻底改变。

作为拉林高等级公路的控制性工程的米拉山隧道到了。米拉山隧道全长 5727 米。过了隧道就进入拉萨市境内了。

进入拉萨市区，街道宽阔，隔离带花木扶疏，行道树绿荫如盖。各色建筑高低错落，鳞次栉比。特别是它的天空，那是内地难得一见的天空。天高云白，天高得湛蓝清澈，似乎有些透明；云白得如棉如练，轻柔丝滑。你的心此刻也会融化到那辽远的碧空中，随着白云一起升腾，心胸为之开阔，一片纯洁静美。

拉萨市位于西藏自治区东南部，雅鲁藏布江支流拉萨河北岸。它东西最大跨距 277 公里，南北长 202 公里，总面积 3.17 万平方公里，户籍人口 57.11 万人（2020 年）。全年日照时间在 3000 小时以上，比成都多 1800 小时，比上海多 1100 小时，是名副其实的“日光城”。冬无严寒，夏无酷暑，气候宜人。

拉萨古称“惹萨”，也译为“逻些”。史籍上出现“拉萨”

二字，见于公元806年藏王赤德松赞所立《噶琼寺碑》：“神圣赞普先祖松赞之世，始行圆觉正法，建拉萨大昭寺。”约于7世纪初，山南一带雅隆部落崛起，松赞干布决定把首府移至今拉萨地区，约公元633年，松赞干布在拉萨建立了吐蕃王朝。

如今，以布达拉宫和八廓街为中心的拉萨新城，历代修建的宫殿园林、王公贵族府邸、寺庙禅院与现代建筑邮电大楼、新闻大厦、拉萨饭店、西藏宾馆参差错落。大昭寺、八廓街一带是老城，经幡飘荡，桑烟缭绕，充满民族风情；新式建筑则洋溢着现代气息和青春活力。

拉萨城内及其周边有许多名胜古迹值得游览。布达拉宫、大昭寺和罗布林卡被列为世界文化遗产。此外还有哲蚌寺、色拉寺、小昭寺、宗角禄康、藏王陵、楚布寺、拉萨清真寺、曲贡遗址、西藏博物馆、药王山、直贡嘎举派寺庙群等，另外还有古今作为后藏重镇的日喀则也值得游览一番。

一进拉萨，我们开车直奔曾在拉萨皮鞋厂工作过五六年的老左的朋友卓玛事先安排好的拉萨山水宾馆。这个宾馆在拉萨老城，离布达拉宫及八廓街都不远。安排停当以后，我们就到宾馆隔壁的美食城藏餐厅吃藏餐。藏餐厅在美食城三楼，按藏式风格装修得十分华美，在灯光辉映下，更显得金碧辉煌、美轮美奂。

藏餐的特色食品，烤羊、生牛肉片、糌粑和酥油茶，我们点了个遍，就着二锅头苏扁，大快朵颐，开怀畅饮。给我们分割羊肉的是一位刚二十岁的藏族小姑娘，分割手艺娴熟，礼貌周到，把分割下来的羊肉装在小盘子里，双手递到每个人面前。我第一次品尝生牛肉，据说是藏区小牛犊的嫩肉，刚开始还不敢尝试，在老左一再劝说下，蘸着调料尝了一块，果然鲜美无比。糌粑要加上酥油茶，放在布包里反复揉捏，捏成条块状拿着吃。先是小姑娘帮我们制作，老左在西藏待过吃过不少次，早就按捺不住，自己拿过来揉捏起来。我和三弟也忍不住尝试了一下，自捏自吃，更有味道。

酒足饭饱，我们下楼来搭出租车直奔布达拉宫广场。首先排队经查验身份证、健康码、行程码、核酸阴性证明，然后进入广场。夜色里的布达拉宫更加漂亮。

布达拉宫广场是世界上海拔最高的城市广场。广场 1995 年建成，2005 年扩建。东西长 600 米，南北宽 400 米，道路广场总面积 1.8 万平方米。南面是西藏劳动人民文化宫，北面是布达拉宫。广场前竖立着由原在宗角禄康公园内迁来的清代《御制平定西藏碑》和《十全记功碑》。广场南端建有音乐喷泉，灯光里，喷泉闪烁，五彩缤纷。广场南侧矗立着西藏和平解放纪念碑，通体灰白色，高 37 米，象征着西藏进入了新的时代。

灯光里的布达拉宫显得更加壮丽辉煌，由于坐落在高高的红山上，无比壮观雄伟。五彩缤纷的灯光使得月亮也显得暗淡，半躲在云层里，似乎不愿与人类制造的光明争辉。

回到宾馆，虽夜色已晚，但还是心绪激荡，遂填《念奴娇》一首：

念奴娇·布达拉宫

松赞干布，为文成公主，天宫仙阙。四海招来工巧匠，营造蟾宫秋月。玉宇琼楼，原来不称，远嫁娇娘歇。唐蕃交好，肯经千水险绝。

细数人类历史，又有多少，战火纷飞血？如盼云霓临大旱，不任英雄拿捏。

欲壑难填，终归尘土，恰似流星灭。清凉凡界，只需莲瓣莲叶。

8月9日 星期二

拉萨—羊八井—纳木错—安多

手机上看到一则消息，拉萨市发现新冠病例，拉萨市防疫办发布全市有关公共场所暂时关闭的通知。我们当即决定离开拉萨。虽然未能游览拉萨众多景点，留下遗憾，但也只能遗憾地离开了。拉萨，有机会再见！

早八点，我们开车离开拉萨，在经过布达拉宫时，还从车窗拍了两张它巍峨的雄姿。它依然静静地矗立在那里，仿佛对世间发生的一切都茫然无知，也许是它看到的经历的苦难太多，有些司空见惯了吧。

一路的山川依旧雄浑壮观，带有一种震撼人心的沉稳，你一切的不安、烦恼、狂躁，在看到它的一瞬间都会平静下来。世界本有道，杞人徒自忧。地球照样转，明天还是一轮朝阳照耀东方。

途经羊八井镇，羊八井镇位于西藏拉萨市西北91.8公里的当雄县境内。这里有著名的地热田，热田一带地势平坦，海拔4300米。藏布曲河流经热田，河水温度年平均5摄氏度。一般人知道羊八井，还是从20世纪80年代的小学课本上，知道这里有蕴藏量丰富的地热资源，有中国第一座利用地热水发电的电厂。羊八井地热发电厂总装机2.5万千瓦，年发电量占拉萨电网的 45%，为拉萨市提供了清洁的绿色电源。现在这里已经兴起了一座全新的地热城，成为青藏高原上一大景观。

热田东部有面积 7250 平方米、最大水深 16 米的热水湖，湖水碧波荡漾，湖面热汽蒸腾，隆冬季节，周围温度零下 20 摄氏度，湖水却保持 30 度以上，可以下湖沐浴游泳。来羊八井，主要就是体验一下高海拔地区的温泉浴。

此行出拉萨要观赏的一个重要地点，就是纳木错。纳木错是西藏第二大湖泊，中国第三大咸水湖。湖面海拔 4718 米，东西长 70 多公里，南北宽 30 多公里，面积约 1940 平方公里。最大水深 55 米，蓄水量 768 亿立方米，是世界上海拔最高的大型湖泊。

纳木错是藏语，蒙古语叫"腾格里海"，都是"天海"之意。纳木错是西藏"三大圣湖"之一，也是古象雄佛法雍仲本教的第一神湖。

纳木错东边是高耸的冈底斯山，南边是雄伟的念青唐古拉山，北侧依偎着连绵的高原丘陵，广阔的草原绕湖四周，天湖像一面巨大的宝镜，镶嵌在藏北的草原上。湖水碧蓝清澈，倒映着蓝天白云，成为开阔心胸、沉淀心灵的一片净土。

我们来到位于当雄县的景区门口，门卫说需要先到当雄县医院核酸检测，于是我们返回当雄县城做了核酸检测，又回到景区大门，这回又说需要等核酸检测结果阴性才能进入游览。折腾来折腾去，还是不行，令人沮丧恼火。

核酸检测结果至少六小时以后才能出来，看样子即使检测结果出来，也不一定能进景区。我们决定放弃，开车直奔安多。

当车经过那曲当地公安在公路上设置的检查站时，被拦了下来。警察给我们指出三条路：一是返回拉萨；二是在路口停车场停下，等核酸检测结果出来；三是去那曲城重新检测，检测结果可以在两个小时后出来。我们一听，唯一可行的是第三种办法。返回拉萨不可能，返回去不一定能再出来。路口停车场，设施简陋，连个休息住宿的地方也没有。警察把我们三个人的身份证收了过去，说是让我们跟上去那曲城的车队，到了城里由领队的警察发还我们的身份证。很明显，这是怕我们溜走啊。经过一番交涉，警察把身份证还给了我们，让我们自行去那曲城。这算是给我们开了方便之门哪，我们开车直奔安多。

快到安多，看到了错那湖。错那湖是怒江的源头湖，海拔4800米，面积约300平方公里，是世界海拔最高的淡水湖。唐古拉山脉南部河溪均汇入错那湖，然后流入怒江。错那湖是青藏铁路线上的一颗明珠，和纳木错一样，也是信徒经常来虔诚朝拜的圣地。传说它曾是西王母的沐浴之地。

晚宿安多禹欣宾馆。

2022年8月27日

自驾壮游川藏318青藏109（九）

8月10日 星期三

安多—唐古拉山口—唐古拉山镇（沱沱河镇）

从安多出发，一路沿沱沱河和青藏铁路前行，沿路是壮美的高原风光和辽阔的高原草甸。青藏高原在这里从雄浑壮阔中透出它柔美的一面。特别是草原尽头巍峨的群山，墨彩的群山后头，在阳光照耀下，会闪耀出白色的光芒，白色会变换形状的是云，一直不变的就是雪峰了。

我坐在车后座位，一路从车窗口向外拍照，随着汽车前行，窗外的景色不断变幻，我也不断地按动快门，生怕漏掉了难得一见的美景。

沱沱河位于青海省格尔木市唐古拉山镇境内，可可西里山脉以南。它是从唐古拉山脉主峰各拉丹冬雪山西南侧的姜根迪如冰川发源，是一些冰川、冰斗的融水汇成的小溪流，这时的水面宽只有 3 米，深只有 20 多厘米。然后向北流过 9 千米长的距离，在巴冬山下汇集了尕恰迪如岗雪山的冰川融水，经过一条长约 15 公里的谷地，继续向北，分成了两条宽 4 米和 6 米的小河，小河两边的谷地中还有许多密如蛛网的水流汇入，这里是沱沱河的上源。在这片谷地的出口，河谷突然下切，形成了一条长约 5 公里的陡峭峡谷，高达 20 多米。众多河流交汇后，形成了河道开阔、水流交织的长江西源——沱沱河。

沱沱河又称托托河、乌兰木伦河，蒙语意为“红河”。

沱沱河发源处有庞大的雪山群，海拔 6 千米以上的雪峰共有 20 座，永久雪线高达 5800 米 ，群峰上有 40 条现代冰川和许多冰斗。它的最上源有东西两支，东支发源于各拉丹冬雪山群西南侧的姜根迪如雪山下的冰川；西支源于尕恰迪如岗雪山的西侧，两河受冰川融水补给。

早在《尚书》中，人们就在讨论长江之源，明朝的著名地理学家、旅行家徐霞客认为金沙江是长江之源，并著《江源考》一书论述。到了清朝，人们已认识到通天河，但依然无法确定长江正源。中国曾在 1956 年和 1977 年，两次考察长江源头地区，在2010年的考察中，终于确定当曲是万里长江的正源，沱沱河是长江的西源。

河水在流出了巴冬山后，先经过一片广阔的河漫滩，再经过一条峡谷，流到葫芦湖附近，急转东去。在经过了130多公里的流程后，河道变得开阔起来，在流到青藏公路的沱沱河沿时，它已是深3米，宽20—60米的大河了。著名的万里长江第一桥就飞架在沱沱河沿的河滩上，它是长324米、宽11米的钢筋混凝土大桥。

沱沱河从这里继续向东，到囊极巴陇，当曲与布曲、朵尔曲汇合，又接纳沱沱河，经过375公里，在这里形成宽30多米的大河，从这里起它的名字叫通天河。

时过中午，我们到达唐古拉山口。唐古拉山口海拔5231米，是我们此行经过的最高点。可能是“久经沧海难为水”吧，三个人并没有产生网友们常说的可怕的高山反应，反而觉得很轻松。这时，我掏出烟，递给三弟一支，点着吸起来。先是三弟蹦高，老左拍照。后来我也受到鼓舞，和三弟一起在5231米海拔的唐古拉垭口蹦起高来，为记录下腾空的那一瞬间，老左一边喊口令，一边为我们拍视频，永远留下了我俩“老夫聊发少年狂”的影像。

唐古拉山脉，位于中国西藏自治区东北部与青海省接壤处（青藏高原），东段为西藏与青海的界山，东南部延伸接横断山脉的云岭和怒山。藏语意为“高原上的山”，又称“当拉山”，在蒙语中意为“雄鹰飞不过去的高山”，是青藏高原中部的一条近东西走向的山脉。山脉高度在海拔6000米左右，最高峰各拉丹冬海拔6621米。唐古拉山口的海拔虽高达5231米，却因坡缓、高差小而并不显得险要和难以逾越。山峰上发育有小型冰川，为长江、澜沧江、怒江等河流的发源地。气温低，年平均气温 - 4.4℃（沱沱河站）。

在下山奔往唐古拉山镇途中，酝酿修改，成词一首：

水调歌头·青藏高原

8月8日，由于西藏发现新冠病毒感染者，8月9日一早，早饭也未吃，即离开拉萨。车出拉萨不久，就驶上了世界屋脊——青藏高原。朵朵白云飘浮在碧蓝澄澈的天空中，高原草甸上，黑色的牦牛，白色的山羊，棕色的骏马在绿色的草甸上悠闲地吃草。

世界第三极，中国最高原。南通喜马拉雅，北至祁连山。起伏高原草甸，浑穆苍茫寥廓，峰锷刺青天。数万仞高度，上万里方圆。

丈夫志，读万卷，走山川。老来无事，何惧华发路维艰。雄丽瑰奇之境，欲见须寻险远，不肯享清闲。憋闷疫情久，赏景得怡然。

2022年8月10日

附苏可文和韵：

水调歌头·青藏高原

纵横蟠赤地，仰俯峻青天。鬼工神斧，尔来三亿八千年。朴厚壮豪博大，神秘空蒙纯洁，混沌一奇观。形据第三极，势拔最高山。

滋江河，衔日月，护坤乾。古今胜绝，呼雪唤雨号云烟。怀抱世间冷暖，感触人生起落，看惯苦和酸。赫赫名青藏，莽莽大高原。

注：

蟠赤地、峻青天：清顾炎武《再谒天寿山陵》：“下蟠厚地深，上峻青天极。”

晚宿唐古拉山镇安雅酒店。

8月11日 星期四

唐古拉山镇—五道梁—格尔木

早七点，从唐古拉山镇出发。过沱沱河大桥，朝阳从东边薄薄的云层里透出万道金光。青藏109国道与有天路之称的青藏铁路一路并行。青藏铁路随着《天路》这首歌曲的传唱，更加名扬天下，家喻户晓。

青藏铁路，即青藏线，是一条连接青海省西宁市与西藏自治区拉萨市的国家一级铁路，是中国新世纪四大工程之一，是通往西藏腹地的第一条铁路，也是世界上海拔最高、线路最长的高原铁路。青藏铁路分两期建成，一期工程东起青海省西宁市，西至格尔木市，于1957年开工建设，1984年5月建成通车；二期工程，东起青海省格尔木市，西至西藏自治区拉萨市，于2001年2月开工，2006年7月正式通车。青藏铁路由西宁站至拉萨站，线路全长1956千米，其中西宁至格尔木段814千米，格尔木至拉萨段全长1142千米；共设85个车站，设计的最高速度为160千米/时（西宁至格尔木段）、100千米/时（格尔木至拉萨段）。截至2015年3月，青藏铁路的运营速度为 140 千米 / 时（西宁至格尔木段）、100 千米 / 时（格尔木至拉萨段）。截至 2022 年 6 月底，青藏铁路集团公司累计运送旅客 2.6 亿人次，旅客运送量由 2006 年的 648.2 万人增长到 2021 年的 1870.5 万人，其中累计运送进出藏旅客 3169.69 万人。2022 年 7 月 10 日上午，由中铁建工集团有限公司承建的青藏铁路西宁至格尔木段提质工程、德令哈站站房改扩建项目开工仪式，在青海省海西蒙古族藏族自治州德令哈市举行，标志着青藏铁路西（宁）格（尔木）段提质工程正式开工。有史以来，青藏高原交通闭塞，物流不畅，高原人只能长期固守自给自足的庄园经济。直至 1949 年，整个西藏仅有 1000 多米道路可以行驶汽车，水上交通工具只是溜索桥、牛皮船和独木舟。美国现代火车旅行家保罗·泰鲁在《游历中国》一书中写道："有昆仑山脉在，铁路就永远到不了拉萨。"20 世纪 50 年代，中共中央决策，要把铁路修到拉萨。1956 年开始，中华人民共和国铁道部第一勘测设计院即对从兰州到拉萨的 2000 余千米线路进行了全面的勘测设计工作。1973 年，时任中共中央主席毛泽东在接待来访的尼泊尔国王比兰德拉时表示，要加快修建青藏铁路；同年 11 月 26 日，中国国家建委在北京召开了青藏线协作会议。中共中央、中国国务院领导多次作出重要指示，要求加快工程进度，争取提前完成。1984 年，青藏铁路西宁至格尔木段建成通车。1994 年 7 月，中共中央、国务院召开第三次西藏工作座谈会。会上再次提出修建进藏铁路，会后转发了座谈会纪要，明确提出"抓紧做好进藏铁路建设前期准备工作"。1995 年，中华人民共和国铁道部开始组织进藏铁路的论证工作。1996 年，中国第八届全国人大四次会议通过的《关于国民经济和社会发展“九五”计划和2010年远景目标纲要》提出下个世纪前10年进行进藏铁路的论证工作。1999年11月，国家计委批复了青藏铁路西格段扩能改造可行性研究报告。2000年初，青藏铁路西格段启动扩能改造工程建设；同年3月7日，国家计委有关人士在第九届全国人大三次会议记者招待会上提出，要加快“进藏铁路”“西气东输”等重大工程的前期工作；同年12月，国家计委在京召开青藏铁路汇报论证会，正式向国务院上报青藏铁路项目建议书。2001年2月8日，国务院总理办公会议听取了国家计委关于建设青藏铁路有关情况的汇报，对青藏铁路建设方案进行了研究，同意批准立项；同年6月29日，中央政府决定修建青海格尔木至西藏拉萨的铁路。青藏铁路开工典礼在青海省格尔木市和西藏自治区首府拉萨同时举行；同年10月，青藏铁路西格段扩能改造工程完工。2002年5月，青藏铁路冻土试验全面铺开。2003年3月，青藏铁路铺轨穿越昆仑山隧道；同年6月，世界海拔最高的唐古拉山车站开工；同年8月，青藏铁路铺架工程成功通过可可西里无人区。2004年5月，青藏铁路建设形成整体推进态势；同年7月，青藏铁路正线铺轨450千米。

2005年8月，青藏铁路全线路基、隧道、桥涵等线下工程基本完成；同年8月24日，青藏铁路铺轨通过唐古拉山；同年10月12日，青藏铁路全线铺轨完成。

2006年3月1日，青藏铁路货物列车工程运营试验；同年5月1日，青藏铁路不载客列车工程运营试验；同年7月1日，青藏铁路全线开通试运营。

国家计划2022年6月开始对青藏铁路格拉段进行电气化改造，总工期3年，项目估算总投资148.4亿元。

青藏铁路起于青海省西宁市，途经格尔木市、昆仑山口、沱沱河沿，翻越唐古拉山口，进入西藏自治区安多、那曲、当雄、羊八井，终到西藏自治区拉萨市，全长1956千米，途经青海湖、昆仑山、可可西里、三江源、藏北草原、布达拉宫等景区。青藏铁路分为青藏铁路西格段和青藏铁路格拉段，其中青藏铁路西格段为双线电气化铁路，青藏铁路格拉段为单线非电气化铁路。

青藏铁路建设，创造了世界铁路运输史上的多项纪录。青藏铁路是世界海拔最高的高原铁路：铁路穿越海拔4000米以上地段达960千米，最高点为海拔5072米；青藏铁路也是世界最长的高原铁路：青藏铁路格尔木至拉萨段，穿越戈壁荒漠、沼泽湿地和雪山草原，全线总里程达1142千米；青藏铁路还是世界上穿越冻土里程最长的高原铁路：铁路穿越多年连续冻土里程达550公里；海拔5068米的唐古拉山车站，是世界海拔最高的铁路车站；海拔4905米的风火山隧道，是世界海拔最高的冻土隧道；全长1686米的昆仑山隧道，是世界最长的高原冻土隧道；海拔4704米的安多铺架基地，是世界海拔最高的铺架基地；全长11.7千米的清水河特大桥，是世界最长的高原冻土铁路桥；青藏铁路冻土地段时速达到100千米，非冻土地段达到120千米，是世界高原冻土铁路的最高时速。

青藏线大部分线路处于高海拔地区的“生命禁区”，青藏铁路建设面临着三大世界铁路建设难题：千里多年冻土的地质构造、高寒缺氧的环境和脆弱的生态。这三大难题，都在工程科研技术人员和建设施工人员的协同努力下，顺利解决了。事实证明，任何艰难险阻都挡不住中国人民追求幸福生活的坚定步伐。

汽车在青藏 109 国道上奔驰，公路两旁是广袤无垠的可可西里大草原。大草原的空旷苍凉、雄浑辽阔之美强烈地震撼了我们三人的心灵。

青海可可西里国家级自然保护区位于青海省玉树藏族自治州西部，总面积 450 万公顷，是 21 世纪初世界上原始生态环境保存较好的自然保护区，也是中国建成的面积最大，海拔最高，野生动植物资源最为丰富的自然保护区之一。青海可可西里国家级自然保护区的主要保护对象是藏羚羊、野牦牛、藏野驴、藏原羚等珍稀野生动物及稀有植物。2014 年 11 月，青海可可西里申报世界自然遗产工作启动。

2017 年 7 月 7 日，在波兰克拉科夫举行的第 41 届世界遗产大会上，青海可可西里经世界遗产委员会一致同意，获准列入《世界遗产名录》，成为中国第 51 处世界遗产。

可可西里自然保护区是横跨青海、新疆、西藏三省区之间的一块高山台地。保护区西与西藏相接，南同格尔木唐古拉乡毗邻，北和新疆维吾尔自治区相连，东至青藏公路，总面积 4.5 万平方公里。

在可可西里大草原，我们看到了奔跑的藏羚羊，可惜动作慢了点儿，没有拍下来这草原精灵的倩影。

我们到达五道梁镇，在这里打尖吃饭。

五道梁镇位于被世人称为“生命禁区”的青藏高原和西部高山地区，地高天寒，四季皆冬。五道梁镇像很多长途公路中继站一样，青藏公路从小镇中间穿过，公路两边多为饭馆和修车铺、加油站。主要居民构成是藏族、回族、汉族。

在前往五道梁的途中，看到了两只小鸟，并排站在路边蓝色的小牌子上，仿佛在窃窃私语。那一定是亲密的小两口，在商量、规划着明天的美好生活，给荒凉寂寞的大草原平添了活力和亮色。

途经昆仑山垭口，这里海拔4768米。此处矗立着杰桑·索南达杰烈士雕像和纪念碑。

杰桑·索南达杰（1954年4月—1994年1月），男，藏族，中共党员，青海治多人，生前担任青海省玉树藏族自治州治多县委副书记，治多县西部工委书记。1992年创立治多县西部工作委员会（西部工委），开展可可西里地区生态保护工作。1994年1月18日，在与盗猎者的搏斗中被盗猎者枪杀。1996年5月，国家环保局、林业部授予索南达杰“环保卫士”的光荣称号。2018年12月18日，党中央、国务院授予杰桑·索南达杰同志改革先锋称号，并颁授改革先锋奖章。杰桑·索南达杰还被中共青海省委授予“党的优秀领导干部”称号。

2004年，陆川导演的《可可西里》真实地还原了这一事件。

杰桑·索南达杰1974年毕业于青海民族学院，自愿回到家乡，立志与家乡人民一道建设好自己的家乡。

这时天下着雨，我们在雨中仰望纪念碑和英雄雕像，向英雄致敬默哀。

格尔木109国道下路时，我们在路边检查站按要求做了落地核酸检测。接受在当雄县没有核酸检测阴性结果哪里也去不了的教训，我们又去当地健侨医院做了核酸检测。

晚住锦城山源宾馆。

晚上，填词一首：

念奴娇·可可西里

8月11日早七点，我们从唐古拉山镇出发，前往格尔木。汽车一直在4500米的高原上行驶。极目远方，群山如黛，白云朵朵飘浮蓝天。广袤无垠的可可西里大草原，空旷苍凉、雄浑辽阔，具有一种震撼人心灵的美。

苍茫空旷，望平野千里。云山留迹。铁路架高羊过处，曲折伴行河碧。草地绵延，雪山远耀，牛马游安逸。生机一片，此情兹景何觅？

壮丽陶醉其中，连连赞叹，惊倒三行客。涤荡心胸凭浩气，祖国山河亲历。

欲享神仙，壮游颐养，何必凭鹏翼。一声长啸，赏心刚好将息。

注：

铁路架高：穿过可可西里的青藏铁路，为方便藏羚羊来往通过，把路基架空。

伴行河：作为长江源头的沱沱河，从唐古拉山镇一直陪伴我们北行。

2022年8月11日

附苏可文和韵：

念奴娇（通韵）·可可西里

曾经沧海，却横空出世，翻然崛起。都道青春天上女，降落人间凡地。左枕昆仑，右敧唐古，前后冰原侍。空蒙虚幻，问知多少秘密？

凭借仙骨禅心，登临于此，只为行朝礼。敬立洪荒原始处，怎不魂飞神驶。

月下听溪，云边观雪，阵阵豪然气。清心节欲，顿觉肝胆如洗。

2022年8月12日

注：

天上女：可可西里有“美丽的少女”之称。

朝礼：参拜，朝拜。唐郑处诲《明皇杂录》卷下：“今则将行朝礼，爰申宠命……”

2022年8月28日

自驾壮游川藏318青藏109（十）

8月12日 星期五

格尔木一茶卡盐湖一西宁

早七点半，从格尔木出发，驾车直奔茶卡盐湖。茶卡盐湖，老左和三弟都曾经去过。我说，我没去过，也不太绕路，于是一致决定去一趟。

车上了京藏高速，公路在广阔的柴达木盆地笔直延伸，几乎连一个弯道都没有。柴达木盆地给人的感觉有些荒凉，广袤的土地荒漠一片，看不到内地那种阡陌纵横、庄稼茂盛的景象，也看不到茂密成行连片的树木。猜想可能是这地方的土地气候不适宜树木农作物的生长吧。

从格尔木一直到诺木洪，公路两边都是林立的风力发电机，巨大的风叶慢慢地转动着，为人们提供清洁的电力。

柴达木盆地是中国三大内陆盆地之一，属封闭性的巨大山间断陷盆地。位于青海省西北部，青藏高原东北部，主要在海西蒙古族藏族自治州境内。西北抵阿尔金山脉，西南至昆仑山脉，东北有祁连山脉，东西长约 800 千米，南北宽约 300 千米，面积约 24 万平方公里。

盆地地势由西北向东南微倾，海拔自 3000 米渐降至 2600 米左右，是中国地势最高的盆地。地势低洼处盐湖与沼泽广布。

盆地东南沉降剧烈，冲积与湖积平原广阔，主要湖泊如南、北霍鲁逊湖和达布逊湖等都分布于此。柴达木河、素林郭勒河与格尔木河等下游沿岸及湖泊周围分布有大片沼泽。盆地内湖泊水质多已咸化，共有大小盐湖 20 余个。

柴达木盆地在青海湖西边，虽然荒凉，但矿产丰富，主要有盐、硼、钾、镁、锂、铷、溴、碘、锶、铯、石膏、芒硝、天然碱等，食盐达 600 多亿吨。盆地铅、锌、铬、锰等金属及煤炭、石油、石棉等资源丰富。柴达木盆地不仅是中国盐矿之最，也是世界盐矿之最，因此，柴达木盆地又称为“盐的世界”“聚宝盆”。

茶卡盐湖景区游客中心，位于青海省海西蒙古族藏族州乌兰县茶卡镇盐湖路 9 号。“茶卡”是藏语，意即盐池，蒙古语“达布逊淖尔”，也就是青盐的海。

茶卡盐湖湖面海拔 3060 米，面积 116.1 平方千米，景区面积 30 平方千米。这里是古丝绸之路的重要站点，是 109 国道、315 国道的交会处，东距省会西宁 298 千米，西距德令哈 200 千米，被誉为柴达木盆地东大门。

茶卡盐湖四周雪山环绕，平静的湖面像镜子一样，反射着美丽得令人陶醉的天空蔚蓝的颜色，被誉为“中国的天空之镜”。置身于盐的世界，漫步湖面岸边如行走云端之上，水映天，天接地，人在湖间走，宛如画中游。

茶卡盐湖一年四季美景连连，春日里低悬于天际的白云落在湖水里，分不清是盐更白还是云更白；夏季碧波荡漾的湖水翡翠一般绿得沁人心扉；秋天干涸的湖面、盐的结晶冰清玉洁，平坦无垠；冬天的苍凉荒芜也令人震撼。

茶卡盐湖还因盛产大青盐驰名，成为中国首家绿色食用盐生产基地。近年来以其生产、旅游两相宜而在国际国内旅游界及青藏高原风光游中享有较高美誉，游客数量逐年增长，被《国家旅游地理》杂志评为“人一生要去的 55 个地方”之一，成为大美青海的又一张亮丽名片。

如你驱车行驶在 215 国道上，你会发现在格尔木市附近有一段笔直的公路，如桥般浮在察尔汗盐湖上。如果不是迎面“万丈盐桥”四个大字，你会以为它就是普普通通的公路，但其实这是一座长达 32 千米的盐桥，因折合市制达万丈而被誉为“万丈盐桥”。

到达都兰京藏高速口，说因疫情茶卡盐湖景区封闭，大为扫兴，决定前往西宁。途中经过了茶卡镇，这个镇被命名为“中国首批特色小镇”，茶卡盐湖就位于这个镇的行政区划内。

从西宁西入口进入西宁。到西入口前十数公里，车辆就排起了长龙，走走停停，折腾了一个多小时。在入口处验核酸码、做核酸，又折腾了半个多小时。这时，我们的车出了点儿毛病，发动不起来了。打电话请修理厂师傅来检查修理，时间已到晚上十点。看样子，西宁的景点也玩儿不成了，遂决定住一宿，明天奔兰州、天水。

晚宿西宁郊区多巴。

8 月 13 日 星期六

西宁—兰州—天水—宝鸡

早七点半从西宁出发，途经兰州黄河大桥。在定西服务区做了核酸，前方途经麦积山景区。中国四大石窟，我已经去了云冈、敦煌、洛阳龙门三个。本想这次顺便看看麦积山石窟就齐了，不想来到麦积山石窟景区下道口，虽然我们健康码、行程码都是绿码，也有核酸检测阴性证明，但就是不让我们进。理由竟是我们从西藏拉萨过来的。还是疫情惹的祸，没办法，只好败兴而归。

前行经过麦积山隧道，全长 12.29 千米，穿过秦岭主峰，仅次于秦岭终南山隧道，亚洲第二，世界第三。

晚宿宝鸡汇丰商务酒店。

8 月 14 日 星期天

宝鸡—郑州

早七点半，沿连霍高速直奔郑州。前后离家已经 20 天，人不管走多远，最终还是要回家。

我们三个年逾古稀的老头，终于完成了从川藏 318 线进，从青藏 109 线出自驾游西藏的壮举，值得祝贺！

填词一首以为贺：

念奴娇·壮游川藏青藏归来

2022年8月14日星期天，三个老顽童自驾壮游川藏318、青藏109胜利归来。风闻自8月10日起，川藏318线，拉萨、日喀则等多地已不能进出，何时解禁，不得而知。三老者，俱已过从心，一个七十五，一个七十四，一个七十三。有生之年，得以自驾壮游川藏青藏，饱览壮阔河山，何其幸哉！巍巍昆仑，滔滔三江，可以见证吾等此壮举。“噫吁嚱，危乎高哉！蜀道之难，难于上青天”“上有六龙回日之高标，下有冲波逆折之回川。黄鹤之飞尚不得过，猿猱欲度愁攀援。青泥何盘盘，百步九折萦岩峦。扪参历井仰胁息，以手抚膺坐长叹”，李太白《蜀道难》诗可以状川藏青藏路之险之难。幸赖前辈英雄志士以热血生命开通川藏青藏公路，青藏铁路已经贯通，川藏铁路也正在修建中，天堑变成了通途！然而山高水长，空气稀薄，走川藏青藏公路至今仍被视为危途。应为我们三老者的壮行自豪！应为孙征中、夏新中二位驾车者点赞！有此一游，此生足矣！游罢归来，心潮仍激荡澎湃，不能自已，特赋词记之。

念奴娇·壮游川藏青藏归来

危乎高矣！雪之家乡峻，昆仑天托。生命禁区猿鸟怵，堪作九天云脚。回日高标，龙川逆折，气势何磅礴！抚膺长叹，望中仙侣白鹤。

欲赏瑰伟奇观，老夫聊践，豪迈千金诺。遣闷还须山水远，好梦难圆如昨。

纵使乘风，翩然老去，金石犹销铄。何妨今日，且欢歌对君酌。

注：

从心：从心之年，随心所欲的年龄。后用为七十岁的称谓。语出《论语·为政》：“子曰：‘吾十有五而志于学，三十而立，四十而不惑，五十而知天命，六十而耳顺，七十而从心所欲不逾矩。’”

雪之家乡：喜马拉雅，藏语是“雪的故乡”的意思。

天托：比喻昆仑山高峻，堪作天的支撑。

云脚：是说喜马拉雅山和昆仑山高，白云在山头山腰缠绕。

回日：语出李白《蜀道难》，“上有六龙回日之高标”，连日神的六龙所驾之车也不能逾越的高山。

龙川：河流如龙一样盘旋曲折。

逆折：水流回旋。语出李白《蜀道难》：“下有冲波逆折之回川。”

销铄：熔化，消除。因久病而消瘦。这句是说，人的衰老死亡是不可抗拒的自然规律。

2022 年 8 月 15 日

附苏可文和韵：

念奴娇·归来·习和一平兄

谁家耄耋，以英肝雄胆，踏遍川岳？路远天低何所惧，宛若平湖行棹。神秘家山，生存禁地，都为曾经昨。置身形胜，可教心曲清铄？

莫忘烟谷观花，雪峰摘月，处处惊人魄。今向高原挥手别，羁旅归来云鹤。

千里风流，三生佳话，不负男儿诺。临风持酒，再将长剑轻擢。

2022 年 8 月 16 日

注：

心曲：指内心深处或心事。

清铄：清新明丽。

擢：音“浊”，抽引，拉拔。

2022 年 8 月 29 日

晚秋陕西游记

10 月 10 日星期二

国庆、中秋双节后，几位老同学商定前往陕西一游，中心目标地是位于咸阳旬邑县的唐家大院，顺便再游游华山，看看乾陵等。

下午四点欣贵开车往郑州纬四路老左家，晚和新中、传慧夫妇，征中、欣贵、吉祥一起在薄山湖渔村饭店吃饭。老朋友见面，不免又是一番觥筹交错，畅谈欢饮，不必细说。

10 月 11 日星期三

早上一早，热情好客的主人老左就为我们准备好了早餐，大米稀饭、油饼、粽子。饭后约七点半从老左家出发，约十一点半到达华阴。因为同行四人都是年过七旬的老人，没有体力长时间步行攀登，遂决定只游览上下都有索道且具代表性的华山西峰。简单中饭后，原想开车直达西峰索道站乘索道上山，不料车行至路口即被栏杆拦住，被告知必须到游客中心乘景区游览车才行，无奈只好返回游客中心。游览车单程票价 40 元，且在此处只能买单程票，返程票要在返程时另买。索道票也是如此。真不明白其中原委。幸好现在是旅游淡季，游客不多，如果是旅游旺季，不知要多花费多少时间排队购票。游览车在山道上开行四十多分钟才来到山脚下西峰景区入口，进了大门，还要攀登五层几百级台阶才能到达索道站。这中间没有其他交通工具，只有一种叫滑车的东西，单程 30 元，却不允许三岁以下儿童和六十岁以上老人乘坐。恰恰是最需要的人不能使用，真不知道设计者是什么用心。搞得老左在下山时伤了关节，叫苦不迭。

西峰索道是华山索道中最长的，中间上上下下经历几个山头才能到达索道上站。中途有几处陡峭的地方，索道的坡度极大，给人的感觉几乎是直上直下。据说索道的坡度极限是 45 度，恐怕这里的索道已经接近极限了吧。太华索道全长 4211 米，据称是迄今为止世界上第一条采取崖壁开凿硐室站房的索道。它的索道下站设在瓮峪内东沟口，中间站设在仙峪白缺寺，上站设在华山西峰巨灵足南侧下绝壁上开凿出的硐室内。当天是个阴天，早上还下着小雨，这时雨已停了，山中云雾缭绕，索道轿厢不时从云雾中穿过，脚下是树木茂密的峡谷，两边是几乎直立的峭壁，让人真正体会到什么是壁立千仞。华山的崖壁不同于别处，没有凸出凹进的岩石，也没有层叠错落的崖壁，也很少树木，全是光溜溜的石壁，这种连灌木等植物也难落脚生长的山壁，怕是攀岩高手也难措手吧。下山时同一个轿厢内有一对情侣，女孩儿把头伏在男孩儿肩上，不敢看轿厢在高山深谷间穿越的情景。老左见状，充分发挥起他高情商善交际的特长，和女孩儿搭讪起来，告诉她，错过眼前难得一见的美景会后悔的。大概是因男朋友在跟前，女孩儿始终未发一言，但老左的话还是发挥了作用，她尝试了几次，慢慢地也被周围的美景吸引住了，忘记了害怕。真的让人兴叹，是现代技术提供了条件，让我们如此居高临下赏心悦目优哉游哉地欣赏美景。

华山西峰也叫莲花峰，海拔 2082 米。因峰顶有巨石形似盛开的莲花而得名。华山西峰有斧劈石，一块巨石因附会神话传说沉香劈山救母的故事而得此名。传说玉皇大帝的外甥女三圣母因爱慕书生刘彦昌的容貌和才华，与他私结连理。二郎神杨戬受玉帝命以违犯天条罪将其压在西峰巨石下。三圣母石下产子，取名沉香。沉香长大成人后受仙师指点，执神斧劈开巨石，母子自此得以团聚。

西峰为一块完整巨石，其西北绝崖千丈，似刀劈斧削。四周群山起伏，云雾在山间飘荡。远处黄河、渭水曲折流淌，置身其中，恍若阆苑仙境，心旷神怡，万种俗念，一扫而空。正如宋代隐士陈抟《西峰》诗中所道，“寄言嘉遁客，此处是仙乡”。

西峰南崖有山脊与南峰相连，脊长 300 余米，石色苍黛，形如一条屈缩的巨龙，人称屈岭，也称小苍龙岭，岭上小道是华山著名险道之一。体力所限，我们并没有去体验这条险道，只是站在西峰上远观。

西峰主要景观有翠云宫、莲花洞、巨灵足、斧劈石、舍身崖等，峰北绝顶叫西石楼峰，峰上杨公塔为杨虎城将军所建，塔上有杨将军的亲笔题词。塔下岩石上有“枕破鸿蒙”题刻，为神笔王铎所题。

特别令人叫绝的是莲花洞，也叫莲花石、太乙莲台，此石头如莲花瓣仰覆在巨石上，顶上的松树在气象站没有砍去一半前，就像莲花开花结果的莲蓬形状，叹为天下奇观。

晚宿华阴市木诗语酒店。

10月12日星期四

早饭后往乾县乾陵游览。乾陵是中国唯一的两位皇帝唐高宗李治和大周女皇武则天的合葬墓。我们从南边游客中心进入陵区，从入口处到皇陵内城南门朱雀门，是一条石砌的宽阔神道，称司马道，两侧自南向北依次排列华表一对，翼兽、鸵鸟各一对，仗马五对，翁仲十对。

南门内原有“唐高宗陵墓”碑，高2米，原碑已毁，现存碑为清乾隆年间重建的。其右前侧有另一块碑石，上书“唐高宗李治与则天皇帝之墓”十二个大字，为郭沫若所题。

乾陵采用“因山为陵”的建造方式，整座最高的梁山北峰成了陵墓。陵区仿京师长安城建制，气势恢宏，雄伟壮阔，分为皇城、宫城和外郭城，其南北主轴线长达4.9千米。据文献记载，乾陵陵园“周八十里”。有城垣两重，内城置四门，东青龙，南朱雀，西白虎，北玄武。至今原建筑早已不存，但从摆在朱雀门边神道两侧的61尊石人像以及两座巨碑已可见其宏大气势。石人是唐高宗李治下葬时前来参加葬礼的藩属及邻国的国王、王子、使节的雕像，在石人像背部还刻有国别、官职和姓名。

朱雀门外西侧是《述圣纪碑》，高 6.85 米，每边宽 1.86 米，重约 89.6 吨，是记述唐高宗文治武功的功德碑，此碑开帝王陵前立碑的先例，由武则天撰文，唐中宗李显书丹。与《述圣纪碑》相对，东边就是著名的武则天无字碑，高 7.53 米，宽 2.1 米，厚 1.49 米，重达 98.8 吨。碑额未题碑名，碑额阳面正中刻有一条螭龙，左右两侧各有四条，故亦称“九龙碑”。两侧碑面刻有“升龙图”，各有一条线刻腾空飞舞的巨龙。

关于无字碑的由来，众说纷纭。主要有几种说法：第一种说法，武则天立无字碑，是以此夸耀自己，表示自己功德盖世，非文字所能表达；第二种说法，武则天立无字碑是因为自感以一介女流攘夺李氏江山，罪孽深重，后世恐难堵悠悠众口，还是不写碑文为好；第三种说法，武则天审时度势，觉得立无字碑才是聪明之举，功过是非让后人评说；还有一种说法，武则天的儿子中宗李显衔恨自己的母亲，本已写好碑文，却被藏在墓室之中，未摹刻上石，留下一块无字碑；也有学者认为，石碑原计划刻字，但武则天死后政局动荡，各派政治势力利益争斗，始终不能对武则天作出一致的适当评价；还有一种说法，武则天做了十五年皇帝，死后却以皇后的身份与高宗李治合葬，这个碑文不知如何措辞为好。

武则天从载初元年（公元 690 年）到神龙元年（公元 705 年）在位，后禅位于唐中宗李显，前后做大周皇帝 15 年，如加上唐高宗晚年多病，武氏执掌朝政，则有 40 余年之多。

武则天执政期间，励精图治，轻徭薄赋，大力发展农业；打击豪强门阀，扶植庶族；广开言路，设铜匭于朝堂，鼓励群臣上书言事；整顿吏治，严惩贪吏，知人善任，赏罚严明；改革科举，招纳贤才，破格拔擢任用；谨慎用兵，维护了帝国统一和边疆安宁。故有“贞观遗风”的美誉，也为以后的“开元之治”打下了基础。应该说武则天对历史还是做出了巨大的贡献。宋以后，程朱理学在思想上占据了主导地位，对武则天大张挞伐，所谓“牝鸡司晨”“鬼神之所不容，臣民之所共怨”（王夫之语），完全是站在封建礼教的立场上，对武则天的偏执攻击。

乾陵还有陪葬墓 17 座、太子墓 2 座、王墓 3 座、公主墓 4 座，其他是大臣墓。

游览完乾陵，在路边小店吃了碗臊子面，即前往唐家大院。唐家大院位于陕西省咸阳市旬邑县（旧称三水）城东北 7 千米处的唐家村，被称为渭北高原上的传统民居瑰宝。唐氏家族在清初便是远近闻名的大财主，商号遍布陕西、甘肃、四川、安徽、江苏等 13 省 50 多个县，人称“汇兑中国 13 省”，曾捐输知府道台官衔。清嘉庆年间，唐家不过 60 来口人，却雇有仆人、丫鬟 165 人，家备鹦哥轿就有 66 顶之多。唐家鼎盛时期，共有 87 个院落 2700 多个房间，现仅存两进三院。建筑为石、砖、木结构，整座院落从道光五年（公元 1825 年）至同治七年（公元 1868 年），前后历时 43 年，用工匠最多时达 3200 名。院内建有戏楼、假山、亭榭、鱼池等，体现了北方四合院与南方苏州园林相结合的特点。院内建筑石雕、砖雕、木雕，造型各异，形态逼真。每个院落四周用条石铺道，高出地面约三四十厘米，地面用青砖铺就，两边中间还铺有一块垫脚石，下雨积水时，不致弄湿鞋袜。

参观完唐家大院，开车前往赵家洞崖居。赵家洞又称琅天洞，位于旬邑县城东北 12.5 千米的三水河北岸，石窟在峭壁石崖上凿成，外露其窗，内隐其洞室，上下三层，多达 300 余孔。其中上边两层尚存完整洞窟 45 孔，洞高 2 米，宽 3 米，深 4 米。洞内设有暗道，洞外崖壁上修有栈道，架有云梯，使洞窟之间相互连通。至今虽然破败，但痕迹仍存。旧志载有“宋、金人避兵于此”，可证此洞居建于南宋时期。清人周崇雅曾游此地，有诗《洞千正阁》云，“岭楼依壁下无地，云阁飞空上有天”。其邑人萧廷彦作诗赞曰：“复穴当年极苦心，底缘韬晦一登临。山同鳌载千寻耸，路入羊肠九转深。从桂漫歌招隐赋，猗兰重续感时吟。仙源试向前溪问，隔岸桃花正满林。”把这里写成了桃花源避乱隐居之地。

晚宿旬邑县城泰塔宾馆。

10 月 13 日星期五

早七点半前往郑国渠。战国末期，韩国是秦国的东邻，秦、齐、楚、燕、赵、魏、韩七国中，秦国日益强盛，其东出灭六国，首当其冲的就是韩国。秦王政元年（公元前 246 年），韩桓惠王为了诱使秦国把人力、物力、财力消耗在水利工程上，无力东出伐韩，派水工郑国到秦国执行“疲秦”之计。郑国给秦国设计兴修引泾水入洛水的灌溉工程。在施工过程中，韩王的计谋败露，秦要杀郑国，郑国说：“始臣为间，然渠成亦秦之利也。臣为韩延数岁之命，而为秦建万世之功。”（《汉书·沟洫志》）秦王政认为郑国的话很有道理，于是让他继续主持修渠工程。大约用了十年，工程竣工。因为是由郑国设计并主持施工的，所以人称“郑国渠”。

郑国渠西起仲山西麓谷口（今陕西泾阳西北王桥乡船头村西北），郑国在谷口筑石堰坝，抬高水位，拦截泾水入渠。利用西北略高而东南稍低的地势，渠的主干线沿北山南麓自西向东伸展，流经今泾阳、三原、富平、蒲城等县，最后在蒲城县晋城村南注入洛河。干渠总长近300华里，中途拦截冶水、清水、浊水等汇入，在关中平原北部，泾、洛、渭之间构成蛛网般的灌溉系统，使干旱缺雨的关中平原得到灌溉。“疲秦”之计最终成了富秦之计，为秦国富国强兵、统一六国打下了经济基础。开引泾灌溉工程之先河，其后历代在郑国渠基础上不断整修完善，发挥了巨大的经济效益。

富平郑国渠遗址，现存郑国渠口、郑国渠古道和郑国渠拦河坝等遗迹。听说为了申报“世界灌溉工程遗产”，正在整修，所以我们未去遗址观看。

接下来开车前往咸阳湖。咸阳湖位于咸阳市渭河边，是由政府出资11亿打造的人工湖，湖面面积10780亩。特色景点有两寺渡公园、钓台夕照、细柳清风、渭滨公园、咸阳古渡、长堤石刻、古渡公园、清渭楼等。我们只去了统一广场，广场上建有秦始皇石雕像，地上有秦灭六国及百越的七处十四块铜铭牌。

在临潼服务区中饭后，往三门峡市陕州区看地坑院。地坑院，当地人称为“井院”，是古代原始穴居方式的遗留。地坑院就是在平地向下挖6至7米深、12至15米长的长方形或正方形土坑作为院子，在坑的四壁挖窑洞，窑洞约高3米，宽4米，进深8至12米左右。在院子一边凿出一斜坡形甬道通向地面，作为出入的通道。窑洞造价低廉，冬暖夏凉。我们没进陕州地坑院景区，跑到附近有百姓居住的地坑院参观。当地百姓现在多已不在地坑院居住，这里成了提供游客参观、就餐、住宿的地方。

晚宿渑池鹏帆快捷酒店。

10月14日星期六

早饭在酒店附近小饭店吃了碗当地特色小吃豆腐汤。饭后，前往秦赵会盟台参观。会盟台位于三门峡市渑池县城西南1000米处，坐落在渑水、羊河汇流的台地上。据《史记·廉颇蔺相如列传》记载，秦昭襄王时秦国三次发兵攻赵，赵均失利却不肯屈服。周赧王三十六年（公元前279年），秦昭襄王提议与赵惠文王在渑池会盟，罢兵休战。在盟会上，秦王胁迫赵王鼓瑟，并令史官记入秦史；随行的赵国大臣蔺相如则强请秦王击缶，也让赵国史官记入史册。蔺相如唇枪舌剑，针锋相对，维护了赵国尊严，秦国未讨到丝毫便宜。会盟台屡建屡毁，现存会盟台是1985年渑池县人民政府在原存遗址上重建的。会盟台不大，台前立了块很小的碑石，上书“市级文物保护单位：秦赵会盟台遗址，三门峡市人民政府一九八九年三月二日公布，渑池县人民政府二〇二一年十一月立”。土台周围用石头砌起的短墙绕了一圈，旁边的小道长满了灌木和野草，旁边靠里一侧立了几通捐资整修的功德碑，显得有几分荒凉破败。土台上建有一亭，中间立一四方石碑，三面分别刻的是舒同、楚图南、萧劳的题字“古秦赵会盟台”，西边一面刻有“重修古秦赵台碑记”。

参观完会盟台，即开车上连霍高速回郑州，下午四点多到达郑州，老左开车将杜吉祥我俩送到郑州东站，乘郑汴城轨返回开封。

2023 年 10 月 19 日写讫